PIERRE EMME

Schneenockerleklat

MORD AM SEMMERING Noch fünf Tage, dann kann sich Mario Palinski endlich wieder etwas Ruhe gönnen. Die Organisation der in den nächsten Tagen im »Semmering Grand« stattfindenden 50. Jahresversammlung der »Federation Européenne des Criminalistes Investigatives« hat den Chef des Instituts für Krimiliteranalogie in den vergangenen Wochen ganz schön in Anspruch genommen.

Auf der Fahrt mit dem Sonderzug von Wien zum Semmering wird ein ungarischer Journalist tot in der Zugtoilette aufgefunden. Der erste einer ganzen Reihe von Morden, wie sich schon bald herausstellen wird.

Pierre Emme, geboren 1943, lebte bis zu seinem Tod im Juli 2008 als freier Autor bei Wien. Der promovierte Jurist konnte auf ein abwechslungsreiches Berufsleben zurückblicken und damit aus einem aus den unterschiedlichsten Quellen gespeisten Fundus an Erfahrungen und Erlebnissen schöpfen. Im Februar 2005 erschien mit »Pastetenlust« der erste Band seiner erfolgreichen Krimiserie um Mario Palinski, den Wiener Kult-Kriminologen mit der Vorliebe für kulinarische Genüsse.

Bisherige Veröffentlichungen im Gmeiner-Verlag:
Florentinerpakt (2008)
Ballsaison (2008)
Tortenkomplott (2007)
Killerspiele (2007)
Würstelmassaker (2006)
Heurigenpassion (2006)
Schnitzelfarce (2005)
Pastetenlust (2005)

PIERRE EMME

Schneenockerleklat

Palinskis neunter Fall

Original

GMEINER

Personen und Handlung sind frei erfunden.
Ähnlichkeiten mit lebenden oder toten Personen
sind rein zufällig und nicht beabsichtigt.

Besuchen Sie uns im Internet:
www.gmeiner-verlag.de

Im Ehnried 5, 88605 Meßkirch
Telefon 0 75 75/20 95-0
info@gmeiner-verlag.de

1. Auflage 2009

Lektorat: Claudia Senghaas, Kirchardt
Herstellung / Korrektorat: Katja Ernst / Susanne Tachlinski
Umschlaggestaltung: U.O.R.G. Lutz Eberle, Stuttgart
unter Verwendung eines Fotos von: Hotel »Panhans«
Druck: Fuldaer Verlagsanstalt, Fulda
Printed in Germany
ISBN 978-3-89977-803-8

Im Dezember davor

Es war an einem kalten Nachmittag im Dezember und bereits etwas dämmrig gewesen. Seit Mittag hatte es stark geschneit, übrigens das erste Mal in diesem Winter, und die Hoffnungen auf weiße Weihnachten bekamen neue Nahrung.

Die Stadt und ihre Bewohner hatten langsam die dadurch bedingten Verkehrsbehinderungen vergessen und an der alle zivilisatorischen Hässlichkeiten verbergenden Schneepracht Gefallen gefunden.

Alles war plötzlich unter einer sauberen, fast steril wirkenden weißen Decke verschwunden, die Abläufe waren gemächlicher, die akustischen Absonderungen der Stadt angenehm gedämpft.

Es war das reinste Wintermärchen gewesen, und die Kinder hatten es genossen. So wie auch alle Junggebliebenen, die sich bei solchen Gelegenheiten noch ein wenig dem Stress entziehen konnten.

Der schlanke, ausnehmend fit wirkende Frühpensionist Karl Helmbach und sein treuer Hund Hector – ja, ja, mit c, darauf legte Helmbach großen Wert – spazierten scheinbar ziellos durch den Währinger Park.

Vor einem halben Jahr hatte Helmbach von einer Tante eine kleine Eigentumswohnung in der Gymnasiumstraße, direkt an der Ecke zur Phillipovichgasse, geerbt. Kurz entschlossen hatte sich der überzeugte Junggeselle gegen einen Verkauf entschieden, seine Mietbleibe in Böheimkirchen gekündigt und war nach Wien gezogen.

Keiner, der ihn kannte oder kennenlernte, konnte verstehen, warum der über Vitalwerte eines durchtrainierten

35-Jährigen verfügende 58 Jahre alte Helmbach bereits aus dem aktiven Polizeidienst ausgeschieden war. Der Grund dafür war für Außenstehende auch nicht gerade augenscheinlich, aber logisch.

Der begeisterte Polizist hatte seit mehr als 32 Jahren seinen Dienst als Hundeführer bei der Polizeihundestaffel in St. Pölten versehen. Nun war Hector, sein letzter vierpfotiger Kollege, bei einem Einsatz im Sommer letzten Jahres so schwer an der linken vorderen Pfote verletzt worden, dass das hoch qualifizierte Tier nicht weiter im Polizeidienst eingesetzt werden konnte.

Für den Junggesellen Helmbach, der seine Hunde immer wie eigene Kinder geliebt hatte, stand fest, in diesem Fall ebenfalls aus dem Dienst auszuscheiden. Dank einer chronischen Gelenkerkrankung, die ihn bisher allerdings nicht daran gehindert hatte, 100 Meter immerhin in nur etwas mehr als 15 Sekunden zu laufen, und eines gnädigen Amtsarztes gelang es Karl, Anfang November wegen Berufsunfähigkeit in die finanziell stark beschnittene Frühpension zu gehen. Da er als ehemaliger Beamter keine Zuverdienstgrenze zu beachten hatte, hatte er sich gleichzeitig die Gewerbeberechtigungen für Sicherheitsberatung und Private Ermittlungen besorgt. Denn von den knapp 1.200 Euro monatlicher Apanage allein würde er sich in seinem neuen Lebensabschnitt keine großen Sprünge leisten können.

Begleitet wurde er bei seinem Abgang in den Ruhestand von – erraten – Hector, seinem treuen Hund.

Dank langer Spaziergänge hatte Helmbach seine neue Wohngegend bestens kennengelernt. Aber nicht nur Döbling, auch andere Wiener Bezirke, vor allem Alsergrund, Währing und Hernals sowie die City hatten keine sonderlichen Geheimnisse mehr für ihn bereit. Am liebsten streifte er mit Hector aber durch den herrlichen Wienerwald, der ihm natürlich schon vor seiner Übersiedlung ein Begriff gewesen war, den er aber bis dahin kaum wirklich gekannt hatte.

Plötzlich bemerkte Helmbach, dass Hector eine Witterung aufgenommen hatte. Das bis dahin eher verspielte Herumtänzeln des Hundes ums Herrl war schlagartig einem eindeutig zielgerichteten, hoch konzentriert wirkenden Verhalten gewichen. Für den erfahrenen Hundeführer war sofort klar, dass die von seinem Tier aufgenommene Spur nicht zu einer verlorenen Handtasche oder vielleicht zu einem verletzten Eichkatzerl führen würde, solche Funde hatte Hector auch schon zu verzeichnen gehabt. Nein, das Verhalten des Hundes war fast als lehrbuchhaft zu bezeichnen und ließ nur einen einzigen Schluss zu. Den auf das Auffinden von … Helmbach kam gar nicht dazu, den Gedanken zu Ende zu führen, denn Hector hatte sein Ziel bereits erreicht. Eine knapp einen Meter hohe und vielleicht zwei Meter lange Erhebung, eine Art Hügel. Hector hatte zunächst zu winseln und zu scharren begonnen, dann hatte er eine ganz typische Körperhaltung eingenommen und gebellt. Für Helmbach war das das untrügliche Zeichen dafür, dass sich hier etwas ganz Bestimmtes befinden musste. Oder zumindest Teile davon.

Und tatsächlich. Nachdem der ehemalige Polizist vorsichtig den Schnee beseitigt und etwas in dem darunter befindlichen Haufen stark vermoderten Laubes gewühlt hatte, war er rasch auf etwas gestoßen. Etwas, das landläufig als grauenvoller Fund bezeichnet wurde. Obwohl Helmbach im Laufe seines Berufslebens schon öfters in solchen Situationen gewesen war, bekam er eine Gänsehaut.

Bei dem Fund handelte es sich um eine rechte, aller Wahrscheinlichkeit nach weibliche Hand, wie die etwas längeren, lackierten und gepflegt wirkenden Fingernägel vermuten ließen.

Zu blöd, ging es Helmbach durch den Kopf, dass er sein Handy nicht mithatte, das hing noch im Wohnzimmer zum Aufladen am Kabel. Wer befürchtete auch schon ernsthaft, bei einer zehnminütigen Äußerltour in den benachbarten Park ein Telefon zu benötigen.

»Hören Sie«, er hatte sich wieder aufgerichtet und einen langsam näher kommenden, etwas schlampig aussehenden jungen Mann herbeigewinkt. »Wir müssen die Polizei verständigen. Können Sie mir vielleicht kurz Ihr Handy borgen? Oder selbst anrufen? Sie müssen bloß die 133 eintippen oder die Notruftaste drücken, falls Sie eine programmiert haben!«

Die neben dem Expolizisten einzige Person im Umkreis von 300 Metern hatte aber verneinend den Kopf geschüttelt.

»Tut mir leid«, meinte Jo Fossler, mit diesem Namen hatte sich der Fremde kurz danach vorgestellt, »ich habe kein Handy mit. Aber neben dem Parkeingang, da oben«, er deutete Richtung Gymnasiumstraße, »gibts ein Telefonhüttl. Wenn Sie hinaufkommen, gleich rechts. Glaub ich«, hatte er vorsichtshalber noch hinzugefügt. »Ich heiße übrigens Jo, Jo Fossler.«

»Helmbach«, hatte der automatisch erwidert und Fosslers zum Gruß hingehaltene Hand ergriffen. »Freut mich, Jo. Können Sie darauf achten, dass sich niemand an dem Fundort und der Leiche zu schaffen macht, während ich schnell die Kolleg…, die Polizei verständige? Und auf meinen Hund passen Sie doch bitte auch ein wenig auf.«

Während Fossler zustimmend genickt hatte, hatte Helmbach Hector einen ganz bestimmten Blick zugeworfen und ihm gleichzeitig einen kaum erkennbaren Befehl in Form einer scheinbar zufälligen Handbewegung erteilt, der genau das Gegenteil des vorhin Gesagten bedeutete.

Nämlich: »Pass auf den Kerl auf, Hector! Und wenn er sich davonmachen möchte oder auch nur einen Schritt weg von seinem derzeitigen Standort geht, dann …«

Auf jeden Fall hatte Hector genau gewusst, was in diesem Fall von ihm erwartet wurde. Dennoch hatte er Jo weiter freundlich interessiert angeblickt, ein leises Knurren, gepaart mit einem fast unmerklichen Fletschen seiner eindrucksvollen Zähne, aber nicht ganz unterdrücken können.

Dass Fossler während drei der sieben Minuten, die der Expolizist Helmbach benötigt hatte, um wieder an den Fundort der Leiche zurückzukehren, damit beschäftigt gewesen war, sich die Tote etwas näher anzusehen, hatte den treuen Hund dagegen überhaupt nicht gestört.

Davon war in Helmbachs Befehlen ja nichts vorgekommen.

1.

Dienstag, 18. Februar, bis 18 Uhr

Falls er die letzten beiden Wochen ohne bleibende Schäden an Körper, Geist und Seele überstanden hatte, dann konnte ihm auch in Zukunft wohl nichts mehr wirklich etwas anhaben, dachte Palinski. Unvorstellbar, wie viel Stress er in den vergangenen Monaten, insbesondere aber in den letzten 14 Tagen, hatte verkraften müssen.

Und das Verrückteste war, dass er sich sauwohl und bärenstark dabei fühlte. Ganz so, als ob er ein, ja, ein Schwungrad eingebaut hätte, das umso mehr Energie produzierte, je mehr er selbst es in Schwung hielt. Das ihn also ständig neu auflud.

Ob er diese Zeit allerdings wirklich unbeschadet überstanden hatte, würde erst die Zukunft zeigen. Doch der enorme Einsatz sollte sich schließlich auszahlen. Mehr als nur bezahlt machen, hatte man ihm im Falle der zufriedenstellenden Abwicklung der Veranstaltung in Aussicht gestellt, nämlich internationale Anerkennung und reichen Lohn.

Jetzt musste an den nächsten fünf Tagen nur noch alles klappen wie am Schnürl, dann würde es geschafft, der Tag der Ernte da sein. Endlich.

Danach wollte er sich einige Tage Urlaub gönnen. Wieder einmal richtig ausschlafen und den Erfolg in Ruhe genießen.

Vielleicht würde er auch mit Wilma auf ein verlängertes Wochenende nach Südtirol fahren, um den dort ansässigen Teil der Familie zu sehen. Ja, das war eine gute Idee. Genau die Art Belohnung, die er brauchte, um sich für die vor ihm liegende Woche so richtig zu motivieren.

Diese Woche, das bedeutete ganz konkret die diesjährige Jahresversammlung der European Federation of Investigative Criminalists (EFIC) samt umfangreichem Rahmenprogramm, die am Semmering, also in knapp 1.000 Metern Seehöhe stattfinden würde. Diese Veranstaltung hatte einen ganz besonderen Stellenwert. Immerhin handelte es sich um die 50. Jahresversammlung seit Gründung der EFIC.

Übrigens, in der Öffentlichkeit und den Medien bevorzugte die EFIC aus akustischen Gründen die französische Variante ihres Namens, nämlich Federation Européenne des Criminalistes Investigatives (FECI). Das klang irgendwie unverfänglicher, war die mehrheitliche Meinung des Exekutivkomitees.

Palinskis Handy fing an zu summen, erinnerte ihn daran, dass es bereits 10 Uhr war und damit höchste Zeit, sich auf den Weg zum Flughafen zu machen.

Sir Frederick Swanhouse, der stellvertretende Chef von Scotland Yard und als geschäftsführender Vice Chairman der FECI Letztverantwortlicher für den bevorstehenden Trubel, würde um 11.35 Uhr in Schwechat landen, nach zehn Minuten sollte dann Jean Blondell von der Sûreté ankommen und dann Gianni Monderone mit einigen Kollegen aus Rom.

Und sie alle wie auch noch einige mehr musste, nein, wollte Palinski persönlich willkommen heißen. Also, wenn so überragende, ja legendäre Kriminalisten schon einmal den Weg nach Wien fanden, dann würde er, Mario Palinski, natürlich zu ihrem Empfang bereitstehen.

*

Die alte Frau blickte neugierig auf das blassblaue Kuvert, das ihr der Briefträger mit der übrigen Post in die Hand gedrückt hatte. Normalerweise tat er das nicht, sondern stopfte die Werbung und die gelegentlichen, mehr oder weniger erwarteten Poststücke in den metallenen Briefkasten neben dem Eingang zu dem alten Bürgerhaus in der Gersthofer Herbeckstraße.

Heute hatte Frau Abbersyn, ja, so lautete der eher ungewöhnliche Nachname der Frau tatsächlich, allerdings ein Einschreiben erhalten. Ein amtliches Schriftstück, dessen Erhalt sie unbedingt persönlich hatte quittieren müssen. Und wieder hatte die Behörde es nicht geschafft, ihren Namen richtig zu schreiben, nämlich mit zwei b und einem fremden i, also einem y.

Die Witwe des bereits vor sechs Jahren dahingegangenen Medizinalrats Dr. Georg Friedrich Abbersyn ärgerte sich nach wie vor darüber, dass der – zugegebenermaßen seltene, manche vermuteten sogar gälischen Ursprungs seiende – Name meistens Abersin oder Abbersen geschrieben wurde.

In erster Ehe war Anita Abbersyn, eine geborene Danzinger, ja, ja, aus der berühmten Wiener Ärztedynastie, mit einem Zeichenlehrer namens Bauer verbunden gewesen. Zumindest nach Ansicht ihrer Eltern.

Gegen deren heftigen Widerstand hatte sich Anita nicht

für die Medizin, sondern für ein Studium an der Angewandten* entschieden. Und sich bereits im zweiten Semester von Manfred Bauer, ihrem Professor fürs Aktzeichnen, schwängern lassen.

Die Ehe hatte aber nur etwas mehr als drei Jahre gehalten, denn der Spezialist fürs Nackerte Zeichnen, wie die Danzingers den ungeliebten Schwiegersohn nannten, konnte oder wollte seinen schönen Models nicht widerstehen und seinen Pimmel in der Hose behalten. Das wurde irgendwann selbst der früher eher toleranten Anita zu viel, und sie reichte, dynamisch gecoacht von ihrer Mutter, die Scheidung ein.

Dann hatte sie sich einige Jahre nur treiben lassen. War durch die Welt gebummelt, hatte diverse Jobs gemacht und auch wieder geschmissen und sich zwischendurch noch ein Kind machen lassen. Beim Vater des heute 38-jährigen Albert hatte es sich angeblich um einen persischen Technikstudenten gehandelt, den Anita irgendwo in Barcelona kennengelernt hatte.

In den Augen ihrer extrem erfolgs- und standesbewussten Eltern hätte schon die Hälfte dessen, was Anita ihnen in diesen Jahren zugemutet hatte, gereicht, um sie dezidiert zum schwarzen Schaf zu erklären. Die Familie sah in ihr eine absolut lebensunfähige, parasitäre Existenz, noch dazu mit Anhang, die lediglich dank der Großzügigkeit der Verwandten überleben konnte.

Und dann geschah das Wunder: Anita schaffte ihren Dr. med. schließlich doch noch. Zwar nicht an der altehrwürdigen Alma Mater Viennensis, sondern nur vor dem Standesamt. Aber immerhin, wen interessierte das schon,

---

* Akademie für angewandte Künste in Wien

wenn man beim Friseur vor versammelter Kundschaft als Frau Doktor apostrophiert wurde?

Damit war aber auch der Aufstieg zur Frau Medizinalrat gesichert gewesen und schließlich auch die unvermeidliche Beförderung zur Medizinalratswitwe.

Anitas Karriere war halt ein typisches Beispiel für den dritten, früher sehr beliebten, sogenannten Wiener Bildungsweg. Und aus Albert Nirgendwer wurde durch Adoption des freundlichen Stiefvaters ein inzwischen schon fast acht Jahre alter echter Abbersyn. Nicht mehr und nicht weniger.

Irgendwie kam das blassblaue Kuvert der alten Dame bekannt vor. Hatte sie nicht vor zwei, nein, drei Jahren, na egal, sie bildete sich ein, vor ein paar Jahren genau so ein Briefpapier zu Weihnachten geschenkt bekommen zu haben.

Und dass ihr Name darauf ausnahmsweise völlig korrekt geschrieben worden war, war erstaunlich. So was hatte sie schon lange nicht mehr erlebt. Irgendwie freute sie das sogar.

Langsam öffnete sie jetzt den Umschlag und zog einen gefalteten Briefbogen heraus. Umständlich breitete sie das Blatt auf dem Tisch vor sich aus, glättete es und rückte ihre Brille zurecht.

Kaum hatte sie den ersten, aus ausgeschnittenen und aufgeklebten Druckbuchstaben bestehenden Satz der Botschaft gelesen, als ihre Gesichtszüge aus der Rolle sprangen und sie zu schreien begann.

IHR KLEINER ALBERT IST IN UNSERER GEWALT, stand da. Und WENN SIE IHN IM GANZEN WIEDER

ZURÜCKBEKOMMEN WOLLEN, DANN KOSTET SIE DAS 116.812, ALSO GERUNDET 120.000 EURO.

WEITERE ANWEISUNGEN FOLGEN HEUTE ABEND. UND KEINE POLIZEI, SONST …

Anita Abbersyn konnte sich nur zu gut vorstellen, wofür die Punkte nach dem Sonst standen. Und jedes Mal, wenn sie diesen Passus las, und das tat sie gleich mehrere Male hintereinander, konnte sie ein hysterisches Schluchzen nicht unterdrücken.

Ach, Albert, ihr Liebling Albert war in den Händen von schlechten Menschen. Angst schnürte ihren Hals zu wie eine kräftige Rebschnur und drohte sie zu erwürgen. Immerhin hatte sie schon einmal ein Kind verloren. Vor vielen Jahren war die damals dreijährige Martina, Alberts ältere Schwester, die er aber nie kennengelernt hatte, bei einem Verkehrsunfall ums Leben gekommen.

Erst lange danach war die alte Frau endlich imstande, aufzustehen und zum Telefon zu gehen, um dringend notwendige Gespräche zu führen.

*

Seit Mario Palinski auf dem im Jänner vor zwei Jahren in Wien stattgefundenen Polizei-Kongress kurzfristig als Referent eingesprungen war und einen viel beachteten Vortrag gehalten hatte, kannte er viele der führenden Kriminalisten des Kontinents. Mit einigen der Damen und Herren war er, ja, das konnte man ohne Übertreibung sagen, sogar so etwas wie befreundet.

So auch mit Sir Frederick Swanhouse, der eben mit einigen Kollegen in der improvisierten, speziell den Members of the FECI vorbehaltenen VIP-Lounge am Wiener Südbahnhof eingetroffen war.

Vor dem in der obersten Ebene befindlichen kleinen Kaffeehaus, das für einige Stunden ganz der FECI zur Verfügung stand, war ein größeres Partyzelt aufgebaut worden. Hier befand sich neben dem Check-in-Counter und dem Meeting Point eine kleine Snackbar, die die Kriminalisten aus ganz Europa mit Getränken und kleinen Speisen verwöhnte.

Judith, die 23-jährige Jurastudentin, die Palinski für die Vorbereitung und auf Dauer der Jubiläumsveranstaltung als Assistentin z. b. V., das bedeutete zur besonderen Verwendung, engagiert hatte, überreichte eben jeder der anwesenden Damen einen wunderschönen Blumenstrauß.

Die vier unter Judiths Kommando stehenden Hostessen, Schülerinnen der Maturaklasse einer Hotelfachschule, reichten inzwischen Fruchtsäfte, Longdrinks, Wasser und kleine Appetithappen.

Kurz nach Sir Frederick waren auch Magnus Bertsson aus Oslo, Kai Uwe Sterbeck vom BKA in Wiesbaden und Angelus Pelatinos, Athen, eingetroffen und gleich darauf, zur besonderen Freude Palinskis, auch Señora Cortez Ruiz aus Madrid, die Chefpsychologin der Guardia Civil. Diese Dame hatte sich bei seinem ganz speziellen Vortrag vor zwei Jahren als Einzige auf eine Diskussion eingelassen, seine Ansichten hinterfragt und so sein besonderes Interesse geweckt.

»Hola, Isabel!« Außer Buenos días und anderen Floskeln war das das einzige Spanisch, das Mario beherrschte. »Wie geht es Ihnen?«

»Hervorragend. Ich freue mich sehr, hier zu sein, und bin schon neugierig, was Sie sich diesmal für uns ausgedacht haben!« Im Gegensatz zu Palinskis Spanisch sprach die Psychologin, die in Hamburg studiert hatte, ausgezeichnet Deutsch.

Die große Uhr am Bahnsteig 18, auf dem eben der Sonderzug 4311 Criminal Express zum Semmering mit der planmäßigen Abfahrt um 15.25 Uhr eingeschoben wurde, zeigte 13.28 Uhr.

Noch jede Menge Zeit, aber von den erwarteten rund 400 Ehrengästen, die sich für die Zugfahrt angemeldet hatten, waren auch erst knapp 100 in der VIP-Lounge eingetroffen.

Nun, bis zur Abfahrt war noch über eine Stunde Zeit.

*

Während Palinski seine Schäfchen für die Fahrt mit dem aus restaurierten, voll funktionsfähigen und mit modernstem Komfort ausgestatteten Waggons aus der Zeit der Monarchie bestehenden Sonderzug sammelte, saß etwas mehr als 100 Kilometer südlich von Wien ein Mann bei seinem kargen Mittagessen. Karl Schönberg, vulgo der Koglbacher, war 68 Jahre alt und schon ein wenig tattrig. Es waren die Beine, die nicht mehr so recht mitmachen wollten.

In der Erinnerung seiner ehemaligen Freunde und Geschäftspartner war er aber nach wie vor der kraftstrotzende Bulle, dem sich nichts und niemand entgegenstellte.

Ein Gigant, der Beste seines Faches überhaupt. Und das

wirklich Erstaunliche war, dass seine Feinde, besser die, die seine Feinde gewesen und trotzdem noch am Leben waren, nicht viel anders dachten.

Der Koglbacher war kein Einheimischer, sondern ein sogenannter Zuagraster, also ein Zugereister. Plötzlich, eines Tages vor etwas mehr als zwölf Jahren, war er da gewesen. Hatte als einer der Ersten von den neuen Freiheiten für EU-Bürger Gebrauch gemacht und sich in der Stanz niedergelassen.

Seiner freundlichen, natürlichen Art, der unauffälligen Selbstverständlichkeit, mit der er sich seiner Umwelt angepasst hatte, ja in ihr aufgegangen war, vor allem aber seinen ausgezeichneten Deutschkenntnissen war es zu verdanken, dass der Koarl inzwischen fast als Einheimischer angesehen wurde.

Und nur sehr sensible Ohren konnten auch heute noch den leichten Hauch von Akzent erkennen, der verriet, dass der Koglbacher vor vielen Jahren als Carlo Montebello in Neapel zur Welt gekommen war.

Nach einem intensiven, höchst erfolgreichen Arbeitsleben war er, der in seinem Fach zu den Besten zählte, bereits mit 56 Jahren in den Ruhestand gegangen. Nein, eher in allen Ehren gegangen worden. Aus Gründen der Familienpolitik, wie es seinerzeit inoffiziell geheißen hatte.

Und so, wie es andere Menschen im Altenteil in den Süden zog, hatte es Signore Carlo Montebello in den Norden gezogen. Während sich der Koglbacher genussvoll mit den letzten Bissen seines Schmalzbrotes beschäftigte, klingelte das Wandtelefon im Vorraum. Wohl müßig anzumerken, dass es sich um einen Festnetzanschluss handelte. Mühsam erhob sich der alte Mann, griff nach seinem Gehstock und brachte die Strecke in den Vorraum vorsichtig zeppelnd hinter sich.

»Jo«, meldete er sich schließlich nicht gerade formvollendet, für die Gegend aber durchaus typisch.

»Ciao amico«, meldete sich eine heisere, unverkennbare Stimme aus seiner Vergangenheit, »dobbiamo parlare, Carlo, wir missen sprecken!«

*

Der Anruf ihrer Schwester Anita hatte Elisabeth Bachler völlig aus der Fassung gebracht. Entführungen und Lösegeldforderungen waren Ereignisse, an die man durch die Medien zwar immer wieder erinnert wurde, aber zwischen der allgemeinen Aufregung über solche Verbrechen sowie Mitgefühl mit den Betroffenen und dem, was sie jetzt tatsächlich bewegte, ja aufwühlte, lagen emotionale Welten.

Um Gottes willen, jetzt hatte das Verbrechen, vielleicht sogar der internationale Terrorismus auch ihre Familie erfasst, man glaubte, nein hoffte ja immer, dass einem selbst solche schrecklichen Erfahrungen erspart blieben.

Und dann, eines Tages, stellten sie sich doch ein.

Nach dem Schmerz war eine gewisse Erleichterung zu verspüren. Elisabeth Bachler schämte sich zwar, das eingestehen zu müssen. Aber sie war, und das war nur zu menschlich, froh, sehr froh sogar, dass es nicht ihre Tochter Wilma getroffen hatte. Oder eines ihrer Enkelkinder. Ein unvorstellbarer Gedanke.

Nun, die 120.000 Euro waren kein Problem. Sowohl ihre Familie als auch Anita waren relativ wohlhabend. Zwar hatten sie sicher nicht so viel Bares herumliegen, denn das Geld war langfristig gebunden, aber falls alle zusammen halfen, und davon ging sie aus, dann sollte das Aufbringen des Betrages selbst kurzfristig keine großen Probleme machen.

Das Stichwort lautete: Familientreffen, und das möglichst rasch, also noch heute Abend.

Zu trinken war genug im Hause, das Essen konnte sie sich von einem nahe gelegenen Partyservice liefern lassen.

Tja, damit war alles klar.

Wann riefen Kidnapper wohl ihre Opfer an, wenn sie von abends sprachen? Sie hatte keine Ahnung, aber sicher nicht zu früh. Wahrscheinlich auch nicht später als 22 Uhr, denn nach dieser Zeit rief man einfach nicht mehr an. Zumindest unter gut erzogenen Menschen. Außer es handelte sich um einen Notfall.

Eine Entführung konnte man ja auch als einen solchen ansehen. Wie auch immer, 19.30 Uhr war sicher eine gute Zeit, mit dem Familientreffen zu beginnen.

Elisabeth Bachler machte es sich auf dem Stuhl neben dem Telefon bequem und begann, die Familienmitglieder zusammenzutrommeln.

*

Kurz vor 15 Uhr hatten die Original Kaiserschützen am Bahnsteig Aufstellung genommen und begonnen, die Zeit bis zur Abfahrt des Criminal Express mit ihrem munteren Spiel zu verkürzen.

Die Musiker in ihren historisch anmutenden Fantasiekostümen sahen hervorragend aus und spielten auch gar nicht schlecht. Dazu kam, dass sich kaum einer der Gäste den Spaß entgehen lassen wollte, selbst einmal mit dem Dirigentenstab je nach Temperament wild herumzufuchteln oder bedächtig zu schwimmen und dabei abgelichtet zu werden.

Mit einem Wort, es war eine Riesenhetz.

Den Musikanten wars wurscht, wer was dirigierte, die kannten das Zeugs ohnehin auswendig und spielten ungerührt ihr Repertoire herunter. Vom Radetzkymarsch über ›Stars and Stripes‹ bis hin zu ›Oh, du mein Österreich‹.

Und das funktionierte prima. Selbst wenn der Kapellmeister lediglich an Blähungen gelitten oder eine lästige Fliege verjagt hätte.

Als sich der Zug exakt um 15.25 Uhr zu den Klängen von ›Muss i denn, muss i denn zum Städtele hinaus‹ in Bewegung setzte, waren sich jedenfalls alle sicher, dass Wien zu Recht die Welthauptstadt der Musik genannt wurde.

»Grothe Klathe«, fasste Kriminaldirektor i. R. Mannsbart vom LKA mit feuchten Augen zusammen. Treffender hätte man das wirklich nicht ausdrücken können. Bloß schade, dass sich der äußerst verdiente, hochdekorierte Kriminalbeamte noch immer keinen besseren Zahnersatz leisten konnte oder wollte.

Langsam gewann der Zug, der aus drei historischen Salon-, vier Speise- und zwei Barwagen sowie fünf erst kürzlich völlig renovierten Erste-Klasse-Waggons aus der Zwischenkriegszeit bestand, an Geschwindigkeit. Nach einer bewusst prolongierten Fahrtzeit von drei Stunden und 55 Minuten sollte er exakt um 19.20 Uhr am Bahnhof Semmering einfahren.

Aus Gründen der Authentizität und Originalität hatte Palinski sogar daran gedacht, eine echte alte Dampflok vor die Garnitur spannen zu lassen. Wegen der vorhersehbaren, durchaus berechtigten Proteste der Umweltschützer gegen diese Rußorgie hatte er den Gedanken aber wieder fallen lassen.

Und das war auch gut so, denn wenn Sir Frederick etwas noch weniger liebte als eine schlechte Presse, dann eine, die zu Recht schlecht war.

Apropos Presse: An Bord des Zuges befanden sich neben einem Fernsehteam auch die Vertreter von 33 in- und ausländischen Zeitungen und Fachmagazinen. Die restlichen der insgesamt 69 akkreditierten Medienvertreter würden direkt am Zielort zu der nachrichtenhungrigen Meute stoßen.

Unter den Damen und Herren der schreibenden Zunft, die sich gleich nach der Abfahrt in dem zum provisorischen Pressezentrum umgestalteten Barwagen versammelten, befand sich auch ein junger Mann, den keiner kannte. Noch nicht.

Die inländischen Journalisten hielten ihn, falls sie überhaupt darüber nachdachten, für einen ausländischen Kollegen. Und die Ausländer umgekehrt für einen Hiesigen.

Der Name Sven Eglitz ließ mehr oder weniger alle Möglichkeiten offen. Auch die CEPA – Central Europe Press Agency, als deren Mitarbeiter ihn die am Revers seiner Jacke befestigte Registrierung auswies, ließ viele Möglichkeiten offen.

Zwar hätte keiner etwas über diese Agentur sagen können, aber bei der Dynamik, die dieser schnelllebige Markt seit Jahren entwickelte, war das nicht weiter erstaunlich.

Während sich der Zug in gemächlichem Reisetempo, wie sollte man die für knapp 100 Kilometer bis zum Ziel benötigte Fahrzeit von fast vier Stunden sonst nennen, der Station Meidling näherte, schlenderte Palinski erleichtert durch die Waggons, begrüßte die, die er noch nicht begrüßt hatte, und stellte sich jenen vor, die ihn noch nicht kannten.

Die Spannung, die ihn seit heute Morgen gefangen gehalten hatte, war jetzt völlig abgefallen. Noch – er blickte kurz auf seine Armbanduhr – knapp drei Stunden, dann würden sie alle im ›Semmering Grand‹ angelangt sein. Dort wartete bereits sein Assistent Florian Nowotny auf ihn, um ihn zu entlasten.

Wilma, seine liebe Wilma, mit der er seit mehr als 26 Jahren nicht verheiratet war und dennoch zwei Kinder hatte, würde erst morgen nachkommen. Sie hatte heute Abend noch eine berufliche Verpflichtung wahrzunehmen, ehe sie für den Rest der Woche freinehmen konnte.

Palinski passte das ganz gut ins Zeug. Nach den höllisch anstrengenden und weitgehend schlaffreien letzten Tagen wollte er heute Abend versuchen, früh ins Bett zu kommen. Da außer der informellen Get-together-Party im ›Semmering Grand‹, mit der er nicht unmittelbar zu tun hatte, nichts auf dem Programm stand, sahen die Chancen dafür recht gut aus.

Wohlig rekelte er sich im Geiste bereits auf den frischen, nach Sauberkeit duftenden Linnen, als Sven Eglitz in sein Leben trat und seinen Tagtraum zerstörte.

»Verzeihen Sie, Herr«, der junge Mann warf einen Blick auf Palinskis Namensschild, »Palinski, ah, Sie sind es persönlich. Es ist mir eine Ehre. Ich bin Sven Eglitz von der CEPA«, stellte er sich vor. »Darf ich Sie etwas fragen?«

»Natürlich«, ermunterte Palinski den bebrillten Vollbartträger, der ein eigenartiges Medaillon um den Hals trug und irgendwie weibisch damit wirkte, »dazu bin ich ja da. Was wollen Sie wissen?«

»Stimmt es, dass Sir Peter Millfish auch auf den Semmering kommen wird?« Millfish war eine legendäre Figur in der Welt der Kriminalisten und Kriminologen. Innerhalb von nur knapp zehn Jahren hatte der charismatische Herausgeber des Global Criminal Report (›GCR‹) aus einem unbedeutenden Monatsmagazin eine der, nein, die weltweit führende Fachzeitschrift in diesem Bereich gemacht. Allein die englischsprachige Auflage lag inzwischen bei mehr als 525.000 Exemplaren. Und das 26 Mal im Jahr.

Klar, dass so ein Mann normalerweise auf keiner Jahresversammlung der FECI hätte fehlen dürfen, schon gar nicht im Jubiläumsjahr. Noch dazu war der GCR Großsponsor der Veranstaltung, darüber hinaus hatte Sir Peter gerüchteweise auch privat einen namhaften Betrag zu den nicht unbeträchtlichen Kosten des Mega-Events beigesteuert.

Aber so selbstverständlich war das bei dem kauzigen, sogar im heimatlichen Blyth Valley in Northumbria kaum in der Öffentlichkeit erscheinenden und auf seinem Landsitz in der Nähe von Cramlington total abgeschirmt lebenden Sir Peter ganz und gar nicht. Nein, seine Teilnahme war erst gestern Nachmittag völlig unerwartet und überraschend bekannt gegeben worden.

Im Gegensatz dazu war der aus Lady Paulina, Andrea, Bridget und Caroline bestehende weibliche Teil der Familie als ausgesprochen kommunikativ und lebenslustig bekannt. Die Damen verbrachten den Großteil des Jahres an einer noblen Londoner Adresse.

Nur zu verständlich, dass sich nun jeder Journalist um eines dieser raren Interviews mit der Legende bemühte. Für einen jungen Mann wie Eglitz konnte das die Chance für den beruflichen Durchbruch sein.

»Sir Peter Millfish und Familie werden erst morgen im Laufe des Tages am Semmering erwartet. Er wird übermorgen nachmittags vor der ›Mörderischen Diskussionsrunde‹ zwei Stunden für Interviews zur Verfügung stehen!«, teilte Palinski Eglitz mit. Dabei war er sichtlich bemüht, seinem Gegenüber nicht direkt ins Gesicht zu blicken. »Sie sollten sich auf jeden Fall schon in die Liste eintragen lassen, das Interesse an Interviews mit ihm ist enorm!«

Der junge Journalist bedankte sich artig und ging.

Schade, dachte Palinski, das schien durchaus ein netter Kerl zu sein. Und dann so ein Mundgeruch, äh.

Im nächsten Waggon traf Mario auf István Lalas, den Doyen der ungarischen Journalisten, den er bereits von früheren Anlässen her kannte.

»Hallo Mario«, freute sich István. »Schön, wieder bei euch zu sein. Du hast da ja eine großartige Sache organisiert!«, anerkannte er. »Sag, hast du Kollegen Sven Eglitz gesehen? Laut Anwesenheitsliste soll er bei unserem Haufen dabei sein!« Er lachte gutmütig.

»Lustig, dass du gerade jetzt nach ihm fragst. Ich habe ihn eben erst kennengelernt!«, erwiderte Mario. »Vor weniger als fünf Minuten. Ist er nicht noch ziemlich jung für einen Mann in dieser Position?«

»Soviel ich weiß, ist er knapp 40, also jung …?« István schüttelte den Kopf. »Wie vieles im Leben ist jung eben auch ein relativer Begriff!«

Komisch, dachte Palinski, er hätte dem Burschen vorhin

keine 30 gegeben. Aber bitte, manche sahen mit 50 noch so glatt und rosig aus wie ein Kinderpopo.

»Er muss irgendwo in einem der hinteren Wagen sein!«, er deutete in die Richtung, aus der er eben gekommen war.

»Danke«, István salutierte scherzhaft ehe er weiterging. »Wir sehen uns!«

*

Wilma Bachlers Schock über das, was sie eben von ihrer Mutter erfahren hatte, war nicht gerade gering. Zwar gab es niemanden in ihrer Verwandtschaft, den sie weniger mochte als Cousin Albert. Sie hielt ihn für ein hervorragendes Beispiel dafür, dass man sich seine Freunde aussuchen konnte, die Verwandtschaft dagegen nicht.

Aber Objekt einer Entführung und Lösegeldforderung zu sein, das war gewiss eine Erfahrung, die zu machen sie nicht einmal ihren schlimmsten Feinden wünschte.

Klar, dass die Familie in so einer Situation zusammenrückte, sich gegenseitig, vor allem aber den unmittelbar betroffenen Angehörigen half. Oder dies zumindest versuchen musste.

Langsam wurde sie zornig. Sie hatte jetzt mindestens fünf Mal versucht, Mario zu erreichen, aber immer ohne Erfolg. Ständig dieser saudumme Hinweis auf die Mailbox. Was für einen Sinn hatte ein mobiles Telefon, das der potenzielle Gesprächspartner immer bei sich haben konnte, ein entscheidender Vorteil zum Festnetzangebot, wenn dieser Popsch von Palinski das Gespräch nie annahm?

Vielleicht sollte sie versuchen, Florian zu erreichen. Soviel sie wusste, war Marios Mitarbeiter bereits am Semmering.

Sie konzentrierte sich auf seine Handynummer, irgendwie schaffte sie es immer wieder, gedanklich einen Zahlensturz zu vollziehen und so regelmäßig eine Fehlverbindung zu produzieren.

Obwohl sie das wusste und sich darauf konzentrierte, den Fehler heute zu vermeiden, war sie schon wieder falsch verbunden. Sie verstand nicht, dass sie nicht imstande sein sollte, den Assistenten Marios bereits mit dem ersten Versuch zu erreichen.

Nun, es gab eben Dinge, die zu verstehen man gar nicht erst versuchen sollte. Ganz einfach, weil sie eben völlig unverständlich waren.

Wilma tippte die Nummer ein zweites Mal ein. Diesmal eine 434 statt einer 344. Und siehe da, kurz darauf hatte sie Florian Nowotny tatsächlich am Apparat.

»344 statt 434«, memorierte sie, und nochmals »344 statt 434«.

Das war doch wirklich nicht so schwer zu merken. Sie sollte sich unbedingt eine deppensichere Eselsbrücke ausdenken oder die Nummer endlich abspeichern, ging es ihr noch durch den Kopf, während sie den jungen Polizisten bat, dafür zu sorgen, dass sich Palinski so rasch wie möglich mit ihr in Verbindung setzte.

*

Adrian Eberheim war das, was man landläufig als feschen Kerl in den besten Jahren bezeichnen konnte. Der schlanke

Mittfünfziger mit flottem Oberlippenbart war glücklich verheiratet und Vater zweier Kinder. Und er war heilfroh, dass der Nachwuchs die Schule endlich hinter sich gebracht hatte. Natürlich mit großem Erfolg, aber auch mit erheblichen Problemen organisatorischer Natur. Oder konkret: Zores mit den Schulferien.

Denn Tochter Anna war im niederösterreichischen Gloggnitz zur Schule gegangen, und Sohn Herbert hatte eine solche im steirischen Mürzzuschlag besucht.

Das hatte die Konsequenz, dass für Anna andere Ferientermine galten als für Herbert. Das wieder hatte erheblichen zusätzlichen Stress für die Eltern zur Folge, die beide berufstätig waren. Eltern schulpflichtiger Kinder mit etwas Fantasie konnten sich gewiss vorstellen, worauf dies immer wieder hinausgelaufen war.

Barbara Eberheim arbeitete in leitender Position im größten Haus am Platz, Adrian war Generaldirektor des ›Semmering Grand‹ und damit ihr Chef.

Der Boss hatte heute aber ganz andere Sorgen als die, die sich seinerzeit aus unterschiedlichen Ferienterminen und freien, sogenannten ›schulautonomen Tagen‹ ergeben hatten.

Als ihn Mario Palinski, den Eberheim seit vielen Jahren kannte und auch öfters schon als Gast im Hause gehabt hatte, vor fast acht Monaten mit der Ankündigung überrascht hatte, die nächste und noch dazu 50. Jahresversammlung der FECI im ›Semmering Grand‹ durchführen zu wollen, war Eberheim natürlich hellauf begeistert gewesen. Und hatte nicht lange mit seiner Zusage gefackelt. Klar, wer zögerte schon, wenn es darum ging, nach den Energie-Ferien noch eine Woche volle Auslastung realisieren zu können?

Damals war von 120 bis zu 150 Teilnehmern an der Jahresversammlung die Rede gewesen. Dazu noch Angehörige und Tross, Journalisten, Mitarbeiter etc., demnach also von insgesamt höchstens 300 Gästen.

Ob nun der attraktive Ort, das schöne Hotel oder das interessante Jubiläumsprogramm für das außerordentliche Interesse an dieser Veranstaltung verantwortlich waren, darüber konnte nur spekuliert werden. Auf jeden Fall war die Zahl der Anmeldungen mit derzeit insgesamt 688 auf deutlich mehr als das Doppelte der maximalen Prognose angestiegen. Eine beeindruckende oder Angst erregende Entwicklung, je nachdem, welchen Standpunkt der Betrachter einnahm.

Unter Berücksichtigung jener Teilnehmer, die in kleineren Hotels und Pensionen untergebracht werden konnten, hatten Eberheim Mitte Dezember des Vorjahres immerhin mehr als 200 Betten im eigenen Hause gefehlt. Ein scheinbar unmöglich zu lösendes Defizit.

Dennoch war dem gewieften Manager die Quadratur des Kreises, ja, so konnte man diesen Geniestreich wohl nennen, durchaus gelungen.

Er hatte es geschafft, für diese Woche mehr als die Hälfte der im gleichen Gebäudekomplex wie das ›Semmering Grand‹ befindlichen privaten Appartements anzumieten. Darüber hinaus hatte er die benachbarte Hotelfachschule zu einer Verschiebung der Semesterferien überreden können. Dadurch konnten die zwar etwas kleineren, aber sehr ordentlichen Zweibettzimmer des der Schule angeschlossenen Internats ebenfalls berücksichtigt werden.

Schlussendlich hatte Eberheim sämtliche 442 Gäste, die unbedingt im ›Semmering Grand‹ logieren wollten, auch irgendwie adäquat untergebracht. Zumindest im selben Gebäude.

Dazu kamen noch knapp 250 weitere Gäste, die anderswo am Semmering oder in einer der umliegenden Ortschaften Platz fanden.

Wie gesagt, die Jubiläumskonvention der FECI würde die größte Veranstaltung dieser Art sein, die je am Semmering stattgefunden hatte. Und sein, Adrian Eberheims, Name würde damit untrennbar verbunden sein. Der alte Hotelfuchs war ehrlich angetan, ja richtig berührt von sich und seiner Leistung.

Allerdings barg die erzwungene temporäre Aufblähung der Kapazitäten des ›Grand‹ natürlich auch einige Gefahren in sich. Da sich die Bettenkapazität für diese Woche nahezu verdoppelt hatte und in der Gastronomie sowie bei den Veranstaltungen ebenfalls mit entsprechenden Zuwächsen gerechnet werden musste, hatte er das Personal kurzfristig beträchtlich aufstocken müssen. Mithilfe spezialisierter Agenturen sowie einiger direkt aufgenommener Mitarbeiter und Mitarbeiterinnen war das Problem rein formal einfach zu lösen gewesen. Aber ob und inwieweit die Mitarbeiter auf Zeit auch den hohen Qualitätsanforderungen des ›Grand‹ entsprechen würden? Trotz strikter Aufnahmekriterien konnte Eberheim nur hoffen und beten.

Am meisten irritierte ihn aber nach wie vor das spurlose Verschwinden seiner Assistentin. Die 28-jährige Ingrid Warnicek, absolvierte Hotelkauffrau mit ausgezeichnetem Abschluss und für ihr Alter sagenhaften neun Jahren Auslandserfahrung in ersten Häusern in Rom, London und Nizza, war am 13. Dezember auf Kurzurlaub nach Hause aufgebrochen. Konkret hatte das Purkersdorf bei Wien bedeutet, wo sie vor mehr als einem Jahr das kleine Häuschen ihrer Omi geerbt hatte. Ihrer Großmutter väterlicherseits, bei der sie aufgewachsen war. Denn ihre Eltern waren bei einem Flugzeugabsturz ums Leben gekommen. Ingrid hatte damals gerade zu laufen begonnen.

Am 14. Dezember hatte die junge Frau noch mit Eberheim telefoniert und ihre Rückkehr für den 16. Dezember mittags bestätigt. Das war das letzte Mal gewesen, dass er etwas von seiner Assistentin gehört hatte.

Trotz intensivster Nachforschungen waren die Bemühungen der Polizei bisher erfolglos geblieben. Eine Schwierigkeit bei der Suche war auch, dass die junge Frau dank ihrer langjährigen Auslandsaufenthalte in Österreich so gut wie keine Bekannten hatte. Und für die wenigen entfernten Verwandten, die noch existierten, war Ingrid Warnicek ein kleines Mädchen auf einer vergilbten Fotografie. Langer Rede kurzer Sinn, kein Mensch wusste, wie die junge Frau aussah, keiner hatte sie gesehen. Es gab keine Spuren, und die Chancen, doch noch auf eine zu stoßen und damit die junge Frau selbst zu finden, wurden von Tag zu Tag geringer.

Und obwohl er sich ganz schrecklich dabei gefühlt hatte, hatte sich Generaldirektor Eberheim schließlich nach Weihnachten gezwungen gesehen, die Position seiner Assistentin zumindest provisorisch neu zu besetzen. Das Arbeitsvolumen hatte ihm trotz großen Unbehagens keine andere Wahl gelassen.

Dabei hatte er noch Glück im Unglück gehabt, denn Ingrids Nachfolge hatte sich mehr oder weniger von selbst ergeben. Die junge Wirtschaftsakademikerin Elke Horwenz war am 17. Dezember im ›Grand‹ angekommen, um sich einige Tage des Ausspannens zu gönnen. Rein zufällig hatte sie mitbekommen, was sich abgespielt hatte. Am 20. Dezember hatte Frau Horwenz Eberheim um ein Gespräch gebeten. Sie habe ihre bisherige Arbeit im Ausland aufgegeben und sei nach Österreich zurückgekehrt. Und das alles wegen einer unglücklichen Affäre mit einem verheirateten Mann. Sie habe vom Verschwinden der Assistentin gehört und wolle ihre Dienste anbieten. Natürlich nur inoffiziell und ohne Bezahlung. Nun gut, gegen Kost und Quartier war nichts einzuwenden gewesen.

Der Generaldirektor hatte nicht lange überlegt und Ja zu dem Deal gesagt. Und seine spontane Entscheidung bisher nicht bereut. Ganz im Gegenteil.

Es war daher nur logisch gewesen, Elke Horwenz ein Angebot zu machen, nachdem er sich definitiv entschieden hatte, den Posten neu zu besetzen. Ein Offert, das diese erfreut, aber mit der Einschränkung angenommen hatte, das Feld räumen zu wollen, sollte ihre Vorgängerin wieder auftauchen.

Eberheim war mehr als beeindruckt von dieser Geste gewesen und durchaus zufrieden mit seiner Wahl. Obwohl Elke Ingrid natürlich nicht ersetzen konnte. Noch nicht zumindest.

Ein Blick auf die Uhr zeigte ihm, dass noch knapp zwei Stunden bis zur massiven Ankunft der Gäste blieben. Gut, dass er Palinskis Idee aufgegriffen und drei Mitarbeiterinnen losgeschickt hatte, die den Crime Express in Wiener Neustadt besteigen und die Gäste noch im Zug einchecken sollten. Damit würde die Ankunft im Hause nahezu frei von den üblichen administrativen Notwendigkeiten ablaufen, relativ rasch und unproblematisch über die Bühne gehen. Aber mehr als 400 Gäste und ihr Gepäck innerhalb kürzester Zeit auf die Zimmer zu bringen, und zwar auf die richtigen, war immer noch Herausforderung genug.

Hoffentlich würden die großen Pferdeschlitten, die bis zu 24 Personen fassen konnten, rechtzeitig am Bahnhof eintreffen. Er hatte sie mühsam in einem Umkreis von 60 Kilometern auftreiben müssen, um den gewünschten stilvollen Transfer bieten zu können. Schnee dafür war ja noch genug vorhanden. Auch wenn es seit mehr als einer Woche keine Auffrischung mehr gegeben hatte.

Also, falls es jetzt auch noch schneite ...

Ob die 300 Flaschen Champagner für heute Abend reichen würden? Vielleicht sollte er vorsorglich noch 100 zusätzlich auf Eis legen lassen.

Hoffentlich klappte das morgen mit dem Ersatz für Luigi Marander, den Chefpâtissier. Denn er war der einzige Pâtissier, den er in der Küchenbrigade hatte. Gehabt hatte, um korrekt zu sein. Denn dieser Unglücksrabe hatte sich gestern das Bein gebrochen. Da verbot man den wichtigen Leuten in der Saison das Skifahren, um so etwas zu verhindern, und dann rutschen sie auf einer Eisplatte aus.

Also der Gedanke, die nächsten Tage ohne seinen Spezialisten fürs Süße auskommen zu müssen, bereitete ihm echt Kopfweh.

Verdammt, der sonst so ruhige Eberheim war diesmal richtig nervös. Er musste unbedingt erneut alles durchchecken, durfte nichts dem Zufall überlassen.

In den nächsten Tagen durfte nichts, aber auch wirklich nichts schiefgehen.

*

Die Weinverkostung im Bahnhof Baden während des rund 20-minütigen Stopps in der Kurstadt war ein großer Erfolg gewesen. Palinski war richtig stolz auf seine Idee, die er gegen den rhetorischen Widerstand seines alten Freundes und Mitorganisators Ministerialrat Miki Schneckenburger durchgesetzt hatte.

Mehr als 50 Weinbauern der Thermenregion hatten kleine Stände aufgebaut und reichten den überraschten, erfreuten und teilweise sukzessive leicht beschickerten Gästen kleine Kostproben durch die geöffneten Fenster.

Zahlreiche Fahrgäste waren ausgestiegen, um sich etwas die Beine zu vertreten und bei dieser Gelegenheit rascher oder auch öfter in den Besitz der zunehmend begehrter werdenden Süffigkeiten zu gelangen. Gleichzeitig posierten sie mit den anwesenden Honoratioren der Stadt und buhlten um die Wette um einen guten Platz im Blitzlichtgewitter.

Eine Damenkapelle, die Badner Madln, spielte dazu Operettenmelodien und andere Ohrwürmer, mit einem Wort, es war eine Riesenhetz.

Die, und auch darauf war Palinski sehr stolz, keinen Cent kostete außer einem Schmattes* für die flott aufspielenden Musikantinnen, die mit ihren trotz der niedrigen Temperaturen doch sehr ansprechenden Dekolletés bei dem vor allem männlichen Publikum großen Anklang fanden.

---

* Trinkgeld

Kurz gesagt, war die Stimmung im Zug, der sich inzwischen langsam, aber sicher der nächsten Station näherte, ausgezeichnet und stimmte Palinski vorsichtig optimistisch. Falls es nur einigermaßen so weiterging, dann würde der Event ein Riesenerfolg werden.

Inzwischen hatte der Crime Express den Bahnhof von Wiener Neustadt erreicht. Die Rezeptionistinnen des ›Semmering Grand‹ waren bereits an Bord gegangen und begannen, die vorbereiteten Schlüsselkarten an die Gäste zu verteilen sowie die unbedingt notwendigen Formalitäten zu erledigen.

Nach der Abfahrt sollte die von einer Wiener Großbäckerei mit erheblichen Exportambitionen gesponserte Wiener Jause mit Kaffee, Schlagobers, Gugelhupf und Strudel beginnen. Dazu würde jeder Gast auch noch ein Körberl mit einem Viertel Wiener Mischung, einem kleinen Marmorgugelhupf und, als große kleine Überraschung, ein Original Kaffeehäferl mit dem Namen des jeweiligen Empfängers erhalten.

Also, wenn das nichts war!

So konnte jeder jederzeit überprüfen, ob er auch wirklich der war, für den er sich hielt.

Dem Vernehmen nach sollten sechs Mitarbeiter des Sponsors die letzte Nacht damit verbracht haben, die Häferlparade mit der Teilnehmerliste auf Richtigkeit und Vollständigkeit zu überprüfen. Was für eine Herausforderung.

Palinski fand diese Aktion ein wenig übertrieben. Schon irgendwie lieb, aber doch übertrieben. Ihm konnte es recht sein. Wenn sich der Sponsor etwas davon versprach, warum nicht? Hauptsache, das Budget der FECI war davon absolut nicht berührt worden.

Langsam setzte sich der Zug wieder in Bewegung, holperte leicht über einige Weichen und nahm schließlich Fahrt auf.

Es war genau 16.54 Uhr, und der Crime Express hatte noch knapp zweieinhalb Stunden Fahrt vor sich.

*

Karl Schönberg, in der heimatlichen Stanz auch als der Koglbacher bekannt, war jetzt plötzlich wieder Carlo Montebello. Einfach so, von einer Sekunde zur anderen. Wenn auch vorerst nur psychisch.

Der Anruf von vorhin, diese Stimme aus seiner Vergangenheit hatte eine Zeitreise und damit auch diesen Identitätswandel ausgelöst.

Carlo war sehr stolz darauf, reaktiviert worden zu sein, wenn auch nur für einen Auftrag. Vorläufig zumindest, denn falls er ..., er wagte gar nicht weiterzudenken. Auf jeden Fall würde er wieder einmal mehr als sein Bestes geben.

»Diese Aufgabe ist sehr, sehr wichtig. Molto importante, die wichtigste Sache in deinem Leben überhaupt!«, hatte ihm die Stimme aus der Vergangenheit versichert. Ja, förmlich beschworen, obwohl das überhaupt nicht notwendig gewesen war. Denn Carlo hätte jeden Auftrag angenommen. Na, vielleicht nicht wirklich jeden, aber fast jeden. Jeden zumindest, der seinen ganz speziellen Talenten auch nur in etwa entsprochen hätte.

Aber das, was man jetzt von ihm erwartete, war der Traum jedes professionellen Problemlösers, wie er einer war. Und zwar einer der besten. Der Auftrag war so etwas

Ähnliches wie ein Lifetime Oscar, also die Auszeichnung für ein Lebenswerk. Sein Lebenswerk mit dem Academy Award zu vergleichen, war gar nicht so abwegig. Denn Carlo verstand sich nicht als Handwerker, als Erfüllungsgehilfe, nein, überhaupt nicht. Sondern als Künstler, als einer der wenigen, die den Übergang von einer Seinsebene in eine andere nicht als bloßen Gewaltakt ansahen. Sondern als metaphysisches Ereignis.

Als einmalige Chance, den Tod eines Menschen und den Weg dorthin als originäres künstlerisches Ereignis zu inszenieren.

Nun hatte der ehemalige Koglbacher ein einem Gitarrenkasten ähnliches Behältnis aus einem Verschlag im Keller geholt und auf den Holztisch in der Küche gelegt. Vorsichtig öffnete er die beiden Metallverschlüsse und klappte den Deckel hoch.

Dann nahm er das längliche, in Öltuch eingewickelte Ding heraus, legte es ebenfalls auf den Tisch und dann mit mehreren sorgfältigen Griffen frei.

Hier war sie wieder, seine ewige Geliebte, die langjährige treue Begleiterin seines Berufslebens. Sie war noch immer schön wie am ersten Tag. Und gepflegt wie eh und je. Kein Wunder, putzte und ölte er sie doch mindestens einmal in der Woche.

Liebevoll, fast scheu nahm er die einzelnen Teile heraus und begann, die Dragunow sorgfältig wieder zusammenzusetzen.

Er hatte fast schon nicht mehr damit gerechnet, diese Waffe noch einmal professionell einzusetzen.

Und jetzt dieser Auftrag. Eine Herausforderung, die ihresgleichen suchte. Nicht nur die Gelegenheit, seine außerordentliche Meisterschaft unter Beweis zu stellen, sondern auch, sich mit einem echten Top-Kaliber in die ewige Bestenliste einzutragen.

Heilige Muttergottes von Forza d'Agro, seine Augen füllten sich vor Dankbarkeit mit Tränen. Er legte das Scharfschützengewehr zur Seite und begann mit seinen Vorbereitungen. Da man ihn bereits morgen am Einsatzort erwartete, musste er sich beeilen.

Als Erstes holte er sein Handy heraus, um seinen Adjutanten zu informieren. Denn ohne Antonio ging gar nichts.

*

Langsam, aber sicher ließ der Criminal Express die Ebene hinter sich und näherte sich den ersten Ausläufern der Berge. Nur mehr wenige Kilometer trennten ihn von jenem Bahnhof, in dem ihm eine zweite Lokomotive beigegeben werden würde, um die Fahrt über die erste normalspurige Gebirgsbahn Europas sicherzustellen.

Die von Gloggnitz nach Mürzzuschlag führende Strecke war 1854 eröffnet und 1998 zum UNESCO-Weltkulturerbe ernannt worden.

Seit Wien war Palinski ohne Pause unterwegs gewesen. Die neuen, gefütterten Schuhe, die er sich speziell für diesen Anlass gekauft hatte, waren zwar sehr schön, leider aber etwas eng geschnitten. Insbesondere der linke Treter drückte auf irgendetwas und bereitete echtes Unbehagen, sodass Mario froh war, endlich sein Abteil erreicht zu haben. Fünf oder besser noch zehn Minuten hinsetzen und die Beine ausstrecken war das Einzige, das er sich im Moment wünschte.

Fast wollüstig warf er sich auf den gut gepolsterten Erste-Klasse-Platz. Einzig beherrscht von dem Gedanken, endlich das peinigende Schuhwerk loszuwerden, übersah er völlig das Handy, das halb in der Ritze zwischen Sitz und Rückenlehne steckte. Es war sein Handy, das er unter sich begrub, ohne dass es ihm bewusst geworden wäre.

Was er allerdings gleich darauf bemerkte, war, dass er auf irgendeinem Gegenstand saß, der unter seinem Hintern nichts verloren hatte. Instinktiv griff er danach, registrierte beiläufig, dass es sich um sein Mobiltelefon handelte, und steckte es weg. In die Brusttasche seines Sakkos, wo es hingehörte.

Als die gute Judith gleich darauf atemlos in das Coupé stürmte und sich keuchend in den Sitz fallen ließ, hatte er die Sache mit dem Handy schon wieder vergessen.

Palinski merkte sofort, dass da etwas Gröberes nicht stimmte, etwas Schlimmes passiert sein musste. Er blickte seine Assistentin z. b. V. neugierig an, sagte aber nichts.

Judith atmete tief durch, ehe sie endlich zu sprechen begann.

»Ich fürchte, was ich Ihnen mitzuteilen habe, wird Ihnen nicht gefallen, Chef«, stammelte sie. Es klang echt verzweifelt, ganz so, als ob sie sich für das, was immer es auch sein mochte, selbst verantwortlich fühlte.

»Nur zu«, ermunterte er sie, »trauen Sie sich. Es wird schon nicht so schlimm sein!«

Mit leiser Stimme berichtete sie, und es war schlimmer als schlimm. Mit einem Wort, es war ganz, ganz arg.

Im WC des letzten Waggons, das war der für die Journalisten reservierte Erste-Klasse-Wagen, hatte man vor wenigen Minuten eine Leiche gefunden.

»Der Zugsführer hat mich beauftragt, einen Verantwortlichen zu holen!« Sie zuckte resignierend mit den Achseln, dann fing sie an zu weinen. »Also Sie, Chef!«

Bald betrat ein erschreckt-frustrierter Palinski den Fundort der Leiche. Der Schock, unter dem er stand, wurde noch verstärkt durch die augenscheinliche Tatsache, dass es sich bei dem Toten um István Lalas handelte. Jenen Journalisten, mit dem Mario selbst noch vor weniger als einer Stunde gesprochen hatte.

2.

Dienstag, 18. Februar, nach 18 Uhr

Helmut Wallner blickte zum Faxgerät, das bereits vor einer Minute leise zu schnurren begonnen hatte. Wahrscheinlich befand sich unter den eingehenden Meldungen auch jene vertrauliche Information, die ihm vorhin von Major Engeler vom Verfassungsschutz telefonisch angekündigt worden war.

Der nunmehrige Chefinspektor war seit Jahresanfang stellvertretender Abteilungsleiter im Landeskriminalamt.

Vorher hatte er als Oberinspektor die Kriminalpolizei am Kommissariat Döbling auf der Hohen Warte geleitet.

Diesen interessanten, für sein Alter nicht selbstverständlichen beruflichen Werdegang verdankte der noch nicht 40-Jährige vor allem seiner selbst von seinen Gegnern anerkannten Tüchtigkeit.

Zu einem gewissen Grad hatte bei seinem Aufstieg natürlich auch das Glück seine Hand im Spiel gehabt. Er war eben zur richtigen Zeit am richtigen Ort gewesen, wie es so schön hieß.

Nun gut, mit diesem Makel konnte Wallner leben. Ohne etwas Glück ging im Leben überhaupt nichts.

Dass es allerdings böse Mäuler gab, die seine Freundschaft mit Mario Palinski und dessen gute Kontakte zum Innenministerium als sein eigentliches Glück bezeichneten, machte den Chefinspektor ganz schön sauer. Obwohl, na egal, was half schon langes Nachdenken.

Er war nun einmal, wer und was er war, und damit basta. Wer Probleme damit hatte, konnte ihm den Buckel runterrutschen.

Derartige leichte Anflüge von Unsicherheit waren bei Wallner selten und meistens auch rasch wieder vorüber. So auch jetzt.

Er war gut in seinem Job und hatte den Karrieresprung sehr wohl verdient, sagte er sich. Und damit nochmals basta.

Das wiedergewonnene Selbstbewusstsein war auch äußerlich erkennbar. Wallner setzte sich ganz gerade, bog den Rücken durch und straffte sich, vor allem innerlich. Dann stand er auf, ging zu dem inzwischen wieder verstummten Faxgerät und nahm die zuletzt eingegangene Meldung an sich.

Terroristische Zelle in Gemeindebau in Simmering entdeckt!, Scharfe Handgranate aus Tschetschenien auf Kinderspielplatz der russischen Botschaft gefunden! oder *Anschlagserie bei Weltcup-Finale in Saalbach befürchtet!* und ähnliche unerfreuliche bis beschissene Meldungen gingen tagaus, tagein von mehr oder weniger befreundeten zivilen und militärischen Geheimdiensten und anderen mehr oder weniger zuverlässigen Quellen ein.

Dabei war das, was den Dienststellen außerhalb des Amtes für Verfassungsschutz und Terrorismusbekämpfung regelmäßig mitgeteilt wurde, bereits das Ergebnis einer mehrfachen, nach strengen Kriterien erfolgten Filterung. Kein Wunder, dass bei diesen Unmengen an Verdachtsmomenten, Vermutungen und noch nicht realisierter Tatsachen die Gefahr des Abstumpfens bzw. des Nichternsttnehmens immer neuer Schreckensvisionen ziemlich groß war.

Dazu kam noch das zwar längst obsolete, aber nach wie vor im Lande stark verbreitete Gefühl, sich auf einer Insel der Seeligen zu befinden. Daraus wollte man ableiten, dass einem hier nichts passieren konnte.

Sicher, die weltpolitische Bedeutung des Landes war kaum geeignet, sich unmittelbar den Zorn terroristischer Gruppen zuzuziehen.

Aber es ging ja nicht nur darum, kein direktes Ziel terroristischer Aktivitäten zu sein, sondern genügte vollauf, wenn sich ein solches Ziel zeitweise im Land befand.

Soll heißen, dass es für die Opfer völlig egal war, ob ein Häuserblock in die Luft flog und sie dabei starben, weil irgendeine Gruppierung einen Zorn auf Österreich hatte oder nur auf eine Person, die sich unglücklicherweise gerade in diesem Gebäudekomplex aufhielt.

Und prominente Besucher, darunter solche, die man da und dort, aus welchen Gründen auch immer, lieber tot gesehen hätte, gab es ja das Jahr über genug in diesem Lande.

Halt, da hätte Wallner fast etwas Ungewöhnliches überlesen. Eine Warnung, die man nicht alle Tage zu sehen bekam: »Mafiaterror befürchtet – Camorra-Killer unterwegs nach Österreich?«

In Sizilien, Neapel oder auch in New York und Los Angeles hätte die Warnung vor einem Verbrechen der Mafia nicht weiter erstaunt. Für die Alpenrepublik erschien sie dem Chefinspektor instinktiv so unwahrscheinlich, ja absurd, dass er unwillkürlich lächeln musste.

Gegen wen sich der Zorn der ›Ehrenwerten Gesellschaft‹ richtete, war allerdings nicht bekannt. Noch nicht, hoffentlich.

Er nahm sich vor, Mario Palinski, dem Mafiaspezialisten im Freundeskreis, von diesem Wahnwitz zu berichten.

Und zwar übermorgen, ja, übermorgen war gut. Am Mittwochabend, nach der vom Institut für Krimiliteranalogie am Semmering veranstalteten ›Mörderischen Diskussionsrunde‹ würde sich gewiss die Gelegenheit dazu ergeben.

Immerhin war der Chefinspektor als Diskussionsteilnehmer auf dem Podium vorgesehen, und das neben bekannten Krimi-Autoren, Regisseuren und Schauspielern.

Übrigens, die gesamte Veranstaltung sollte auch im Fernsehen übertragen werden. Sogar live. Obwohl sich Wallner nicht für eitel hielt, musste er zugeben, schon ein wenig stolz darauf zu sein, dass man auch ihn dazu gebeten hatte.

*

Diesen Anblick würde Palinski wohl nie mehr in seinem Leben vergessen. Der Tod hatte István Lalas im wahrsten Sinne des Wortes mit heruntergelassenen Hosen erwischt. Der Journalist aus Budapest hockte total verschwitzt und zusammengesunken auf dem Thron im letzten Häusl vor Zugschluss. Unter- und Oberhose hingen, ineinander verknäuelt, um die Knöchel der nackten, erstaunlich kräftigen Beine. Die gebrochenen Augen des Toten starrten ungläubig, aber auch ein wenig vorwurfsvoll zur Decke, und aus dem linken Mundwinkel suchte sich der Speichel eine feuchte Spur übers Kinn.

Da die beiden vom Zugsführer alarmierten Gloggnitzer Polizisten keinerlei Anzeichen für einen unnatürlichen Tod gefunden hatten, gaben sie den Leichnam zum Abtransport frei.

»Jo, jo«, meinte der ältere der beiden Rotkreuzfahrer, die den Leichnam abtransportieren sollten, »das kommt ma bekannt vor. Das hamma schon vor Jahren ghabt. Verstopfung, der Arme muss drucken wie varruckt. Bei der Anstrengung platzt ein Aderl im Kopf und bumm – aus is!«

»Genau«, bestätigte der zweite, »und der Herr war ja doch schon a bisserl in die Jahre. So schnell kanns manchmal gehn. Beim Durchfall kann des net passieren. Ich kenn da einen Fall, und zwar ...«

»Alles gut und schön!«, meinte der Zugsführer, dem das Ganze langsam zu viel wurde. »Ihre Diagnose in Ehren, aber jetzt haltens doch endlich die Goschn, die Herren!«

Die beiden schienen von der groben Abfuhr nicht sonderlich betroffen zu sein. Im Gegenteil, sie unterbrachen ihr Gespräch für ein beiläufiges: Alsdann, schönen Abend noch. Dann entfernten sie sich und den Leichnam, weiter munter plaudernd, aus dem Zug.

Inzwischen hatte sich eine Verspätung von etwas mehr als einer halben Stunde zusammengeläppert. Nicht schlimm, denn der großzügig bemessene Fahrplan bot jede Menge Zeitreserven. Palinski war froh, dass nichts auf einen unnatürlichen Tod des ungarischen Journalisten hingewiesen hatte. Denn das hätte eine zumindest mehrstündige Verspätung und damit ein totales Durcheinander des Ablaufes bedeutet.

Obwohl Mario selbst gar nicht sicher war, dass bei István Lalas' Tod alles mit rechten Dingen zugegangen war.

Falls tatsächlich etwas nicht stimmen sollte, so würde

die in solchen Fällen zwingend vorgesehene Autopsie der Leiche das schon an den Tag bringen.

Je länger er darüber nachdachte, desto seltsamer kamen ihm die Umstände vor, unter denen Lalas gestorben war. Palinski wusste zwar nichts über den aktuellen Gesundheitszustand des Mannes. Und daher auch nichts über seine speziellen Verhaltensmuster beim Klogang. Aber irgendwie eigenartig war es schon, dass sich der Ungar das Sakko seines Anzuges nicht ausgezogen und auf den dafür vorgesehenen Haken aufgehängt hatte, ehe er Platz genommen hatte.

Nicht, dass das zwingend zu erwarten gewesen wäre oder irgendeine Statistik aussagte, dass alle Männer ihre Jacke auszogen, ehe sie ihr großes Geschäft in Angriff nahmen. Nein, das nicht. Aber bitte, so ein Verhalten, nämlich das Kacken im Sakko, widersprach doch jeder Erfahrung. Und jedem noch so geringen Empfinden für Stil. Noch dazu in dem überheizten kleinen Örtchen.

István war auch total verschwitzt gewesen. Kein Wunder, schließlich ging man ja auch nicht mit Pullover in die Badewanne.

Da war aber noch etwas, das Palinski zunehmend irritierte. Und das gewaltig. Entweder war da etwas an oder um den Toten herum gewesen, das nicht hingehörte, oder etwas hatte gefehlt, das hätte da sein müssen. Er konnte im Moment zwar nicht sagen, was das war oder sein könnte. Aber sein Gefühl sagte ihm, dass es wichtig und ein Beweis dafür sein musste, dass beim Tod des Journalisten etwas nicht mit rechten Dingen zugegangen war. Und er hatte die Erfahrung gemacht, gut beraten zu sein, seinem Gefühl zu trauen.

Während der Zug anfuhr und den Bahnhof Gloggnitz mit 38 Minuten Verspätung verließ, klingelte Palinskis Handy in der Brusttasche. Jetzt erst wurde ihm bewusst, dass er seit der Abfahrt von Wien vor inzwischen mehr als drei Stunden nicht telefoniert und auch keinen Anruf erhalten hatte.

*

Einige Minuten zuvor:

Wilma Bachler, Palinskis Lebensgefährtin und Mutter der zwei Kinder der beiden, war inzwischen leicht verzweifelt. In wenig mehr als einer halben Stunde sollte jenes Treffen seinen Anfang nehmen, auf dem die Familie ihre Solidarität mit Tante Anita, der Mutter des entführten Cousins Albert, in Wort und Tat beweisen wollte.

Dabei handelte es sich zweifellos um eines der wichtigsten Zusammentreffen der Familie überhaupt, mit Sicherheit aber um das dramatischste. Denn Entführung mit nachfolgender Lösegeldforderung, das hatte es zumindest zu Lebzeiten Wilmas in dieser Familie noch nicht gegeben.

Nun war ihr Herzibinki Mario nicht gerade die erste Wahl ihrer Eltern gewesen. Entsprechend heftig war auch der Widerstand der Familie gegen ihren Mann gewesen. Und obwohl es ihm mit den Jahren gelungen war, den Respekt seiner Nicht-Schwiegereltern und damit auch etwas ihrer Sympathie zu erringen, musste Palinski auch heute noch immer gegen gewisse Ressentiments ankämpfen.

In der schrecklichen Geschichte, deretwegen sich die Verwandtschaft heute Abend traf, sah Wilma eine gute

Chance für Mario, seine Kompetenz in solchen Fragen zu beweisen und damit gleichzeitig auch seine Position im Familienverband zu verbessern.

Bloß, bis jetzt war es ihr noch nicht mal gelungen, den Mann ihres Herzens über das aktuelle Geschehen zu informieren, geschweige denn, ihn zu bitten, an dem abendlichen Treffen teilzunehmen.

Sie wusste, er hatte wahnsinnig viel um die Ohren. Gerade heute, am Tag, an dem die Gäste am Semmering eintrafen, war ihr Anliegen eine echte Zumutung. Hatte er doch monatelang für diese Veranstaltung geackert wie ein Blöder.

Andererseits lag eine Ausnahmesituation vor. Immerhin wurde nicht jeden Tag ein Familienmitglied entführt. Sie konnte sich nur zu gut das dumme Gerede der Tanten und Onkel, das Jammern Anitas und die seltsamen Blicke ihrer Eltern vorstellen, wenn sie Mario unter Hinweis auf diese Jahresversammlung zu entschuldigen versuchte.

Was sollte sie tun? Wie immer sie die Sache auch anging, war es falsch. Das war eine typische No-win-Situation.

Gut, dann sollte das Schicksal entscheiden. Sie wollte erneut versuchen, Palinski zu erreichen, dann war Schluss. Zumindest für heute.

Fast lustlos tippte sie auf die Wahlwiederholung und nahm das Handy ans Ohr.

*

Judith saß neben ihrem scheinbar in einen kataleptischen Schock verfallenen Chef und versuchte, ihn zu irgendeiner Lebensäußerung zu veranlassen. Vergebens, Palinski war völlig erstarrt, lediglich seine lebhaft hin und her rollenden Augen sowie das nervös zuckende linke Lid waren Indiz dafür, dass er noch unter den Lebenden weilte.

Nach etwa fünf Minuten normalisierte sich sein Verhalten wieder völlig. Er drehte sich zu seiner Assistentin, blickte ihr verträumt in die hübschen graublauen Augen und sagte nur: »Na gut, was sein muss, muss sein!«

Die junge Frau überlegte schon, ob sie jetzt aufspringen und rennen oder die Augen schließen und stillhalten sollte, aber Palinski nahm ihr diese Entscheidung ab. Ganz einfach, indem er aufstand. »Sag Florian, dass ich nochmals nach Wien muss. Wegen einer äußerst dringenden Familienangelegenheit, die sich in den letzten Stunden zugespitzt hat!«, wies er sie an. »Ich werde so schnell wie möglich wieder zurück sein. Er soll inzwischen übernehmen!« Er wandte sich zum Gehen. »So, jetzt muss ich noch Sir Swanhouse verarzten. Dem werde ich aber einen Schmäh erzählen. Denn die Wahrheit wird der mir sicher nicht glauben!« Er schüttelte den Kopf. »Würde ich an seiner Stelle auch nicht. Na, der Sir wird eine Freude haben!«

Dann entschloss er sich aber doch für die Wahrheit. Warum sollte der stellvertretende Chef von Scotland Yard kein Verständnis dafür haben, dass Palinski der Familie in einer derartigen Ausnahmesituation beistand.

Und sollte der Sir das wirklich nicht verstehen, na gut, dann konnte es Palinski eben auch nicht ändern.

Um 19.28 Uhr erreichte der Crime Express den Bahnhof Semmering. Während die angekommenen Gäste zu den flotten Willkommensklängen der Musikkapelle der FF Mürzzuschlag den Zug verließen, das Willkommensschnapserl schlürften und langsam ihre Plätze in der Pferdeschlitten einnahmen, war Palinski schon wieder unterwegs. Richtung dorthin, von wo er gerade gekommen war.

Zu verdanken hatte er diese exzellente Verbindung dem Entgegenkommen des äußerst flexiblen Bahnhofvorstands, der nach kurzer Intervention des Zugsführers des Crime Express den gleich danach durchfahrenden Eurocity von Venedig nach Wien zu einem außertourlichen Halt veranlasst hatte.

*

Schon früher am Abend, etwa zu der Zeit, als Palinski fassungslos vor der Leiche des verblichenen István Lalas gestanden war, war gute 50 Kilometer südwestlich davon Anton Bleichweier bei Carlo Montebello in der Stanz eingetroffen.

Der 51-jährige gebürtige Grazer lebte bereits seit mehr als 20 Jahren im Mürztal, nur wenige Kilometer von Carlo Montebello entfernt, und bedeutete für diesen Adlatus, Freund, Pfleger, Familie und Publikum. Und das seit mehr als acht Jahren. Toni ging keinem regelmäßigen Beruf nach, verdiente aber mit seinen gelegentlichen Jobs gar nicht schlecht. Dazu kamen noch die monatlichen Zuwendungen Montebellos für treue Dienste.

Ohne Vollbart, einer circa drei Zentimeter langen Narbe am Kinn, die nun zu sehen war, und mit dunkler Brille hatte Montebello, der im Gegensatz zur ländlich inspirierten Kleidung Karls einen eleganten dreiteiligen Maßanzug trug, inzwischen auch optisch Abschied vom früheren Schönberg genommen.

Bloß die kaputten Beine waren dieselben geblieben.

Daher hatte sich auch an seinem etwas unsicheren, zeppelnden Gang nichts geändert, und der schöne alte Gehstock mit dem Silberknauf war weiter mit von der Partie.

Als zusätzliches, sowohl der Tarnung als auch praktischen Überlegungen dienendes Requisit kam an dieser Stelle noch ein Rollstuhl ins Spiel. Das gute Stück, ein wahres Hightech-Wunder, hatte sich in der Vergangenheit bereits bestens bewährt.

Montebello, der vor dem Hause bereits auf Toni gewartet hatte, umarmte den Freund und küsste ihn. Auf beide Wangen, wie das im Süden eben so üblich war. Und nicht nur dort.

Dann nahm er mit einer für sein Alter erstaunlichen akrobatischen Leistung auf dem Beifahrersitz von Tonis koreanischem Kleinwagen Platz.

Nachdem Carlos Gepäck im Wagen und der Rollstuhl auf einem speziell dafür vorgesehenen Anhänger verstaut worden war, ging es los.

Carlo riskierte einen Blick auf die Uhr am Armaturenbrett. Die Zeit drängte etwas, denn der Zug wartete nicht. Der Weg in die Stadt war weit, und er musste noch heute Nacht beginnen, in seine neue Biografie zu schlüpfen. Seine Metamorphose musste bis morgen abgeschlossen sein, wurde er doch bereits nachmittags am Ort seines nächsten Wirkens erwartet.

Und überhaupt, heute hatte Carlo noch eine Menge vor.

*

Kaum hatte Palinski den speziell für ihn angehaltenen EC Campanile di San Marco bestiegen, als die elegante Triebwagengarnitur auch schon wieder anfuhr. Er konnte sich gerade noch umdrehen, um dem freundlichen Stationsvorstand ein von Herzen kommendes Dankeschön zuzuwinken. Dann ging es auch schon wieder hinein in diverse Tunnel und hinunter über die von Karl Ritter von Ghega vor mehr als 150 Jahren schwindelerregend in die wilde Berglandschaft hineingesetzten Viadukte, die bis heute nichts von ihrer Imposanz eingebüßt hatten.

Palinski wollte die 80 Minuten bis Wien für ein kurzes Nickerchen nutzen. Erstens war er redlich müde, in den vergangenen Wochen hatte sich einiger Nachholbedarf an Schlaf angesammelt. Und zweitens würde die heutige Nacht mit Sicherheit sehr, sehr lange werden, musste er nach diesem leidigen Familientreffen doch wieder auf den Semmering zurückfahren.

Im Grunde genommen war ihm das Schicksal von Wilmas Cousin schnurzegal, er hatte den Kerl noch nie leiden können.

Andererseits war das natürlich keine politisch korrekte Position und daher auch nicht öffentlichkeitsfähig.

Vor allem aber musste er achtgeben, dass er sich nicht blamierte. Immerhin war er der Kriminologe in der Familie, in der mindestens die Hälfte ihrer Mitglieder allerdings nichts sehnlicher erwartete, als dass es ihn einmal kräftig auf die Goschn haute.

Endlich hatte Palinski in einem der offenen Erste-Klasse-Wägen eine Vierer-Sitzgruppe entdeckt, die völlig unbesetzt war. Kurz entschlossen machte er es sich auf dem Fensterplatz in Fahrtrichtung bequem. Hinter ihm saß ein älteres Ehepaar mit zwei kleinen Kindern, offenbar Großeltern mit ihren Enkerln.

Auf den Fensterplätzen gegenüber saßen zwei Männer, der ältere der beiden schien so Mitte der 60 zu sein, der jüngere etwa in Palinskis Alter.

Der ältere Mann sah irgendwie aus wie ein überwutzelter Operettentenor, seine Sonnenbrille wirkte angesichts der Dunkelheit vor den Fenstern lächerlich. Eine kleine Narbe am Kinn gab ihm andererseits wieder eine Spur Verwegenheit. Und er redete und redete, den Wortfetzen nach, die zu Palinski drangen, italienisch. Nicht die astreine Hochsprache, sondern mit einem leichten, aber nicht zu überhörenden Einschlag Mezzogiorno.

Sein jüngeres Gegenüber hörte hauptsächlich zu, sein Beitrag zum Gespräch beschränkte sich auf si, no und na prego, was ihn zweifelsfrei als Nichtitaliener auswies. Die auf dem kleinen Tischchen vor dem Fenster liegende Ausgabe des heutigen ›Steirer Boten‹ bestätigte diesen Verdacht nachhaltig.

Palinski lehnte sich wohlig zurück, schloss die Augen und gab sich dem angenehm-rhythmischen Dumdum, Dumdum des Fahrgeräusches hin.

Er war fast eingenickt, als ihn ein grundsätzlich reizvoller, in dieser Konzentration aber doch penetranter und daher nicht wirklich angenehmer Geruch in den völligen Wachzustand zurückholte.

Als er die Augen öffnete, erblickte er eine äußerst auffällige, in einem etwas gewöhnlichen Sinn attraktive junge Frau, die ihm gegenüber Platz genommen hatte. Am Fenster, gegen die Fahrtrichtung. Sie starrte ihn ungeniert an und hörte damit auch nicht auf, als Palinski ungeniert zurückstarrte.

»Sie müssen jemand Wichtiger sein!«, beendete die Schöne schließlich das gegenseitige Anschweigen. »Ich habe noch nie erlebt, dass ein Zug extra wegen einer Person angehalten wurde.«

»Na, dann denken Sie doch an die vielen Unglücklichen, die sich vor einen Zug werfen!«, entgegnete Palinski, ohne viel nachzudenken. Gleich darauf bereute er die Geschmacklosigkeit aber schon wieder. »Entschuldigen Sie, das sollte ein Witz sein!«

»Aber kein sehr guter!«, meinte die junge Frau und hatte völlig recht damit. Sie wirkte etwas enttäuscht, hatte von einem wichtigen Zeitgenossen wie ihrem Gegenüber eine derlei plumpe Entgleisung nicht erwartet.

»Palinski, Mario Palinski«, stellte sich selbiger vor. Er hatte das nicht vorgehabt, aber ihm war in dieser Situation nichts anderes eingefallen, um der selbstverschuldeten Peinlichkeit wieder zu entrinnen.

»Post!«, erwiderte die Schöne, »Geneva Post. Ich bin sozusagen das österreichische Pedal zu …«, wollte sie ungefragt erklären, aber Palinski unterbrach sie.

»Pendant!«, korrigierte er, »Sie meinen Pendant, nehme ich an, also Gegenstück.«

»Danke«, kicherte die junge Frau, »ich weiß, ich hab es mit den Fremdwörtern nicht so. Das war schon in der Schule immer ein Problem. Also, ich bin das österreichische Pedant …«

Mario wollte schon wieder korrigieren, beschloss aber, es besser bleiben zu lassen. Einerseits würde ihm seine beginnende Klugscheißerei später selbst auf die Nerven gehen, das wusste er aus Erfahrung.

Und andererseits wollte er noch vor Wiener Neustadt erfahren, für wessen Pedant … Pendant diese Geneva Post, was für ein Name, sich hielt.

»Also«, er sah sie ermutigend an, »wessen Gegenstück sind Sie jetzt?«

»Na, raten Sie mal«, jetzt fing die Sache an, so richtig kurios zu werden. Das Weibchen wollte doch tatsächlich auf neckisch machen.

»Ich rate nicht!«, entgegnete Palinski barsch. »Also sagen Sie, was Sie sagen wollen, oder lassen Sie es bleiben!«

»Na geh, Mario, ich darf doch Mario sagen? Raten Sie doch! Bitte, bitte, bitte.« Geneva hatte ihre Lippen zu einem fast perfekten Schmollmund geschürzt. »Nur einmal!«

Jetzt unterlief Mario ein folgenschwerer Fehler. Statt das brunftige Küken in die Schranken zu weisen – von wegen: Ich darf doch Mario sagen, oder? – und die Angelegenheit damit zu beenden, hier und jetzt, musste er plötzlich lachen. Irgendwie war diese Geneva von einer süßen, unbedarften, einfältigen Frische, die man heute gar nicht mehr oft fand.

»Also gut«, räumte er ein, und sie strahlte ihn dafür an. »Ich denke, Sie meinen Pippi Langstrumpf?« Er hatte einfach das Erste gesagt, das ihm eingefallen war.

Sie aber starrte ihn an, unwissend, ungläubig, irgendwie süß, wie gesagt.

»Pippi Lang… was? Wer ist das? Von der habe ich noch nichts gehört!«

Palinski fühlte sich unendlich alt. Irgendwie erinnerte ihn die Situation an Tinas zwölften Geburtstag, oder wars der 13. gewesen? Er hatte ihr neben anderem Robinson Crusoe geschenkt, eines seiner Lieblingsbücher in diesem Alter. Seine Tochter hatte aber nur auf den Titel gestarrt und gemeint: »Robinson who?«

»Ach, das ist jemand vor Ihrer Zeit. Ich habe wohl nicht berücksichtigt, wie jung Sie noch sind.« Und wie unbedarft, fügte er für sich hinzu.

»Gut, ich helfe Ihnen etwas«, bot sie an. »Geneva, das ist eine Stadt in der Schweiz. So wie Paris. London und so weiter.« Sie blickte ihn an, als ob sie es nicht fassen könnte, dass der Groschen noch immer nicht gefallen war. »Na, klingelt es noch immer nicht?«

Palinski schwieg, und sie fuhr fort. »Der zweite Teil des Namens ist Post. Pooost!«, wiederholte sie das magische Wort, wobei sie das o provokativ in die Länge zog. »Das ist der Name einer Hotelkette. Wie ›Hilton‹, ›Interconti‹ oder ›Steigenberger‹. Also, die ›Post Hotels‹ sind sicher die größte Hotelkette der Welt!«, meinte sie triumphierend. »Die kennen Sie doch sicher? Es gibt kaum eine Stadt, in der es nicht ein ›Post‹-Hotel gibt. ›Alte Post‹, ›Neue Post‹, nur ›Post‹.«

»Stille Post!«, warf Palinski ein und grinste boshaft.

Geneva blickte ihn einige Sekunden ungläubig an, ehe sie reagierte. »Stille Post, nein, stille Post ist etwas anderes. Mario, Sie wollen mich wohl auf den Arm nehmen!«

Jetzt hatte sie auch noch zwei Bilder durcheinandergebracht, fuhr es Palinski durch den Kopf, aber er sagte nichts. Zumindest nichts, was die junge Frau abhalten konnte, ihm endlich ihr Geheimnis anzuvertrauen. Immerhin näherte sich der Zug bereits Wiener Neustadt, und er kannte dieses verdammte Pendant noch immer nicht. Na gut, dann würde er es jetzt eben mit Bestechung versuchen.

»Ich gebe mich geschlagen!« Er versuchte, möglichst hilflos zu wirken. »Wenn Sie mir jetzt verraten, wer Ihr Pendant ist, dann lade ich Sie auf ein Glas Se…, äh, Champagner im Speisewagen ein! Na, das wär doch was, oder?«

»In Ordnung«, lenkte sie ein. »Ich bin das österreichische Gegenstück zu …« Geneva machte es wieder richtig spannend. »Athena Ritz. Aus der berühmten ›Ritz‹-Hotel-Dynastie. Sie haben sicher schon von ihr gehört!«

Natürlich hatte Palinski schon von ihr gehört. Wer auf dieser Welt mit normalen Sinnesorganen ausgestattet war und leugnete, bereits von Athena Ritz gehört zu haben, der war ein Lügner. Oder ein begnadeter Künstler der selektiven Wahrnehmung, dem es gelungen war, die permanente, peinliche Präsenz dieses Superblondinchens in den internationalen Medien auszublenden.

»Aha«, entfuhr es ihm. Dann, gerade noch rechtzeitig, schoss es ihm durch den Kopf, dass es wohl besser war, etwas mehr Begeisterung zu zeigen.

»Nein, so etwas«, setzte er noch drauf, »Athena Ritz. Also wenn das nichts ist. Wow, was für ein Tag!« Er stand auf. »Dann sind Sie also auch so eine Art Partygirl? Kein internationales, eher ein regionales? Kommen Sie«, fuhr er fort, »gehen wir in den Speisewagen!« Er trat auf den Gang.

»Ich bevorzuge die Bezeichnung Society-Expertin«, erwiderte Geneva etwas knapp, »und ich habe schon einige internationale Events hinter mir. So beispielsweise eine große Fotoreportage mit Knut Malteser und Ronnie Rosen letzte Woche. Über den Karneval in Venedig. Soll in mehreren deutschsprachigen Magazinen erscheinen. Und vergangenes Wochenende war ich auf dieser Irrsinnsparty vom Duca di Pantello im Palazzo Angelotti. Da ist die gesamte Prominenz anwesend gewesen, Sandra Vizkovsky, Thomas Kreiser und Andrea Appolinari. Das war eine richtig geile Sache, total urcool. Und Louis Bellmann von ›Savoire Vivre‹ hat vor zwei Monaten geschrieben«, fügte sie triumphierend dazu, »dass ich kurz vor dem Durchbruch stehe. Hören Sie mir überhaupt zu?«, keifte sie dem desinteressiert in Fahrtrichtung entschwindenden Palinski nach.

Der hatte nicht nur gehört und kurz an einen akut entzündeten Appendix gedacht, sondern auch etwas gesehen.

Ihm war schon vorher aufgefallen, dass der Süditaliener von vis à vis bereits eine ganze Weile in das in seinen Händen befindliche Exemplar des ›Steirer Boten‹ gestarrt, dann umgeblättert und sich neuerlich konzentriert hatte. Es hatte ganz so ausgesehen, als ob der Signore, der zunächst so getan hatte, kein Wort Deutsch zu sprechen, die Steirische Regionalausgabe der Tageszeitung las. Na, vielleicht hatte er sich ja nur die Bilder angesehen.

Beim Vorübergehen hatte sich der Eindruck des Lesens noch verstärkt. Palinski hatte gesehen, wie der Signore mit großem Interesse die von regionalen Ereignissen bestimmten Sportseiten des ›Steirer Boten‹ studierte. Nein, nein, für das reine Anschauen der wenigen Fotos hätte der Mann nicht so lange gebraucht.

»Haben Sie nicht vielleicht einen Job für mich?«, zwitscherte ihn Geneva von hinten an. »Sie müssen doch eine wichtige Persönlichkeit sein. Wenn schon der Intercity extra für Sie angehalten wird.«

Geneva Post, was für ein vertr… seltsamer Künstlername für eine reichlich komische Person, fand Palinski.

Und doch irgendwie süß, sehr süß sogar.

*

Ein Gast, der die Familie Bachler und Verwandtschaft nicht näher kannte, wäre nie und nimmer auf die Idee gekommen, dass der Grund des heutigen Treffens etwas anderes sein könnte als ein netter, gesellschaftlich-familiärer. Ein Geburtstag vielleicht oder eine Verlobung, eine erfolgreiche geschäftliche Transaktion oder schlicht irgendein gemeinsamer Abend, um einander wieder einmal zu sehen.

Das Buffet, das Wilmas Mutter hatte liefern lassen, war erstklassig, ohne protzig zu wirken. Auch das Getränkeangebot ließ keine Wünsche offen. Sekt und Champagner gab es allerdings nicht, für einen Einsatz dieser typischen Zuprostgetränke gab es nun wirklich keinen Anlass.

Obwohl, für den Fall, dass Albert noch heute freikam, was wahrscheinlich alle hofften, aber keiner ernsthaft annahm, lagen einige Flaschen Veuve Cliquot, leidlich gekühlt, im Keller.

Bis auf Tante Anita, die sich zu einer erstklassigen Manisch-Depressiven mauserte, verhielten sich sämtliche der 23 anwesenden Verwandten und Verschwägerten des Bachler-Clans auch normal. Gedämpfter Small Talk, unterbrochen von gelegentlichem betretenem Schweigen, das immer dann einsetzte, wenn Alberts Mutter in der manischen Phase ein wenig zu sehr über die Stränge schlug. Meistens saß sie aber nur still da, starrte vor sich hin und gab bestenfalls gelegentlich ein leises Wimmern von sich.

Aufpassen und ihr aus dem Weg gehen musste man nur, sobald sie so gut wie ansatzlos ein schrilles: »Oh neeeiiiin, neeiin, wo bist du, mein Berti?«, vom Stapel ließ, durch das weitläufige Haus lief und irgendwas oder irgendjemanden suchte.

Seit ihrem Kommen war das bereits zwei Mal der Fall gewesen, und das dritte Mal stand unmittelbar bevor, dessen war sich Wilma fast sicher. Wer Anita in dieser Situation in den Weg kam, musste damit rechnen, schmerzhafte Bekanntschaft mit ihrem Gehstock zu machen. So hatte sie beispielsweise nach Fridolin geschlagen, dem Enkel von Onkel Ferdinand. Das war der Bruder von Wilmas Vater.

Der Kleine hatte sich aber geschickt abgeduckt, und so hatte die Furie eine echt chinesische Vase, ein sauteures Stück aus irgendeiner dieser Dynastien, erwischt und zertrümmert. Entführung hin oder her, Hausherr Dr. Dr. Wilfried Bachler war stinksauer auf seine verrückte Schwägerin und machte daraus auch keinen Hehl.

Jetzt wollte Tante Anita anscheinend eine andere Methode testen, mit dem auf ihr zweifellos lastenden Druck fertig zu werden. Sie stellte sich Wilma in den Weg und giftete sie provozierend an: »Na, wo sind denn deine lieben Kinder? Haben sicher etwas Besseres zu tun, als sich Sorgen um das Leben ihres Großcousins zu machen?«

Wilma wollte keinen Streit. Sie hatte ernsthaft überlegt, Tina und Harry, die beide bei ihrer Halbschwester Silvana in Südtirol zum Skilaufen waren, von den erschreckenden Vorkommnissen in Kenntnis zu setzen, sich schließlich aber dagegen entschieden. Wozu den Kindern das wohlverdiente verlängerte Wochenende verderben, beide hatten das Jahr über sehr fleißig studiert. Sie in München und er in Konstanz. Und was hätten sie denn auch bei dieser abendlichen Elefantenrunde für einen Beitrag leisten können?

Dennoch war sich Wilma nicht ganz sicher, ob diese Entscheidung wirklich richtig gewesen war. Entsprechend unsicher reagierte sie jetzt auf die verbale Attacke ihrer Tante.

»Ja, weißt du, Tante Anita, Tina und Harry sind zu Besuch bei Silvana«, begann sie, »ich habe die beiden nicht so schnell erreichen können!«

»Ach, bei dem Bankert von deinem Superdetektiv!« Das letzte Wort hatte die alte Hexe betont, als ob es sich um einen fäkalsprachlichen Leitbegriff handelte. »Na, wenn dir deine Großzügigkeit bloß nicht eines Tages um die Ohren fliegt. Hmhmhm!«, memmelte sie noch und wollte schon weitergehen.

»Bei allem Respekt vor deiner Lage«, Wilma hatte Mühe, angesichts dieser Gemeinheit ruhig zu bleiben, »aber du kannst Silvana nicht einen Bankert nennen. Das ist eine wunderbare junge Frau und eine enorme Bereicherung für unsere Familie.«

»Papperlapapp!«, knurrte die Alte zurück, »du hast ja keine Ahnung. Du bist viel zu naiv, einfältig, wenn es um diesen ... Mario geht. Ein unmöglicher Mensch, mit einem Bankert!«

Inzwischen hatten die meisten der übrigen Verwandten mitbekommen, was da im Gange war. Angesichts der letzten Wortwahl Tante Anitas lachten einige der Anwesenden nervös auf, andere wieder schüttelten nur stumm den Kopf und dachten sich ihren Teil.

Und da war auch Elisabeth Bachler, Wilmas Mutter, und bei allen Vorbehalten, die man vielleicht gegen sie haben konnte, im Grunde genommen eine wunderbare Frau. Sie hatte sofort die enorme Brisanz der beginnenden Auseinandersetzung erkannt.

»Jetzt hört ihr aber sofort auf!«, fuhr sie die beiden an.

Dabei lächelte sie Wilma voll Wärme an, für ihre Schwester hatte sie dagegen nur einen eisigen Blick über. So wusste jeder, wie sich die Sympathien der Hausfrau aufteilten.

»Wir haben heute Abend wirklich andere Sorgen. Übrigens, wie geht es Silvana und ihren Kindern? Auf dem Bild sehen die Kleinen ja ganz reizend aus.«

»Das ist wieder typisch«, maulte Anita. »Für die anderen hast du immer ein gutes Wort und ein offenes Ohr. Aber bei deinem eigenen Fleisch und Blut …« Was immer sie damit zum Ausdruck hatte bringen wollen, Anita behielt es für sich und zog beleidigt ab in den Kleinen Salon.

Wilma blickte auf die Uhr. Es war kurz vor 21 Uhr. Mario hatte sie angerufen, als er am Semmering in den Zug gestiegen war. Er hatte geschätzt, so gegen 22 Uhr bei ihnen sein zu können. Sie wünschte, es wäre schon so weit.

*

Geneva Post hatte es tatsächlich geschafft. Bis zur Ankunft des Eurocity in Wien hatte sie Palinski derart vollgelabert und sich in einem Maße bei ihm eingeschleimt, dass er gar keine andere Möglichkeit gehabt hatte, als ihr einen Job zu offerieren. Job war vielleicht etwas übertrieben und bezahlen konnte er auch nichts. Aber immerhin würde Martha Martharsky, geboren im zweiten Wiener Gemeindebezirk, gegen Kost und Logis sowie ein Taschengeld von 100 Euro pro Tag den Rest der Woche das Team am Semmering unterstützen.

Ihre Aufgabe sollte es vor allem sein, gut auszusehen, nicht im Weg herumzustehen und am Donnerstagabend als Überraschungsgast bei der ›Mörderischen Diskussionsrunde‹ aufzutreten. Im Übrigen sollte sie die überwiegend männlichen Members of the FECI mit Anekdoten aus dem Partyleben unterhalten, meinte Palinski. Aber nicht mehr, auf keinen Fall.

Die Aussicht, auf diesem Wege zu einem Auftritt im Fernsehen zu gelangen, immerhin sollte der vom Institut für Krimiliteranalogie veranstaltete Abend ja im Fernsehen übertragen werden, gab schließlich den Ausschlag für die junge Frau, das Angebot anzunehmen.

Geneva fühlte sich auch sachlich durchaus kompetent, mitzudiskutieren. Hatte sie doch schon mehrere Krimis gelesen. Und sobald ein ›Tatort‹ im Fernsehen lief, ließ sie alles andere liegen und stehen. So versäumte sie so gut wie keine ihrer Lieblingssendungen.

Eben hatte Palinski Geneva im Café ›Kaiser‹ abgesetzt und ihr versprochen, sie abzuholen. Da er ohnehin noch in dieser Nacht wieder zum Semmering zurückmusste, konnte sie genauso gut auch mit ihm fahren.

Geneva Post, das alpenländische Gegenstück zu Athena Ritz, als Überraschungsgast auf der Jubiläumsjahresversammlung der FECI am Semmering. Weit hatte er es gebracht, dachte Palinski. Früher hatte er sich immer über diese alten Scheißer aufgeregt, die junge, attraktive Frauen mit abenteuerlichen Argumenten in ihrer Nähe hielten. Und jetzt das.

Ob er sich durch das junge Fleisch unmittelbar als Mann angesprochen fühlte oder als väterlicher Freund mit der Voyeurrolle kokettierte, war nebensächlich. Er war auf dem besten Wege, selbst einer dieser alten Gagas zu werden, die er bisher verachtet hatte.

Aber nicht mit ihm, er würde dem Ganzen einen Riegel vorschieben, und er hatte auch schon eine Idee, wie er das anstellen wollte.

Frei vom bis vor Kurzem noch belastenden schlechten Gewissen kletterte er vor dem Haus der Bachlers auf der Hohen Warte aus dem Taxi, bezahlte und klingelte am Gartentor, auf dass man ihn einlasse.

Es war Wilma, die ihm öffnete, und er empfand das als gutes Omen. Als ausgezeichnetes sogar.

*

Commendatore Gaspard Pahl-Giacometti, ein Grandseigneur alter Schule aus Triest, war gestern Abend angekommen und hatte eine Suite im ›Interconti‹ bezogen. Pahl-Giacometti war zwar kein Stammgast, aber schon das eine oder andere Mal in Wien gewesen. Und er hatte immer wieder in dieser ganz speziellen Suite im 7. Stock logiert. Wegen des wunderbaren Blickes auf den Stadtpark.

Rudi Meyerle war Rezeptionist in der Spätschicht und hatte beobachtet, wie der Commendatore gegen 18.30 Uhr das Haus verlassen hatte.

Wahrscheinlich würde er in diesem Gourmet-Tempel im Stadtpark speisen, sich dann eine Runde durch den Park schieben lassen und so gegen 22 Uhr wieder zurückkehren. So oder so ähnlich hatte der Commendatore seine Abende auch schon bei früheren Besuchen gestaltet.

Im Prinzip hatte Meyerle recht, bloß mit dem Timing hatte sich der Rezeptionist etwas vertan. Denn es war bereits nach 23 Uhr, und es schneite seit mindestens einer halben Stunde, als Pahl-Giacometti ins ›Intercont‹ zurückkehrte.

Der Rezeptionist, der dem Sekretär einen Umschlag aushändigte, der in der Zwischenzeit abgegeben worden war, stellte bei dieser Gelegenheit fest, dass der Commendatore in den vergangenen Stunden gewachsen zu sein schien. Zumindest hatte er den Eindruck, dass die Oberschenkel dieses Gastes jetzt um, na, gut zehn Zentimeter länger waren als vorher.

Das war zwar undenkbar, aber dennoch. Beim Weggehen hatte der Mann eine zusammengelegte blau karierte Decke auf den Oberschenkeln liegen gehabt. Dabei waren beide Knie bedeckt gewesen. Da war er sich ganz sicher.

Die Decke lag noch immer an demselben Platz, doch beide Knie Pahl-Giacomettis waren jetzt unbedeckt. Vielleicht, überlegte Meyerle, war ja auch die Decke gegen eine etwas kleinere getauscht worden, die sonst genauso aussah. Oder der Commendatore saß irgendwie … Nein, das war es nicht.

Sein Vater hatte den kleinen Rudi immer schon mehr spöttisch als liebevoll als Tifftler bezeichnet, manchmal auch als Blitzkneißer. Aber auch als rechthaberischen Besserwisser. Wie oft hatten sie Streit deswegen gehabt.

Das mochte zum Teil sogar gestimmt haben, Papa, zeigte sich Meyerle jetzt nach so vielen Jahren kompromissbereit. Durchaus möglich, dass er sich mit der Decke irrte. Aber dass der Commendatore beim Weggehen heute Abend noch keine Narbe am Kinn gehabt hatte, das hätte er jederzeit beschwören können. Auch, dass die, die der geschätzte Gast jetzt hatte, alles andere als frisch war. Im Übrigen war es dem Rezeptionisten völlig egal, was die

Gäste so taten. Hauptsache, sie zahlten ihre Rechnungen, machten auch sonst keine Probleme und gaben ihm ein gutes Trinkgeld.

*

Obwohl rein äußerlich alles ruhig und normal im Hause der Bachlers wirkte, spürte Palinski doch sofort die enorme Spannung, die inzwischen über dem Großen Salon lag wie der Smog über Los Angeles. Was nicht weiter erstaunlich war, immerhin warteten Tante Anita und die anderen Anwesenden nunmehr bereits mehr als zwei Stunden darauf, dass etwas geschah.

Nachdem Mario alle begrüßt und Anitas gezischtes »Na, so was, du bist ja auch schon da!« in Anbetracht der besonderen Umstände unkommentiert gelassen hatte, wollte er informiert, in die bisher bekannten Einzelheiten eingeweiht werden.

Und das nicht durch die Mutter des Entführten, mit der er schon unter weniger dramatischen Vorzeichen nicht wollte und auch nicht konnte. Sondern durch Wilma.

»Wozu soll denn das gut sein?«, keppelte Anita los, als sie sein Ansinnen vernommen hatte. »Was kann uns denn der schon helfen? Und wenn überhaupt, dann habe ich ihn zu informieren. Denn ich bin die Betroffene und kenne mich daher als Einzige wirklich aus.«

Palinski war überrascht, dass dieses seltsame Verhalten außer Elisabeth Bachlers Kurzkommentar »Mario ist Kriminologe und hat beste Kontakte zur Polizei. Er ist der Fachmann in der Familie« zu keinen weiteren Reaktionen geführt hatte. Wahrscheinlich waren die Menschen in diesem Raum schon so abgestumpft vom enervierenden Verhalten dieser armen Frau, mit der Mitleid zu haben schwerfiel.

Wie auch immer, schließlich bekam Palinski sogar den Brief der Erpresser zu sehen. Das Kuvert, in dem sich dieser befunden hatte, mit all den schönen, möglicherweise darauf vorhandenen Fingerabdrücken, hatte die Tante allerdings weggeschmissen. Das Einzige, woran sie sich in dem Zusammenhang noch genau erinnerte, was ihr anscheinend sogar jetzt noch einen gewissen Respekt abforderte, war die Tatsache, dass ihr Name auf dem Umschlag richtig geschrieben gewesen war.

»Stellt euch vor«, sie wirkte richtig angetan, lächelte sogar ein wenig, übrigens das erste Mal an diesem Abend, »Abbersyn mit zwei b und y, ich wollte es zunächst gar nicht glauben!«

Nun gut, falls es auf dem Umschlag Fingerprints gegeben hatte, dann war die Wahrscheinlichkeit groß, dass sich auf dem Briefbogen ebenfalls welche befanden.

Er nahm eine Ecke des Blattes vorsichtig mit seinem ausnahmsweise sauberen Taschentuch hoch und machte sich auf den Weg in die Küche, wo er ein bislang unbenutztes Plastiksackerl zu finden hoffte. Elisabeth Bachler hatte immer eine Rolle von diesem Zeug in der zweiten Lade links oben.

»Was macht er denn jetzt mit dem Brief?«, jammerte Anita wieder einmal und wollte Palinski schon nachsetzen. Wohl, um das Schriftstück wieder an sich zu bringen.

»Jetzt gib doch endlich Frieden, Anita!«, nun schien sich endlich auch der Hausherr entschlossen zu haben, in das Geschehen einzugreifen.

»Lass Mario nur machen, er wird das Beweisstück sichern wollen, oder so. Damit die Polizei es auf Spuren untersuchen kann!«

Das war das falsche Signal gewesen. »Keine Polizei! Nein, nur keine Polizei«, heulte die Alte los wie ein Werwolf in der Brunft, »das haben die Entführer ausdrücklich verboten. Die bringen mir sonst noch mein Kind um. Meinen Berti.«

Wenn der Anlass des Zusammentreffens nicht ein so ernster gewesen wäre, wären jetzt Palinski und sicher auch einige andere in schallendes Gelächter ausgebrochen. Diese falsche Theatralik, diese überzogene Selbstdarstellung als leidende Mutter war ja wirklich nicht geeignet, die der eigentlichen Situation angemessene Ernsthaftigkeit dauerhaft aufrechtzuerhalten, dachte Palinski, der sich erneut wunderte, dass er es in diesen heiligen Hallen völlig problemlos schaffte, nicht nur geschwollen zu reden, sondern auch so zu denken.

Verdammt, was die Bachlers doch für einen Einfluss auf ihn hatten. Es war fast zum Fürchten.

Nach weiteren 20 Minuten hatten sich die Entführer noch immer nicht gemeldet. Palinski waren inzwischen Zweifel gekommen, ob sich Tante Anita nicht am falschen Ort befand. Nachdem sie ihre Schwester Elisabeth von dem schrecklichen Geschehen und der zu erwartenden telefonischen Kontaktaufnahme informiert hatte, war das Werkl angelaufen wie schon Dutzende Male vorher bei Taufen, Hochzeiten, Todesfällen und ähnlichen Anlässen, bei welchen die Familie zusammenfand.

Elisabeth hatte wie immer ganz automatisch das Gesetz des Handelns an sich gezogen, alles organisiert und das

Treffen in das Haus der Bachlers einberufen. Und nicht in die schöne, durchaus geschmackvolle, aber viel zu kleine Wohnung Anitas.

Was war, und davon konnte, nein, musste man ausgehen, wenn der inzwischen längst überfällige Anruf gar nicht hierherkam? Wer weiß, vielleicht hatten es die Erpresser schon unter Anitas Anschluss versucht? Wiederholt und jedes Mal vergeblich.

»Wer sagt uns, dass sich die Entführer hier melden werden und nicht in der Herbeckstraße?« Er blickte Wilma fragend an.

Und die war klug genug, die Frage und damit auch die unausgesprochenen Implikationen zu verstehen.

»Warum erwartest du den Anruf denn hier, Tante Anita, und nicht bei dir zu Hause?« Wilmas Stimme hatte einen leicht scharfen Ton angenommen, so eine Art unausgesprochenes: »Du strohdumme Kuh, du.«

»Warum hätte ich das sollen!«, entrüstete die sich. »Frag deine Mutter. Die hat mir gesagt, ich soll um spätestens 19.30 Uhr da sein!«

Ein Anflug von Schuldbewusstsein in Verbindung mit einem verschämten Lächeln in ihrem Gesicht ließ den Schluss zu, dass auch der Hausfrau ihr nicht unbedingt logisches Verhalten inzwischen bewusst geworden war.

»Aber selbst, falls bei mir zu Hause angerufen worden ist, macht das nichts«, fuhr Anita fort, »ich habe seit drei Wochen einen Anrufbeantworter.« Sie schien richtig stolz darauf zu sein. »Und man kann sogar von auswärts feststellen, ob jemand angerufen und was er gesagt hat!« Stolz holte sie einen dieser Piepser heraus, auf deren Signal hin man das Gerät zum Abspielen der aufgezeichneten Nachrichten veranlassen konnte.

Was Palinski auch gleich tat und zu dem Schluss kam, dass an diesem Abend noch kein Anruf unter Anitas Festnetzanschluss eingegangen war. Und ein Handy hatte sie, für die die Erfindung des Dampfkochtopfes die letzte noch nachvollziehbare technische Neuerung gewesen war und der Anrufbeantworter ein Wunder, an das zu glauben sie aus praktischen Gründen kein Problem hatte, nicht. Dieses Teufelszeug war für Anita nie infrage gekommen.

Gesetzt den Fall, dass der erwartete und, angesichts der stark fortgeschrittenen Stunde, langsam, aber sicher überfällige Anruf tatsächlich hier, bei den Bachlers, einging, dann war das Palinskis Überzeugung nach ein deutlicher Hinweis darauf, dass zumindest einer der Entführer über detaillierte Kenntnisse der Familie des Opfers verfügte. Das schränkte den Kreis der potenziellen Täter gewaltig ein.

Eine weitere Ungereimtheit machte ihm zu schaffen. Trotz seiner reichlichen theoretischen und teilweise auch praktischen Erfahrungen mit dem Verbrechen hatte er, außer vielleicht bei Bagatellgesetzesverletzungen, also solchen, die den Begriff Verbrechen im juristischen Sinne gar nicht rechtfertigten, noch nie von einer derart präzisen Lösegeldforderung gehört.

116.812 Euro hatte die ursprüngliche, erst nachher auf die nächsten ganzen 10.000 gerundete Forderung gelautet.

Das erweckte den Eindruck, als ob der oder die Verbrecher ganz konkrete Beträge, vielleicht Schulden, fällige Zahlungen oder die Kosten notwendiger Anschaffungen addiert und damit die Mindesthöhe der Forderung ermittelt hätten.

Die vergleichsweise geringe Höhe der Gesamtforderung ließ wieder den Schluss zu, dass der oder die Erpresser keine Profis, sondern relativ bescheidene Amateure waren, die nicht unbedingt aus krimineller Energie handelten, sondern unter dem Eindruck eines ganz bestimmten Ereignisses, einer unerwarteten, andernfalls nicht oder nicht fristgerecht leistbaren Zahlung keinen anderen Ausweg gesehen hatten.

Auf die Schnelle war Palinski, der durch sein Institut für Krimiliteranalogie über eine der größten Datenbanken überhaupt verfügte, die reale Verbrechen mit der einschlägigen Literatur verglichen und umgekehrt, kein vergleichbarer Fall bekannt.

Nein, ganz stimmte das auch nicht. Ihm fiel das Drehbuch eines finnischen Autors ein, dessen Namen er nicht einmal hätte aussprechen können, wenn er sich daran erinnert hätte. Korrekterweise war es die deutschsprachige Fassung dieses Drehbuches, in dem ein Teenager seine eigene Entführung inszeniert und seine Freilassung gegen eine Zahlung von 12.420 Mark erpresst hatte, um für sich und seine Freunde im Wald ein Baumhaus mit allem drinnen, was man sich in diesem Alter nur vorstellen konnte, bauen zu können. Detaillierte Aufzeichnungen des jungen Mannes, die in seinem Zimmer versteckt aufgefunden worden waren, hatten schließlich zur unnötigerweise schrecklich blutigen Lösung des Falles geführt.

Nun war Albert Abbersyn 38 Jahre alt und damit sicher kein Teenager mehr, stand aber unter der Fuchtel Tante Anitas.

Er wohnte noch immer mit ihr im gemeinsamen Haushalt, also normalerweise, im Moment natürlich nicht, er war ja nicht da. Beruflich war er Prokurist in dem Unternehmen, das nach dem Tod seines Vaters immerhin zu 30 Prozent ihm gehörte. Ein Fachhandel für medizintechnische Geräte und Apparate. Das klang gut und wäre es auch gewesen, hätte die Mehrheitseigentümerin nicht Anita Abbersyn geheißen.

Eigentlich war Cousin Albert eine arme Sau, räumte Palinski in einem Anflug von Mitleid ein, aber trotzdem, gewisse Dinge tat man einfach nicht.

Er neigte sich zu Wilma und flüsterte ihr etwas ins Ohr. »Frag du, ich bekomme ohnehin keine Antwort, oder bestenfalls eine dumme«, bat er sie.

Sie nickte und wollte eben etwas sagen, als das Telefon sein befreiendes Klingeln vernehmen ließ. Endlich.

Und nun entwickelte sich alles anders, als man vorher besprochen hatte. Alle waren sich einig gewesen, dass es besser wäre, wenn nicht die ohnehin schon bis an die Grenzen des Möglichen belastete Mutter des Opfers mit dem Anrufer sprach, sondern jemand, dessen Contenance sich in kritischen Fällen schon bewährt hatte.

Mit der Wahl Dr. Dr. Wilfried Bachlers, ehemals Professor und Dekan der juridischen Fakultät der Universität Wien und Hausherr, waren alle Anwesenden einverstanden gewesen.

Oder doch nur fast alle, wie sich jetzt zeigte.

Offenbar hatte das lang erwartete Schrillen der Telefonklingel bei Tante Anita eine manische Phase ausgelöst. Sie stürzte sich mit einem schier unmenschlichen Na eeeendlich und einer Geschwindigkeit, die man ihren osteoporösen Knochen gar nicht mehr zugetraut hätte, auf den Hörer, riss ihn förmlich von der Gabel und presste ihn ans Ohr.

Während Dr. Dr. Hausherr die ganze Szene noch entgeistert musterte, schrie die verzweifelte Mutter: »Hallo, bist du es, Albert? Oder wer immer auch, wir zahlen jeden verlangten Betrag. Tun Sie meinem Berti bloß nicht weh, ich zahle jeden Betrag, wenn Sie ihm nicht wehtun. Sie können alles von mir haben!«

Uiuiui, das war die ungeschickteste aller denkbaren Optionen gewesen, das Gespräch zu beginnen, befürchtete Palinski. Das war ja förmlich eine Einladung …

»Hallo, hallo, und sagen Sie Berti bitte, dass er das Auto bekommt und auch den Zuschuss zur eigenen Wohnung. Mein Gott, sind Sie … hallo, hallo.« Verzweifelt starrte die alte Frau den Hörer an.

»Sie hat aufgelegt!«, meinte sie schließlich verstört. »Das Weib hat nur gesagt, sie meldet sich wieder, und dann aufgelegt. Einfach so.« Sie begann zu weinen und langsam auch, Palinski direkt leidzutun.

»Was bedeutet das?« Dr. Dr. Hausherrs Erstarrung hatte sich wieder gegeben. Jetzt war er bemüht, sich wieder ins Spiel zu bringen. »Warum haben die Erpresser aufgelegt?«

»Das hätte ich an ihrer Stelle auch gemacht!«, meinte Palinski provokant, und nicht nur Wilma konnte den Anflug an Spott und Sarkasmus kaum überhören. »Tante Anitas Auftritt war ja die reinste Einladung, eine neue Verhandlungsrunde zu eröffnen. Was heißt, Verhandlungsrunde? Die Forderung wird eben in die Höhe gesetzt werden, und das nicht zu gering.«

Er schüttelte den Kopf. »Ich zahl alles, ich zahl alles«, äffte er die arme alte Frau nach, ohne sich wirklich schlecht dabei zu fühlen. »Bei allem Respekt vor deiner schwierigen Lage, Tante Anita«, seine Stimme klang jetzt wieder verständnisvoll, »aber das war schlicht und ergreifend dumm.«

»Du hast ja recht!« Sie blickte ihn mit tränenvollen Augen an. »Ich bin eine dumme alte Frau. Aber ich habe so große Angst. Albert ist doch mein einziges Kind. Wenn ihm etwas geschieht …« Sie schluchzte für alle gut hörbar auf.

Das war das erste Mal in mehr als 25 Jahren gewesen, dass ihn Tante Anita direkt angesprochen hatte, ohne ihn gleichzeitig zu beschimpfen. Ein später Anfang, aber immerhin ein Anfang, ging es ihm gerührt durch den Kopf.

»Hab keine Angst!«, meinte er dann zu ihr. »Ich denke, Albert geht es gut. Bisher zumindest!« Dann ging er zu ihr hin und schloss sie in die Arme, die Arme.

Es wäre aber nicht Tante Anita gewesen, wenn sie vor dieser Geste nicht zurückgeschreckt wäre wie der Teufel vor dem Weihwasser.

»Was bildet sich der Mensch ein, mich abzugrapschen!«, fauchte sie in Richtung Wilma und stieß ihn weg. »Und was soll das überhaupt heißen, es geht ihm bisher gut? Ab jetzt geht es ihm nicht mehr gut? Oder was sonst?«

»Also wirklich, jetzt gehst du aber zu weit!«, fauchte Wilma und meinte damit das Abgrapschen. Palinski fand es aber erstaunlich erfrischend, dass der alte Teufel seine Giftzähne noch nicht verloren hatte. Das hielt den kurz vorher noch verspürten Anflug von Mitleid in Grenzen und ließ ihn seine Schlussfolgerungen ohne Gewissensbisse vortragen.

»Jetzt werde ich dir«, er blickte zu Anita, dann zu den Übrigen, »einmal sagen, was ich wirklich denke. Ich glaube, dass sich der gute Albert gegen diesen Albtraum von Mutter nicht mehr anders zu helfen gewusst hat, als sich selbst zu entführen. Dass Tante Anita plötzlich nichts mehr gegen das neue Auto und die Wohnung einzuwenden hat, haben wir ja eben gehört. Die Kosten dafür, inklusive, sagen wir, je 10.000 Euro für zwei Helfer, und schon ist der geforderte Betrag erklärt. Ich wette, wenn wir nur lang genug suchen, werden wir unter Alberts Unterlagen einen Prospekt oder das Angebot eines Autohändlers mit einem Preis finden, der auf 812 Euro endet. Wahrscheinlich beinhaltet der irgendeine Sonderausstattung.«

Palinski blickte fast durchwegs in interessierte, aufgeschreckte Gesichter. Bloß die Mutter des Opfers warf ihm einen Blick zu, der Titanium zum Schmelzen gebracht hätte. Ehe sie aber zu einem ihrer gefürchteten Brüller ansetzen konnte, fuhr er fort: »Habt ihr euch gar nicht gefragt, warum der bewusste Anruf hierher erfolgt ist? Ein normaler Erpresser ruft doch nicht bei der Schwester der erpressten Person an, sondern bei ihr selbst. In diesem Fall haben die Erpresser aber ganz genau gewusst, wo sie ihr Opfer antreffen werden. Von wem sie dieses Wissen wohl gehabt haben?«

Das als rhetorische Frage getarnte Argument schien die meisten zu überzeugen. Allgemeines und, wie Palinski herauszuhören meinte, tendenziell zustimmendes Gemurmel war die Folge.

Und mit »Das ist natürlich alles noch reine Theorie. Aber sobald das Ergebnis der kriminaltechnischen Untersuchung vorliegt, werden wir uns fragen müssen, warum der Erpresserbrief von Alberts Fingerabdrücken nur so übersät ist. Also wenn ihr mich fragt, war das Leben des lieben Berti bisher nicht im Geringsten in Gefahr« machte er den Sack schließlich zu. Wie man das auf Neudeutsch heute so treffend bezeichnete.

»So eine Verleumdung!«, wetterte Anita wie erwartet los, wenn auch nicht mehr ganz so laut wie vorhin. »So etwas würde mein Bub nie machen!«

Aber niemand hörte ihr mehr zu, und sie selbst schien langsam auch nicht mehr ganz frei von Zweifeln zu sein. Nach einigen Sekunden Reaktionszeit stellte Elisabeth Bachler die Frage der Fragen: »Und wie geht es jetzt weiter?«

»Ich vermute, die Erpresser werden jetzt am Überlegen sein, in welchem Umfang sie ihr«, er deutete mit dem Kinn auf Tante Anita, »großzügiges Angebot in Anspruch nehmen sollen. Und Alberts Sicherheit wird davon abhängen, ob er zu den neuen Konditionen mitspielen wird oder nicht. Falls nicht, könnte aus dem vorgetäuschten ein echter Entführungsfall werden!«

Die schonungslose Analyse trieb die Familie jetzt endgültig in die Arme des Alkohols. Palinski selbst trank natürlich keinen Schluck, musste er doch gleich noch fahren. Mit Wilmas Auto, wie er hoffte. Zu Recht, wie sich gleich darauf herausstellen sollte.

Über seine Bekanntschaft und das Engagement Geneva Posts hatte er, wie beabsichtigt, um sein Seelenheil zu retten, kein Wort verloren. Irgendwie wäre das jetzt unpassend gewesen, fand er.

Und morgen, sobald Wilma am Semmering eintraf, war ja schließlich auch noch ein Tag.

3.

Mittwoch, 19. Februar, vormittags

Der Transfer der Gäste vom Bahnhof zum ›Semmering Grand‹, den – Gott sei Dank – der Fremdenverkehrsverein und nicht das ›Grand‹ oder gar Palinski zu verantworten hatte, hatte sich als problematischer erwiesen, als ursprünglich angenommen worden war. Und zwar als viel problematischer.

Um Mitternacht, also viereinhalb Stunden nach Ankunft des Crime Express am wunderschön frisch zugeschneiten Hausberg der Wiener, waren noch immer nicht alle Gäste im Hotel angekommen. Hätten sie den kurzen, idyllisch durch den Wald führenden Fußweg genommen, sie hätten längst gebadet oder geduscht, gut gegessen und könnten bereits seit einer Stunde schlafen. Falls sie mit ihrer Zeit wirklich nichts Besseres anzufangen wüssten.

Aber nein, das Beste war dem Fremdenverkehrsverein wieder einmal gerade gut genug gewesen. Und ehrlich, die Idee, die Leute mit Pferdeschlitten durch die tief verschneite Gegend zum Hotel zu bringen, war ja wirklich gut gemeint gewesen.

Und für gut drei Viertel der Gäste war das Konzept ja auch voll aufgegangen. Die waren auch hellauf begeistert gewesen, hatten inzwischen längst gegessen und getrunken, schwangen jetzt munter das Tanzbein in der Bar oder lagen bereits in ihren Betten.

Falls sie, wie schon gesagt, nichts Besseres vorhatten.

Für die restlichen 25 Prozent erwies sich die alte Weisheit, dass gut gemeint häufig das Gegenteil von gut ist, leider als zutreffend.

Die Unglücklichen hatten auf jenen beiden Schlitten Platz genommen, die, im Gegensatz zu den acht 24-Sitzern, ganzen sechs Personen mehr Platz boten.

Besagte 30-Sitzer waren demnach auch etwas größer, nämlich sowohl ein wenig länger als auch geringfügig breiter als die anderen Schlitten. Wie gesagt, der Größenunterschied war nicht sehr groß und mit dem bloßen Auge kaum wahrnehmbar. Aber immerhin reichte er aus, um ernsthafte Probleme zu bereiten. Der Radius, den die 30-Sitzer benötigten, um von der Bahnhofsstraße bergwärts in die Passstraße einzubiegen, war einfach zu groß.

Dabei hatte bei der Generalprobe alles noch bestens geklappt. Allerdings hatten die Verantwortlichen am Vormittag lediglich sechs Schlitten eingesetzt. Und zwar solche mit …, erraten.

Palinskis Assistent Florian Nowotny, der mit der überraschend notwendig gewordenen Rückfahrt seines Chefs nach Wien die hiesigen Agenden seines Chefs hatte übernehmen müssen, erwies sich in dieser Situation als sehr kompetent und hilfreich. Dank seiner Ausbildung als Polizist sorgte er zunächst dafür, dass die 24-Sitzer ihre Fahrt wie ursprünglich geplant fortsetzten.

Dann dirigierte er die beiden Großen, die sich inzwischen auf sein Geheiß hin langsam talwärts bewegt hatten, hinunter bis zur Abzweigung der alten Straße von der Schnellstraße. Dorthin, wo es gleich danach in den Straßentunnel ging.

Hier endlich war es flach genug, um nach Beseitigung von ein, zwei Straßenbegrenzungen auf der dadurch gewonnenen Fläche eine provisorische Fahrbahn mit entsprechend großem Radius schaffen zu können.

Florian hatte den Polizeichef vom Semmering und dieser wieder den Bürgermeister bedrängt, einen entsprechenden Express-Auftrag an die zuständige Straßenmeisterei zu geben.

Inzwischen hatte auch Generaldirektor Eberheim das Problem erkannt und begonnen, Decken, Tee und Hühnersuppe, beides natürlich heiß, und Nussstrudel als kleine Stärkung verteilen zu lassen.

»Mir war klar, dass unseren Gästen, die gezwungen waren, diese bedauerliche Odyssee mitzumachen, inzwischen kalt sein und sie Hunger und Durst haben mussten!«, erklärte er den zahlreichen Pressevertretern, die natürlich auf diese einmalige Prozession aufmerksam geworden waren. Und klarerweise auch im Fernsehen.

Der Fremdenverkehrsverband wieder hatte zwei Ziehharmonikaspieler beigesteuert, je Schlitten einen, die den Leuten mit ihrer Musik und ihren zum Teil hundsordinären Gstanzln die Zeit aufs Angenehmste verkürzten und, wie sie dann vertraulich eingestanden, noch nie so viel Trinkgeld bekommen hatten wie an diesem Abend.

Mit einem Wort, schließlich hatte sich die peinliche Transferpanne als Mordshetz erwiesen. Ja, gar nicht wenige, die nicht dabei gewesen waren, bedauerten dies und drängten darauf, diesen Event für einen anderen Abend buchen zu können.

Worauf sich der Fremdenverkehrsverband gemeinsam mit dem ›Semmering Grand‹ entschließen sollte, aus der ursprünglichen Not eine Tugend namens Winternight's Dream zu machen und ins ständige Angebot zu übernehmen. Preis pro Person 82 Euro, Kinder bis zwölf Jahren 54 Euro.

Aber immer noch waren nicht alle Gäste im Hotel. Doch jetzt machte das niemandem mehr etwas aus.

Kurz vor 23.15 Uhr war es dann endlich so weit gewesen. Die Straßenbegrenzung war auf mehr als 25 Meter abmontiert worden, der Verkehr angehalten, und der Stau hatte in beide Richtungen bereits an die 100 Meter erreicht.

Die große Wende und damit die Rückkehr zur Passhöhe konnten endlich in Angriff genommen werden.

Danach hatten sich die beiden Schlitten langsam, Kurve für Kurve, wieder in die Höhe gearbeitet, bis zu der Stelle, an der die Hochstraße von der Passstraße abzweigte. Und das in einem extrem spitzen Winkel, falls man von der niederösterreichischen Seite her kam.

Hier wiederholte sich natürlich das Problem mit dem zu geringen Kurvenradius. Und das noch dramatischer als vorher. Allerdings nur prinzipiell, denn der wenige Meter weiter auf der anderen Straßenseite gelegene und zu dieser Zeit fast leere Parkplatz vor der Bahn auf den Hirschenkogel ermöglichte die erforderlichen Wendemanöver problemlos.

Eberheim stand vor dem Eingang des ›Semmering Grand‹ und blickte nervös auf seine Armbanduhr. Was für eine verrückte Geschichte.

In der Dancing Bar rockte sich ein Teil der Gäste schon seit Stunden den Schweiß aus ihren übergewichtigen Körpern, während die beiden Schlitten mit den anderen Gästen noch die letzte Kurve der Hotelzufahrt nahmen.

Auf die Neuankömmlinge, die sich trotz des langen Aufenthaltes in der Kälte optisch wie akustisch in Ordnung und in bester Laune befanden, wartete jetzt ein opulentes Mitternachtsbuffet, begleitet von der einschmeichelnden Musik, die Hans. O. Metschelka, ein begnadigter Pianist – er hatte ursprünglich acht Monate wegen Bigamie bekommen – seinem Instrument zu entlocken imstande war.

Und irgendwann zwischen 3 und 4 Uhr würde endlich Ruhe einkehren, soweit in einem Hause wie dem ›Semmering Grand‹ überhaupt jemals Ruhe einkehrte.

Dann endlich würde auch Adrian Eberheim einige wenige Stunden Erholung finden. Hoffentlich, denn er hatte sie bitter notwendig.

Was für ein Abend, was für eine Nacht.

*

Als Palinski endlich beim ›Kaiser‹ ankam, war es bereits 0.45 Uhr und das Kaffeehaus finster. Wo würde er Geneva Post jetzt finden?

Wohin würde eine junge Frau wie diese in einer Nacht wie dieser gehen, wenn man sie – aus ihrer Sicht zumindest – versetzt hatte? Und welche Möglichkeiten gab es hier in unmittelbarer Nähe?

Keine Ahnung, denn er hatte sich bisher nie sonderlich fürs Nachtleben interessiert, geschweige denn eine Bestandsaufnahme der entsprechenden Optionen in seiner näheren Umgebung gemacht.

Vielleicht sollte er den ›Flotten Heinzi‹ fragen, ob er etwas oder jemanden gesehen hatte. Heinzi, das war der

Chef und Eigentümer des Würstelstandes vorne am Gürtel, ein alter Freund Marios.

Eine so auffallende Person wie Geneva würde dem sicher … aufgefallen sein. Vielleicht war sie ja vorbeigekommen, hatte sich erkundigt, wohin sie vor der Kälte flüchten konnte. Sich ein Burenhäutl gegönnt.

Ein guter Gedanke, es konnte nicht schaden, sich vor der Fahrt zum Semmering noch rasch eine Heiße hineinzuschieben.

Immerhin hatte er seit gestern Mittag nichts Ernsthaftes mehr gegessen. Die paar Salatblätter, die Käsescheiben und das ausgetrocknete Stück Brot, das war alles, was er bei dem seltsamen Treffen vorhin noch am Buffet vorgefunden und aus reinem Selbsterhaltungstrieb in den Mund geschoben hatte, konnten ja kaum so bezeichnet werden. Ein Auto musste schließlich auch regelmäßig betankt werden.

Schön, dass er gleich nach der Einmündung der Nußdorferstraße in den Gürtel Richtung stadtauswärts einen Parkplatz gefunden hatte, so waren es nur mehr wenige Meter zum Gastronomiebetrieb des ›Flotten Heinzi‹.

Bereits von der gegenüberliegenden Straßenseite aus bemerkte Palinski die für eine Würstelbude geradezu gewaltige Menschenmenge, die sich um den Stand Othmar Heinrichs, so hieß der ›Flotte‹ nämlich offiziell, angesammelt hatte. Wie es schien, machte der Heinzi gerade das Geschäft seines Lebens. Es herrschte eine Bombenstimmung, es wurde gefressen und gesoffen wie nur was. Ja, einige sangen und tanzten sogar.

Was war denn los? Hatte sich der Wirt in einem Anfall pathogener Großzügigkeit dazu hinreißen lassen, heute seine Waren zu verschenken?

Neugierig kämpfte sich Palinski durch den dichten Ring bestgelaunter Gäste und an das Verkaufspult heran.

Da war der Heinzi, und da war auch eine zweite Person, eine Hilfskraft offenbar. Beide standen mit dem Rücken zu den Gästen und fuhrwerkten irgendetwas im Hintergrund des engen, hüttenähnlichen Raumes.

Eine Hilfskraft, das war eine Sensation. Soviel Mario wusste, und der Heinzi hatte es ihm oft genug versichert, würde der sich liaba aufhängan ois so a potscherte Figur nebm mia herumtuan z'lossn.

Aber es gab immer ein erstes Mal, und diesen Ansturm, Palinski blickte sich nochmals um, konnte einer allein nicht schaffen. Selbst wenn er so firm war wie der Heinzi.

»Hallooo-o!«, versuchte er nun, die Aufmerksamkeit einer der beiden Rücken auf sich zu lenken, um endlich zu einer Heißen mit süßem Senf und einem schönen Stück Waldviertler Bauernbrot – das war die Spezialität der Woche, wie ein handgeschriebenes Schild hinter Glas verriet – zu kommen. »Kann man hier auch was bestellen?«

Während Palinski noch überlegte, welche witzige Alternative er anbieten konnte, hatte sich der kleinere, schlankere, schönere Rücken umgedreht, und ihm blieben alle weiteren Worte im Rachen stecken.

»Hallo, da sind Sie ja endlich«, schnurrte eine sichtlich enchantierte Geneva im geborgten, viel zu großen weißen Arbeitsmantel, begleitet von zahlreichen Prosts, Hallos und Sing-uns-noch-was,-Geneva-Rufen der Umstehenden, bei welchen es sich um, ja, es konnte gar nicht anders sein, so unglaublich das zunächst auch zu sein schien, Zuschauer handelte. Passanten, Nachtbummler, die von der bunten Blume, die sich der Heinzi da für sein Geschäft angelacht hatte, angelockt worden waren.

Das wollte Palinski jetzt aber genau wissen.

»Servas Mario«, jetzt hatte sich auch der zweite Rücken umgedreht. »Wos is? Wüsst a Hasse? Du nimmst imma an Siassn, gö?«

Es war ganz angenehm, nicht sprechen, sondern nur nicken zu müssen. Zwei Mal zwar, aber immerhin.

Während der Heinzi Palinskis Bestellung fertig machte, fuhr er fort: »I hob da Klan Asül aubotn, wäus ›Kaisa‹ scho zuagspeat hod. Du vastehst!« Jetzt senkte er die Stimme und meinte vertraulich: »Und du bist oiso da big Daddy von der siassn Schneckn do? Gratuliere, des is jo a gonz a Liabe. Oba wos sogdn die Wilma dazua?«

Da der ›Flotte Heinzi‹ eines der wichtigsten inoffiziellen Nachrichtenzentren im Nordwesten Wiens darstellte, war es, bei aller Freundschaft, äußerst wichtig, ja geradezu existenziell, bloß keinen falschen Eindruck zu erwecken und keine Falschmeldungen stehen zu lassen. Andernfalls würde die ganze Stadt am nächsten Tag davon wissen. Und 48 Stunden später das ganze Land.

»Ich bitte dich, Heinz«, entgegnete Palinski hochdeutscher als sonst, »ich habe Fräulein Post vor wenigen Stunden kennengelernt und ihr einige Tage Arbeit vermittelt. Das ist ein rein beruflicher Kontakt, ich wiederhole, das ist rein beruflich.«

Es war das Schicksal aller ehrlichen Menschen, dass ihnen die Lügner nicht glaubten. So erging es jetzt auch Palinski.

Der Heinzi verstauchte sich fast das linke Augenlid vor lauter Zwinkern, im Hintergrund war vereinzeltes Lachen zu hören, und zwar in der Bandbreite von freundlich-ungläubig bis lächerlich, das erzähl jemand anderem.

Ja, selbst Geneva fiel ihm in den Rücken, indem sie kokett lächelnd immer wieder betonte: »Nein, nein, das ist rein geschäftlich.« Das aber so, dass jeder annehmen musste, sie meinte das exakte Gegenteil. Das hatte man davon, wenn man Gutes tun und den Nachwuchs fördern wollte.

Zum Abschied sang Geneva dann noch und noch einmal ›Diamonds are a girl's best friend‹. Und sie tat das derart gekonnt und in einer Manier, dass sie die noch weiter angewachsene Zuschauermenge gar nicht mehr weglassen wollte. Vor allem nicht nach dem ›Happy Birthday, Mister President‹, während dem sie Palinski neckisch anlachte.

Kurz nach 2 Uhr war es Palinski dann doch gelungen, den neuen Superstar ins Auto zu verfrachten und endlich loszufahren.

*

In einem kleinen Haus am Rande einer kleinen Ortschaft etwa 20 Kilometer nördlich von Wien diskutierten drei Menschen die neue Situation.

»Es wär do a Wahnsinn gwesen, sich den ursprünglich gforderten Betrag einfoch irgendwo übergebn z lassen und auf die neiche Situation net zu reagieren!«, brüllte die junge Frau sichtlich erregt.

»Wieso«, entgegnete der ältere der beiden Männer. Selbst noch keine 40 Jahre alt, hatte er doch mindestens zehn Jahre mehr auf dem Buckel als der andere. »Das war so vereinbart. Jeder von euch bekommt 15.000 Euro, das ist eine Menge Geld, meine ich. Und damit basta, das muss genug sein!«

»Du haust leicht redn!«, erwiderte der Jüngere, mit einem Gesicht fast noch wie ein Kind, mit seinen knapp zwei Metern und 94 Kilogramm Körpergewicht aber ein beeindruckendes, gegebenenfalls auch Furcht einflößendes Stück Mannsbild.

»Du kriagst die restlichn 90.000 und gehst zruck in dei von da Mami versurgtes Zhaus. Bekummst a neichs Auto, a Wohnung, und wir san die Augschissenen. Uns suachen die Kieberer. Mit schäbigen 15.000 Euro in da Toschn, obwoi mindestns des Zehnfoche fia jedn von uns drin is.«

»Gauz recht!«, sekundierte ihm Sandy, wie die Frau gerufen wurde. »I bin dafia, wia stön a neiche Forderung und zwoa ... sag ma«, sie überlegte, »wie wars mit ... 400.000 Euro. Je 150.000 für uns beide«, sie machte eine Geste, die sie selbst und den jüngeren Mann einschloss. »Und fia dih bleibm runde 100.000, oiso a Zehna mea ois jetzt. Na«, sie blickte die beiden fragend an, »ist des net a klasse Idee?«

Beide Männer bewegten ihren Kopf hin und her.

Der jüngere der beiden, er hieß Frank, wurde aber Burschi gerufen, signalisierte damit bedächtige Zustimmung.

Der andere wieder, wir wollen ihn Albert nennen, schüttelte den Kopf heftigst hin und her, was wohl eindeutig als Ablehnung zu verstehen war.

»Kommt nicht infrage«, quengelte er dazu, »woher soll Mutter denn so viel Geld hernehmen, ohne auf meine Ersparnisse zugreifen zu müssen?«

»Die Oide hod gsogt, mia soin verlaungan, waus ma woin, sie zoit ollas«, warf Sandy ein. »Du wiast do net erwortn, doss ma so a Chance voribagehn lossn. Du kriagst jo schließlich a, wosd wüst, des Auto und an Zuschuss zur Wohnung. Hod die Oide gsogt!«

»Sag nicht immer Alte zu meiner Mama«, begehrte Albert auf. »Und überhaupt, kannst du kein Hochdeutsch reden? Das ist ja nicht anzuhören, wie du sprichst!«

»Oba hob mi gean«, meckerte Sandy, »waun da wos net passt, kaunnst da dein Schaas söba mochn!«

Albert ignorierte den erdigen Einwand. »Was ich bekommen werde, ist meine Sache, von einem Anteil für jeden von euch war nie die Rede. Ihr bekommt euer Honorar, und das wars dann. Mehr war nicht vereinbart!« Er versuchte, entschlossen zu wirken. »Das kommt für mich nicht infrage. Schluss mit der Diskussion!«

Er nahm den Telefonhörer und hielt ihn Sandy hin. »Los, ruf jetzt nochmals an und vereinbare die Übergabe.«

Die junge Frau nahm den Hörer und legte ihn zurück auf die Gabel. »Guad«, meinte sie dann, »wir lebn in ana Demokratie. Oiso werma demokratisch ostimman. Wer dafia is, a neiche Forderung zu stön, und zwoa in Höhe von … sogma amoi 300.000 Euro, damit niemand sogn kau, mir san gierig, der zeigt jetzt auf.«

Und sofort war ihr linker Arm oben und gleich darauf auch der Burschis.

»Des is die Meaheid«, verkündete Sandy das Offensichtliche.

»Und no dazua a qualifizierte«, frohlockte der junge Mann, er hatte früher zwei Semester Jura studiert und kannte sich aus. »Zwa Drittl, damit kennt ma sogoa die Verfossung ändan!«

»So ein Blödsinn!«, empörte sich das Entführungsopfer. »Wir sind doch nicht im Parlament!« Entschlossen stand Albert auf. »Also ich mache da nicht mit. Ich werde jetzt gehen, und damit ist unsere Zusammenarbeit beendet. Keine Angst, ich werde euch nicht verraten. Ich werde Mama ganz einfach erzählen, dass mir die Flucht gelungen ist!«

»Und daun bekummt des Bubi a Auto und a Wohnung und wos waß i no.« Sandy blickte Albert zornig an. »Und wia san die Deppaten mit die leern Händ. Fia wia bled hoitst du uns eigentli?«

»Vielleicht kann ich euch ja etwas Geld zukommen lassen?«

Man konnte Albert wirklich nicht vorwerfen, alles oder zumindest einiges zu versuchen. »Vielleicht so 2.500, 3.000 Euro im Verlauf der nächsten sechs Monate. Sagen wir ab März bis inklusive August 500 Euro jeden Monat!«

Sandy starrte ungläubig zu Burschi, dann nickte sie ihm leicht zu. Der Mann wusste, was das zu bedeuten hatte. Er stand auf, trat vor Albert hin und gab ihm einen kräftigen Boxhieb ziemlich genau in die Gegend des Solarplexus. Der Ältere klappte zusammen wie ein ausgeleierter Taschenfeitel und blieb schwer nach Luft ringend am Boden liegen.

»Was soll denn das?«, japste er, nachdem er wieder etwas zu Luft gekommen war.

»Du bist ebn Zeige ana interessantn Transfermention gwurn!« Fremdwörter waren selten und auch reine Glücksache bei der jungen Frau. »Du host eben erlebt, wia aus ana fingiatn a echte Entführung wurn is.«

Sie nickte Frank neuerlich zu.

Der griff sich eine Rolle breiten Klebebandes vom Regal

und begann, das noch immer angeschlagen am Boden liegende Entführungsopfer fachgerecht zu fesseln.

*

Genau um 3.18 Uhr fuhr Wilmas dunkelblauer und von Palinski gelenkter Mini-Van vor dem ›Semmering Grand‹ vor. Mario hatte angenommen, das riesige Haus bereits im allgemeinen Tiefschlaf vorzufinden. Aber mitnichten.

Gar nicht wenige europäische Kriminologen hatten sich die Gelegenheit offenbar nicht nehmen lassen, die Sau rauszulassen oder die Nacht zum Tage zu machen. Oder sonst was in der Art.

Wie auch immer, die im Erdgeschoss des ›Grand‹ befindliche Bar war nicht nur noch geöffnet, das war für Nachtlokale nicht weiter untypisch. Aber dass dieses recht geräumige Etablissement um diese Zeit noch fast voll besetzt war, war doch erstaunlich.

Nun, Palinski sollte das recht sein. Er selbst war hundemüde und wollte nur noch eines: Nämlich ins Bett, um noch möglichst viel Schlaf zu bekommen, ehe es morgen, Pardon!, heute Vormittag mit einer internationalen Pressekonferenz weiterging.

Doch er hatte die Rechnung ohne seinen Überraschungsgast gemacht.

Als er den Nachtportier um ein Zimmer für seinen Gast bat, wollte dieser wissen, von wem der Herr Palinski sprach.

»Meinen Sie die junge Dame, die gerade in der Bar verschwunden ist?«, fragte der Gute unschuldig.

Palinski blickte sich um. Tatsächlich, Geneva schien wie

ein Stück nasse Seife zu sein. Hielt man sie nicht mit beiden Händen fest, glitschte sie einem bei jeder sich bietenden Gelegenheit davon.

»Da muss ich die junge Frau wohl erst wieder einfangen!« Er zuckte bedauernd mit den Achseln. »Ich komme gleich wieder.« Er wollte schon gehen, als ihn der Herr der Schlüssel darauf aufmerksam machte, dass »leider kein einziges Bett mehr verfügbar ist. Tut mir leid. Ab kommender Nacht wird es aber möglich sein, die junge Dame angemessen unterzubringen!«

Ein Problem dieser Art war genau das, was Palinski jetzt noch gefehlt hatte. Wie ein Kropf gefehlt hatte, wie man hierzulande so treffend zu sagen pflegte.

In der Bar war der Teufel los. Einer der Kellner, ein junger Bursche, der seine neugierige Nase gerne in Hochglanz-Magazinen versenkte und von besseren Zeiten träumte, hatte Geneva erkannt. Und das seinem Kollegen mitgeteilt, der wieder den Barkeeper informiert hatte, worauf dieser den DJ ermunterte, den, na ja, für hiesige Verhältnisse doch einigermaßen prominenten Gast offiziell zu begrüßen.

Als Palinski die Bar betrat, war der gute Mann gerade dabei, seine deutsche Ansage auf Englisch, oder was er halt dafür hielt, zu wiederholen.

»… welcome ze famous Miss Geneva Post. Sie, she is for Austria what Athena Ritz is for ze world. An everytime welcomed gäst on ze … companies of our … High Society. Lets give her a big applause.«

Der Bursche ging mit gutem Beispiel voran und fast alle, zumindest sämtliche männlichen Gäste, fielen in den stürmischen Willkommensgruß ein.

Für Geneva war dieser Empfang wie die Sauerstoffmaske für einen Erstickenden. Sie jubelte den Gästen zu, holte sich Deputy Chief Greg Animory von der Glasgower Polizei aufs Tanzparkett und brachte den in Ehren ergrauten Kriminalisten ganz schön ins Schwitzen.

Palinski war zunächst irritiert von diesem Auftritt seines Schützlings. Wie alt war Geneva eigentlich, er hatte sie noch gar nicht gefragt. Doch sicher schon volljährig, oder?

Dann aber war er froh über die Akzeptanz, die das Mädchen erfahren hatte. Das war gut so, denn was nützte ihm der tollste Überraschungsgast, wenn ihn keine Sau kannte.

Zu Marios großer Erleichterung befand sich auch Florian Nowotny noch unter den Wachen, also den Anwesenden. Vielleicht hatte der eine Idee, wo Geneva jetzt oder später ihr hoffentlich auch mal müde gewordenes Haupt betten konnte.

»Na ja, Boss«, meinte er nach kurzem Überlegen. »Wenn es dir recht ist. Ich habe ein zweites Bett in meinem Zimmer, das …«

So ein Gankerln, dachte Palinski, der Kerl war ja ein richtiger Schwerenöter. Er hatte sich noch nie für das Sexualleben des karenzierten Polizisten interessiert. Florians ausgeglichene, ruhige Art hatte bisher für sich gesprochen. Er wusste auch, dass Florians Beziehung zu einer Studentin vergangenen Monat in die Brüche gegangen war. Aber das alles erklärte und entschuldigte nicht diesen schamlosen Vorstoß. Gut, irgendwie konnte er den jungen Mann ja verstehen, Geneva war ja wirklich süß. Aber bitte, schließlich gab es gewisse Formen zu beachten.

»Ich glaube nicht, dass daraus was wird«, Palinski hatte die Stimme gesenkt und einen strengen Ton angeschlagen, »ich meine, wo sind wir denn. Du kennst die Frau keine drei Minuten!«

»Das ist ein Missverständnis, Mario«, Florian grinste ihn unverschämt an. »Das freie Bett in meinem Zimmer wollte ich dir anbieten. Dann kann das schöne Fräulein in deiner Suite schlafen. Zumindest für diese Nacht!« Er schüttelte nachdenklich den Kopf. »Also du unterstellst mir ja einiges. Ich weiß nicht, wie es dir geht, aber mir fällt dazu nur ein Sprichwort ein. Du weißt schon, das von dem Schelm …«

*

Wilma hatte ebenfalls kaum geschlafen. Allerdings waren die Gründe, die sie von einer erholsamen Nachtruhe abgehalten hatten, völlig andere als die ihres rund 100 Kilometer südöstlich ebenfalls nicht ausgeschlafenen Herzibinkis.

Der unbefriedigende, ja unglückliche Ablauf des gestrigen Abends, dann Palinskis schonungslose, nach allgemeiner Meinung aber zutreffende Analyse, da hatte einem schon der Schlaf vergehen können.

Schließlich hatten sie noch den Notarzt rufen müssen, denn Tante Anita hatte einen hysterischen Anfall bekommen. Nein, keinen ihrer üblichen Ausbrüche, die ohnehin niemand mehr ernst nahm. Diesmal hatte sie plötzlich völlig unkontrolliert zu zittern begonnen, dazu leise gewimmert und sich im Übrigen still in ihrem Fauteuil zusammengekrümmt.

Nach 15 Minuten, deren unerwartete Stille alle genossen hatten, hatte Elisabeth Bachler ernsthafte Bedenken wegen des ungewöhnlichen Verhaltens ihrer Schwester bekommen. Ein Griff an die brennend heiße Stirne der alten Frau hatte zum Messen ihrer Körpertemperatur geführt, die mit 39,7 Grad Celsius Anlass zu erheblicher Sorge gegeben hatte.

Vorsorglich hatte Wilmas Mutter dann den Notarzt gerufen, der auf irgendeinen psychosomatischen Auslöser des Anfalles tippte, ohne nähere Untersuchungen aber keine Diagnose stellen konnte. Oder wollte. Immerhin, sein ernstes Gesicht war Anlass genug zur Sorge gewesen.

Daraufhin war Tante Anita ins Allgemeine Krankenhaus gebracht worden. Zur Beobachtung, und das bis auf Weiteres.

Damit war aber der heiße Erdapfel ›Alberts Entführung‹ bei der Familie hängen geblieben.

Und so hatte Wilma schließlich angeboten, Palinski zu bitten, sich des Problems selbst anzunehmen oder, falls dies wegen der Veranstaltung am Semmering nicht möglich war, zumindest Hilfestellung zu leisten.

Bei der Gelegenheit war eines nicht zu überhören gewesen. Elisabeth und Wilfried Bachler gingen davon aus, dass »dein Mario seine Prioritäten kennen müsste. Und wo die liegen sollten, ist ja wohl klar.«

Wilma wusste natürlich, dass die Dinge nicht so einfach waren, wie ihre Eltern das sehen wollten. Denen war nämlich egal, ob Marios beruflich-fachliche Reputation den Bach hinunterging oder nicht.

Und dennoch, ganz unrecht hatten sie auch wieder nicht. Immerhin ging es um die Familie und damit um sie. Zumindest indirekt.

Palinskis Lebensmensch hatte das dumme Gefühl, jetzt irgendwie zwischen die Fronten geraten zu können. Aus dieser unangenehmen Lage konnte ihr nur ein Einziger heraushelfen, und genau den wollte sie jetzt anrufen.

Kurz darauf war es so weit, und Wilma hatte Mario auf seinem Handy erreicht. Er klang noch etwas verschlafen, war erst gegen 4 Uhr ins Bett gekommen.

»Aber gut, dass du mich weckst!«, murmelte er verschlafen. »Um 11 Uhr beginnt die internationale Pressekonferenz.«

Nachdem ihn Wilma über den letzten Stand der Causa prima der Familie Bachler informiert hatte, versprach er ihr, sich natürlich weiter um diese Sache kümmern zu wollen.

»Aber wir sollten jemanden finden, der sich von Wien aus um die notwendigen Dinge kümmert!«, regte er an. »Sprich doch mit Franka Wallner, sie hat mir erst vor wenigen Tagen einen guten Privatdetektiv empfohlen. Einen ehemaligen Polizeihundeführer, ich glaube, Helmbach oder Herrnreich oder so ähnlich heißt der Mann. Ruf ihn an und sag ihm, er soll sich mit mir in Verbindung setzen. Wirst du heute kommen?«

Wilma zögerte etwas. »Ich denke nicht!«, erwiderte sie dann. »Ich kann doch nicht weg, bei dem Schlamassel, in dem sich die Familie gerade befindet!«

»Du hast völlig recht!« Palinski klang etwas schuldbewusst. »Ich habe jetzt gar nicht an diese scheußliche Geschichte gedacht. Ich komme natürlich auch. Ich werde versuchen, gleich nach dem Prominenten-Rennen wegzukommen. Ich küsse dich.«

Damit war das Gespräch beendet. Wilma war irgendwie, ja, man konnte ruhig glücklich sagen, dass sich Mario nach mehr als 26 Jahren noch immer so kleine Nettigkeiten einfallen ließ. Um ihr zu zeigen, dass er sie nach wie vor liebte. Natürlich war es nicht mehr ganz so leidenschaftlich wie damals, jetzt war es anders. Ruhiger, aber genau in dieser Ruhe lag ja auch die Kraft für ein gemeinsames Leben. Ja, es war anders, aber es war …

Zu dumm, schoss es ihr durch den Kopf und zerstörte die hübschen Gedanken von vorhin. Sie hatte total vergessen, Mario eine Nachricht auszurichten. Dabei hatte sie das ihrer Mutter ausdrücklich versprochen.

Na gut, dann eben auf ein Neues.

Wilma drückte die Taste für die Wahlwiederholung und nahm das Handy wieder ans Ohr.

Nach weiteren Versuchen gab sie auf. Palinski nahm das Gespräch nicht an. Komisch, dabei hatte sie doch gerade vorhin noch mit ihm gesprochen. Wohin war er denn plötzlich verschwunden?

Nun, vielleicht hatte er das gute Stück ja irgendwo liegen gelassen, das kam bei ihm schon hin und wieder vor. Wo war denn bloß der Prospekt? Da stand die Telefonnummer des Hotels drinnen. Bald hatte sie den Portier des ›Semmering Grand‹ am Apparat, der ihr wahrheitsgemäß versicherte, Herrn Palinski heute noch nicht gesehen zu haben, um sie dann auf ihren Wunsch hin mit seiner Suite zu verbinden.

»Aber selbstverständlich, gerne, gnädige Frau. Küss die Hand und guten Morgen!«

Und wieder spannte Mario sie auf die Folter.

Endlich, nach dem neunten Signalton, Wilma hatte extra mitgezählt, wurde der Hörer abgenommen.

»Ich habe vorhin etwas«, wollte sie schon sagen, als

sich eine verschlafene, unverkennbar weibliche Stimme mit »Hallo, hier Geneva, wer spricht denn da?« meldete.

Völlig überrascht stammelte Wilma etwas von »Hier Bachler, ist das das Zimmer von Herrn Palinski?«

»Ja, ja, da sind Sie schon richtig. Aber Mario ist im Moment nicht da«, erwiderte das Weibchen am anderen Ende. »Kann ich ihm etwas ausrichten?«

Eine Schlampe in seinem Zimmer, Wilma war verstört, dann wütend und schließlich verzweifelt. Ehe die Wut schließlich wieder die Oberhand gewann. So ein heuchlerisches Schwein.

»Ja, sagen Sie diesem verlogenen Kretin, dass er …, ach was, vergessen Sie es einfach!«, zischte sie in den Hörer und warf ihn zurück auf die Gabel.

»Ist recht!«, meinte Geneva Post freundlich, legte ebenfalls auf und schlief gleich wieder ein.

*

Sandy konnte es nicht fassen. Sie hatte zwar schon früher davon gehört, aber dass man für ein paar Euro tatsächlich einen Postschlüssel kaufen konnte, überraschte sie trotzdem. Das war einer, mit dem man quasi in jedes Haus hineinkam, in dem es Briefkästen gab. Diese mussten nach einem Grundsatzurteil im Sinne des allgemeinen Wettbewerbs für alle erreichbar sein, die irgendetwas einzuwerfen hatten. Ausgenommen Fenster.

Also Gelbe Post, Rote Post, Blaue Post, Zettelverteiler und jetzt auch sie. Sie wollte nämlich einen weiteren Brief an Anita Abbersin zustellen, diesmal war der Name falsch geschrieben, da Albert nicht Korrektur gelesen hatte wie beim ersten Mal.

Sandy liebte den Wettbewerb, sogar sehr. Dieser Schlüssel konnte sich noch öfters als ausgesprochen hilfreich erweisen. Man musste sich das einmal vorstellen, die ganzen Häuser mit ihren sauteuren Sicherheitsschlössern, Gegensprechanlagen und Videoüberwachungen. Man brauchte nur den richtigen Schlüssel. Den man überall bekam. Für zwölf Euro oder so war man dann dabei.

Sandy wollte das Haus gerade wieder verlassen, als ihr eine ältere Frau entgegenkam. Gut, dass sie letztes Jahr einem betrunkenen Postler seine Postlermütze gestohlen hatte. Damit konnte sie jetzt als Zustellerin durchgehen.

»San se neich do, Fräun?«, wollte die Alte wissen.

»Na, i bin nua die Vertretung vom Expresszurstölla. Da Kollege mit da normaln Post kummt east!«, meinte die junge Frau, die nicht so leicht in Verlegenheit zu bringen war.

»Osio haums nix fia mi?«, bohrte Frau Havlanek, dieser Name stand zumindest auf dem Postkastl, an dem sie sich eben zu schaffen machte.

»Na, leida net«, entgegnete Sandy weiterhin höflich.

»Fia wen haums denn wos ghobt, wema frogn dearf?«, die Gute war hartnäckiger, als die Polizei erlaubte.

»Derf ma oba net, guatn Tog«, jetzt hatte Sandy genug.

»No, no, net frech wearn. Ma wiad do no frogn diafn. Sicha wida wos fia die arrogante Schnepfn im erstn Stock, die Anita.« Der Hexe würde man nach ihrem Hinscheiden sicher die Goschn noch extra totschlagen müssen, bevor sie endgültig Ruhe gab, ging es Sandy durch den Kopf, während sie sich rasch davonmachte.

Dann war sie endlich aus dem alten Kasten raus und einem Albtraum namens Havlanek entkommen.

Andererseits, wenn das die einzige Schwierigkeit auf dem Weg zu der vielen, vielen Marie bleiben sollte, dann konnte sie gut damit leben.

*

So um 10 Uhr am Vormittag begann Stress pur für das ›Semmering Grand‹, im Besonderen für die mit Abreise und Ankunft beschäftigten Mitarbeiter.

Da waren zunächst die 41 Gäste, die abreisten und vorher noch Wünsche erfüllt haben wollten oder Verpflichtungen zu erledigen hatten. Damit war vor allem das Bezahlen der Rechnung gemeint.

Erschwerend kam an diesem Tag dazu, dass 26 der 41 Gäste gar nicht abreisen wollten, sondern mussten, da das Haus die Zimmer für die Neuankünfte benötigte, was zur Folge hatte, dass über die gewohnte Drängerei hinaus ein gutes Dutzend Menschen an der Rezeption herumlungerte und auf eine unerwartet neue Chance hoffte. Und Eberheim und seine Mitarbeiter mit ständig wiederkehrenden Anfragen nervten, ob nicht denn doch vielleicht …

Und dass da auch kein noch so großer Geldschein half und den einen oder anderen Mitarbeiter in Versuchung führte, dafür sorgte der Generaldirektor höchstpersönlich mit strengem Blick.

Kurz vor 11 Uhr ging es dann Schlag auf Schlag.

Als Erster der heute erwarteten VIPs traf Jean Marc Breddon mit Gattin Luise ein, der Leiter der Kriminalsektion der Europol in Den Haag. Gleich darauf folgte der legendäre Manfred Holzhausen vom BKA, der allein angereist war.

Gegen 11.30 Uhr war es dann so weit. Eine große Stretchlimousine, die bei der Abzweigung der Hochstraße um ein Haar das gleiche Schicksal wie die 30-sitzigen Pferdeschlitten letzte Nacht erlitten hätte, fuhr langsam vor. Der Chauffeur sprang heraus, riss den Wagenschlag auf, und Sir Peter Millfish, der schon zu Lebzeiten legendäre Eigentümer und Herausgeber des ›Global Criminal Report‹ (GCR) stieg unter starkem Blitzlichtgewitter aus. Gefolgt von Lady Paulina und den drei lieblichen Maiden Andrea, Bridget und Caroline.

Sämtliche Töchter arbeiteten bereits höchst erfolgreich im Medienreich des Herrn Papa mit und wurden von diesem liebevoll und geschmacksicher als seine ABC-Waffen apostrophiert.

Sir Peter, dessen Ursprünge und früheres Leben weitgehend im Dunkeln lagen, ein Umstand, an dem sich den Intentionen Millfishs nach auch nichts ändern sollte, war von reichlich dicker Statur. Man konnte ihn mit Fug und Recht als fett oder, wie es in Wien und Umgebung so schön hieß, als blad bezeichnen. Dennoch oder gerade deswegen war der 64-jährige vollmähnige Choleriker mit einer Körpergröße von 1,89 Metern eine ausgesprochen imposante Erscheinung.

Lady Paulina war, obwohl sie die feingliedrige, ja zarte Figur ihrer Jugend über die Jahre hinweg nicht ganz hatte retten können, nach wie vor eine äußerst attraktive, vor allem aber intelligente und dynamische Frau. Sie war das Herz, das unermüdlich für die Erhaltung eines befriedigenden Familienlebens notwendigen Impulse sorgte.

Der fast schon feudal anmutende Auftritt, mit dem sich der Millfish-Clan bei seinem Einzug ins ›Semmering Grand‹ in Szene gesetzt hatte, hätte um ein Haar dazu geführt, die Ankunft eines weiteren wichtigen Gastes zu übersehen.

Eberheim kannte den Commendatore aus Triest zwar nicht persönlich, aber allein die Tatsache, dass die erst gestern erfolgte Reservierung seiner allerletzten Suite durch die päpstliche Nuntiatur erfolgt war, war als Empfehlung mehr als genug.

Eine wesentliche Information hatte die Nuntiatur allerdings zurückgehalten: Commendatore Gaspard Pahl-Giacometti war mit einem luxuriösen Kleintransporter vorgefahren und wurde gerade, auf einem Rollstuhl sitzend, herausgerollt.

Jetzt hieß es blitzschnell handeln, wusste Eberheim, sonst würde die geschätzte Neuankunft in Kürze vor der beeindruckenden Freitreppe stehen, die vom Eingang hinauf zu Halle und Rezeption führte, um sich schmerzlich seiner Behinderung und den damit verbundenen Einschränkungen bewusst zu werden. Kein guter Start für das zukünftige Lieblingshotel eines reichen Italieners nördlich der Alpen.

Denn das ›Semmering Grand‹ war dank seines beeindruckenden Äußeren aus früheren Tagen und seines modernsten Ansprüchen mehr als gerecht werdenden Inneren eines dieser immer seltener werdenden Häuser, in denen man einmal zu Gast gewesen sein musste.

Bloß eines war dieses Hotel nicht, nämlich behindertenfreundlich, geschweige denn *-gerecht*.

Gott sei Dank führte der Aufzug bis herunter, auch wenn viele Gäste das nicht wussten. Denn die Fahrt in den Keller erfolgte sehr diskret, blieb in der Regel dem großen Gepäck und damit den Hausdienern vorbehalten.

In seltenen Fällen diente dieser Lift aber auch dem Transport besonders geschätzter Gäste, denen man den Weg zu Fuß nicht zumuten wollte. So wie das jetzt der Fall war.

Um der Improvisation zusätzlich noch den Nimbus des Außergewöhnlichen zu verleihen, empfing Eberheim den Gast in der Halle mit einem Glas Sekt und hieß ihn persönlich willkommen.

Und in seiner Suite fand der Commendatore neben dem obligatorischen Obstkorb und einigen Petit Fours auch noch eine Flasche Champagner.

Ja, und so oder zumindest so ähnlich sollte es dann noch bis zum späten Nachmittag weitergehen.

Aber da Sir Peter und der Commendatore bereits eingetroffen waren, sollte er das Schlimmste hinter sich haben, hoffte Eberheim. Und er sollte recht haben damit.

*

Nach dem Anruf einer gewissen Frau Wilma Bachler hatte sich Karl Helmbach sofort bereit erklärt, die Dame in ihrer Wohnung in der Döblinger Hauptstraße zu besuchen.

Nachdem er gehört hatte, um was es ging, nämlich um Ermittlungen in Zusammenhang mit Entführung und Erpressung, war sein Gaumen vor Aufregung ganz trocken geworden. Das war ja eine tolle Geschichte. Endlich etwas Anspruchsvolleres, etwas, das seinen Fähigkeiten eher entsprach als seine bisherigen Aufträge.

Hauptsächlich hatte Helmbach in seiner relativ kurzen Tätigkeit als Privater Ermittler mit Scheidungssachen zu tun gehabt. Um ehrlich zu sein, mit einer einzigen. Die hatte es aber in sich gehabt.

Oft war er auch gerufen worden, wenn es nur darum ging, in Verlust geratene Sachen wiederzubeschaffen. Dank eines hoch qualifizierten Helfers namens Hector, der nicht nur eine hervorragende Nase, sondern auch vier Pfoten hatte, war seine Erfolgsquote in diesem Segment hervorragend.

Den Kollegen Josef ›Jo‹ Fossler, einen jungen Mann, den er vor einigen Wochen im Währinger Park kennengelernt hatte, übrigens in Zusammenhang mit einem Leichenfund, setzte Helmbach gerne für Observationen und Recherchen ein. Obwohl Jo bis dahin nichts mit der Polizei zu tun gehabt hatte, außer einer Festnahme wegen ungebührlichen Krachmachens, einer Jugendsünde, und schon gar nicht mit ihrer Arbeit, hatte er sich bisher als außerordentlich geschickt erwiesen.

Er hatte dem obdachlosen 28-Jährigen seinerzeit ein Zimmer in seiner neuen Wohnung in der Gymnasiumstraße angeboten. Ein Angebot, das Fossler gerne angenommen hatte. Mit einem Wort, die beiden verband mehr als ein bloßes Arbeitsverhältnis. Es war eher das, was man als Männerfreundschaft bezeichnen konnte.

Als Helmbach dann noch hörte, dass er Mario Palinski in der Sache anrufen, ja, mit ihm zusammenarbeiten sollte, da war dem guten Mann so richtig anzumerken, wie stolz er darauf war.

»D e r Palinski?«, hatte er sich nochmals bei Wilma vergewissert und damit bestätigt, welchen Ruf ihr Mario in Polizeikreisen hatte. Wider Willen, immerhin war sie stocksauer auf diesen hinterfotzigen Mistkerl, verspürte sie so etwas wie Stolz auf den Vater ihrer Kinder. Ob sie ihm nicht vielleicht doch unrecht tat und das Ganze nur ein Missverständnis war?

»Ich nehme an, wir meinen denselben Palinski«, Wilma grinste. Dann gab sie ihm die Adresse und einen Schlüssel zu Tante Anitas Wohnung, denn »Sie werden sich ja sicher im Wohnbereich des Entführten umsehen wollen. Mario, also Herr Palinski, denkt nämlich …, aber das soll er Ihnen selbst erzählen. Sie rufen ihn am besten sofort an!«

Nach dem nun folgenden, fast 20-minütigen Gespräch mit besagtem Palinski, den man dafür aus einer internationalen Pressekonferenz herausgeholt hatte, wusste Helmbach genau, was von ihm erwartet wurde.

Und er machte sich sofort auf den Weg, zunächst einmal zur Wohnung Anita Abbersyns in der Herbeckstraße.

*

In seiner Suite angelangt, erhob sich Commendatore Pahl-Giacometti aus dem Rollstuhl, in dem er jetzt schon mehr als vier Stunden hatte aushalten müssen. Er streckte seine verspannten Glieder, lockerte die verkrampften Muskeln und genoss den leicht ziehenden Schmerz, der sich dabei einstellte, direkt.

Immerhin war es ein Unterschied, ob einem die Beine überhaupt den Dienst versagten und man ausnahmslos auf einen rollenden Untersatz angewiesen war oder ob man zwar schon zittrig, tattrig und damit auch etwas unsicher war, aber immer noch aus eigener Kraft unterwegs sein konnte und den Rollstuhl nur für längere Strecken nutzte, damit es schneller und einfacher ging.

Im aktuellen Fall handelte es sich darüber hinaus auch noch um eine hervorragende Tarnung. Denn wer würde schon ernsthaft annehmen, dass jemand, der im Rollstuhl saß, zu tun im Stande war, was der Commendatore zu tun vorhatte.

Toni, der sich hier Antonio Baldiner nannte und offiziell als Sekretär fungierte, betätigte eben die Spülung im Bad.

»Du hast dir doch hoffentlich die Hände nachher gewaschen!«, brummte Pahl-Giacometti, der sich wieder gesetzt hatte.

Die Ermahnung war nicht als Scherz gedacht, sondern durchaus ernst gemeint.

Denn der Commendatore kannte seinen Sekretär. Toni war ein kleines Schweinderl, und das nicht nur charakterlich-moralisch.

»Und was haben wir heute Nachmittag vor?« Antonio war auf die kleine Spitze nicht eingegangen, da er nicht lügen wollte, wenn es nicht unbedingt notwendig war.

»Habe ich unten in der Halle nicht etwas von einem Prominenten-Skirennen gelesen?«, wollte Montebello, denn um den handelte es sich ja in Wirklichkeit, was die Leser natürlich schon längst erkannt haben, wissen. »Das wäre doch eine ganz amüsante Sache. Und eine gute Gelegenheit für ein wenig Vorbereitung, etwas Training.«

Toni bestätigte Carlos Annahme mit einem Kopfnicken und wandte sich zum Gehen. »Ich werde mich gleich um nähere Informationen kümmern!«

»Gut. Und frag bei der Gelegenheit nach, ob man hier eine Pizza Frutta di Mare bekommt, ich bin hungrig.«

4.

Mittwoch, 19. Februar, nachmittags

Nachdem Palinski mit Helmbach konferiert, ihm seine Sicht der Dinge vermittelt und einige Punkte speziell ans Herz gelegt hatte, war er in die internationale Pressekonferenz zurückgekehrt. Mit rund 100 Medienvertretern aus ganz Europa war sie überraschend gut besucht.

Die Veranstaltung hatte mit einer Verspätung von knapp einer halben Stunde begonnen. Als Ursache dafür kursierte das Gerücht, dass Sir Fredericks morgendlicher Massagetermin mehr Zeit in Anspruch genommen hatte, als dafür eingeplant gewesen war.

Na bitte, wenn das kein Grund war. Aber die Sonne schien, der Schnee war herrlich frisch und weiß und die kühle Bergluft wunderbar belebend. Mit einem Wort, alle fühlten sich wohl und niemand nahm Anstoß am mangelnden Zeitgefühl eines alten, verdienstvollen Polizisten unter dem Eindruck kräftig zupackender Masseurinnenhände.

Pressekonferenzen, die keine aktuellen, nervenzerfetzenden oder gefühlsbetonten Themen zum Gegenstand hatten wie zum Beispiel Blutverbrechen, die Enthüllung sexueller Verwirrungen Prominenter oder die Geburt eines Pandababys im Zoo, neigten dazu, langweilig zu sein.

Und so war es auch hier und heute der Fall.

Mit ›50 Jahre FECI – eine Erfolgsstory‹ war demnach wirklich kein Blumentopf zu gewinnen. Umso überraschender fand Palinski daher die erfreuliche Besuchsfrequenz. Diese erklärte sich eher als Mix aus ohnehin nichts Besseres vorhaben und Dankbarkeit für fünf Tage gratis in dem tollen Hotel in dieser schönen Gegend.

Anwesenheit hatte aber nicht automatisch mit Aufmerksamkeit zu tun. Im Gegenteil. Nicht wenige Journalisten holten jetzt jenen Schlaf nach, den sie bis zum frühen Morgen in der Bar versäumt hatten. Einige andere wieder machten komische, mitunter rituell wirkende Bewegungen, deren Sinnhaftigkeit, wenn überhaupt, nur ihnen bekannt sein dürfte.

Ein Journalist, nämlich der Korrespondent von ›France Soir‹, soweit Palinski sich erinnern konnte, spielte schon die ganze Zeit über mit seiner Armbanduhr. Es war eines dieser protzig-klobigen Stücke, Stahl mit schwarzem Ziffernblatt, mit Stoppuhr, einer Menge anderer Funktionen und so weiter und so fort. Einer dieser beeindruckenden Chronometer, mit denen man auch noch in 50 Meter Meerestiefe ganz genau ablesen konnte, wie spät es gerade in Moskau, Tokio und New York war.

Je länger Palinski dem jungen Mann da unten beim Spielen mit der Uhr zusah, desto unruhiger wurde er. Irgendetwas in seinem Unterbewusstsein begann, sich zu regen und an Konturen zu gewinnen, um dann machtvoll ins Bewusstsein durchzubrechen. Aber noch war es nicht so weit.

Mario konnte sich noch gut erinnern, dass er schon in der Mittelschule von einer derartigen Uhr geträumt hatte. Leider war es bisher noch nicht dazu gekommen. Warum eigentlich? Was sprach dagegen, sich bei Gelegenheit selbst eine zu kaufen. Inzwischen konnte er sich das durchaus leisten.

Denn mit dem Schenken klappte das nicht. Voriges Jahr hatte er Margit Waismeier, seiner Büroleiterin, anvertraut, dass er sich zum Geburtstag eine Uhr wünschte. Und dabei ganz subtil einfließen lassen, wie diese vorzugsweise aussehen sollte.

Was aber hatte er dann von den Mitarbeitern bekommen, mit den besten Wünschen, verstand sich? Eine urige, durchaus originelle Swatch, sicher nicht ganz billig und überhaupt nicht geschmacklos. Wenn man diese Art Zeitmesser mochte. Palinski mochte sie nicht, ganz und gar nicht.

Und dazu noch dieses fürchterliche orangefarbene Uhrband. Es war, ja, das war es. Jetzt wusste er, was sich aus dem Unterbewusstsein befreit und eben machtvoll ins Licht der Erinnerung eingetaucht war.

Als Palinski gestern im Zug kurz mit István Lalas gesprochen hatte, war ihm dessen Armbanduhr aufgefallen. Kein so tolles Stück wie das vom französischen Kollegen da unten, aber ein solides, altes Stück, eine Omega ›Seamaster‹ mit Datum, Weckfunktion und einem gewissen Sammlerwert.

Kurz danach, als Lalas bereits tot am Häusl gesessen war, hatte Palinski diese Omega nicht mehr gesehen. Woran er sich allerdings erinnerte, war eine schrecklich bunte Art Micky-Maus-Watch am Handgelenk des Verstorbenen. Des Ermordeten war nach dieser Erkenntnis wohl der zutreffendere Begriff.

Während sich Palinski wie elektrisiert aufgesetzt hatte und fieberhaft überlegte, wen er jetzt anrufen sollte, hatte Erwin Esslinger, der bekannte Moderator der Millionenchance, das Mikrofon übernommen, um den Übergang zu dem in knapp 1½ Stunden beginnenden Prominenten-Rennen herzustellen.

Dafür hatte man das ehemalige Slalom-Ass, das allerdings erst durch seine massive Tätigkeit im Fernsehen richtig bekannt geworden war, unter anderem engagiert.

Das interessierte Palinski im Augenblick aber überhaupt nicht. Er war jetzt ziemlich abrupt aufgestanden, hatte seinen Platz am Podium und daraufhin auch den Raum einfach verlassen.

Vor der Türe holte er hastig sein Handy heraus und überlegte.

Der Tod Lalas' war in Gloggnitz festgestellt worden, seine Leiche war da aus dem Zug entfernt und in ein Krankenhaus gebracht worden, entweder nach Neunkirchen oder Wiener Neustadt. Das sprach für die Zuständigkeit des Landeskriminalamts Niederösterreich.

Da die Veranstaltung und damit auch die Zugfahrt unter dem Ehrenschutz des Innenministers stand, konnte unter Umständen aber auch eine sachliche Zuständigkeit der Bundesbehörden angenommen werden. Ebenso aufgrund der Tatsache, dass der Mord in einem Zug, also einem öffentlichen Verkehrsmittel stattgefunden hatte.

Die Frage, die es daher zu beantworten galt, war, sollte er das LK Niederösterreich oder das BK verständigen? Wo kannte er wen? Und wen kannte er wo?

Nach einigem Überlegen entschied sich Palinski dafür, Chefinspektor Wallner anzurufen. Der war zwar beim Landeskriminalamt Wien und damit absolut unzuständig.

Aber er war auch der Einzige, der ihm im Moment einfiel und dessen Telefonnummer er gespeichert hatte.

Er erreichte Freund Helmut bei einer Konferenz, und

sein Anruf störte offenbar. Der Hinweis darauf, einen Mord melden zu müssen, sicherte ihm aber sofort die volle Aufmerksamkeit Wallners. Schließlich endete das Gespräch mit der Frage: »Warum sprichst du nicht mit Fink Brandtner, der geht doch ohnehin in deinem Büro ein und aus.«

Jessas, Fink hatte er ja ganz vergessen. Der Polizeimajor aus Klosterneuburg war nicht nur der aufstrebende Mann im LK Niederösterreich, sondern ging seit einigen Wochen mit Margit Waismeier, Palinskis Bürochefin. Und die Sache sah durchaus ernst aus, nach mehr als nur hin und wieder miteinander ausgehen oder flüchtigem Sex.

Palinski konnte das nur recht sein. Vorausgesetzt, Brandtner verbot seiner zukünftigen Frau nicht, nach der Hochzeit weiterzuarbeiten. Im Institut für Krimiliteranalogie natürlich.

Mario hatte Glück und erreichte den Major gleich mit dem ersten Anruf. Der wieder benötigte lediglich 18 Minuten für die ersten unbedingt erforderlichen Veranlassungen. Dann stieg er in den Wagen und war auch schon auf dem Weg zum Semmering.

*

Antonio Baldiner, kurz Toni genannt, hatte seinen Herrn und Meister wieder einmal nicht enttäuscht. Der Herr Sekretär, dessen Stärke es unter anderem war, besonders unauffällig aufzutreten und daher kaum oder nur als Bestandteil seiner jeweiligen Umgebung wahrgenommen zu werden, hatte die vergangene Stunde damit verbracht, durch das große Haus zu streifen. Die wenigen Menschen, denen er dabei begegnet war, hatten ihn allesamt für einen Mitarbeiter des ›Grand‹ gehalten. Selbst das Zimmermädchen und der Etagenkellner, beiden war er über den Weg gelaufen.

Dank seiner speziellen Begabung, alles, was verschlossen war, öffnen zu können, na, sagen wir, nahezu alles, war es ihm möglich gewesen, auch an Stellen zu gelangen, die sich den Gästen, ja, zum überwiegenden Teil sogar dem Personal verschlossen.

Ganz oben am Dachboden, an dem dem Hirschenkogel zugewandten Ende des Gebäudekomplexes hatte er schließlich einen nahezu idealen Aussichtsplatz gefunden. Hier hatte der Commendatore ideale Bedingungen, das in Kürze startende Prominenten-Rennen zu verfolgen. Mit allen Schikanen, denn Pahl-Giacometti pflegte solche Anlässe gerne mit kleinen, persönlichen Geschicklichkeitsspielen und ähnlichen Extravaganzen zu verbinden.

Vom obersten Stockwerk des nicht mehr zum eigentlichen Hotel zählenden Teiles des gewaltigen Gebäudes aus führte ein steiler, schmaler Aufstieg zum Dachboden.

Die Treppe war für den Commendatore gerade noch zu schaffen, wenn auch nur mit einiger Anstrengung. Sie war aber eindeutig zu steil und zu schmal, um einen in einem Rollstuhl sitzenden Mann mit gut 90 Kilogramm hinaufbefördern zu können. So gesehen war dieser Platz gleichzeitig auch eine hervorragende Tarnung.

Am Dachboden selbst befand sich ein etwa 1,20 x 0,80 Meter großes und, da die hervorragenden Renovierungsarbeiten vor wenigen Jahren diesen Teil des Hauses offenbar nicht eingeschlossen hatten, in seinen Scharnieren total verrostetes Kippfenster. Da sich dieses nicht auf die herkömmliche hatte öffnen lassen, war Antonio in gewohnter

Weise radikal vorgegangen und dem Fensterglas mit einem herumliegenden Ziegelstein an die Substanz gegangen.

Nachdem er sämtliche Splitter beseitigt hatte, war mit einem bequemen Stuhl und einigen Polstern rasch ein recht komfortabler und ergonomisch einwandfreier Arbeitsplatz für seinen Chef vorbereitet. Einer, von dem aus man einen wunderbaren, mindestens 150 Grad umfassenden Rundblick auf die herrliche Winterlandschaft des Semmerings hatte. Und weit hinein sowohl ins Niederösterreichische als auch ins Steirische schaun konnte.

Vor allem aber, und ausschließlich deswegen war Pahl-Giacometti mit der Wahl seines Sekretärs hochzufrieden, hatte man hier den etwa 400 Meter Luftlinie entfernt liegenden Slalomhang und das Zielgelände wie eine große Bühne vor sich liegen.

Wie gesagt, ein idealer Platz für den Commendatore, sich einen vergnügten Nachmittag zu machen. Jetzt fehlten noch frischer Kaffee und ein paar Stück Kuchen, aber auch dafür würde Toni sorgen.

*

Geneva Post hatte den Vormittag, bei ihr bedeutete das in der Regel die Zeit von 11 bis 12 Uhr, auf ihre ganz individuelle Art und Weise genützt. Nach dem Anruf dieser komischen Frau, den sie wieder vergessen hatte, hatte sie nicht mehr einschlafen können. Sie hatte das auf das helle Licht im Zimmer zurückgeführt, das sie von ihrem vorhangvermummten Kämmerchen in Wien her nicht kannte.

Ein kurzer Blick aus dem Fenster und dann in den Schrank hatte die Richtigkeit dessen bestätigt, was sie insgeheim schon angenommen hatte. Mit den, zugegebenermaßen nicht ganz billigen Fetzen, die sie in Venedig mitgehabt hatte, konnte sie in diesem Klima bestenfalls indoor überleben. Ja, sogar gute Figur machen.

Für draußen hatte sie allerdings nichts, absolut nichts anzuziehen.

Aber hatte sie dieser großherzige Mann, dieser Mario Palinski, nicht als Überraschungsgast engagiert? Das bedeutete doch auch, vielleicht zumindest, dass er mit Überraschungen ihrerseits rechnete.

Kurz entschlossen zog sie den Hosenanzug an, das Wärmste, das sie im Koffer hatte. Jetzt in der Mittagszeit ging das schon in Ordnung.

Schon bald darauf erreichte Geneva das Sportgeschäft auf der Passhöhe und besorgte sich einige Sachen zum Anziehen. Natürlich nur das Wichtigste, sie wollte Marios Großzügigkeit ja nicht ausnutzen. Aber zwei Skianzüge, einen wattierten Anorak, einen wattierten Mantel, was war der bloß kuschelig, sowie einige Hosen und Pullover für après, das wars dann auch schon. Immerhin hatte sie es in knapp einer Stunde geschafft, eine Rechnung in Höhe von 1.638 Euro zustande zu bringen. Skianzug Numero eins sowie den Anorak behielt Geneva gleich an. Die übrigen Kleidungsstücke sowie die Rechnung ließ sie ins ›Grand‹ bringen, in die Suite von Herrn Mario Palinski, bitte.

Der Name schien derzeit am Semmering mehr Türen zu öffnen als der Generalschlüssel des Hotels, denn der Chef des Ladens nahm das erfreut zur Kenntnis, bedankte sich überschwänglich bei der jungen Frau und bat sie sogar, Herrn Palinski beste Empfehlungen auszurichten.

Jetzt hatte Geneva gerade noch Zeit für einen Cappuccino und ein Briochekipferl im Passstüberl einige Häuser weiter, dann war es schon Zeit, sich im Zielraum des Prominenten-Rennens zu zeigen.

Sie war richtig neugierig, ob der Esslinger in natura auch so gut aussah wie im Fernsehen.

*

Während die Hotelgäste in ihren Zimmern Siesta hielten oder – mehrheitlich – zum Zielhang der Hirschenkogelabfahrt pilgerten, um sich an den Slalomversuchen diverser mehr oder weniger prominenter Zeitgenossen zu erheitern, während sich derzeit alle nicht unbedingt benötigten Mitarbeiter des Hotels bis 18 Uhr in ihrer etwas antiquiert Zimmerstunde bezeichneten Pause befanden, betraten drei junge Leute das Rasthaus ›Schottwien‹ weiter unten an der Schnellstraße.

Die beiden Frauen, Eva und Silva Homolay, waren Cousinen, der 31-jährige Stefan Kerthészy Evas Halbbruder.

Die drei gehörten einer traditionsreichen slowakischen Familie mit ungarischen Wurzeln an, deren Geschichte weit in das vorige Jahrtausend zurückging. Rein äußerlich war diese Zu- und Zusammengehörigkeit an ihren Amuletten zu erkennen, die die drei jeweils an einer Kette um den Hals trugen. Ein verspielt wirkendes, aus Koralle geschnitztes H auf einem stilisierten mittelalterlichen Torturm. Erstaunlich, wie fein und präzise die kaum drei Zentimeter große Arbeit ausgeführt war. Das wertvolle Stück befand sich auf einem Medaillon aus Altsilber.

Die ungewöhnlichen Schmuckstücke sahen völlig identisch aus, lediglich Evas Anhänger schien eine Spur größer zu sein als die der beiden anderen. Und wirkte auch nicht ganz so alt.

Eher wie eine Kopie, aber eine sehr gut gelungene.

Das Stammhaus der Homolays stand in Komorn, einer Stadt an der Donau, deren mächtige Festung schon in den Türkenkriegen von großer Bedeutung gewesen war. Mit dem Zerfall der k. und k. Monarchie war Komorn zweigeteilt worden. Und zwar in das slowakische Komámo nördlich und das ungarische Komárom südlich des großen Flusses.

Übrigens, zwei ganz bedeutende Österreicher stammten aus Komorn: Der ungekrönte Chef der Silbernen Operette Franz Lehár sowie der seinerzeitige Wiener Bürgermeister und spätere Bundespräsident Theodor Körner.

Dr. Ferry Homolay, der Vater Evas, Stiefvater Stefans und Onkel Silvas, war zu seiner Zeit ein auch international sehr bekannter Journalist gewesen. Seine exakten Recherchen und die darauf basierenden kritischen Artikel waren nicht nur den Machthabern vor der Wende häufig ein kräftiger Dorn im Auge gewesen. Bis er knapp sechs Jahre nach dem Niedergang des Kommunismus ganz plötzlich schwer erkrankt und innerhalb von 14 Tagen unter nach wie vor ungeklärten Umständen verstorben war. Die Ärzte vermuteten einen geheimnisvollen Virus, den sich Ferry Homolay auf einer Reise nach England und Schottland, von der er kurz zuvor zurückgekommen war, eingefangen haben musste.

Antal Homolay, Ferrys älterer Bruder, war bereits Mitte der 80er-Jahre auf mysteriöse Weise verschwunden. Der Regisseur und Leiter einer Theatertruppe war von einer Reise nach Budapest einfach nicht mehr zurückgekommen.

Trotz intensivster Bemühungen der ungarischen sowie der slowakischen Polizei und der Einschaltung von Europol und Interpol war es bis heute nicht gelungen, den Mann oder seine Leiche aufzufinden. Das Einzige, was seinerzeit, drei Wochen nach Holomays Verschwinden, in einem Abfalleimer auf einem Autobahnrastplatz in der Nähe von Hegyeshalom gefunden worden war, war ein blutiges Taschentuch mit den Initialen A. H. und eine zum Teil ausgeräumte Brieftasche gewesen. Beide Stücke waren von Silva als Eigentum ihres Vaters identifiziert worden.

Wie immer in so einer Situation, ein kritischer Geist war auf unerklärliche Art und Weise abhanden gekommen, waren wilde Gerüchte entstanden. Schließlich hatte sich auch eine veritable Dolchstoßlegende entwickelt und einige Eigendynamik entwickelt.

Ja, selbst der unausgesprochene Verdacht, Ferry Homolay sei für den SIS (Slovenská informačná služba) tätig gewesen und schließlich der Intrige eines konkurrierenden Geheimdienstes zum Opfer gefallen, war bis heute selbst von den größten Skeptikern nicht ganz von der Hand gewiesen worden.

Aber sämtliche offiziellen Untersuchungen waren im Sand verlaufen.

Doch für Silva, Eva und Stefan war spätestens nach dem Tod Ferrys klar gewesen, wer für das Schicksal Antals verantwortlich war. Im Nachlass des Journalisten hatten sie Aufzeichnungen gefunden, die sich auf das Verschwinden, den wahrscheinlichen Tod Antals bezogen. Und die Antwort auf die Frage, wer ihm eine Falle gestellt und ihn in diese gelockt hatte, zumindest andeutete.

Dieses Schwein, vermutlich ein Angehöriger der ehemaligen Deutschen Staatssicherheit, hatte es geschickt verstanden, unterzutauchen und sich aus dem öffentlichen Bewusstsein zu stehlen. Zumindest in seiner alten Identität.

Durch reinen Zufall war es den dreien schließlich gelungen, den Verbrecher, der mit ziemlicher Sicherheit für das Schicksal beider Brüder Homolay verantwortlich war, in Großbritannien aufzustöbern, wo er sein über die Jahre hinweg ziemlich verändertes Äußeres mit einer neuen Identität verbunden hatte und das Leben eines äußerst erfolgreichen, hoch angesehenen Mitbürgers führte.

Und jetzt endlich, mehr als 20 Jahre nach Antals spurlosem Verschwinden und elf Jahre nach Ferrys Tod, hatte sich diese Drecksau endlich aus ihrem Loch herausgewagt, war der Verlockung einer öffentlichen Ehrung erlegen und damit in Reichweite der drei gelangt.

Es hieß ja, dass Rache am besten kalt genossen wurde, aber zu kalt durfte man sie auch nicht werden lassen. Sonst konnte man sich beim Warten darauf den Magen verderben.

Ehe die drei das Rasthaus ›Schottwien‹ wieder verließen, stießen sie feierlich auf ihr Vorhaben an. Mit Kaffee und Mineralwasser schworen sie sich auf die Rache für die Homolays ein.

»Schau dir genau an, was die linke Hand zu tun hat und was die rechte«, flüsterte Eva Stefan noch ins Ohr. »Wir können uns keine Fehler leisten. Und«, sie zögerte einen Moment, »vergiss nicht auf den …« Mit der rechten Hand produzierte sie eine scheinbar willkürliche Abfolge an Bewegung vor dem Mund, wobei ihr Zeigefinger mehrere Male auf und ab ging.

Er hatte verstanden und nickte verschämt mit dem Kopf.

*

Es war wenige Minuten vor 14 Uhr. Genau um diese Zeit sollte der Programmhöhepunkt des heutigen Tages starten, das Prominenten-Skirennen am Slalomhang des Hirschenkogels. Ja, genau da, wo seit Jahren schon die Weltcuprennen der Frauen stattfanden und in alle Welt übertragen wurden.

Die Big Bosses aus den verschiedenen Ländern, alle nicht frei von einem gewissen Ehrgeiz, hatten die Auswahl der Mitarbeiter, die sie zur FECI-Jahresversammlung begleiteten, also zu ihrem Stab gehörten, unter anderem auch nach dem Kriterium skifahrerisches Können getroffen. Denn wer wollte schon milde belächelt werden, weil er nicht mindestens einen Mitarbeiter an den Start brachte? Oder gar ausgelacht, weil der oder die Gute nach Einbruch der Dunkelheit das Ziel noch immer nicht erreicht hatte.

Natürlich hatten die Alpenländer und die Skandinavier mit Ausnahme der Dänen gewisse, nein, erhebliche Vorteile gegenüber den Flachländern. Die hatten aber bereits im Vorfeld heftig daran gearbeitet, die geografisch bedingten Nachteile durch gewisse, in ihrer Plumpheit kaum zu überbietende Tricks zumindest zu egalisieren.

So hatte angeblich der Chefinspektor der maltesischen Kripo einem Vorarlberger Hilfsskilehrer 5.000 Euro in bar sowie die Position des stellvertretenden Leiters der

Investigativen Division der Insel Comino (CID) angeboten, falls er sich zu einer raschen Einbürgerung in den Inselstaat bereit erklärte.

Da dem wachen Montafoner aber aus Belgien ein besseres Angebot vorgelegen hatte, war aus diesem Engagement nichts geworden.

Dafür war es aber der Polizei der Republik Irland gelungen, einen C-Kaderfahrer aus Liechtenstein als Mitarbeiter des kriminalen Zweiges der Garda Siochána zu gewinnen. Der war allerdings 48 Stunden vor der Abreise nach Österreich erkrankt und konnte daher nicht an den Start gehen.

Die eigentlichen Stars des Rennens waren aber einige noch aktive und ehemalige Skirennläufer und -läuferinnen, zwei gefragte Schauspieler, bewährte Darsteller von Hauptkommissaren im Fernsehen, zwei Operetten- und Musicalstars und noch ein paar andere Typen mitunter fragwürdiger Prominenz.

Jede der 27 prominenten Persönlichkeiten hatte einen Partner aus dem Bereich der Gäste, also einen dieser Ski laufenden Kriminalbeamten zugelost bekommen.

Und jeder dieser insgesamt 54 Läufer musste einen der beiden Parcours einmal absolvieren. Ob den einfacheren für die weniger guten Skifahrer oder den anspruchsvolleren für die Profis, das konnte die jeweilige Paarung unter sich ausmachen. Allerdings musste jedes Paar einen Fahrer auf jede der beiden Strecken schicken.

Schließlich wurden die beiden Laufzeiten addiert, das Team mit der besten Gesamtzeit war Sieger.

Eine Besonderheit dieses Rennens war, dass man mit einem Sturz oder einer sonst wie bedingten Aufgabe nicht ausscheiden musste, sondern mit einer Strafzeit von pauschal 90 Sekunden im Rennen blieb. Und das bei einer erwarteten Laufzeit von 30 bis 40 Sekunden. Damit war gewährleistet, dass alle Paarungen in der Wertung blieben und die Hetz kein vorzeitiges Ende kannte.

Dann war es endlich so weit. Hubsi Müller, der vorjährige Gesamt-Weltcupsieger, RTL-Weltmeister und Olympiasieger in der Kombination, wackelte wie wild mit der Startflagge, worauf sich Hannes Großnutzer, beliebter Tatort-Kommissar und überzeugender Chef der beliebten Serie SOKO Zugspitze, wie eine Rakete aus dem Starthaus katapultierte und … um Himmelswillen, bereits bei der ersten Torstange einfädelte, Sturz und aus.

Gesamtlauf- und vorläufige Bestzeit für die Startnummer 1/A: 90 Sekunden. Wahrhaft ein vielversprechender Auftakt.

*

Karl Helmbach hatte sich mit Jo Fossler in der Konditorei ›Tosca‹ in Gersthof verabredet, nach zwei kleinen Braunen, einer Topfengoulatsche und einem köstlichen Ribiseltascherl waren die beiden zu der nahe gelegenen Wohnung Anita Abbersyns in der Herbeckstraße marschiert.

Auf den ersten Eindruck hin war die im zweiten Stock gelegene Wohnung derart penibel sauber und ordentlich, dass sich die beiden Männer einen Moment lang fragten, ob hier überhaupt jemand wohnte.

Als sie allerdings die Türe zum vierten Zimmer öffneten, zu jenem, das offenbar das des vermissten Sohnes der Wohnungsbesitzerin war, bot sich ihnen ein völlig anderes

Bild. Der Raum sah aus, als ob vor Kurzem ein Hurrikan der Stufe fünf über ihn hinweggefegt wäre. Fußboden, Bett, Tisch und Couch waren bedeckt mit Kleidungsstücken, Büchern, Papieren und weiß der Teufel sonst noch allem.

Wie mit Palinski vereinbart, zogen die beiden Männer Handschuhe an, ehe sie mit der Durchsuchung des Raumes begannen. Da nicht auszuschließen war, dass im Verlauf der Suche doch auch noch die Polizei ins Spiel gebracht wurde, musste unbedingt Rücksicht auf vorhandene Spuren genommen werden.

Die beiden Männer arbeiteten fast eine Stunde lang sehr sorgfältig und gründlich. Dabei fanden sie nicht nur zahlreiche Hinweise auf bestehende Schulden, in Kürze anstehende Zahlungen und vor allem geplante Anschaffungen.

Besonders interessant war das schriftliche Angebot eines Gebrauchtwagenhändlers aus Niederösterreich über ein Jaguar Coupé 1998, 74.000 km, das inklusive einiger kleiner Sonderausstattungen sage und schreibe 41.812 Euro kosten sollte.

Also das war schon ein Traum von einem Auto, der hätte dem pensionierten Polizisten auch gefallen. Aber deswegen ein Verbrechen begehen? Nein, immerhin war Vortäuschung einer Straftat auch nicht ganz ohne.

Er nickte seinem Kollegen Fossler zu. »Na, das wär schon ein schönes Spielzeug, was?«

»Schön zum Anschaun, ja«, erwiderte Jo, »aber sauteuer, reparaturanfällig bis zum Gehtnichtmehr und daher«, er schüttelte ablehnend den Kopf, »nein danke. Da müsste ich schon sehr viel Spielgeld haben. Da ist mir mein Mini schon lieber!«

Helmbach, der von der gerechneten Forderung der Erpresser wusste und auch ihre Höhe kannte, war zufrieden. Also wenn das kein Beweis dafür war, dass der eigene Junior die alte, hier wohnende Dame selbst schröpfen wollte? Zumindest bisher.

Aber ohne fremde Hilfe hatte dieser Albert das sicher nicht bewerkstelligt. Irgendwo musste er Helfer, ja, Komplizen gefunden haben.

Nach dem, was der erfahrene Ex-Polizist bisher schon vom Entführungsopfer wusste und was ihm sein Instinkt sagte, war dieser Albert nicht der Typ, der Kontakte zur Unterwelt hatte. Wenn überhaupt, dann nur zufällig. Auch die eher einfältige Art, mit der das Verbrechen bisher durchgezogen worden war, ließ auf Amateure schließen. Wahrscheinlich Menschen, die Albert schon einige Zeit kannten.

Nicht unbedingt Freunde oder Kollegen, die regelmäßig mit ihm Kontakt hatten. Nein, eher Zufallsbekanntschaften, wie man sie auf der Straße macht, in öffentlichen Verkehrsmitteln, im Kaffeehaus.

Was aber nicht ausschloss, dass es Briefe gab, Notizen oder auch gemeinsame Fotos. Schnell geknipst und ebenso schnell wieder vergessen, in einer Schachtel im Kasten. Und das, ehe man eines Tages auf eine dumme Idee kam, die man einige Tage später sogar in die Tat umsetzte.

Also, ein großer Frauenheld schien dieser Albert ja nicht gewesen zu sein. Auf den meisten Fotos war er mit einer älteren Frau zu sehen, allem Anschein nach mit seiner Mutter.

Auf einigen anderen mit Frauen, bei denen es sich aber um Verwandte, Bekannte aus dem Kochklub – ja, der

Mann kochte tatsächlich – oder Mitarbeiterinnen zu handeln schien.

Was der Privatdetektiv suchte, war vielmehr ein Weibchen. Eine eher junge Frau, zumindest jünger als das Opfer, die ihn zur Umsetzung seines Planes überredet oder ihm überhaupt erst die Idee dazu eingegeben hatte.

Denn Typen wie dieser Albert waren viel zu passiv, hatten zu wenig kriminelle Energie, um so etwas selbst durchzuziehen. Solche Männer führten nicht, sondern wurden geführt.

Es war ein Glücksfall, dass überhaupt so viele traditionelle Fotos vorhanden waren. Bei dem heute modernen Digitalzeugs war das ja gar nicht mehr selbstverständlich. Wie schön, dass dieser Albert offenbar ein eher altmodischer Typ war.

»Schau dir an, was da rechts am Bildschirm auftaucht!« Fossler, der sich inzwischen den PC des Opfers angesehen hatte, schien etwas entdeckt zu haben. Und das sah tatsächlich vielversprechend aus, auch wenn es sich in der linken Ecke des Monitors befand.

Es war das Foto einer etwas freizügig gekleideten jungen Dame, deren Name anscheinend Sandy lautete. Die dazu gehörige Datei nannte sich ›My love‹, was an und für sich schon eine Aussage war. Dazu weitere Fotos von Sandy. Im Garten, in der Küche, beim Spazierengehen und auch ganz ohne. Ein hübsches Mädchen, ohne Zweifel, aber gut 15 Jahre jünger als der Mann. Und sie hatte diesen ganz speziellen, gierigen Ausdruck in den Augen.

Den man aber, durch die Augen der Liebe gesehen, mit verliebtem Verlangen oder, negativ formuliert, mit Geilheit verwechseln konnte.

Daneben gab es noch einen recht umfangreichen E-Mail-Verkehr zwischen ›Deiner Sandy‹ und ›Deinem Berti‹. Unschuldig, süß, verführerisch und geeignet, das Opfer auf die Leimrute zu bekommen. Es war wirklich zum Herzerweichen.

Nachdem Fossler zwei Aufnahmen, natürlich nur solche mit der bekleideten Sandy, ausgedruckt hatte, machten sich die beiden wieder auf den Weg, um diese wirklich vielversprechende Spur weiterzuverfolgen.

Als sie das Haus verließen, rief ihnen eine alte Frau aus einem Fenster im 1. Stock etwas nach. Interessiert drehte sich Helmbach um.

*

Am Zielhang der Hirschenkogelpiste war das lebhafte Treiben zwischen den Slalomstangen inzwischen weitergegangen. Eben hatte ein italienischer Commissario, der in Bruneck stationierte Sergio Prociccio mit der Startnummer 3/B, mit 41,18 Sekunden eine neue Laufbestzeit auf der zweiten Piste hingelegt. Auf Piste A führte nach wie vor Dorian Arm, der Slalomweltcup-Zweite des Vorjahres. Mit 29,35 Sekunden. Keine halbe Minute, eine Zeit, die wohl nur schwer zu unterbieten sein würde.

Die Ehrentribüne hatte sich mittlerweile gefüllt. Neben den örtlichen und regionalen Honoratioren hatte auch die komplette Altherrenriege der FECI mit Sir Frederick Swanhouse an der Spitze Platz in der wärmenden Februarsonne genommen.

Palinski hatte sich einen Sitz in der letzten Reihe gesucht und hoffte, in den nächsten 30 Minuten etwas entspannen zu können. Der gestrige Tag war hart gewesen und der heutige würde es nicht weniger sein.

Vor allem aber stand ihm ein neuerlicher Ausflug nach Wien ins Haus. Wenn dieser depperte Albert sich schon entführen lassen musste, warum musste er das ausgerechnet in der Woche machen, in der die FECI-Jahresversammlung stattfand.

Mario war gerade dabei, sich den wunderbar wärmenden Strahlen der Sonne hinzugeben und einzunicken, als er wiederholtes Räuspern aus 1.300, vernahm. Das bedeutete von schräg rechts vorne. Diese höchst beeindruckende Art der Richtungsangabe hatte er erst unlängst in einem Gespräch mit Bundesheeroffizieren mitbekommen.

Das Räuspern war von der Art, wie es eingesetzt wurde, wenn man jemand auf sich aufmerksam machen wollte. Leicht ärgerlich ob der Störung, öffnete er die Augen und blickte in das liebe Gesicht Sergeant Shelley Wintrops. Die 27-jährige Polizistin aus Newcastle gehörte dem persönlichen Stab Sir Swanhouse' an.

»Excuse me«, säuselte ihn die betörende Rothaarige an, »Sir Frederick bittet Sie, zu ihm zu kommen. Sehr wichtig, it's very important. Please«, fügte sie hinzu, da Palinski noch keine Anstalten gemacht hatte, aufzustehen.

Was sollte er tun, wenn der große Boss der FECI ihn zu sich kommen ließ? Seine Chancen auf die zugesagten zukünftigen Aufträge für das Institut für Krimiliteranalogie gefährden, die der stellvertretende Chef von Scotland Yard in Aussicht gestellt hatte? Man musste sich das nur einmal vorstellen, Palinski kooperierte mit Scotland Yard.

Unter Zusammenarbeit mit dieser weltweit wohl ersten Adresse in Sachen Verbrechensbekämpfung und -aufklärung konnte sich Mario eine Menge vorstellen. Mit dem, was jetzt kommen sollte, hatte er allerdings nicht gerechnet.

»Hello Mario«, gab sich Sir Swanhouse leutselig, was für ihn eher untypisch war. »What a lovely day and what a lovely country!«

Die fast schmalzige Eröffnung hätte Palinski Warnung sein und zur sofortigen Flucht veranlassen sollen.

Aber nein, er stand da und wartete, bis der Scharfrichter so weit war.

»Billy hat etwas Schlechtes gegessen«, fuhr der Sir fort, »und wird die nächsten zwei Stunden nicht aus dem Sanitary Room herauskommen!« Aha, and so what, schoss es Palinski durch den Kopf, doch dann schwante ihm absolut Abstruses. Commander Bill McEnery sollte in Kürze für den Yard den Slalom bestreiten, im Gespann mit Britt Anderson, einem aufstrebenden Musicalstar aus Wien. Ihre erste große Rolle hatte sie in ›Das Phantom und der Opa‹ gehabt. Ihre Darstellung der Oma hätte der Bezeichnung Nebenrolle eine völlig neue Dimension verliehen, hatten einige Rezensenten geschwärmt.

Palinski suchte fieberhaft nach einer Ausrede, aber der Sir ließ ihm keine Chance. »Austria is the leading country in skiing and all Austrians are good skiers«, stellte er apodiktisch fest und sicherte diese Feststellung noch mit einem deftigen »Isn't it?«ab.

»Und darum will ich Sie sehr bitten, lieber Mario, to represent Scotland Yard bei diesem Skirennen!« Er klopfte Mario anerkennend auf die Schulter. »And to make a good show!«

Ehe Palinski seine Sprachlosigkeit, einen Zustand, der ihm bisher völlig fremd gewesen war, überwinden konnte, hatte sich Sir Swanhouse auch schon abgewendet und war in Richtung VIP-Zelt losmarschiert.

»Forget it!«, flüsterte ihm Sergeant Shelley Wintrop zu, die offenbar bemerkt hatte, dass ihm noch eine Antwort auf der Zunge lag, »and race. I am sure, Sir Frederick will be grateful. Sehr dankbar sogar!«

Oh Gott, was sollte er bloß tun. Seit er das letzte Mal auf den Brettern gestanden war, waren mindestens, also sicher gut 20 Jahre vergangen. Und schon damals war Palinskis Stil eher als experimentell denn als ausgefeilt zu bezeichnen gewesen.

Andererseits wieder, na vielleicht konnte es ja so gehen.

*

Das war schon irgendwie lustig, fand Karl Helmbach, und Jo Fossler stimmte ihm da durchaus zu. Die alte Frau, die ihnen nachgerufen hatte, ihr Name war übrigens Havlanek, hatte sich über eine Expresszustellerin der Post aufgeregt, weil sie sie als frech empfunden hatte. Mehr noch, sie war ihr verdächtig vorgekommen, denn »Sie hod gsogt, da Kollege mit der normaln Post kummt no, oba des is a Frau und ka Mau!«

Auf den vorsichtigen Einwand Helmbachs, dass das nicht unbedingt etwas bedeuten musste, da die Expressbotin ja nicht wissen musste, wes Geschlechts der/die hier zuständige PostzustellerIn war, meinte die Alte resolut: »Oba so was was ma do. Söbst i kaun no an Mau von ana Frau unterscheiden!«, sie kicherte zahnlos vor sich hin.

»Nix do, mit dem Madl hod wos net gstimmt. Des was i afoch.«

Nachdem damit nichts verhaut werden konnte, hatte Helmbach ihr das eben ausgedruckte Foto von Sandy gezeigt.

»Jo, jo, des is des Madl«, Frau Havlanek war ganz aufgeregt und kam sich ungemein wichtig vor. Was ihr, die beiden Privatermittler mussten das widerwillig anerkennen, in diesem Fall durchaus auch zustand.

Das ging ja wie geschmiert, wunderte sich der Ex-Polizist, falls jetzt im Postkastl der Frau Abbersyn noch das lag, was er vermutete, dann war der Fall gelöst. Zumindest so gut wie.

Als ehemaliger Hundeführer hatte Helmbach früher kaum mit aufgebrochenen Postkästen zu tun gehabt und wusste daher nicht genau, um was für eine Art Delikt es sich dabei handelte. Schutz des Postgeheimnisses oder so etwas in der Art. Auf jeden Fall aber war die gewaltsame Öffnung des Briefkastls Sachbeschädigung und kam daher für den einstigen Polizisten nicht infrage. Zumindest nicht, solange ihn keine besonderen Umstände dazu zwangen.

Jo Fossler hatte eine Idee und besorgte sich einen dieser schrecklichen Kleiderbügel aus Draht, wie sie von Putzereien bevorzugt verwendet werden. Frau Havlanek, seine Quelle dafür, fasste es als persönliche Auszeichnung auf, dem höflichen jungen Mann damit helfen zu können.

»Wollns vielleicht a wos essn?«, rief sie ihm noch aus der Küche nach. »Oda haums net an Durscht?«

Wie es schien, hatte sie für junge Männer eindeutig mehr über als für junge Frauen. Und Jo schien einen besonderen Platz im Herzen der alten Damen eingenommen zu haben.

Nachdem Helmbachs charmanter Kollege den Draht entwickelt hatte, formte er daraus so eine Art Greifer, ähnlich einer Zange oder eher einer Pinzette. Diesen führte er vorsichtig durch den Schlitz am oberen Rand der metallischen Box ein und versuchte, durch Zusammenpressen der beiden Drahtenden das darin befindliche Kuvert oder Päckchen herauszuholen. Um was es sich dabei handelte, konnte Fossler im Moment nur vermuten.

Die Aufgabe erwies sich schwieriger als vermutet. Sobald man den Gegenstand fast bis zum Schlitz angehoben hatte, löste er sich aus der Umklammerung und fiel wieder nach unten. Aber die Geduld der beiden Männer wurde schließlich belohnt.

Nach fünf Versuchen, vielleicht waren es auch schon sechs gewesen, gelang es Fossler, eine Ecke des Umschlages so weit aus der schmalen Öffnung zu ziehen, dass er sie mit den Fingerspitzen greifen konnte. Vorsichtig zog er den Rest des Kuverts heraus und hielt es schließlich in Händen.

›An Frau Anita Abbersin‹ stand darauf. Gut leserlich, aber nicht korrekt geschrieben. Ganz und gar nicht.

*

Während sich die ersten Läufer mehr oder weniger elegant über den Slalomhang quälten, die wenigen wirklich guten Skifahrer sollten ja erst gegen Ende der Veranstaltung kommen, hatte Pahl-Giacometti in seinem Ausguck am Dachboden des ›Semmering Grand‹-Gebäudes seine Ewige Geliebte einsatzbereit gemacht. Mit schlafwandlerischer Sicherheit hatte der 68-Jährige die einzelnen, sorgfältig gewarteten Bestandteile des Scharfschützengewehres aus dem speziellen Koffer geholt und zu einem tödlich funktionierenden Ganzen zusammengefügt, über das er nach Beendigung seiner anmutig erscheinenden Tätigkeit fast liebevoll gestreichelt hatte.

Nun aber zögerte der Commendatore kurz, überlegte wohl, welche Munition er am besten zum Einschießen verwenden sollte. Er entschied sich schließlich für Teilmantelpatronen, Präzisionsprodukte aus der Schweiz, wie sie auch von der Polizei gern verwendet wurden.

Während Pahl-Giacometti, also Carlo Montebello, die Waffe sorgfältig lud und prüfte, dass alles in Ordnung war, trug ihm der Wind leise, aber deutlich verständlich die Nachricht zu, dass »anstelle des plötzlich erkrankten Bill McEnery Mario Palinski für Scotland Yard starten wird. Palinski wird mit der Nummer 27 B als Letzter ins Rennen gehen!«

»Na, so was!«, murmelte der Commandatore. »Mario Palinski startet!« Etwas lauter fuhr er fort: »Ist das nicht der große Organisator dieser Veranstaltung, Antonio?«

»Si«, meinte der, »securo. Ja, der große Organisator. Das kann man wohl sagen!«

»Bene«, meinte Montebello, »dann wollen wir sehen, ob er auch ein großer Champion ist!«

Er legte an, blickte durch das Zielfernrohr und war immer wieder verblüfft und dankbar und fasziniert von diesem neuen sechsfachen Zoom. Fantastisch, was diesem Unternehmen da wieder für eine Innovation gelungen war. Seine Augen waren ja wirklich nicht mehr die allerbesten, aber mit dieser Optik war auch er noch immer Erster, freute sich Pahl-Giacometti. Er fühlte sich wie vor 30 Jahren oder noch jünger, als er jetzt einen ersten Schuss abgab. Fast übermütig. Nur so, um überhaupt einmal zu sehen, wohin er ging und wie viel nachjustiert werden musste.

Hoppla, das war gerade noch gut gegangen.

Na bitte, er war sicher gewesen, der erste Schuss würde zu weit nach links gehen. Und er war wirklich etwas zu weit nach links gegangen. Das war aber nicht weiter schlimm, dachte er und setzte das Gewehr wieder ab. Mehr als 40 Jahre Schießpraxis, mehr als 40 Jahre Erfahrungen, das war eben unbezahlbar.

*

Nachdem Palinski mehr oder weniger gezwungen worden war, diesen lächerlichen Hang demnächst möglichst schnell hinunterzufahren, nein, nicht nur hinunterzufahren, sondern dabei auch noch zwischen einer bestimmten Anzahl von mit bunten Fähnchen bewehrten Stangen hin und her, und noch dazu in einer ganz bestimmten Reihenfolge, war er rasch zurück ins Hotel gelaufen.

Als ihm Florian Nowotny in der Halle über den Weg gelaufen war, war Mario das mehr als nur recht gewesen. Und er hatte seinen Assistenten gebeten, kurz mit ihm aufs Zimmer zu kommen.

Kurze Zeit später verließ Palinski, trotz einer dunklen Skibrille vor Augen an seiner lustigen Zipfelmütze erkennbar, das Hotel im flotten Skidress und machte sich auf den Weg zum Start. Diese Haube war ihm fast heilig, immerhin hatte Wilma selbst wochenlang daran gestrickt, nicht durchgehend natürlich, und sie ihm erst vor wenigen Tagen zum Geschenk gemacht.

Kurz hinter dem neuen Skistar wider Willen verließ ein zweiter, trotz des relativ milden Wetters fast bis zur Unkenntlichkeit vermummter Gast das Hotel und schlenderte gemütlich zum Slalomhang.

Im Zielbereich angelangt, suchte er sich ein ruhiges Plätzchen abseits der Schickimicki-Jetset-Company ganz hinten auf der VIP-Tribüne.

Fast gleichzeitig und heftig hofiert von den Offiziellen des Ortes und der Region war auch Ministerialrat Dr. Schneckenburger eingetroffen, der Vertreter des Innenministers.

Palinski selbst und seine lustige Zipfelmütze waren inzwischen schon unterwegs auf halbem Weg zum Start.

Und das war auch gut so, denn in knapp 15 Minuten sollte es losgehen. Dann war er dran, und das im wahrsten Sinne des Wortes.

*

Karl Schönberg alias Carlo Montebello, inzwischen zumindest absoluten Insidern auch bekannt als Gaspard Pahl-Giacometti, war zufrieden. Die letzten beiden Probeschüsse, die wie alle anderen auch dank des hervorragenden, vom berühmten Sergio Bulloni aus Cantanzaro maßgeschneiderten Schalldämpfers lediglich wie ein leises, überaus dezentes Hüsteln zu vernehmen gewesen waren, hatten sich als nahezu perfekt erwiesen.

Noch einige letzte Versuche, und der Commendatore konnte getrost diesen Teil seines Tagwerks beenden, um sich einer Beschäftigung hinzugeben, die ihm fast genauso am Herzen lag.

Nämlich dem Schlürfen von Cocktails an der Hotelbar.

Pahl-Giacometti warf neuerlich einen Blick durch das am Lauf montierte Hightech Okular aus Tirol. Am Start machte sich eben Erwin Esslinger bereit, der wohl mit am prominentesten Prominente, vor allem aber der beste Skifahrer, der heute aufgeboten wurde.

Esslinger war seinerzeit ein durchaus guter Slalomläufer gewesen, dem allerdings die großen Erfolge verwehrt geblieben waren. Zumindest während seiner aktiven Zeit.

So richtig bekannt und erfolgreich war der gebürtige Tiroler erst durch seine Tätigkeit bei der Television Austria geworden. Zunächst als Sportkommentator, in der Folge als Moderator einer überaus erfolgreichen, nach dem Multiple-Choice-System funktionierenden Ratesendung.

Jetzt stand eine neue Bestzeit bevor, denn die zwar ganz gute, aber nicht überragende Laufzeit von 23,19 Sekunden, aufgestellt vom seinerzeitigen Weltklasseläufer und heute übergewichtigen Scherzboldi Walter Mehlherr, war für den um mindestens zehn Jahre jüngeren Erwin kein Problem. Darin waren sich nicht nur die Fachleute auf den Tribünen einig.

Und wirklich, Esslinger zuzuschauen war schon ein optischer Genuss. Es sah so einfach aus, wie er fast spielerisch und dennoch kraftvoll ein Tor nach dem anderen nahm, mit traumwandlerischer Sicherheit die Dreierkombination hinter sich brachte und sich jener Stelle näherte, an der bereits vier Läufer zu Sturz gekommen waren. Aus völlig unerklärlichen Gründen, denn die Stelle, eine kurze, bereits im Flachen liegende Passage zwischen dem viert- und dem drittletzten Tor wies keinerlei erkennbare Schwierigkeiten auf.

Und dennoch waren Fahrer wie Kurt Grofenauer, immerhin Vierter in der Kombination der Studentenweltmeisterschaft vor zwei Jahren in Südtirol, zum Sturz gekommen. Darauf angesprochen, hatte sich der sympathische Mürzzuschlager an einen starken Schlag auf den linken Ski erinnert, der ihn plötzlich und unvermutet aus dem Gleichgewicht gebracht hatte.

Da sich die anderen drei Stürze, alles Fahrer mit einigem Können, ziemlich ähnlich verantworteten, lag die Vermutung nahe, dass die Piste an dieser Stelle eben schon abgefahren war und der kleinbucklige Untergrund bereits durchkam.

Da sie den Zusehern nicht noch weitere Stürze zumuten wollten, gab die Rennleitung die Empfehlung an den Start durch, die besagte Passage entweder etwas höher oder – erraten – etwas weiter unten anzufahren.

Erwin Esslinger, ein echter Spitzenläufer, näherte sich mit hervorragender Bestzeit der Stelle, schnitt die Passage wesentlich enger und damit auch höher an als die Läufer vor ihm.

Es war noch immer eine Augenweide, diesem Burschen zuzusehen, dachte Hermann Fuzzy Engelhardt, ein ehemaliger Trainer des österreichischen B-Kaders. Diesem Augenblick höchster Anerkennung folgte aber leider ein Moment tiefsten Falles.

Erwin hatte die kritische Stelle bereits problemlos passiert, als es ihm, scheinbar völlig grundlos, den linken Ski wegriss und er in hohem Bogen zu Fall kam.

*

Antonio stand hinter dem Commendatore und beobachtete das Geschehen am gegenüberliegenden Hang.

»Na, den hats ja auch ganz schön aufn Scheiß ghaut!«, kicherte er. »Das war der bekannte Esslinger, der wird ganz schön sauer sein. Bei so an Scheißrennan an Stern reißen!« Es hörte sich fast so an, als ob das Kichern kein Ende nähme.

»Na ja«, meinte Pahl-Giacometti irgendwie geschmeichelt, »wenn man einen Treffer direkt an der schmalen Seite des Skis erhält, dann muss das zum Sturz führen. Und das Schönste ist, der Druck wird nicht als durch einen Schuss hervorgerufen wahrgenommen!« Zufrieden streichelte er seine Geliebte.

»Das macht doch richtig Spaß«, meinte er zu Toni. »Und ist gleichzeitig eine hervorragende Schießübung. So, und jetzt wollen wir noch einige Schüsse im Stehen abgeben!«

Obwohl schlecht zu Fuß, ja sogar unsicher auf den Beinen, trainierte der Commendatore nach wie vor auch, stehend zu schießen. Man konnte ja nie wissen, in welche Situationen einen das Leben noch brachte.

Etwas mühsam stemmte er sich aus dem Rollstuhl hoch, machte einige wackelige Schritte zur Dachöffnung hin und blickte hinaus. Dann suchte er eine Auflage, um sich beim Zielen abstützen zu können. Um damit auch generell mehr Stabilität zu gewinnen.

In einer Ecke des Raumes hatte Antonio so eine Art Tapeziererbock entdeckt. Ein Gestell, von dem zwei benötigt wurden, um eine Arbeitsplatte darauflegen zu können.

Das schleppte er nun vor die Öffnung im Dach.

»Ecco, Carlo, da kannst du dich gut abstützen!«, meinte er dann.

»Bene, bene, Antonio«, freute sich der Commendatore, »dann kann es ja losgehen!«

Er stützte sich ab, prüfte Standsicherheit und die Position des Gewehrs und war so weit abzudrücken, als ihn schon wieder die Nase kitzelte. Dieser verdammte Schnupfen. Er setzte das Gewehr ab, holte ein Papiertaschentuch heraus und schnäuzte sich kräftig.

Danach brachte er das Gewehr neuerlich in Anschlag, vergewisserte sich nochmals, ob alles in Ordnung war, visierte sein nächstes Ziel an, wartete etwas, bis es in der richtigen Position war, dann drückte er ab. Und im Zielbereich wunderten sich nicht nur die Experten, warum es auch einen so erfahrenen Skiläufer wie Inspektor Balthasar Mösecker aus Absams, den Dritten der letztjährigen Polizeiwettkämpfe, nach einer traumhaften Fahrt ausgerechnet an dieser Stelle hinstreute.

Palinski, der die Sturzstelle von seinem Standort aus ganz gut beobachten konnte und das die letzten Minuten auch getan hatte, hatte sich einen Moment lang eingebildet, dass …

Nein, aber das war doch viel zu verrückt. Er blickte sich um. Im Wald gab es natürlich jede Menge Möglichkeiten, sich zu verstecken. Die umliegenden Häuser dagegen waren zu niedrig, außer vielleicht …? Aber das war doch um einiges zu weit entfernt, mindestens 300 bis 400 Meter Luftlinie. Obwohl?

Nein, so ein Blödsinn, schalt sich Palinski, dies hier war kein Tatort, und die Ausrutscher der Fahrer hatten ganz natürliche Ursachen.

Auf jeden Fall konnte es aber nicht schaden, erhöhte Aufmerksamkeit an den Tag zu legen und sich gründlich umzusehen. Er hoffte nur, dass er, der ja in Kürze auch über die Piste und diese problematische Stelle fahren musste, entsprechend vorsichtig sein würde.

*

Karl Helmbach und Jo Fossler saßen in der ›TOSCA‹-Filiale in Gersthof bei Kaffee und Cremeschnitten.

»Sollten wir das nächste Mal nicht weniger effektiv arbeiten?« Der Jüngere hatte bewusst vorsichtig formuliert. Wer war er schon, dem älteren, erfahrenen Polizisten eine solche Frage zu stellen. Dennoch: »Wir haben den Fall in ein paar Stunden mehr oder weniger gelöst. Und bekommen Geld für einen Tag, wenn überhaupt. Da wär doch mehr drin gewesen?«

Helmbach hatte dem jungen Spund schon über den Mund fahren wollen. Immer nur ans Geld denken, das war wieder einmal typisch für die heutige …

Dann aber war ihm gerade noch rechtzeitig, eingefallen, dass mit vollen Hosen gut …, also das Sprichwort stimmte in diesem Fall überhaupt nicht. Und doch wieder, irgendwie.

Sie hatten wirklich Glück gehabt. Nach dem überraschenden Treffen mit dieser Frau Havlanek und dem Auffinden eines zweiten Erpresserbriefes, zumindest vermutete der alte Profi, dass es sich um einen solchen handelte, waren die beiden in die ›TOSCA‹ gepilgert. Auf ein Kaffeetscherl.

Irgendwie hatte Helmbach dann die Intention gehabt, das Foto Sandys der alten ›TOSCA‹-Perle zu zeigen, die ihnen den Mocca serviert hatte.

Die hatte nur kurz gezögert, dann eine ihrer Kolleginnen gerufen und gemeint: »Gö, Rita, des is do di Burlitzer-Traudl aus da Gerthofastroßn. Oda?«

»Na, na, Ilse, du host gaunz recht, des is di Traudl. Des Büd is zwoa scho a bissl oid, und des Madl schaud jezd scho a bissl aunders aus. Oba i bin sicha, des is di Traudl!«

Ermutigt durch diese gebratene Ermittlungstaube, die ihnen quasi von selbst in den Mund geflogen war, hatte der Privatdetektiv auch das Foto herausgeholt, auf dem neben der Traudl auch der entführte Albert und ein bisher noch nicht identifizierter junger Mann zu sehen war.

»Und des is da Berti, wia dea sunst no haast, waas i olladings net!«, kam es spontan von Ilse. »Der hod imma ois zoid, sogoa wauns wos mitgnumma haum. Und sie haum oft wos mitgnumma.« Sie schüttelte den Kopf. »Vü öta ois die beidn, oba eigentli a netta Kerl. Na, di beidn haum den urndlih ausgnumma.«

Den bislang unbekannten jungen Mann hatte die altgediente ›TOSCA‹nierin dann, trotz ebenfalls nicht mehr ganz aktuellem Foto, als Burschi identifiziert. »Des is da Freind von da Traudl. Mit dem gehts scho seidm Kindergortn, glaub i.« Sie lachte entschuldigend. »Oba dem Berti, dem hom die beidn vurgmocht, se san Brüderlein und Schwesterlein.« Jetzt hatte das Lachen eindeutig boshaft geklungen.

Die drei hatten sich in den letzten zwei Wochen wiederholt in der ›TOSCA‹ getroffen. Dabei hatte, wie Ilses schon etwas angegriffenen Augen nicht entgangen war, der Berti den beiden anderen mindestens einmal den Prospekt eines tollen Autos gezeigt. Auf jeden Fall seien Traudl und

Burschi sehr angetan gewesen, hatte sich in diesem Fall Rita erinnert.

»Des ist a tois Fohrzeig, da Pantha, na, Leopard? Tuat ma lad, oba …«, hatte sie versucht, sich sogar noch an die Marke zu erinnern.

»Vielleicht Jaguar?«, hatte der Jo eingeworfen und ein heftiges Nicken der Zustimmung damit geerntet.

Last, but not least hatten die beiden Sherlocks auch noch Traudls Adresse erfahren, an der meistens auch der Burschi anzutreffen war. Und das alles in knapp fünf Stunden.

»Wusch, sind wir gut!«, zeigte sich Fossler von ihrer Leistung beeindruckt, doch Helmbach holte ihn wieder auf den Boden zurück. »Wir haben gut gearbeitet, aber vor allem auch Glück gehabt. Viel Glück sogar«, meinte er. »Vielleicht wird uns Herr Palinski in Zukunft deswegen öfters beschäftigen. Und das ist mehr wert als eine Prämie.«

Dann holte er sein Handy heraus und vereinbarte einen Gesprächstermin mit Wilma Bachler.

*

Palinski hatte ein komisches Gefühl im Bauch, als er sich jetzt so am Start stehen sah. Er als letzter Läufer, ein Platz, der sonst nur dem Besten vorbehalten war. Und das nur, um dem für McEnery Eingesprungenen genug Zeit zu geben, sich auf den Start vorzubereiten.

Eben vorhin hatte er noch kurz mit Major Brandtner vom LK Niederösterreich gesprochen, der sich noch in Gloggnitz aufhielt und um den Mord an István Lalas kümmerte. Fink, so lautete der Spitzname des bewährten Kriminalisten aus Klosterneuburg, hatte ihm mitgeteilt, dass die Obduktion der Leiche des ungarischen Journalisten als Todesursache einen Herzinfarkt ergeben hatte. Der zuständige Gerichtsmediziner schloss aber nicht aus, dass dieser durch Fremdeinwirkung zustande gekommen sein und damit Mord vorliegen könnte.

Etwas, worüber sich Palinski bereits völlig sicher war.

In dem Moment war ihm auch der junge Kollege wieder eingefallen, der ihn kurz vorher, höchstens vielleicht eine halbe Stunde vor Lalas' Tod, angesprochen hatte. Vielleicht wusste Sepp, nein, Sven? Irgendwer, an den Nachnamen konnte er sich beim besten Willen nicht mehr erinnern, ja mehr über Istváns Tod. Seltsam, dass er bisher nicht daran gedacht hatte.

Er nahm sich vor, mit Fink Brandtner gleich nach seiner Ankunft am Semmering, der Major hatte gemeint, gegen 19 Uhr da sein zu können, darüber zu sprechen.

Nun war es aber so weit. Der letzte Läufer, vom Platzlautsprecher unter anderem auch als »The final racer is Mr. Mario Palinski, Austria, starting for New Scotland Yard« angekündigt, war eben vom Start gelassen worden.

Und selbst die größten Skeptiker mussten zugeben, dass dieser Fahrer für einen immerhin bereits 46-Jährigen äußerst schneidig und couragiert unterwegs war. Nachdem er die tückische Dreierkombination im unteren Teil der Piste elegant hinter sich gebracht hatte, konnte sich Sir Frederick ein bewunderndes: »Marvellous, oh, wonderful. And Mario wanted me to believe, he isn't able to ski. Excellent show!«, nicht verkneifen.

Dem Moment höchster Anerkennung aus dem britischadligen Munde folgte der des tiefsten Sturzes.

Palinski, für den zu diesem Zeitpunkt sogar noch eine neue Laufbestzeit möglich war, hatte die problematische Stelle bereits hinter sich gebracht, als ca. 350 Meter Luftlinie entfernt Pahl-Giacometti schon wieder niesen musste. Diesmal fiel die explosionsartige Entweichung der Luft aus seiner Nase unglückseligerweise genau mit der Betätigung des Abzuges zusammen. Ein kleiner Ruck und damit eine geringfügige Veränderung der Flugbahn des eben aus dem Lauf ausgetretenen Projektils war die Folge.

Kleine Ursache, aber große Wirkung:

Die Kugel, die den linken Ski Palinskis seitlich unterhalb des Vorfußes hatte treffen sollen, war gegen die metallene Schnalle des Skischuhs gestoßen, von dort abgeprallt und in eine veränderte, völlig unkontrollierbare Flugbahn eingetreten.

Der Fahrer selbst, durch den Schlag auf den Schuh natürlich irritiert, hatte noch versucht, einen Schwung nach rechts zu setzen, war dann aber in hohem Bogen aus der Piste geflogen, direkt auf einen Streckenposten zu, der sich gerade in den Schnee gesetzt hatte und auf dem der Fahrer jetzt auch landete.

Merda, merda, merda, Pahl-Giacometti war schwer verärgert über den Fehlschuss. Dieses verdammte Niesen, wenn so etwas im Ernstfall passierte, konnte das schlimm ins Auge gehen. Er suchte nach dem Papiertaschentuch, fand es aber nicht und holte ein neues aus der halb vollen Packung.

Am Rande der Piste war Palinski sofort wieder auf den Beinen. Als er sich bei dem älteren Funktionär des Skiklubs Semmering für den Zusammenstoß entschuldigen wollte, musste er allerdings feststellen, dass mit dem alten

Herrn, einem gewissen Alois Katzenbacher, wie sich später herausstellen sollte, etwas nicht stimmte. Überhaupt nicht stimmte.

Nicht nur, dass er leise, aber unüberhörbar stöhnte. Nein, er hielt auch die rechte Hand krampfhaft auf die Mitte der linken Brust gepresst. Plötzlich sickerte Blut aus seinem Mundwinkel, er wimmerte noch ein letztes Mal, dann sank er zurück.

Hektisch riss sich Palinski die Skibrille vom Kopf und versuchte, den Puls am Hals des Leblosen zu finden.

Aber vergebens. Nach einigen Versuchen brach er ab und brüllte laut um Hilfe.

Nun war auch nicht mehr länger zu übersehen, was ein, zwei Zuseher bereits vermutet hatten. Hinter dem auf Palinski getrimmten Äußeren verbarg sich niemand anderer als sein um 23 Jahre jüngerer Assistent Florian Nowotny. Im Gegensatz zu seinem Chef war der ein ganz passabler Skiläufer.

Der wirkliche und einzig wahre Mario Palinski aber kam, für sein Alter zugegebenermaßen auch noch ganz schön flott unterwegs, von einem der hinteren Plätze der Tribüne her angetrabt.

Allgemeines Raunen erfüllte den Zuschauerraum, und nicht nur Sir Frederick schüttelte zunächst ungläubig den Kopf.

Dann wurde er aber sauer. Und das sogar reichlich. Das hätte er Palinski wirklich nicht zugetraut.

Das Schicksal des armen Alois Katzenbacher ließ den Sir dagegen vergleichsweise kalt. Kein Wunder, bei seinem Job war man an Leichen halt gewöhnt.

Inzwischen hatte Pahl-Giacometti seine Waffe mit

raschen, kundigen Griffen in ihre Bestandteile zerlegt und in dem dafür vorgesehenen, speziellen Behältnis verstaut.

»Antonio, andiamo!«, rief er etwas ungeduldig, doch sein Sekretär kam und kam nicht. Saß da und presste sich ein zerknülltes, weißes Tuch gegen die Nase. »Einen Moment!«, entschuldigte er sich, »aber ich habe Nasenbluten. Ich komme sofort!«

»Die Nase kannst du dir auch noch nachher halten!«, herrschte ihn sein Chef an. »Jetzt müssen wir weg, ehe die da unten«, er deutete unbestimmt ins Freie, »noch auf die Idee kommen, uns hier zu suchen!«

5.

Mittwoch, 19. Februar, bis Mitternacht

Fink Brandtner vom LK Niederösterreich war so gegen 18.30 Uhr am Semmering angelangt. Gerade rechtzeitig, um noch an der improvisierten Pressekonferenz teilnehmen zu können, die den plötzlichen Tod Alois Katzenbachers zum Gegenstand hatte.

Wie der Gemeindearzt Dr. Fallaberg vorbehaltlich der Ergebnisse der nachfolgenden Autopsie mitteilte, war das unglückliche Opfer durch einen Schuss ins Herz tödlich verletzt worden.

Sepp Gebringer, Kommandant des Polizeipostens Semmering, wusste wieder zu berichten, dass es sich bei dem tödlichen Treffer aller Wahrscheinlichkeit nach um einen Querschläger gehandelt hatte. Die Kugel musste in einem relativ flachen Winkel auf die mittlere Metallschnalle eines Skifahrers namens Florian Nowotny, eines karenzierten Kollegen aus Wien, aufgetroffen und von dort wieder abgeprallt sein. Eine entsprechend starke Eindellung der Schnalle war nicht zu übersehen.

Die dadurch bedingte unkontrollierte Richtungsänderung des Geschosses war dem alten Funktionär des Skiklubs zum tödlichen Verhängnis geworden.

Palinski, also dem echten, nicht dem, der am Skihang eine ganze Zeit lang dafür gehalten worden war, war schon vor dem verhängnisvollen Querschläger etwas aufgefallen.

War es zunächst nur so eine Ahnung gewesen, so war er sich dessen jetzt beinahe sicher. Den verirrten Schuss eines Jägers als Ursache des fatalen Geschehens schloss er aus. Erstens gab es hier, am Scheitelpunkt des Passes, nichts zu jagen außer vielleicht ein paar Skihaserln, ein unangebrachter Scherz, den Mario sofort bereute. Zweitens hätte man trotz des Lärms im Zielbereich den Schuss hören müssen. Und drittens, in dem Punkt war er sich allerdings nicht ganz sicher, waren im Verlauf des Rennens mehrere Schüsse abgegeben worden. Das war die einzige logische Erklärung dafür, dass fast die Hälfte der Teilnehmer am Slalom an dieser ganz bestimmten Stelle gestürzt waren. Irgendwo im Umkreis von vielleicht 400, maximal 500 Metern musste also ein Scharfschütze gesessen sein, der sich offenbar einen Spaß mit den Promiläufern gemacht hatte.

Um seine Theorie mit forensischen Beweisen auch untermauern zu können, hatte er dem Postenkommandanten nahegelegt, diese Stelle im Umkreis von vier bis fünf Metern nach, salopp formuliert, unvermuteten Gegenständen abzusuchen. Der gute Mann hatte zunächst erstaunte Augen gemacht. Da er aber schon von Palinski gehört hatte, hatte er nicht widersprochen und sich mit seinen beiden Kollegen an die Arbeit gemacht. Bisher hatte er sich aber noch nicht wieder gemeldet.

Der Standort des Todesschützen war dagegen rasch gefunden. Ein kritischer Blick aus dem Zielraum hatte genügt, um festzustellen, dass aller Wahrscheinlichkeit nach lediglich das Dachgeschoss des riesigen ›Semmering Grand‹-Gebäudes dafür infrage kam. Sah man, zumindest fürs Erste, einmal davon ab, den Gewehrvirtuosen auf einer der 1.500 bis 2.000 Meter entfernt liegenden Berghütten zu vermuten.

Erwartungsgemäß ergab die Untersuchung des Dachbodens aber nichts bis gar nichts. Keine liegen gebliebenen Patronenhülsen, soweit erkennbar, keine Fingerabdrücke auf der Türklinke und der Fensterscheibe. Da war eindeutig ein Profi am Werk gewesen. Dennoch, um sich ganz bestimmt nichts vorwerfen zu müssen, veranlasste Brandtner umgehend die Untersuchung des Raumes durch die Spurensicherung.

Auf dem Weg zurück in die Hotelhalle fiel Palinski wieder dieser Sven Egernitz, nein, Eglitz ein. Ja, das war der Name gewesen, Sven Eglitz. Der Mann, den István Lalas noch kurz vor seinem Tode gesehen hatte oder zumindest hatte sehen wollen.

»Guten Abend, Frau Horwenz!« Generaldirektor Eberheims neue Assistentin stand gerade in der Rezeption und suchte etwas.

»Guten Abend, Herr Palinski«, erwiderte die fesche Brünette, bei der irgendein Akzent durchkam. Ganz leicht nur, aber da war er. Palinski war allerdings noch nicht dahintergekommen, welcher Provenienz. »Kann ich etwas für Sie tun?«

»Könnten Sie mir bitte sagen, welche Zimmernummer Herr Eglitz hat, Sven Eglitz von irgendeiner Presseagentur?«

»Eglitz, Eglitz?«, Elke Horwenz blätterte die spezielle Liste der FECI-Gäste durch, griff dann nach einem anderen Papier.

»Sind Sie sicher, dass der Herr bei uns wohnt? Der Name sagt mir überhaupt nichts.« Sie griff nach einer weiteren Unterlage.

»Herr Eglitz muss da sein!«, versicherte Palinski, »ich

habe ihn noch kurz vor der Ankunft gesprochen!« Das stimmte so zwar nicht ganz, war aber auch nicht falsch. »Ist er vielleicht in einem anderen Haus untergebracht?«

Die Horwenz schüttelte unmerklich den langmähnig bewehrten Kopf mit dem klassisch geschnittenen Profil, und es wäre Mario eine Freude gewesen, sie länger dabei zu beobachten. Wenn bloß dieser Eglitz endlich auftauchte.

»Wer ist der Mann?«, wollte Fink Brandtner jetzt wissen. »Ist das der Zeuge, von dem du mir erzählt hast? Der mit Lalas noch vor seinem Tod gesprochen haben soll?«

Palinski stimmte nickend zu, und auch Frau Horwenz schien etwas gefunden zu haben.

»Da ist er ja«, ließ sie vernehmen, klang aber gar nicht froh dabei. »Das ist ja seltsam. Sven Eglitz steht zwar auf der Liste der erwarteten Ankünfte, aber er ist scheinbar nicht angekommen!«

»Das gibt es doch nicht!« Palinskis Stimme klang fast empört, ganz so, als ob die arme Frau hinter dem Empfangstresen dafür verantwortlich wäre. »Ich habe ihn doch selbst gesehen!«

»Das mag schon sein«, konterte die junge Frau trocken, »die Frage ist nur, wo? Hier im Hause sicher nicht!«

Sie wirkte ein wenig eingeschnappt und ihr Akzent leicht ungarisch, wie Mario jetzt endlich zu erkennen glaubte.

Na, wenigstens ein Teilerfolg, dachte er.

»Entschuldigen Sie«, fuhr er fort, »wenn ich etwas unfreundlich geklungen habe. Ich wollte Ihre Worte nicht anzweifeln, bloß, wir müssen den Kerl unbedingt sprechen. Darf ich?« Er griff zu der Liste und drehte sie so um, dass er lesen konnte, ohne die Augen auf den Kopf stellen zu müssen.

Sven Eglitz stand da und dann noch eine Adresse in Szeged, die Passnummer und das Geburtsdatum. Und das lautete: 23.5.1954.

Palinski benötigte einige Sekunden, um diese Information richtig umzusetzen. Das bedeutete nicht mehr und nicht weniger, dass Sven Eglitz schon deutlich älter als 50 Jahre sein musste.

Der Eglitz, mit dem Palinski im Zug gesprochen hatte, hatte aber bestenfalls ein paar Jahre über 30 auf dem Buckel gehabt.

Wer, verdammt noch einmal, war der Mann im Zug gewesen, und wo befand sich der echte Eglitz?

So wie das dieser Tage gelaufen war, hatte Mario gar kein gutes Gefühl beim Gedanken an die Antwort auf diese Frage.

*

Kurz nachdem Helmbach und Jo Fossler in der mächtigen Villa der Bachlers auf der Hohen Warte eingetroffen waren, war auch Professor Dr. Wilfried Bachler, der Hausherr, mit seiner Schwägerin, den Lesern besser bekannt als Tante Anita, erschienen. Er hatte seine Lieblingsschwägerin, wie er die ältere und einzige Schwester seiner Frau in einem seiner seltenen Anflüge von Humor bzw. dem, was er darunter verstand, titulierte, eben aus dem Spital abgeholt, wo sich die arme Haut von ihrem gestrigen Nervenzusammenbruch erholt hatte. Oder was immer das lästige Gekreische auch gewesen sein mochte.

Im Moment war Anita eher ruhig und wirkte fast gefasst,

doch alle Anwesenden wussten, dass das auch die legendäre Ruhe vor dem Sturm sein mochte.

Nun versammelten sich alle im Kleinen Salon, um von Helmbach und seinem Kollegen über die Ergebnisse ihrer Ermittlungen informiert zu werden.

Helmbach berichtete zunächst über die Indizien, die in der Wohnung der Abbersyns gefunden worden waren und die die Theorie stützten, Albert hätte sich sozusagen selbst entführt. Vor allem das Jaguar-Angebot beeindruckte die Familie und machte Wilma ein wenig stolz. Obwohl sie noch immer sauer, ja sogar verletzt war, immerhin hatte sich heute Morgen eine junge Frau am Telefon auf Marios Zimmer gemeldet, hatte die Vernunft inzwischen wieder etwas die Oberhand gewonnen.

Einerseits war es so überhaupt nicht seine Art, so beiläufig fremdzugehen. Für One-Night-Stands war er viel zu bequem. Andererseits konnte man das so genau auch wieder nicht wissen.

In einem Punkt war sie sich aber völlig sicher: Falls Palinski fremdging, dann würde er das nicht so saublöd anstellen. Er hatte jede Menge Möglichkeiten dazu und würde das nicht gerade jetzt in einer so exponierten Situation, noch dazu direkt vor ihrer Nase, tun.

Also da war sie sich absolut sicher. Und trotzdem, ein Mistkerl war er doch. Warum rief er eigentlich nicht an?

»Und Burschi, das haben wir von der Serviererin in der ›TOSCA‹ in Gersthof erfahren!« Helmbach war gerade dabei, seinen Tätigkeits- und Erfolgsbericht abzuschließen. »Die hat uns auch bestätigt, dass Albert mit den beiden häufig zusammengesessen ist und sich intensiv mit ihnen unterhalten hat!« Was dabei genau besprochen worden war, hatte Frau Ilse allerdings nicht verstanden. Leider.

»Aber einmal hat sie etwas von einem Haus in Rothenberg aufgeschnappt!«, korrigierte sich Helmbach. »Und davon, dass man es in der ›Casa Blu‹ schon einige Tage aushalten kann.«

»Rodenbach, wo ist denn das?«, wollte Tante Anita wissen. »Kennt jemand dieses Kaff? Und was soll ›Kassa Dru‹ bedeuten?«

»Rothenberg«, korrigierte Elisabeth Bachler ihre Schwester. »Rothenberg nennt sich der Ort. Wir werden schon noch drauf kommen, wo sich der befindet. Und ›Casa Blu‹, nicht ›Dru‹, sondern ›Blu‹, soll wohl so viel bedeuten wie ›Blaues Haus‹ oder so.«

Helmbach war am Ende seines Berichtes angelangt. Was jetzt noch fehlte, war die Übergabe des Briefes, den er und Fossler unter größten Mühen aus dem Briefkasten gefischt hatten.

»Hier«, er hielt Anita den Umschlag hin, »ich denke, der gehört Ihnen!« Doch Elisabeth war schneller und schnappte ihrer Schwester das Schreiben vor der Nase weg. »Geben Sie es besser mir«, meinte sie zu Helmbach, »meine Schwester ist nicht in der Stimmung, sich mit Details auseinanderzusetzen!«

Ein selbstzufriedenes Grunzen bestärkte die Anwesenden in der Annahme, dass die Mutter des Entführungsopfers noch erheblich unter dem dämpfenden Einfluss von Medikamenten stehen musste.

»Vorsicht, wegen der Fingerabdrücke«, warf Wilma ein und bewies damit, dass sie in den vielen Jahren mit Palinski einiges aufgeschnappt, ja geerntet hatte. Mario wäre jetzt stolz auf sie gewesen.

Ihre Mutter nahm den Umschlag vorsichtig an einer Ecke, mit zwei Fingern wie eine biologische Pinzette, und trug ihn zu dem kleinen Biedermeier-Sekretär in einer Ecke des Salons. Dort öffnete sie das Kuvert vorsichtig mit einem Brieföffner aus Elfenbein.

Das gute Stück hatte ihr schon häufig vorwurfsvolle Blicke bis hin zu harscher Kritik von Tierschützern eingebracht. Und das, obwohl sie immer wieder darauf hinwies und das auch belegen konnte, dass der wertvolle Gegenstand schon mehr als 60 Jahre im Besitz ihrer Familie war. Und sie daher nichts für seine Existenz in diesem Hause konnte. Oder?

Nun ja, eventuell sollte sie sich jetzt wirklich davon trennen. Vielleicht konnte sie das Stück ja für eine Auktion zugunsten gefährdeter Tierarten spenden.

Eine Minute später lag das Schreiben vor Elisabeth Bachler, die langsam vorlas:

»DANKE, DASS SIE MEHR BEZAHLEN WOLLEN.

WIR VERLANGEN 300.000 EURO, IN GEBRAUCHTEN FÜNFZIGERN UND HUNDERTERN:

UND KEINE POLIZEI. SONST!

WIR MELDEN UNS WEGEN DER ÜBERGABE.

ÜBRIGENS, BERTI GEHT ES GUT, NOCH!«

Bei der Nennung des aktuell geforderten Betrags ging ein erschrecktes Raunen durch den Raum, abgerundet von einem verhalten geknirschten »Nur wegen dieser hysterischen Kuh!«, das, was keiner vermuten und auch niemand zugeben würde, vom Hausherrn selbst gekommen zu sein schien.

Tante Anita, um die es ja in erster Linie ging, war erstaunlich ruhig geblieben. Zunächst zumindest. Dann besann sie sich ihres Images und begann zu brüllen wie die Sau am Spieß.

Beruhigt blickten sich die anderen an, mit Alberts Mutter schien doch noch alles in Ordnung zu sein.

»Ich hab kein Geld mehr«, jammerte Anita, »ich habe alles gegeben, was ich konnte!«

Die Familie hatte gestern, nachdem Alberts Mutter mit ihrem Nervenzusammenbruch ausgefallen und ins Spital gebracht worden war, zusammengelegt und immerhin etwas mehr als 200.000 Euro aufgebracht.

Demnach hatten bereits alle einen Beitrag zur Freilassung Cousin Alberts geleistet, mit einer einzigen Ausnahme. Nämlich Anita, die zu dem Zeitpunkt ganz einfach nicht mehr anwesend gewesen war.

Wilma kannte zwar die finanziellen Möglichkeiten ihrer Tante nicht im Einzelnen, wusste aber, dass sie neben einigen satten Sparbüchern auch Aktien, Schuldverschreibungen und andere Wertpapiere besaß. Sie konnte sich daher nicht vorstellen, dass das Auftreiben der fehlenden 100.000 Euro ein Problem sein könnte. Aber ganz sicher war sie sich natürlich nicht.

»Aber was redest du denn da?«, jetzt meldete sich auch Elisabeth Bachler zu Wort. »Du hast kein Geld? Ist das wirklich dein Ernst? Soll das heißen, dass du von uns erwartest, auch die restlichen 100.000 Euro aufzubringen?«

»Na ja«, meinte Anita etwas missverständlich, »das

meiste Geld ist fest angelegt und nicht so schnell flüssig zu machen!«, erläuterte sie. »Und …«

»Vielleicht könnten Mario und ich ja noch«, wollte Wilma, die bereits etwas mehr als 20.000 Euro Erspartes zur Verfügung gestellt hatte, vorschlagen. Doch ihre Mutter fiel ihr sofort ins Wort.

»Das kommt überhaupt nicht infrage!«, zischte sie. Wilma hatte ihre Mama noch nie zuvor so wütend erlebt. Vielleicht an dem Tag, an dem sie von zu Hause aus- und bei Mario eingezogen war. »Die alte Erbsenzählerin bunkert bei sich zu Hause die Sparbücher, und die anderen sollen für ihren Sohn blechen!«, Elisabeth Bachler funkelte zunächst Wilma und dann ihre Schwester bitterböse an. »Das vergiss ganz schnell wieder, denn das kommt absolut nicht infrage. Nenne mir nur einen einzigen Grund, warum du diese 100.000 nicht aufbringen kannst!«

»Ganz einfach«, entgegnete Anita, »die Sparbücher sind als Sicherheit für meinen Lebensabend und für Notfälle gedacht. Darüber hinaus sind die Sparguthaben langfristig gebunden. Dafür bekomme ich einen besonders hohen Zinssatz. Wenn ich ein Sparbuch jetzt auflöse, verliere ich nicht nur die Zinsen, sondern muss noch eine spezielle Gebühr bezahlen. So eine Art Strafe.« Sie blickte sich um. »Ihr seht also ein, dass ich kein Geld habe, das ich zur Verfügung stellen kann!«

Die Sprachlosigkeit, die die Anwesenden überfallen hatte, war fast körperlich spürbar. Es war der Hausherr, der sich als Erster wieder fasste und, für ihn völlig untypisch, fast brüllte, als er jetzt nachfragte: »Du hast w a s nicht? Kein Geld, um deinen Sohn freizukaufen? Weil du den günstigen Zinssatz nicht riskieren möchtest und befürchtest, Strafzinsen zahlen zu müssen? Ja, bist du jetzt total verrückt geworden?«

Karl Helmbach, der gerade genug für ein einigermaßen angenehmes Leben zur Verfügung hatte, und das auch erst, seit er als Privatdetektiv etwas dazuverdiente, hatte das noch nie erlebt. Irgendwie erinnerte ihn diese seltsame Logik an die Sache mit Maria Antoinette und dem Kuchen, von der er vor vielen Jahren in der Schule gehört hatte. Das war sicher auch der Grund dafür, dass sich jetzt so etwas wie Verachtung in seinem Gesicht widerspiegelte.

Auch Jo Fossler konnte sich über die gierige Alte nur wundern. Seine Gedanken zu ihrem Verhalten waren aber andere als die seines Kollegen. Und vor allem behielt er sie völlig für sich, seine steinerne Miene ließ keinerlei Rückschlüsse zu.

»Jetzt können wir ohnehin nichts mehr machen!«, fuhr Professor Dr. Dr. Bachler fort, nachdem er einen Blick auf die schwere Barockstanduhr an der Wand geworfen hatte, die am Vormittag um 10.07 Uhr stehen geblieben war. »Die Banken haben bereits geschlossen. Aber morgen früh wirst du als Erstes losgehen und die 100.000 Euro holen. Ist das klar?« Er blickte Anita streng an. »Ich frage dich nochmals, ist das klar?« Die letzten Worte hatte der sonst so überlegen wirkende ehemalige Dekan der juristischen Fakultät der Universität Wien, der um ein Haar sogar Rektor geworden wäre, fast gebrüllt.

Das war der Moment, in dem sich Tante Anita dazu entschloss, wieder in das heimelige, vergleichsweise freundliche Ambiente der psychiatrischen Station des AKH zurückzukehren. Dorthin, wo sie zuletzt einige recht angenehme Stunden verbracht und sie niemand hatte zwingen wollen, ihr schwer erspartes und ererbtes Geld von der Bank zu holen.

Und da sie inzwischen ganz genau wusste, wie man dorthin gelangte, fing sie plötzlich und ohne Vorwarnung an zu schreien, die Augen zu verdrehen und, nur für alle Fälle, auch noch ein wenig unkontrolliert zu zucken.

Darüber hinaus konzentrierte sie sich in Gedanken auf das knusprig braune, richtig krosse Schwartl eines eben aus dem Ofen kommenden Schweinsbratls und leitete den sofort und heftig einsetzenden Speichelfluss geschickt über den linken Mundwinkel aus, um auch noch den letzten Skeptiker zu überzeugen.

Bald darauf war Tante Anita bereits wieder unterwegs zu ihrem Traumziel.

Zurück blieben ihre teils ratlosen, teils amüsierten, insgesamt aber erleichterten Verwandten, die weiter auf den Anruf der Entführer warteten.

Einige, vor allem Wilma, warteten aber auch auf Palinski.

*

Eine erste, in Anbetracht der Umstände aber nicht allzu gründliche Suche nach Sven Eglitz, besser, nach einem 30- bis 35-jährigen Mann mit Vollbart und Brille, der sich zumindest im Zug noch so genannt hatte und dazu noch unter äußerst unangenehmem Mundgeruch litt, war ohne Ergebnis geblieben.

Im Übrigen schienen aber die Vorkommnisse des Nachmittags, die, euphemistisch formuliert, so nicht ganz geplant gewesen waren, keine weiteren Auswirkungen auf den Ablauf der FECI-Jahresversammlung zu haben.

Zwar hatte man auf die Siegerehrung nach dem Prominenten-Rennen verzichtet, was nicht weiter verwunderte, so handelte es sich bei dem Paar, das die am wenigsten schlechte Gesamtzeit geschafft hatte, von Bestzeit konnte bei einer kumulierten Laufzeit von 2,23,61, also weit mehr als zwei Minuten für zwei sturzfreie Läufe, wirklich nicht die Rede sein, um den 66-jährigen Vaclav Birolek von der tschechischen Polizei und seine Partnerin, eine 45-jährige Kabarettistin aus dem Marchfeld.

Aber die kurze Besprechung des fünfköpfigen Exekutivgremiums der FECI unter der Leitung Sir Fredericks hatte mit der Erkenntnis geendet, dass keinerlei Grund für eine Programmänderung gegeben war. Der Unfall, dem der arme Katzenbacher zum Opfer gefallen war, war zwar bedauerlich (Wir trauern in diesem Moment mit den armen Hinterbliebenen und bla bla bla), aber offenbar nicht zu verhindern gewesen. »Ein typischer Fall von zur falschen Zeit am falschen Ort« hatte Sir Frederick treffend kommentiert und den morgigen Tageszeitungen damit die Schlagzeile geliefert.

Dann wurde beschlossen, die dadurch entstandene Lücke im heutigen Abendprogramm mit einer Weinverkostung in der Vinothek des ›Semmering Grand‹ zu füllen.

Tja, das waren schon harte Burschen, diese FECI-Granden. Echte Krimineser eben, denen ein, zwei Leichen am Tag nicht die Laune verderben konnten. Die gehörten eben zum täglichen Brot.

Nach der Sitzung hatte Sir Frederick Palinski zur Seite geholt und ihm unverhohlen Vorwürfe gemacht. Von Vertrauensbruch, hinterlistiger Täuschung und belasteter Kooperationsbasis war da die Rede gewesen. Und davon, dass er, nämlich Palinski, nicht damit rechnen konnte, bei der bevorstehenden Jahresversammlung in den Vorstand kooptiert zu werden, und zwar als Eventmanager mit einem jährlichen Salär von 42.000 Pfund und einem großzügigen Spesenkonto, wie ihm der Sir das während der letzten Monate immer wieder in Aussicht gestellt und ihn damit selbst in eher unguten Situationen bei Laune gehalten hatte.

Diese verdammte Gier, dachte Palinski und war stocksauer. Auf den Sir und vor allem auch auf sich. Wer, dachte der Kerl, wer er war? Nur weil er von sogenannter edler Geburt und in der Beamtenhierarchie der Londoner Polizei nach oben geschwemmt worden war, war er noch lange nicht das Maß aller Dinge, als das er sich offenbar sah.

Als der Sir jetzt noch immer keine Ruhe gab und pseudo-amikal insistierte, ob denn Palinski nicht bereute, was er getan hatte, und sich nicht dafür entschuldigen wollte, platzte Mario schließlich der Kragen.

»Ja. Sir Frederick«, stimmte er schließlich mit Zorn in der Stimme zu. »Ich bereue, aber nicht, dass ich meinen Kollegen in dieses blöde Rennen geschickt und vorgegeben habe, dass er ich sei. Das war zugegebenermaßen dumm, aber auch lustig. Was ich wirklich bereue, ist, dass ich Ihnen vor lauter Einschleimen, um diesen Job als Event-Kasperl zu bekommen, Ihr dummes Ansinnen, ich soll für Scotland Yard an den Start gehen, nicht sofort abgelehnt habe. Nein, was mache ich Depp, der schon das letzte Mal vor 30 Jahren eine lächerliche Figur auf Brettln abgegeben hat, stattdessen? Irgendwelche dummen Tricks, unehrliche Verrenkungen, die Ihrer und meiner unwürdig sind. Mit einem Wort, ich bin Ihnen in den, mit Verlaub gesagt, faltigen aristokratischen … Hintern gekrochen. Und das nicht nur heute, sondern schon die ganze Zeit über.

Wissen Sie, Sir Frederick, das, und nur das, bereue ich wirklich!«

Jetzt drehte Palinski sich um, ging und ließ den nach Fassung ringenden Sir ›Very important‹ einfach stehen.

Und obwohl dieser Auftritt samt Abgang mit Sicherheit das Ende seiner Ambitionen als FECI-Mitarbeiter bedeutete, fühlte sich Mario gut. Nein, hervorragend. Viel besser als die ganze Zeit vor diesem Scheißevent.

Verdammt, gabs dafür kein vernünftiges Wort auf Deutsch?

*

Die Spezialisten der Spurensicherung wurden wieder einmal ihrem Ruf gerecht, zu sehen, wo es scheinbar nichts zu sehen gab, und zu finden, wo sich andere schon vergebens bemüht hatten. So hatten sie auf dem Dachboden, der sich sowohl Fink Brandtners als auch Palinskis durchaus nicht unscharfen Blicken als leer dargeboten hatte, doch zwei höchst interessante, vor allem aber vielversprechende Spuren entdeckt.

Da war ein zusammengeknülltes, vor allem aber frisch benutztes Papiertaschentuch (Oh, eine Fee!), das sich den neugierigen, aber ungeschulten Blicken hatte entziehen können, weil es in eine Ritze am Boden geflüchtet war.

Das Besondere an dem ungustiösen Zellstoffknäuel war eine ganze Menge noch nicht ganz getrockneten Rotzes, das in den Fasern klebte und, sozusagen als Tüpferl auf dem ›i‹, mit den Spuren einer offenbar in der Nase geplatzten Ader vermischt war.

Weiters waren den scharfen Augen eines Kriminaltechnikers auch mehrere Blutstropfen an verschiedenen Stellen nicht entgangen, drei davon auf dem Dachboden, fünf weitere im obersten Stockwerk, auf dem Weg zum Lift.

Um die Polizei direkt zum Zimmer des Schützen zu führen, reichte diese Spur leider nicht aus.

Immerhin war aber eines klar:

Wer immer am Dachboden gewesen war, hatte beim Verlassen desselben geblutet. War also verletzt gewesen. Und seine DNA würde schon bald kein Geheimnis mehr sein.

Man konnte Major Brandtner ansehen, dass er richtig stolz auf seine Mitarbeiter war.

Palinski, der sich bereits vor, na ja, mindestens zehn Minuten von Brandtner verabschiedet hatte – wegen einer privaten Sache musste er unbedingt nach Wien –, bahnte sich jetzt nochmals einen Weg zu seinem Freund vom Landeskriminalamt Niederösterreich.

»Kannst du mir helfen, Fink?«, flüsterte er dem Major zu, »ich soll in 30 Minuten in Wien sein!« Er blickte mit gespielter Verzweiflung auf seine Armbanduhr. »Aber so ein Idiot hat sich so vor mein, also vor Wilmas Auto gestellt, dass ich nicht wegfahren kann. Und kein Mensch scheint zu wissen, wo sich der rücksichtslose Kerl aufhält. Hast du vielleicht jemanden, der mich zum Bahnhof nach Mürzzuschlag bringen kann. Da habe ich einen Intercity um 19.54 Uhr nach Wien!« Palinski lachte verschämt. »Ich kann ja den Bahnhofsvorstand am Semmering nicht schon wieder bitten, den Zug aufzuhalten!«

»Moment!«, vertröstete ihn Brandtner und führte ein kurzes Gespräch über sein Handy. »Also gut!«, meinte er danach. »Sagt dir der Name Engler etwas, Rudi Engler?«

Palinski überlegte kurz, ehe er zögernd nickte. »Ist das nicht irgendein Rennfahrer, Staatsmeister im Motocross. Oder sonst ein Wahnsinniger?«

»Danke für das freundliche Kompliment!«, tönte eine jugendliche Stimme hinter Mario.

»Darf ich vorstellen!«, meinte Fink dazu und deutete auf den schneidigen Burschen, der eben zu den beiden getreten war, »Bezirksinspektor Rudolf Engler, ehemaliger Vizeeuropameister in der 500-cm²-Klasse. Stimmt doch so, Inspektor? Wenn du willst, bringt er dich nicht nur nach Mürzzuschlag, sondern gleich nach Wien. Mit Blaulicht, damit sich deine Verspätung in Grenzen hält. Also hol deine wattierte Jacke, und ab gehts.«

Obwohl der Faszination gegenüber, die von diesen heißen Öfen ausging, nicht ganz unempfindlich, hatte Palinski jetzt vor allem eines. Nämlich Schiss. Mit 150 km/h oder mehr auf einer Schneefahrbahn in der Dunkelheit in die Hauptstadt unterwegs zu sein, das klang zumindest nach echtem Abenteuer.

Andererseits hätte er sich eher die Zunge abgebissen, als über seine momentane Befindlichkeit zu sprechen. Und der Gedanke, schon bald in Wien zu sein und nicht erst mit zwei Stunden Verspätung, hatte auch sehr viel für sich.

»Klasse!«, begeisterte er sich daher. »Kann er mich danach auch wieder zurückbringen?«

»Es wird mir eine Ehre sein, Herr Palinski«, meinte der

junge Vorzeigebeamte grinsend. Und es klang fast so, als ob er es ernst meinte.

*

›TOSCA‹-Serviererin Ilse verfügte trotz ihres bereits fortgeschrittenen Alters über Lauscher von besonderer Qualität. Nicht anders war es zu erklären, dass sie im Trubel des Tagesgeschäftes, nur so beim Vorübergehen, die Worte Rothenberg und Casa Blu aufgeschnappt hatte.

Denn diese an Helmbach und Fossler weitergegebene Information war nicht nur richtig, sondern auch von großer Relevanz für den Entführungsfall Albert Abbersyn.

Rothenberg war ein kleiner Weiler im Weinviertel, nahe der etwas bekannteren Gemeinde Wolkersdorf. Vielleicht zwei, drei Kilometer außerhalb an der Straße nach Lauterfurt lag direkt am Waldrand tatsächlich ein total geblautes Haus. Sogar das Dach war mit graublauen Schindeln gedeckt worden.

Der ehemalige, selbst ernannte Situationskünstler Ronny M. Haase hatte die von ihm bis zu seinem gewaltsamen Tod vor etwas mehr als drei Jahren bewohnte Keusche ›Casa Blu‹ genannt, ein Name, der von der Bevölkerung übernommen worden war.

Nach dem bis heute ungeklärten Ende Haases war das inzwischen reichlich desolate Gebäude wegen vorhandener Abgabeschulden an die Gemeinde gefallen und stand seither leer.

Burschis Vater war Amtssekretär bei der Gemeinde in Wolkersdorf und in dieser Funktion Herr der Schlüssel der ›Casa Blu‹. Und damit unbewusst und ungewollt verantwortlich dafür, dass ein der Gemeinde gehörendes Gebäude, mehr ein Gebäuderl vielleicht, in ein Kapitalverbrechen verwickelt wurde.

Burschi hatte sich den Schlüssel zum Blauen Haus einmal ausgeborgt und, vom Papa nie auf dessen Rückgabe angesprochen, einfach vergessen, ihn auch wieder zurückzugeben.

Wie der leichte, aus dem speziell dafür vorgesehenen Fang aufsteigende Rauch andeutete, war die Casa derzeit bewohnt.

Und tatsächlich, in dem spärlich möblierten Hauptwohnraum saß Burschi am Tisch und löffelte die Suppe, die Sandy vorhin aus zwei Sackerln dehydriertem Basisprodukt unter Verwendung heißen, in dieser Gegend stark kalkhaltigen Wassers angerührt hatte.

Die junge Frau wieder hockte am Boden und fütterte den gefesselten, neben ihr an der Wand kauernden Albert. Der Arme protestierte periodisch, da die Flüssigkeit, die ihm lieblos in den Mund gelöffelt wurde, viel zu heiß zu sein schien.

»Au, sei doch vorsichtiger!«, brüllte er gerade. »Du verbrennst mir ja die Mundschleimhäute. Übrigens, ihr versprecht also, mir die 120.000 Euro zu lassen, wenn ich euch nicht verrate. Ist das richtig?«

»Jo, jo, des is do kloa«, versicherte Sandy und verpasste ihm die nächste Brandblase. »Mio san do noch wia vur Freind. Wos ma do mochn, moch ma do a olles fia di. Des waßt do?«

Ihre Stimme klang richtig einschmeichelnd.

Auf einem Waldweg, etwa 200 Meter vom Haus entfernt und von diesem aus nicht zu sehen, hatte in der Zwischenzeit ein schwarzer Kleintransporter angehalten und seine Scheinwerfer abgedreht. Nach einigen Minuten stieg der Fahrer, ein hochgewachsener, athletisch wirkender Typ, aus und schlich sich im Schutz der Dunkelheit vorsichtig an das Haus heran.

Beim einzigen erleuchteten Fenster angelangt, duckte er sich zunächst, dann warf er vorsichtig einen Blick ins Innere des Hauses. Nachdem er einige Sekunden lang versucht hatte, das Gesehene richtig zu deuten und einzuordnen, kehrte er zu dem Kleintransporter zurück und machte es sich hinter dem Lenkrad bequem. So gut das eben ging. Dann holte er eine Thermoskanne hervor, schraubte den gleichzeitig als Trinkbecher dienenden Verschluss ab, schenkte ein und trank das Zeug gleich darauf aus.

Nachdem er die Kanne wieder verschlossen hatte, lehnte er sich zurück und schloss die Augen. Es sah ganz so aus, als ob es eine lange Nacht werden würde.

*

Als Sir Peter Millfish mit Frau und Töchtern, Andreas Freund John Dykman und seinem sonstigen, aus einem Assistenten und einer Privatsekretärin bestehenden Anhang im Wintergarten einzog, um zu Abend zu speisen, glich dies in Anmutung und Gestaltung einer protzigen, fast barock wirkenden Inszenierung.

Für die insgesamt zehn Personen – der stellvertretende Chefredakteur des ›GCR‹ und seine bezaubernde dritte Frau, die wahrhaft einzig wahre Liebe seines Lebens, wie ihr Mann zu betonen nie müde wurde, waren zum familiären Dinner ebenfalls gebeten worden – war der riesige

Tisch in der Nische am Ende des Wintergartens reserviert worden.

Generaldirektor Eberheim, der es sich nicht hatte nehmen lassen, die hochkarätige Runde persönlich zu begrüßen, die Damen natürlich mit formvollendetem Handkuss, verstand sich, geleitete die Gäste zu ihren Plätzen. Zwei Flaschen Champagner vom Feinsten als kleine, aber feine Empfehlung des Hauses rundeten die immer wieder heikle Gratwanderung zwischen Gästebetreuung auf hohem Niveau und, na, lassen wir das lieber, auf jeden Fall perfekt ab.

Übrigens, Eberheim war dank Herzensbildung und sicherem Geschmack einer der wenigen in dieser Branche, der es immer wieder verstand, seinen Gästen, egal ob arm oder reich, scheinbar wichtig oder unwichtig, das Gefühl zu vermitteln, jederzeit im Zentrum seiner Aufmerksamkeit zu stehen.

Auf viele der anderen Gäste im Restaurant ›Wintergarten‹ wirkte der Auftritt aber eher belustigend denn imposant. Und an einem der hinteren, weniger günstigen Tische ärgerte sich einer der dort abgesetzten Journalisten lautstark darüber, dass man sein bereits vor zehn Minuten bestelltes Mineralwasser noch immer nicht gebracht hatte. »Aber den Bonzen wirds schon hinten reingeschoben, bevor sie überhaupt die Hose herunten haben!«, maulte er nicht gerade fein, aber durchaus zutreffend.

Geneva Post, die mit Francois Hürlimann von der Zürcher Kantonspolizei, Commissaire Jacques Brillon aus Marseille und Ignatio Buffone von den Carabinieri in Mailand am Tisch daneben saß, konnte sich vor Lachen über dieses Bonmot kaum halten.

»Bevor sie die Hosen …!«, versuchte sie zu zitieren und kuderte los, als gälte es, einen Preis damit zu gewinnen.

Höfliches, von Unverständnis bestimmtes Lächeln ihres Tischherrn begleitete diese akustische Peinlichkeit. Der Franzose und der Italiener hatten kein Wort verstanden und der Schwyzer sowieso nicht.

Florian Nowotny, der zwei Tische davor und damit auch nur drei Tische entfernt von der Millfish'schen Tafel dinierte, fragte sich zum wiederholten Mal, was Palinski nur eingefallen war, diese verrückte Nuss Geneva als Überraschungsgast zu engagieren.

Ob da vielleicht etwas lief? Männer in seinem Alter begannen ja angeblich, einen Johannestrieb zu entwickeln. Oder schlimmer noch, war sein Chef schon mitten drinnen, ihn auch auszuleben?

Nein, er glaubte das nicht. Erstens war Mario zu klug, um sich – im Fall der Fälle – in aller Öffentlichkeit selbst bloßzustellen. Und zweitens, das Interesse Palinskis an dieser Verrückten war, wenn überhaupt, eher das eines Vaters, eines Onkels oder eines Schmetterlingssammlers an einem besonders bunten, hübsch geratenen Exemplar.

Was Frauen betraf, entsprachen Bridget und auch Caroline Millfish schon mehr Florians Geschmack.

Die Natur war schon etwas Erstaunliches. Der übergewichtige, plump und grobschlächtige Sir Peter auf der einen Seite und diese wunderbaren, faszinierend gewachsenen Töchter auf der anderen. Ja, auch Andrea hätte er nicht gerade von der Bettkante geschubst, aber sie schien schon etwas zu alt für ihn und offenbar in festen Händen zu sein.

Machte übrigens einen netten Eindruck, dieser John

Dykman. Sah ein wenig aus wie Tom Cruise. Auf jeden Fall machte das Paar einen glücklichen Eindruck.

Während des ganzen Essens, übrigens, der Alpenlachs war wirklich hervorragend gewesen und jetzt die Crêpes à la Grand einfach einsame Spitze, hatte Florian seinen Blick immer wieder zu den Millfish-Mädchen gehen lassen, vor allem zu Caroline, die so saß, dass er dieses fein geschnittene, wunderschöne Gesicht, nein, das war schon ein Antlitz, auch beim Essen nicht aus den Augen verlor. Ein paar Mal hatte er seinen Blick gerade noch abwenden können, ehe sie aufsah oder zur Seite blickte.

Halbherzig ging er auf eine Frage ein, die ihm sein Tischnachbar bereits wiederholt gestellt hatte.

»Ich wollte nur wissen, ob Mario morgen an dem Eisgolf-Turnier teilnehmen wird«, meinte ein belustigt wirkender Dr. Michael Schneckenburger. »Wenn ich das aber richtig deute, haben Sie im Moment Wichtigeres im Kopf als ein Golfturnier im Winter.«

Der Ministerialrat zwinkerte kumpelhaft mit dem linken Auge. Florian war das unheimlich peinlich, er fühlte sich irgendwie bei etwas ertappt. Bei nichts Unrechtmäßigem, aber etwas höchst Privatem.

»Tut mir leid, Herr Ministerialrat!«, antwortete er halbherzig. »Aber ich habe keine Ahnung von Marios morgigen Plänen. Ich kann aber versuchen, ihn telefonisch zu erreichen und ihn fragen!«

»Nein, danke, das ist …!«, Florian hörte nicht mehr, was das war. Denn als er eben wieder einen verschämten Blick auf Caroline Millfish geworfen hatte, hatte sie ihm geradewegs in die Augen geblickt und gelächelt.

Und da war noch etwas, etwas total Verrücktes. Florian wollte es zunächst gar nicht glauben, schaute nochmals auf. Und tatsächlich, er hatte sich nicht getäuscht. Der kleine Finger der rechten Hand der süßen, jungen Lady wackelte auf und ab und auf und ab, ganz so, als ob er ihm zuwinkte.

War das jetzt ein nervöser Tick der Angebeteten, oder hatte das etwas zu bedeuten? Er spürte, wie ihm das Blut in den Kopf schoss. Dass er immer noch einen roten Kopf in solchen Situationen bekam, war wirklich zu blöd.

Und er bemerkte auch, dass auch Caroline das gesehen hatte und lächelte. Jetzt wäre er gern in den Boden gefahren oder hätte sich irgendwo verkrochen. Andererseits, sie lächelte noch immer. Das war doch sicher kein schlechtes Zeichen?

Wie wunderbar, noch so jung zu sein und so faszinierende Etappensiege auf dem Weg zum Erwachsenwerden einfahren zu können, dachte Miki Schneckenburger, dem das non verbale Geschehen nicht entgangen war.

Er dachte an seine Moni, an früher und daran, wie es gewesen war und alles seine Zeit hatte, aber nichts ewig währte.

Und irgendwie war er neidisch, ja sogar eifersüchtig.

*

76 Minuten von Tür zu Tür, also vom ›Semmering Grand‹ zur Villa der Bachlers auf der Wiener Hohen Warte, das war schon was, dachte Palinski. »Wie schnell sind wir denn in der Spitze unterwegs gewesen?«, wollte er von Inspektor Engler wissen.

»Auf der Autobahn zwischen Wiener Neustadt und

Stadtgrenze sind wir teilweise mit 210 km/h dahergekommen«, der Polizist schmunzelte, »und drei Mal geblitzt worden!«

Jetzt lachte er sogar. »Aber keine Angst, das geht aufs Haus.«

Die letzten Minuten der rasanten Fahrt hatte Mario krampfhaft überlegt, wie er Engler loswerden konnte, ohne ihn vor den Kopf zu stoßen.

Falls er den Inspektor ins Haus mitnahm, was eigentlich das übliche Verhalten wäre, würde Engler mit Sicherheit von der Entführung erfahren und wäre als Beamter verpflichtet, dieses Verbrechen zur Anzeige zu bringen. Nachdem Palinski Wilmas Mutter aber versprochen hatte, die Sache bis auf Weiteres als familieninterne Angelegenheit zu behandeln, musste das vermieden werden. Trotz allem hatte niemand wirklich Interesse daran, den vertrottelten Sohn Tante Anitas ernsthaft in Schwierigkeiten, möglicherweise ja sogar vor Gericht zu bringen.

Aber der Inspektor hatte ihm die Peinlichkeit abgenommen und von sich aus angeboten, in dem Café Ecke Barawitzkagasse/Hohe Warte Kaffee zu trinken. »Wenn Sie so weit sind, rufen Sie mich auf dem Handy an, und ich bin sofort bei Ihnen!« Engler gab ihm seine Visitenkarte mit einer 0688-er Nummer.

Wilmas Begrüßung war dafür, dass sie sich 24 Stunden nicht gesehen hatten, ein wenig kühl ausgefallen, hatte Palinski gefunden, sich aber zunächst nichts dabei gedacht.

Als sie aber fortfuhr, herumzusticheln und sich in seltsamen, unausgesprochenen Vorwürfen zu ergehen, wurde es Mario zu blöd.

»Was ist nur los mit dir? Du führst dich auf, als ob ich mir etwas zuschulden hätte kommen lassen.«

So viel unbedarfte Unverfrorenheit wieder reizte Wilma, und sie ließ sich zu der provokant gemeinten, aber in Anbetracht der konkreten Umstände etwas unglücklich formulierten Frage »Bist du heute schon auf der Post gewesen?« hinreißen.

Endlich hatte es bei Palinski geklingelt, und er musste über die Doppeldeutigkeit der für Dritte völlig harmlos wirkenden Frage grinsen.

»Lach nicht so unverschämt!«, wies ihn Wilma empört zurecht. Allerdings war ihr natürlich klar, warum Mario grinsen musste. Immerhin hatte sie Schwierigkeiten, nicht selbst laut herauszuplatzen. Was sie schließlich nach einigen Sekunden dennoch tat, weil sie nicht anders konnte.

Nun gab es nur wenige Situationen, die besser geeignet waren, Missverständnisse zu klären, als die, wenn zwei Menschen gleichzeitig über dieselbe Sache lachten.

Das bewies sich auch hier. Einige kurze Erklärungen zum tatsächlichen Geschehen, und das Thema war abgehakt, der Friede durch einen sanften Kuss wieder besiegelt.

Die neue, höhere Forderung überraschte Palinski dagegen überhaupt nicht, damit hatte er gerechnet. »Immerhin hat Tante Anita die Erpresser ja förmlich eingeladen, ihre Wünsche neu zu überdenken!«

Hinsichtlich der Höhe der Forderung, immerhin wurden ja 100.000 Euro mehr gefordert als die 200.000, die derzeit zur Verfügung standen, sah er aber nicht unbedingt ein Problem.

»Wenn ich diese jungen Leute richtig einschätze, sind sie geldgierig, aber nicht darauf aus, Albert wirklich etwas anzutun. Immerhin wissen wir von Karl«, er nickte Helmbach zu, »dass diese Sandy und dieser Burschi ja fast so etwas wie befreundet mit Albert sind. Und 200.000 Euro, die sie noch heute Nacht bekommen können, stellen sicher eine große Versuchung dar. Am besten, ihr lasst mich sprechen!«

Er blickte den Hausherrn, der diese Aufgabe ursprünglich für sich reserviert hatte, fragend an.

Prof. Dr. Dr. Bachler war klug genug, kein weiteres Wort zu verlieren, er nickte kurz mit dem Kopf.

Palinski teilte auch Helmbachs Einschätzung, dass Albert wahrscheinlich in dieser ›Casa Blu‹ festgehalten wurde. »Da die Polizei nicht involviert ist und das auch jetzt«, er blickte sich um, konnte aber keinerlei Zustimmung für eine Verständigung der Staatsgewalt erkennen, »offenbar nicht gewünscht wird, müssen wir den Besuch in Rothenberg verschieben. Entweder geben die Entführer den Aufenthaltsort ohnehin nach der Geldübergabe bekannt, wovon ich ausgehe.« Helmbach offenbar auch, denn er nickte. »Oder«, fuhr Mario fort, »wir statten dem Blauen Haus einen Besuch ab. Sobald wir Albert haben, wird Oberinspektorin Wallner informiert. Sie wird dann die Verhaftung Sandys und Burschis veranlassen. Und falls das Geld in der Zwischenzeit nicht vergraben oder ausgegeben worden ist«, er versuchte ein Lachen, aber niemand außer ihm selbst schien seinen Scherz lustig zu finden, »bekommt ihr es morgen früh schon wieder zurück.«

Die klare Situationsanalyse Palinskis hatte eine erstaunliche Wirkung gezeigt. Durch die bis dahin lethargisch und mutlos dahockende Verwandtschaft war plötzlich ein Ruck gegangen. Endlich hatte jemand ausgesprochen, was eigentlich los war, hatte ihnen eine Perspektive gegeben.

Palinski blickte auf die Uhr. Es war bereits Viertel vor zehn, und er wollte doch noch vor Mitternacht wieder am Semmering sein. Dieses Hin und Her zwischen Wien und dem Zauberberg, wie sich der Semmering gerne auch bezeichnen ließ, um sich ein wenig literarisch zu sonnen, nagte nicht nur an seiner körperlichen Konstitution.

»Wo ist Kollege Fossler?«, wollte er jetzt von Helmbach wissen.

»Ein privater Termin, der ihm sehr wichtig zu sein schien!«, der ehemalige Polizist grinste verständnisvoll und kraulte den neben ihm hockenden Hector hinter den Ohren. Etwas, was das Tier offenbar sehr zu schätzen wusste, denn es verdrehte vor Wohlbehagen die Augen. »Da habe ich ihm eben für heute freigegeben. Falls notwendig, kann er aber in einer halben Stunde wieder gestellt sein!«

Palinski wollte schon etwas Unfreundliches sagen, entschied sich dann aber dafür, den Mund zu halten. Dieser Tage war er wohl der Letzte, der sich den Mund darüber zerreißen durfte, wenn jemand neben seinen offiziellen Aufgaben auch noch private Aspekte im Auge behielt.

»Ist schon gut!«, meinte er versöhnlich. »Wir werden ja sehen, was der Anruf der Entführer bringen wird. Dumm ist nur, dass ich selbst dringend zurück auf den Berg muss«, meinte er entschuldigend.

Ein Blick auf die schwere Barockstanduhr an der Wand ließ Palinski vermuten, dass es bereits sieben Minuten nach 22 Uhr sein musste. Was gar nicht so falsch war und ein Beweis dafür, dass auch stehen gebliebene Chronometer zwei Mal am Tag die richtige und einige Male öfters die ungefähre Zeit anzeigten. Die Kunst lag nur darin, zu wissen, wann bzw. wie ungefähr das der Fall war.

Er stand auf und holte sich frischen Kaffee aus der Küche. Dann setzte er sich wieder ans Telefon und starrte es an, ganz so, als ob dieses deswegen auch nur eine Sekunde früher klingeln würde.

*

Der Mann hinter dem Lenkrad des Kleintransporters schreckte auf. Seine Armbanduhr verriet ihm, dass er wohl einige Minuten eingenickt war.

In der ›Casa Blu‹ schien sich etwas zu tun. Die Leuchte über der Eingangstüre war angegangen. Kurz danach verließen die jungen Leute das Haus, bestiegen den davor geparkten Kombi und fuhren los.

Nach seinen Berechnungen war jetzt nur noch eine Person im Inneren. Nämlich der Entführte Albert Abbersyn. Da dieser in seiner Bewegungsfreiheit eingeschränkt und nach fast zwei Tagen fern von zu Hause sicher auch körperlich nicht in bester Verfassung war, hatte der Mann im Kleintransporter keine Bedenken, jetzt vor das Haus zu fahren und es zu betreten.

Erkannt werden wollte er allerdings nicht, daher zog er sich seine lustige gelb-rote Pudelmütze tief ins Gesicht, schob den dazu passenden Schal über den Mund und setzte sich, sicher ist sicher, noch eine dieser klobigen Skibrillen auf.

Das Haus selbst verfügte im Erdgeschoss neben der Küche und dem Bad, eigentlich war es bloß ein Waschraum, in den jemand einen alten Holztrog gestellt hatte, nur über zwei Räume. Daher hatte der Mann auch keine Schwierigkeiten, den durch breite, selbstklebende Streifen und zusätzlich mithilfe von Beruhigungsmitteln ruhiggestellten Albert Abbersyn aufzuspüren.

Ehe er sich aber des tief und regelmäßig atmenden, offenbar schlafenden Packerls annahm, schaffte er Decken, Polster sowie eine Plastikflasche mit einem strohhalmartigen Mundstück in den Transporter. Dort richtete er ein unter den Umständen einigermaßen bequemes Lager für nunmehr seinen Gefangenen her. Kurz darauf war der dunkle Transporter schon wieder unterwegs. Wohin, dass wusste der Mann hinter dem Steuer noch nicht so genau. Viele Optionen standen ihm ohnehin nicht zur Verfügung.

Und dank der spontanen Entscheidung, sich den Burschen zu holen und damit eine Gelegenheit, wie er sie noch nie im seinem Leben gehabt hatte, zu nutzen, hatte er auch noch keine Zeit gehabt, groß darüber nachzudenken.

Na, irgendetwas würde ihm schon einfallen, die Nacht war ja noch relativ jung.

*

Kurz nach 23 Uhr war der Anruf gekommen, endlich, und diese nervtötende Warterei zu Ende gegangen. Palinski war es tatsächlich gelungen, als Erster das Telefon zu erreichen und den Hörer an sich zu nehmen. Tja, es hatte schon Vorteile, Tante Anita in der Psy…, in fachkundigen Händen zu wissen.

Wie erwartet, hatte das Mädchen wieder das Sprechen übernommen. Und natürlich hatte sie zunächst lautstark gegen die Zumutung protestiert, sich mit nur 200.000 Euro zufriedenzugeben. Palinskis Hinweis darauf, dass sie das Geld innerhalb einer Stunde, also quasi sofort haben könnten und damit dieses auch für Sie, meine Dame, ungute Hin und Her eine Ende hätte, hatte erwartungsgemäß Wirkung gezeigt.

Der Durchbruch war ihm aber erst mit dem einer spontanen Eingebung zu verdankenden Hinweis gelungen, den Anteil Alberts eben für sich einzubehalten.

»Der soll schaun, wo er sein Geld herbekommt. Er ist doch selbst schuld an dem Schlamassel. Na, habe ich nicht recht?«

Einige Sekunden verblüffter Stille, dann kam Sandys Kommentar: »Kloa, jo, des is korrekt. Des is guat, des gfoat ma. Dea Oasch soi söba schaun, wo a sei Scheißauto heakriagt!«

Das hatte offenbar nichts anderes zu bedeuten als grünes Licht für die sofortige Übergabe des Geldes.

In dieser Hinsicht hatte die junge Frau ganz klare Vorgaben: »Sie gebn die Marie in a Plastiksackl, zum Beispü in a Einkaufstascherl vom ›BIGENI‹, klebns zua oder mochens a Schnur herum, doss hoid net aufgeht. Des Packerl schmeißens daun in die oide Hoitskistn, wo die Gemeinde Wien den Saund zum Strahn drinn hod. Sie wissen scho, wauns glod is im Winta. Die Kistn is vurm Haus Obkirchergossn Nummer 3. Mia wern daun innahoib von zwa Stund auruafn und Ihnan sogn, wo Sa si den Berti ohoin kennan!«

Sie lachte meckernd: »Oba wauns a Linke mochn, kauns sei, doss da Albert kan Schnaufer mehr mocht, wauns erm daun irgendwaun amoi irgendwo stinkat findn. Is des kloar?«

Das war klar gewesen und klang einfacher als erwartet. Palinski hatte die beiden Nachwuchsverbrecher für intelligenter, zumindest aber für gerissener gehalten.

Aber das sollte ihm nur recht sein. So konnte er den Rest ruhig Helmbach überlassen und diesem Jo. Ohne ein schlechtes Gewissen haben zu müssen.

»Das Geld sollten Sie überbringen!«, meinte er zu dem alten Expolizisten. »Oder sehen Sie irgendwelche Probleme?«

Karl Helmbach verneinte entschieden, meinte aber, vorsorglich Fossler mitnehmen zu wollen. »Das wollte ich auch gerade vorschlagen!«, stimmte Mario zu. »Vier Augen sehen mehr als zwei. Und vom Hugo-Wolf-Park sollte man das Haus Nummer 3 gut beobachten können. Also viel Glück. Und rufen Sie mich an, sobald alles gelaufen ist!«

Während Helmbach seinen Kollegen Jo aus dem Privatissimum zurückholte, bereitete Mario mithilfe Wilmas das Geldpaket vor. Dann verabschiedete er sich, nicht ohne ihr das Versprechen abgenommen zu haben, morgen sofort nachzukommen, sobald Albert aufgetaucht war.

»Du weißt, am Nachmittag fungiert das Institut als Gastgeber, das ist sehr wichtig für mich.« Zärtlich küsste er die Frau, mit der er jetzt schon seit mehr als 26 Jahren glücklich nicht verheiratet war, auf die Stirn. Bald hatte der schwere BMW mit Engler und Palinski bereits die Altmannsdorfer Allee passiert und näherte sich der Südautobahn.

Und Karl Helmbach traf wenige Minuten später, es war kurz vor Mitternacht, in der Krottenbachstraße ein, wo er sich mit Fossler treffen sollte. Der kam sieben Minuten zu spät. Aber immer noch rechtzeitig.

6.

Donnerstag, 20. Februar, vormittags

Nachdem Helmbach am Haus Nummer 3 vorbeispaziert war und das Geldpackerl in dem alten Streugutdepot der Gemeinde hinterlegt hatte, ging er einfach weiter in Richtung Weinberggasse. Die komische hölzerne Kiste, etwas anderes war dieses sogenannte Depot gar nicht, war tatsächlich ganz genau da gestanden, wo diese Sandy gesagt hatte. Ganz eng an die Hauswand gerückt.

An der nächsten Ecke bogen Hund und Herrl nach rechts ab. Sie würden jetzt noch ein paar Minuten Äußerln gehen und dann unauffällig zu dem gut getarnten Beobachtungspunkt im Hugo-Wolf-Park zurückkehren. Dort wartete Jo Fossler auf die beiden und hatte das Gelddepot im Auge.

Hector freute sich über den unerwarteten Auslauf, hob fleißig sein Haxerl an jeder möglichen und unmöglichen Stelle. Wieder ein hübsches Revier abgesteckt, schnüffelte er zufrieden. Und mindestens eine läufige Schöne in der Gegend, schoss es ihm an anderer Stelle ein. Der Schäferhund war zwar schon mehr als neun Jahre alt, aber noch lange nicht jenseits von Gut und Böse.

Drum ging ihm auch das Hundemädel die ganze Zeit nicht aus dem Schädel.

Karl und sein Hund wollten eben die Straße überqueren, um in den Park zu gelangen, als sie an einem dunkel lackierten Kleintransporter vorbeikamen. Lustig, Jo war letzte Woche in genau dem gleichen Modell unterwegs gewesen.

Plötzlich begann Hector, sich ganz eigenartig zu verhalten, schnupperte und zog wie verrückt an der Leine. Ganz so, als ob er eine Witterung aufgenommen hätte.

Dann zeigte der Hund, der ja speziell dafür abgerichtet worden war, dass sich in dem Wagen einmal etwas Menschliches befunden haben musste. Lebendig oder tot, das konnte Helmbach aber nicht sagen. Den Ex-Polizisten reizte es natürlich sehr, diesem Hinweis nachzugehen. Aber als Privatdetektiv hatte er jetzt andere Aufgaben. Und als Pensionist gingen ihn Leichen ohnehin nichts mehr an. Außer auf die Nerven.

Jetzt musste er sich definitiv um das Geld und dann um Albert kümmern.

Daher tat er auch etwas, was er zuvor noch nie getan hatte. Er zwang dem Hund in dieser Situation seinen Willen auf, zog den sich heftig sträubenden Hector weg von dem Auto und damit von der Witterung. Der Hund musste schließlich lernen, dass auch er in Pension war und nicht mehr jedem Geruch nachrennen konnte.

*

Als Palinski exakt um 1.11 Uhr die Halle des ›Semmering Grand‹ betrat, die Rückfahrt hatte Inspektor Engler in neuer Rekordzeit von nur 74 Minuten geschafft, herrschte unüberhörbar noch Highlife in der Hotelbar.

Es war schön zu sehen, oder besser, zu hören, dass sich die Creme der europäischen Polizei durch einen Toten am letzten Nachmittag nicht aus der Ruhe bringen ließ und dies auch lautstark zum Ausdruck brachte.

Palinski war hundemüde und wünschte sich nichts mehr als ein schönes weiches Bett. Na, vielleicht noch einen kleinen Absacker oder Nightcup, wie die Angelsachsen das zu nennen pflegten. Einen Drink also, der die Zeit zwischen dem Einschenken und dem Zubettgehen auf hochprozentige Weise verkürzen sollte.

Bevor er aber einen Fuß in die Bar setzte, wollte er noch rasch die Frage klären, in welchem Zimmer er diese Nacht bzw. den Rest davon sein müdes Haupt betten konnte. Hatte Geneva Post inzwischen ein anderes Zimmer bekommen? Oder sah sie seines noch immer als das ihre an, und er war nach wie vor darauf angewiesen, dass ihm Florian Nowotny freundlicherweise Asyl gewährte.

Apropos Florian, ehe Palinski noch die Rezeption erreicht hatte, ging die Türe zur Bar auf und ein sichtlich erhitzter, glücklich lächelnder Nowotny trat heraus. Er humpelte noch ein wenig, der Querschläger auf die Schnalle seines Skischuhs hatte unter anderem eine mittelschwere Prellung des Mittelfußknochens zur Folge gehabt.

Begleitet wurde Palinskis Assistent von einer überaus reizvollen jungen Frau, die sich bei ihm eingehängt hatte.

»Come on, let's get some fresh air«, meinte die Beauty und folgte i h m, bei dem die Hormone im Augenblick anscheinend die totale Herrschaft übernommen hatten, zum Ausgang. Anders konnte Mario sich nicht erklären, dass sein junger Freund an ihm vorbeigestolpert war, ohne ihn zu beachten oder auch nur zu bemerken.

Das war absolut neu, das hatte es noch nie zuvor gegeben.

Stattdessen stammelte er: »Yes, my dear Caroline«, und bewies damit, dass man mit Schulenglisch durchaus vorankommen konnte. Dann zog er sie sanft ins Freie.

War d a s schön. Und die beiden waren wirklich ein hübsches Paar. Palinski kam sich vor wie ein Voyeur. Aber das war ihm wurscht. Er freute sich ehrlich, dass Florian bei der jungen Dame, einer von Sir Millfishs Töchtern, offensichtlich gut angekommen und dabei war, einen nachhaltigen Beitrag zur klassenlosen Gesellschaft zu leisten.

Er konnte sich noch gut an eine ähnliche Situation mit Wilma erinnern. Das war vor vielen Jahren gewesen, im Juli im Gänsehäufel. Ja, und natürlich hatten sie deutsch miteinander gesprochen.

Oh my darling, oh my darling, summte er vor sich hin, als er an die Rezeption trat.

*

Endlich, nach etwas mehr als 45 Minuten, wurde die lähmende Langeweile, die Helmbach und Fossler fast noch mehr zu schaffen machte als die Kälte, von einem jungen Pärchen unterbrochen, das ins Haus Nummer 3 hineinging.

Einen Augenblick lang hatte der alte Polizist schon geglaubt, bei den beiden handle es sich um Sandy und Burschi. Aber nachdem drei Minuten später in einer Wohnung im zweiten Stock das Licht anging und die beiden jungen Leute zu sehen waren, verabschiedete er sich von seinem intuitiven Verdacht. Bald ging der Krach los. Das junge Paar hatte seinen Radiorekorder, oder wie immer das Folterinstrument auch genannt wurde, so laut gedreht, dass man die Musik, nein, das Musik zu nennen, war eine

Sünde wider den guten Geschmack, also den Lärm bis auf die Straße hörte.

Helmbach konnte sich nicht vorstellen, dass die eklatante Störung der Nachtruhe lange ohne entsprechende Proteste weitergehen konnte. Und tatsächlich, schon nach vielleicht einer Minute oder weniger gingen in einigen Wohnungen in den umliegenden Häusern die Lichter an, Fenster wurden geöffnet und mitunter derbe Worte in die Nacht hinausgebrüllt.

Das Seltsame dabei war nur, dass die Bewohner des Hauses Nummer 3 entweder schwerhörig, taub oder besonders lärmresistent waren. In diesem Haus ging kein einziges Licht an, wurde kein einziger wüster Fluch losgelassen. Aber das sollte Helmbach erst viel später bewusst werden.

Und plötzlich, genauso überraschend, wie der Krach da gewesen war, war er auch wieder weg. Das bedeutete aber nicht, dass es jetzt langweilig wurde. Ganz im Gegenteil.

Fossler deutete auf das zweite Fenster von links und meinte: »Schau mal, Karl, rechts, das zweite Fenster.« Und es war tatsächlich sehenswert, was die junge Frau im zweiten Stock zu exotischen Klängen alles unternahm, um ihren Freund in Stimmung zu bringen. Dabei schien sie wirklich keinen Trick auszulassen. Das schloss scheinbar auch die offenen Vorhänge ein, die den Zaungästen einen ungehinderten Blick auf das reizvolle Geschehen ermöglichten. Manche machte ja der Gedanke, beobachtet zu werden, besonders heiß.

Der gekonnte Striptease verfehlte seine Wirkung auch auf die beiden Observanten nicht.

Helmbach hatte ein starkes Glas herausgeholt, das er bei solchen Anlässen immer mitführte, um sich einen Überblick zu verschaffen. Natürlich rein professionell, beruflich bedingt, wie er sich einzureden versuchte.

Bald schon hatte er das starke Okular aus deutscher Wertarbeit aber freiwillig an seinen jüngeren Kollegen weitergegeben. Der Grund dafür war, dass ihm das immer stärker werdende, immer öfters von unkontrolliert wirkendem Schlucken begleitete Hecheln Jo Fosslers auf den Wecker ging. Vor allem aber wollte er nicht schuld daran sein, dass der Kollege möglicherweise wegen Hyperventilation kollabierte. Er blickte Fossler kritisch von der Seite an. Der Bursche war ja ein netter Kerl und recht brauchbar. Aber er war schon etwas eigen.

Allein dieser komische Schal, den er gerade um den Hals geschlungen hatte. In fürchterlichen Popfarben, die einem die Augen eindrückten. Und dazu noch eine entsprechende Mütze. Solche Sachen passten zweifellos zu einem coolen Teenager. Aber zum fast 30-jährigen Assistenten eines seriösen Privatdetektivs?

Wie es schien, hatten die beiden jungen Leute in der Wohnung inzwischen eine Beschäftigung gefunden, der sie gemeinsam und vor allem ohne Licht nachgehen konnten.

20 Minuten später war Jo losgezogen, um Kaffee und ein bisschen was für zwischen die Zähne zu besorgen. Helmbach hatte gerade begonnen, sich zu fragen, warum sein Kollege nach nunmehr fast 50 Minuten noch immer nicht zurück war, als Fossler auftauchte. Erfreulicherweise mit Burenwurst, scharfem Senf und Hausbrot vom ›Flotten Heinzi‹, einem der gefragtesten Würstelstände der Stadt, keine fünf Minuten vom derzeitigen Standort entfernt. Mit dem Auto.

Na, war ja auch egal. Hauptsache, er war jetzt da und hatte etwas zu essen mitgebracht.

*

Wilma hatte sich bereit erklärt, die Nachtwache zu übernehmen. Sie hatte es sich im Ohrenfauteuil neben dem Telefon gemütlich gemacht und lief gerade ernsthaft Gefahr einzunicken, als besonders penetrantes Klingeln sie wieder aufschrecken ließ.

Zunächst desorientiert, griff sie nach dem Hörer, führte ihn zum Ohr und meldete sich mit leicht zerknitterter Stimme.

»Ihre Zahlung ist eingegangen!«, teilte ihr eine weibliche Stimme mit, hinter der sie diese Sandy vermutete. »Sie können Ihr Paket in der ›Casa Blu‹ in Rothenberg abholen!« Nach einigen Hinweisen auf die Lage des Hauses war das Gespräch dann wieder beendet.

Wilmas erster Impuls war es, Mario am Semmering anzurufen. Nachdem sie aber nachgedacht hatte, nahm sie wieder Abstand davon. Erstens war Palinski von allen am weitesten von Alberts Aufenthaltsort entfernt. Und zweitens hatte es den armen Teufel in den letzten Tagen ohnehin fast zerrissen. Besser, sie ließ ihn jetzt schlafen und präsentierte ihm morgen, nein, heute früh eine komplette Lösung.

Auch sprach jetzt nichts mehr gegen die Einschaltung der Polizei, überlegte sie, während sie die Rufnummer des Postens in Rothenberg aus dem Telefonbuch suchte.

Und endlich, als sich nach dem dritten Signal eine männliche Stimme mit »Guten Abend, Sie sind mit dem Polizeiposten Rothenberg im Weinviertel verbunden« meldete, wähnte sie sich bereits am Ziel ihrer Wünsche und zwitscherte ein erwartungsvolles: »Ebenfalls schönen Abend, Sie müssen mir unbedingt helfen, bitte«, in das dafür vorgesehene Ende.

»Ist die Dienststelle aus Sicherheitsgründen derzeit geschlossen. Rufen Sie uns in der Zeit von 8 bis 19 Uhr, an Wochenenden und Feiertagen von 9 bis 16 Uhr wieder an!«

Also das war …, Wilma war richtig verärgert. Und vor allem, so lange konnte Albert wirklich nicht warten. Aber an wen sonst sollte sie sich wenden?

Da fiel ihr ein, dass ihr dieser nette alte Privatdetektiv mit dem süßen Hund vor dem Weggehen gestern Abend noch seine Karte gegeben hatte. Der müsste ja jetzt Zeit haben, nachdem das Geld übergeben worden war.

»Wenn irgendetwas sein sollte, gnä' Frau«, hatte er charmant gemeint, »Sie können mich jederzeit anrufen!«

Alte Schule halt, dachte sie, während sie herumkramte. Da war ja auch die Karte, und kurz darauf hatte sie Karl Helmbach am Handy.

Der war aber mehr als nur überrascht über das, was er da hörte. »Nicht, dass ich Ihnen nicht glaube, gnä' Frau«, meinte er, »aber das wäre gegen jede Erfahrung. Sie müssen wissen, das Lösegeld ist noch nicht abgeholt worden. Warum also sollten die Entführer den Aufenthaltsort des Opfers bekannt geben?«

Das klang zwar logisch, änderte aber nichts an dem, was ihr Sandy, also die Anruferin, vorhin gesagt hatte.

»Nicht, dass ich Ihnen nicht glauben würde«, entgegnete Wilma fast ein wenig keck, »aber sind Sie ganz sicher, dass das Lösegeld wirklich noch da ist?«

»Weiber«, dachte Helmbach, insgeheim grimmend, als Mann der alten Schule lenkte er aber mit einem versöhnlichen »Warten Sie einen Moment, Jo geht nachsehen, wie es dem Geld geht« ein. Er lachte mit der Selbstzufriedenheit eines Menschen, der genau wusste, wovon er sprach.

Oder dies zumindest annahm.

Fossler war da schon weniger höflich, ja, er sprach das Wort Klugscheißerin sogar aus, während er sich dem vor dem Haus Obkichergasse Nummer 3 befindlichen Streugutdepot näherte. Allerdings leise genug, sodass es von niemandem gehört worden war.

Bei der Kiste angelangt – im Grunde genommen handelte es sich dabei um nichts anderes –, hob er den Deckel in die Höhe und warf einen kurzen Blick hinein. Dann noch einen, einen weiteren und noch einen vierten. Und jeder dieser Blicke dauerte länger als der vorangegangene, bis er schließlich ungläubig die Leere im Inneren des Depots fixierte.

Helmbach benötigte einige Zeit, bis er merkte, dass da etwas nicht in Ordnung war. »Einen Augenblick noch, gnä' Frau«, meinte er ins Handy, schon etwas weniger selbstsicher, »ich geh einmal nachschauen. Wenn man nicht alles selber macht!«

Als Nächstes hörte Wilma die beiden Männer diskutieren, streiten, ja, sich sogar gegenseitig beflegeln. Um dann gemeinsam zu schweigen.

»Hallo, hallo!«, brüllte Wilma schließlich ins Handy. »Was ist los? Leben Sie noch? Melden Sie sich doch endlich.«

»Tschuldigen S', gnä' Frau«, meldete sich schließlich ein am Boden zerstört wirkender Helmbach. »Ich weiß nicht, wie die Falotten das gemacht haben, aber Sie haben recht. Das Geld ist wirklich weg.«

Er schluckte mehrmals an seiner fast körperlich spürbaren Verlegenheit, dann kündigte er mit neuer Entschlossenheit in der Stimme an: »Und wir sind auch schon weg. Unterwegs nach Rothenberg.«

*

Aus dem beabsichtigten einen Absacker in der Hotelbar waren mehrere geworden. Wie viele genau, hatte Palinski nicht mehr gewusst, als ihm der Nachtportier gegen 4.15 Uhr seine Liege in einem kleinen, fensterlosen Raum hinter der Rezeption angeboten und er das Angebot mangels Alternativen angenommen hatte.

Das Problem war, dass Geneva Post noch immer kein eigenes Zimmer bekommen hatte und daher nach wie vor in Palinskis schöner Suite logierte. Das hatte man davon, wenn man meinte, aus reinem Spaß, als Jux oder missverstandener Jugendförderung unbedingt einen exaltierten 25-jährigen weiblichen Überraschungsstar engagieren zu müssen.

Obwohl, irgendwie süß war die Kleine schon.

Ja, und das zweite Bett in Florians Zimmer, das, in dem Palinski die vergangene Nacht verbracht hatte, wurde jetzt von Major Fink Brandtner schlafenderweise benutzt.

Aber für morgen, also für heute, hatte ihm der Herr der Schlüssel ein hübsches Zimmer für Geneva versprochen. Das musste auch klappen, denn morgen, also heute, würde ja endlich auch Wilma kommen. Und die konnte ja schlecht mit ihm die knapp einen Meter breite Liege teilen.

Mario war kaum eingeschlafen, als ihn der Nachtportier auch schon wieder weckte. »Tut ma leid, Herr Palinski. Ich habe aber einen Anruf für Sie.«

»Keine Anrufe jetzt, bitte!«, murmelte dieser leise. »Ich kann nicht mehr!«

»Aber die Dame, eine Frau Bachler, hat mir extra aufgetragen, dass die Sache uuunheimlich wichtig ist! Und dass Wilma Ihre Hilfe braucht, soll ich sagen. Hat sie gsagt!«

Dem Nachtportier war das alles recht unangenehm.

Ob Wilma das u wirklich so lang gezogen hatte, wie der nette Mann vorgegeben hatte? Wahrscheinlich, Wilma wars zuzutrauen, komisch, dass er von ihr träumte.

»Wilma, haben Sie Wilma gesagt?«, Palinski war aufgeschossen wie einer dieser Juxköpfe, die an einer Sprungfeder fixiert waren und aus der Schachtel sprangen, sobald der vermeintlich Beschenkte sein Geschenk näher unter die Lupe nahm.

Der Engel in der Rezeption nickte nur und deutete auf den Apparat am Tresen. »Ich kann Ihnen das Gespräch aber auch auf Ihr …, in eine Zelle legen!«

»Das ist nicht notwendig, nicht um …«, Palinski lugte vorsichtig auf seine Armbanduhr. »Nicht um 4.22 Uhr.« Da gab es keine vertraulichen Mitteilungen oder intimes Geflüster, da konnte es sich wirklich nur um einen Notfall handeln.

»Hallo Schatz«, meldete sich Palinski, »schön, dass du dich meldest. Was gibt es Wichtiges?«

Wilma konnte nicht verbergen, dass sie gerade geweint hatte, und sie versuchte es auch gar nicht. »Ich weiß nicht, wie lange ich das noch schaffe«, jammerte sie. »Dieser ständige Wechsel von kalt zu warm und dann wieder kalt!« Sie schluchzte leise.

»Wieso, bist du in einer Sauna?«, wunderte sich Mario, der um diese Tageszeit nun einmal nicht zu den Hellsten zählte.

Das Missverständnis hatte aber auch sein Gutes. Wilma hatte den Sager für einen Scherz gehalten und gelacht. Ein bisserl nur, aber besser als gar nicht.

»Was muss nur passieren, dass du nicht einen deiner dummen Witze machst?«, kritisierte sie, aber irgendwie klang das auch wie ein Kompliment. Wie auch immer, Palinski konnte das nur recht sein.

»Also was ist jetzt los?«, meinte er ganz geschäftsmäßig.

Und so berichtete ihm Wilma von der Geldübergabe, die sich unbemerkt unter den Augen der beiden Privatdetektive abgespielt haben musste, und davon, dass sie etwas später den Aufenthaltsort Alberts erfahren hatte.

Wider Willen zog Palinski seinen Hut vor den Entführern, ein wenig zumindest. Die beiden waren offenbar besser, als er angenommen hatte. Oder Helmbach und dieser Jo Stümper. Vollkoffer, um den Bürgermeister der Bundeshauptstadt zu zitieren. Nun ja, man würde sehen.

Aber egal, Hauptsache, Ende gut, alles gut.

»Na, das ist doch wunderbar, dann ist die Sache doch endlich ausgestanden!«, freute er sich, hatte aber kein wirklich gutes Gefühl dabei. Wilmas Tränen hatten nicht nach solchen der Freude angemutet. »Und wie gehts Albert? Ihr habt ihn doch schon abgeholt?«

»Das ist es ja«, Wilma schluchzte nochmals ein wenig. »Albert ist verschwunden. Er ist zwar eindeutig in dieser ›Casa Blu‹ gewesen, aber als Helmbach und Fossler ihn abholen wollten, war kein Mensch mehr in dem Haus. Ich habe keine Ahnung, was ich Tante Anita sagen soll.«

Jetzt hatte sein Schatz begonnen, richtig zu weinen, und das war etwas, was Palinkis hasste wie nur etwas. Weinende Frauen waren ihm ein Gräuel, und das schloss Wilma durchaus mit ein. Im Gegenteil, wenn sie weinte, fühlte er sich besonders hilflos.

»Ich wollte dich daher fragen, ob es dir nicht vielleicht möglich sein könnte …«

Palinski wusste genau, was jetzt kam, und er hasste sich irgendwie für die Schwäche, die ihn die folgenden Worte sagen ließ: »Sprich nicht weiter, Liebes, ich habe schon verstanden. Ich versuche, so schnell wie möglich da zu sein!«

Während er auf das Taxi wartete, selbst fahren kam in seinem Zustand überhaupt nicht infrage, brachte ihm der Portier noch schnell einen kräftigen Kaffee.

In Wien hatte sich Wilma inzwischen zufrieden zurückgelehnt und genoss den kleinen Triumph. Es war schon phänomenal, dass dieser alte Trick noch immer zog. Nach mehr als 26 Jahren musste sie nur so tun, als ob sie sich eine Träne aus dem Augenwinkel wischte. Egal, ob links oder rechts, aus welchem Auge auch immer, Palinski wurde weich wie ein Stück Butter in der prallen Sonne.

Like a puppet on a string, ja, der Text dieses alten Schlagers passte durchaus. Diese Schwäche war aber auch einer der Gründe, warum sie diesen Mann noch immer so sehr liebte.

In der Sache selbst hatte sie aber nicht geschwindelt. Helmbach und sein Kollege hatten ein leeres Haus vorgefunden. Albert war verschwunden, und es fehlte jede Spur von ihm. Wer konnte ihr da verdenken, dass sie Palinski in dieser Situation an ihrer Seite haben wollte.

*

Karl Helmbach kannte Jo Fossler noch gar nicht so lange. Er hatte den 28-jährigen Arbeitslosen, der nur Tage vor der Delogierung gestanden war, letzten Dezember im Park sozusagen aufgelesen. Soweit er sich erinnern konnte, war das am 21. gewesen, oder?

Auf jeden Fall hatte Hectors nach wie vor hervorragende Nase beim Äußerlngehen eine weibliche Leiche entdeckt. Um kein Missverständnis aufkommen zu lassen, natürlich war Hector als Ganzer unterwegs gewesen und nicht nur seine Nase.

Er hatte den jungen Mann, der ihm bei dem unvermeidlichen Papierkrieg mit der Polizei brav zur Seite gestanden war, im Anschluss daran zum Essen eingeladen und dem geschiedenen Vater einer dreijährigen Tochter mit dem klingenden Namen Marie Claire, der irrsinnig unter der Trennung von der Kleinen und seinem Unvermögen, ihr ein gutes Leben bieten zu können, gelitten hatte, das Kabinett und einige Tage später auch Arbeit als freier Mitarbeiter angeboten.

Und Helmbach hatte seine spontane gute Tat, seine Entscheidung, Josef eine Chance zu bieten, bisher nicht bereut. Der Bursche war intelligent, clever und erledigte die ihm übertragenen Aufgaben rasch und ordentlich. Darüber hinaus vermittelte er seinem väterlichen Förderer das Gefühl, etwas Besonderes zu sein. Karl wusste zwar nicht ganz genau, was ein Mentor war, aber die Bezeichnung, die Josef für ihn gefunden hatte, gefiel ihm. Und wenn er seinen Bekannten und früheren Kollegen erzählte, er wäre jetzt auch Mentor, dann meinten alle »Aha, das ist aber toll« und »Sehr gut« oder fanden ähnlich positiv klingende Bemerkungen dafür.

Manchmal benahm sich Fossler allerdings ein wenig seltsam, um das einmal freundlich zu bezeichnen. Helmbach führte das auf den Umstand zurück, dass sein Schützling sowohl Jura als auch ein Philosophiestudium abgebrochen hatte, weil ihm beide zu blöd gewesen waren. Im Umkehrschluss musste das daher bedeuten, da war sich der alte Polizist zunehmend sicherer, dass Jo ganz einfach zu intelligent fürs Stubenhocken und Strebern war. Fossler war eben mehr ein Mann der Tat und damit der praktischen Intelligenz. Der Rest von Intellekt, den er nicht mehr benötigte, der aber noch störend vorhanden war, musste eben irgendwie raus.

Diese gelegentlichen intellektuellen Ausleitungen wirkten dann halt etwas seltsam. So konnte schon der Eindruck entstehen, dass Jo etwas spinnen würde, halt einen kleinen Huscher hatte. Dieser Eindruck wurde noch durch den Umstand verstärkt, dass der Gute gelegentlich Probleme zu haben schien, links und rechts auseinanderzuhalten. Ja, sogar miteinander verwechselte.

Helmbach, der sich das alles selbst zusammengereimt hatte, war stolz auf diese, wie er überzeugt war, schlüssige Analyse.

Obwohl er zugeben musste, dass auch ihm, der es ja besser wissen sollte als alle anderen, das Verhalten seines Schützlings Josef gelegentlich schon, ja, unverständlich war sicher der richtige Ausdruck, vorkam. Vielleicht noch gemischt mit einer Prise Geheimnistuerei.

In den vergangenen Stunden war Karl dann noch etwas aufgefallen. Josef hatte sich kurz entschuldigt, bevor sie nach Rothenberg aufgebrochen waren. Der vagen Gestik nach hatte Helmbach auf akuten Stuhldrang beim Kollegen in Tateinheit mit einer prall gefüllten Blase getippt. Daran war noch nichts sonderbar gewesen, nein. Aber dass der um 33 Jahre Jüngere geschlagene 65 Minuten benötigt hatte, um, was immer auch, zu erledigen, war zumindest rekordverdächtig.

Helmbach und der im Skoda des Ex-Polizisten neben ihm sitzende Fossler waren nach der durchwachten Nacht redlich müde. Was die beiden jetzt noch aufrecht hielt, war die nicht nur professionelle Neugierde, die sie zum Haus Obkirchergasse Nummer 3 zurückführte.

Wie hatten die Entführer an das Geld im Streugutdepot herankommen können, ohne dass es den beiden Observierenden aufgefallen war? Darauf gab es entweder eine schrecklich komplizierte Antwort oder eine schrecklich einfache. Oder sie mussten überhaupt total umdenken und metaphysische Optionen in die Überlegungen einbeziehen.

Aber das würde sich schon bald herausstellen.

*

Palinski hatte die 97 Minuten, die sein Taxi um diese Tageszeit für die Fahrt vom Semmering nach Döbling benötigt hatte, fest geschlafen. Er war erst aufgewacht, nachdem ihn der Fahrer ein, zwei Mal gerufen und dann kräftig an der Schulter gerüttelt hatte.

Im Moment des Wachwerdens hatte er absolut kein Gespür dafür gehabt, wo gerade und warum er da war.

Nachdem er aber Wilma erkannt hatte, die, von dem um diese Zeit kaum zu überhörenden Geräusch eines anfahrenden Taxis angelockt, vor die Haustüre getreten war, war alles in Ordnung.

Als Nächstes hatte Palinski versucht, Oberinspektorin Franka Wallner, die Chefin der Kriminalpolizei am Kommissariat Hohe Warte, zu erreichen. Er hatte ein schlechtes Gewissen, die gute Freundin nicht schon viel früher, ja, von Anfang an informiert zu haben. Aber über den eindeutigen Wunsch der Familie hatte er sich nicht hinwegsetzen können und wollen.

Wie nicht anders erwartet, erwischte er Franka noch zu Hause, in ihrer Wohnung in der Währinger Scheibenberggasse.

»Du willst sicher mit Helmut sprechen!«, vermutete sie grundsätzlich nicht ganz unrichtig, im konkreten Fall aber doch.

Nachdem sie aber erfahren hatte, worum es im Moment vordringlich ging, und ihr erster Zorn darüber, erst jetzt informiert worden zu sein, verflogen war, lud sie sich kurzerhand zum Frühstück bei den Bachlers ein. »Und den Helmut bringe ich gleich mit!«, kündigte sie an. »Das ist dir doch recht?«

Lange Rede, kurzer Sinn: Das sollte das erste Frühstück in der wechselvollen Geschichte des Landes werden, das mit einer Vermisstenanzeige abgeschlossen wurde.

Kurz bevor sich die Runde auflöste, stießen zwei weitere zwar unerwartete, aber durchaus willkommene Gäste dazu. Nämlich Karl Helmbach und Josef Fossler, beide höchst irritiert über die Art und Weise, wie sie von Sandy und Burschi ausgetrickst worden waren.

»Erstens, diese Kiste mit dem Streugut stand unmittelbar an der Hausmauer«, berichtete Helmbach. »Zweitens handelt es sich bei diesem Haus um ein Sanierungs- oder sogar Abbruchobjekt. Auf jeden Fall ist keine der Wohnungen mehr belegt. Drittens, unmittelbar hinter dem Streugutkasten befindet sich ein Kellerfenster, durch das einer der Erpresser, vermutlich Burschi, ein Loch in die Rückwand der Holzkiste geschnitten hat. Ob schon vorher oder erst, nachdem das Geld bereits deponiert war, keine Ahnung. Dann musste er bloß noch etwas Sand oder Streusplitt aus dem Depot in das Kellerabteil ablassen und das Geldpaket an sich nehmen. Das Ganze hat sich abgespielt, während wir durch laute Musik und Sandys perfekten Strip abgelenkt worden sind. Und dann sind die beiden über den Hinterhof abgepascht. Einfach so.«

Helmbach schüttelte selbstkritisch den Kopf, und Jo blickte richtig schuldbewusst drein.

»Eine reife Leistung«, anerkannte Chefinspektor Wallner, und Palinski murmelte etwas von hoffnungsvollem Nachwuchs. Fast gleichzeitig drehten sie sich von den Unglücksvögeln ab, um das zweifellos etwas angekratzte Selbstbewusstsein der beiden mit ihrem kaum unterdrückten Grinsen nicht noch mehr zu belasten.

Aber Helmbach hatte auch noch eine positive Nachricht.

»Das war schon eine recht originelle Vorgangsweise«, gab der Ex-Polizist zu. »Dafür haben die zwei aber einen anderen, ziemlich verhängnisvollen Fehler gemacht. Sie haben«, mit sicherem Gespür für dramatische Auftritte fischte er ein in eine Plastikfolie gewickeltes Handy aus seiner Jackentasche, »den Akku des guten Stücks in der

Wohnung aufgeladen, das Gerät aber an der Steckdose vergessen. Ich wette, dass …«

»Da haben Sie völlig recht!«, unterbrach ihn Wallner und nahm das wichtige Beweisstück an sich. »Wir werden das sofort untersuchen lassen!«

Zehn Minuten später war Palinski schon wieder mit dem Taxi unterwegs. Wohin? Erraten.

Mit dem wärmenden Gefühl, seine geliebte Wilma in wenigen Stunden wiederzusehen, sie wollte mit Helmut Wallner nachkommen, der vorhatte, gegen Mittag mit dem Auto zum Semmering aufzubrechen, war Mario gleich darauf eingenickt.

*

Sir Peter Millfish war kein sportlicher Typ. Ganz im Gegenteil, er war ein echter Fettbatzn, der sich auf stämmigen Beinen durchs Leben schleppte. Er hielt es mit seinem berühmten Landsmann Winston Churchill, der sich mit der zum Zitat erhobenen Aussage ›no sports‹ eindeutig positioniert hatte.

Auch für Sir Peter war Sport Mord. Lediglich eine Sache, mehr Spiel als Sport, hatte es ihm ungemein angetan. Das Golfen.

Das aus Anlass der Jubiläumsversammlung der FECI stattfindende Wintergolf-Turnier am Semmering um den Zauberberg-Pokal war daher auch die einzige Veranstaltung, für die die schützenden Mauern des ›Semmering Grand‹ zu verlassen er gewillt war.

Und weil dieses bereits um 10 Uhr begann, zu einer Zeit, zu der der exzessive Nachtarbeiter Millfish bestenfalls zum ersten Mal aufwachte, um Wasser zu lassen, war das heutige gemeinsame Frühstück der Familie ein ausgesprochen seltenes Ereignis.

Der freundliche, wenn auch etwas ungeschickt wirkende Zimmerkellner hatte die Tafel hübsch gedeckt, und das gar nicht so kleine Beistelltischerl bog sich unter den darauf wartenden Köstlichkeiten.

Und alle, das heißt, fast alle saßen da und nippten genussvoll an ihrer ersten Cup of Morning Tea. Lediglich Caroline, die Jüngste, glänzte noch durch Abwesenheit.

»Wo ist denn Carol?«, erkundigte sich Lady Paulina hurtig bei Andrea und Bridget und machte dabei eine strenge Miene. Vor allem wohl, um dem zu erwartenden Wutausbruch Sir Peters zuvorzukommen. Der pflegte sich immer mächtig zu alterieren, wenn sich nicht alle um den Tisch scharten, wann immer er das erwartete.

Beide Töchter zuckten nur bedauernd mit den Achseln und widmeten sich ihrem Müsli weiterhin mit Hingabe. Und John Dykman, der erstmals bei einem solchen Familienfrühstück dabei sein durfte, hatte natürlich auch keine Ahnung.

Im Gegensatz zum Rest der Familie, die bei Cornflakes, frisch geschnittenen Ananasscheiben, einer raffinierten Mischung aus Rote-Rüben- und Karottensaft, eingelegten Dörrzwetschken und verschiedenen Topfenaufstrichen aus rein biologischem Anbau, oder wie man das bei Kühen nannte, verweilten, liebte es Sir Peter handfest.

Das bedeutete eine aus mindestens sieben verschiedenen Sorten an Koch- und Rohschinken sowie Speck bestehende Platte, kaltes und warmes Fleisch, einen reich sortierten Käseteller, Eier in den verschiedensten Zubereitungsarten, eingelegte Heringe mit viel Zwiebeln und die unterschiedlichsten, je nach Weltgegend variierenden pikanten, ja scharfen Aufstriche.

Und noch etwas Feines, nicht Alltägliches fand sich auf dem kleinen Frühstücksbuffet. Eine Spezialität, auf die Sir Peter aus zweierlei Gründen nicht verzichten wollte und die er daher immer selbst mitbrachte.

Nämlich Haggis, gefüllten Schafmagen, eine Spezialität, die der schottische Nationaldichter Robert Burns, The great Chieftain o' the Puddin-race (etwa: Der große Häuptling der Pudding-Rasse), bezeichnet hatte. Haggis, das war mit Herz, Leber, Lunge, Nierenfett, das alles vom Schaf, sowie Zwiebeln und Hafermehl gefüllter Schafmagen, also wahrlich nicht jedermanns Sache. Nun war es nicht so, dass Millfish verrückt nach dem Zeug gewesen wäre. Beileibe nicht, nein, er mochte das Zeug ganz gerne und gefiel sich, wenn ihn die anderen unter lauter Ahs und Ohs dafür bewunderten, dass er das hinunterbrachte.

Den größten Spaß hatte der Sir aber, wenn es ihm gelang, seine Gäste nicht schottischer oder zumindest britischer Esskultur zum Konsum eines Stückes Haggis zu verführen. So gut gelaunt, wie er war, wenn er sich nach entsprechendem kulinarischem Nachhilfeunterricht am Würgen seiner blassgesichtigen Opfer delektierte, war er bei sonstigen Anlässen kaum.

Kein Wunder, dass Sir Peter zwar ein sehr gefragter, ja umworbener, aber kein wirklich beliebter Mensch war.

Als Letztes stellte der nette, aber etwas ungeschickte Zimmerkellner jetzt noch eine silberne, mit einer ebensolchen Cloche abgedeckte Schüssel in Griffweite vor Sir Millfish.

»Eine kleine Aufmerksamkeit der Direktion!«, schnurrte der Kellner. Gott, der stank ja noch mehr aus dem Maul als er, schoss es Sir Peter durch den Kopf. Wie man mit so einem Mundgeruch nur unter die Leute gehen konnte?

»Mit den besten Empfehlungen und guten Appetit!«, meinte der Fäulnis speiende Büttel Culinas noch, doch sein Gast hatte das Gesicht rechtzeitig abgewendet.

Inzwischen war auch Caroline Millfish zu der Runde gestoßen. Im kleinen Schwarzen, das sie bereits gestern Abend getragen hatte.

»Kommst du erst, oder gehst du schon wieder«, versuchte Lady Paulina zu flachsen. In der Hoffnung, Sir Peters zu erwartender Reaktion damit ein wenig die Spitze zu nehmen.

Doch der blieb erstaunlicherweise ruhig und ließ sein Gesicht nach wie vor hinter der Tageszeitung.

»Um ehrlich zu sein, ich komme gerade und gehe gleich wieder!«, verkündete Carol. »Ich treffe mich in einer halben Stunde mit Florian!«

»Wer zum Teufel ist Florian?«, brummte Millfish, legte die Zeitung zur Seite und nahm sich die silberne Cloche von der kleinen Platte vor. Eine stattliche Portion Rührei, garniert mit Lachsstreifen und vielen kleinen Häufchen kleinster grauschwarzer Kugerln kam dabei zum Vorschein.

Kaviar, also, das war wirklich mehr als nur eine nette Geste.

Florian ist ein netter junger Mann, den ich gestern kennengelernt habe. Und mehr weiß ich selbst noch nicht, hatte Caroline als pflichtschuldige Tochter antworten wollen, doch der unverstellte Blick auf die Cholesterinbombe brachte sie in Rage. »Papa, wie oft soll ich dir noch sagen, das Zeug wird dich noch einmal umbringen!«, fuhr sie ihn engagiert energisch an. »Deine Arterien müssen inzwischen ja aussehen wie die Stollen eines aufgelassenen Kalkbergwerks.«

»Du mit deinem ewigen Gerede von gesunder Ernährung!«, brüllte ein nach dem Motto: Steter Tropfen … sensibilisierter Vater seine jüngste Tochter an. »Du raubst einem nicht nur den Nerv, sondern auch jede Freude!«

Dann griff er zu, nahm einen Streifen Lachs und steckte ihn sich in den Mund. »Brrr«, meinte er dann leicht angewidert, »das habe ich befürchtet. Kein schottischer Lachs, sondern irgend so ein Dreck von irgendwo.«

Er griff sich die Cloche, knallte sie auf die Platte und schob sie verärgert zur Seite. Dann stand er auf und blickte demonstrativ auf seine Uhr. »Es wird Zeit, das Turnier geht in einer halben Stunde los.«

Nachdem er den Raum verlassen hatte, lachte die Runde, Lady Paulina inklusive, befreit auf. Das war wieder so typisch für den alten Tyrannen gewesen. Herumbrüllen und so tun, als ob er das Sagen hätte. Dabei …

»Kein schottischer Lachs, so eine Frechheit!«, Caroline äffte ihren Vater wirklich gekonnt nach, und die anderen Ladys bogen sich vor Lachen.

*

Für die Bösen in der Geschichte wars ein recht harter, zunächst aber durchaus auch Erfolg versprechender Tag, dieser 20. Februar.

Commendatore Pahl-Giacometti, aus dem Ruhestand geholter berüchtigter Mafiakiller, hatte gegen 9.45 Uhr per

Boten einen großen Umschlag erhalten, der die exakten Direktiven für den aktuellen Mordauftrag enthielt. Nachdem er das aus drei Blättern bestehende Papier gelesen und seinen Inhalt registriert hatte, holte er eines dieser billigen Feuerzeuge heraus, für die man einen Euro oder noch weniger zahlte. Dann entzündete er die nach dem Lesen zusammengerollten Blätter und warf sie in hohem Bogen hinter sich.

Das hatte eine dieser großen Gesten werden sollen, wie sie gerade die Süditaliener so liebten und die La Forza del Destino zum Ausdruck bringen sollte. Als Zeichen dafür, wie knapp Tod und Leben, beides Seiten ein und derselben Medaille, beisammen lagen. Vor allem für einen echten Italiener.

Wenn auch ungewollt, eine eindrucksvollere Demonstration dieser beeindruckenden, archaisch anmutenden Gesinnung hätte dem Carlo Montebello gar nicht gelingen können.

In seiner von nostalgischen Gefühlen und melancholischen Stimmungen vernebelten Wahrnehmung des hic et nunc, also des »Hier und Jetzt«, hatte er völlig die nur knapp mehr als einen Meter hinter ihm befindlichen Vorhänge vergessen.

Die inzwischen bereits Feuer gefangen hatten und in Flammen standen.

Ein spitzer Schrei Antonios holte den alten Spezialisten für ultimative Problemlösungen unsanft in die Realität zurück und ließ ihn die zunehmend unangenehmer werdende Hitze in seinem Nacken spüren.

Dann war der Toni aber auch schon mit einem Gott sei Dank funktionierenden Feuerlöscher zur Stelle und rettete seinem Padrone zumindest das nach wie vor intakte Haupthaar. Wenn nicht sogar mehr. Dem Vorhang war allerdings nicht mehr zu helfen gewesen.

Pahl-Giacometti war zunächst irritiert durch sein dummes Verhalten, dann verärgert. Schließlich kam er aber mit sich überein, dass es sich bei dem Vorfall lediglich um ein unbewusstes, aber höchst raffiniertes Ablenkungsmanöver gehandelt hatte.

Denn wer würde schon annehmen, dass es sich bei dem ungeschickten, alten Trottel, der um ein Haar sein Hotelzimmer abgefackelt hatte, um einen der gefürchtetsten Auftragsmörder der Gegenwart handelte, dachte er schließlich selbstgefällig.

Tja, das war wirklich gut, das hatte er nur gemacht, um sich noch besser zu tarnen.

Der Entführer von Wilmas inzwischen bereits zwei Mal entführten Cousin Albert hatte wieder völlig andere Sorgen. Seit er gestern, einer spontanen Eingabe sowie dem latenten finanziellen Druck, der auf ihm lastete, folgend, den bereits zwei Mal entführten Mann nochmals entführt hatte, war er stark ins Grübeln verfallen, ob das auch wirklich eine gute Idee gewesen war.

Der Grund für seinen Zweifel war überzeugend: Es war ihm bisher noch nicht gelungen, einen passenden Platz zu finden, wo er den armen Albert artgerecht hätte verstecken können. Abgesehen von der Zwischenlagerung im schadhaften und daher geschlossenen Frauenabteil der öffentlichen WC-Anlage im Währinger Park, wo er das in einem Schlafsack dösende Objekt seines kriminellen Aberwitzes für einige Stunden deponiert hatte, hatte sich der Entführte ausschließlich im Laderaum des VW-Busses befunden, mit dem er die ganze Zeit unterwegs gewesen war.

Dementsprechend stank es inzwischen in dem Fahrzeug wie in einem schlecht gesäuberten Stall. Nach menschlichen Absonderungen aller Art, in mehr oder weniger festem, flüssigem und gasförmigem Aggregatszustand.

Dazu kam, dass sich jeder Hund, der am Fahrzeug vorbeikam, gebärdete, als ob er auf eine Goldmine gestoßen wäre.

Er musste jetzt wirklich langsam eine Lösung finden, was er mit Albert machen sollte. Ehe der zu einer nicht weiter tragbaren Belastung wurde. Oder Schaden nahm.

Der Mann hatte auch schon so eine Idee, war aber noch nicht bereit, sie auch in die Tat umzusetzen. Vielleicht fiel ihm ja noch etwas Besseres ein, und er musste nicht zu diesem letzten Ausweg greifen.

Auf jeden Fall war er fast so weit, sein Tun zu bereuen. Andererseits würden die 100.000 Euro seiner Familie viele, viele Probleme abnehmen. Und denen, die bezahlten, würde das nicht sonderlich wehtun.

Schließlich war er neuerlich trotzig entschlossen, die Sache trotz aller Schwierigkeiten durchzustehen.

Der Dritte im Bunde, das war einer der drei, war dagegen höchst zufrieden mit der Entwicklung. Die Sache war viel einfacher gewesen, als er angenommen hatte. Und das Schwein, das seiner Familie das alles angetan hatte, würde, nein, war mit an Sicherheit grenzender Wahrscheinlichkeit bereits tot. Oder im Sterben begriffen. Die Vorstellung, dass dieser Verbrecher einen schweren, langen Todeskampf zu bestehen hatte und das Ende als Erlösung begrüßen würde, bereitete ihm große Befriedigung. Nein, doch nicht.

Eigentlich hätte bereits ein Rettungswagen kommen müssen. Oder der Mann war wirklich schon krepiert, und es bestand kein Anlass mehr für übertriebene Eile.

Sicher war der Direktor daran interessiert, die ganze Angelegenheit möglichst diskret und hinter den Kulissen zu erledigen. Aber nicht mit ihm, er würde schon dafür sorgen, dass die ganze schreckliche Geschichte nicht unter den Teppich gekehrt wurde.

Deswegen hatte er auch bereits vor mehr als einer halben Stunde dafür gesorgt, dass das Fernsehen, die beiden wichtigsten Nachrichtensender, die größte Agentur des Landes und die drei wichtigsten Tageszeitungen die Meldung vom Tod eines Stasi-Schweins erhielten. Rache für Budapest, für das, was im April 1988 geschehen war.

Stefan Kerthészy hatte also allen Grund, zufrieden zu sein. Das wäre er auch gewesen, hätte er nicht dieses Problem mit dem Mundgeruch gehabt. Er merkte immer wieder, wie sich Menschen, mit denen er zu tun hatte, angewidert wegdrehten und die Nase rümpften. Oft sogar, obwohl er sie gar nicht direkt ansprach. Wenn die wüssten, wie lange und verzweifelt er sich mindestens drei Mal am Tag die Zähne putzte. Und wie viel Mundspray er pro Woche in sich hineinsprühte. Um drei, vier Minuten nach Pfefferminz, Eukalyptus oder medizinischem Alkohol zu riechen, bevor es wieder stank wie eine Kloake. Dieser Spray war keine Hilfe, sondern lediglich ein Vorwarnsystem. Nichts wie weg, lautete seine Botschaft, solange es noch geht.

Stefan hatte sogar schon daran gedacht, der Misere ein für alle Mal ein Ende zu bereiten. War dann aber vor der Endgültigkeit dieser Lösung zurückgeschreckt. Doch jetzt hatte er wieder etwas Hoffnung gefasst. Immerhin hatte ein Facharzt vor Kurzem festgestellt, ein sogenanntes Zenker-Divertikel wäre für sein Problem verantwortlich, auch für die immer stärker werdenden Schluckbeschwerden.

Nun, sobald das hier vorüber war, würde er ernsthaft über die Operation nachdenken, die ihm der Doktor nahegelegt hatte.

*

Kurz vor 11 Uhr erschien Erna Wimmersal mit ihrem Putzwagen in der Millfish'schen Suite, um aufzuräumen und die Betten zu machen. Erna war 44 Jahre alt, wohnte in Schottwien und arbeitete seit fast neun Jahren als Zimmermädchen im ›Grand‹.

In dieser Zeit hatte sie schon vieles erfahren, und das in jeder Hinsicht. Aber so eine Wirtschaft, wie sie diese fünf Gäste aus England hinterließen, hatte sie bisher noch nie erlebt.

Teure Kleidung, ja sogar Designerstücke lagen, zerknüllt und achtlos fallen gelassen, am Boden herum, in den beiden Bädern stand das Wasser zentimeterhoch, aber nicht in den Wannen, und von dem, was vom Frühstück stehen geblieben war, hätte sich eine dreiköpfige Familie in einem Entwicklungsland eine gute Woche lang ernähren können.

Da Erna keine Familie in Afrika oder Asien kannte, andererseits aber selbst einige hungrige Mäuler zu stopfen und kein allzu fettes Salär hatte, fand sie nichts Schlimmes daran, immer genügend Alufolie mit sich zu tragen, um sich nicht der Sünde schuldig machen zu müssen, Essen wegzuwerfen.

Heute Morgen hatte sich Frau Wimmersal zeitlich etwas vertan. Sie war zu spät aufgestanden und daher ohne Frühstück zur Arbeit gegangen. Es war daher nicht weiter verwunderlich, dass sie angesichts der Köstlichkeiten, die Sir Peter achtlos stehen gelassen hatte, plötzlich ungeheuren Hunger verspürte.

Als sie dann, neugierig, wie Frauen nun einmal waren, den Deckel der Silberschüssel auf dem Tisch anhob und das herrlich duftende Rührei mit allen ihren Sinnen registrierte, gab es kein Halten mehr.

Gierig löffelte sie eine ordentliche Portion der sogar noch lauwarmen Köstlichkeit aus Eiern, versuchte sich zu erinnern, wie diese kleinen, schwarzen Kugerln hießen, die darauf gehäuft waren, und wunderte sich über die in Streifen geschnittene Wurst, die so penetrant nach Fisch schmeckte. Aber doch irgendwie gut. Das Gebäck im Körberl war auch noch knusprig, und den Orangensaft mochte sie ohnehin nicht zu kalt.

Erna zelebrierte ein wahres Festessen. Sie hatte schon öfters genascht, sich von den Resten ernährt, aber so opulent wie heute war es noch nie zugegangen.

Diese Eierspeis war so etwas von delikat gewürzt, genussvoll schob sie sich eine weitere voll gehäufte Gabel in den Mund. Und dieses schwarze Zeug schmeckte gar nicht schlecht dazu. Ein wenig säuerlich vielleicht, aber sehr pikant. Wie hießen diese schwarzen Kugerln noch? Kefir? Nein, warum wollte ihr das nicht einfallen? Sie war doch erst unlängst bei einem Kreuzworträtsel über die richtige Antwort gestolpert. Wie war das noch gewesen?

Luxusdelikatesse, Fischeier, sechs Buchstaben, der erste war ein K gewesen, der letzte ein r.

Ach ja, das wars gewesen, Kevlar. Also an Kevlar könnte sie sich gewöhnen.

Plötzlich wurde Erna Wimmersal ganz seltsam, plötzlich sah sie Doppelbilder vor ihren Augen, die gleich darauf ineinander verschwammen. Dann schoss ihr ein stechender Schmerz, einer Kolik ähnlich, durch die Eingeweide und sie musste sich übergeben. Und das voll auf die frisch gestärkte Uniform des ›Semmering Grand‹.

Aber zu spät, als ihr vornüberkippender Kopf mitten in dem Rest Rührei mit Lachsstreifen und Kaviar landete, war sie bereits bewusstlos.

Und wenige Minuten später tot. Mausetot.

*

Als Fink Brandtner vom LK Niederösterreich im Café des ›Grand‹ erschien, brachte er einige interessante Nachrichten mit.

Erstens, István Lalas' Tod hatte sich jetzt zweifelsfrei als nicht natürlich herausgestellt. Eine Überdosis Insulin hatte bei dem nicht an Diabetes leidenden Mann zur völligen Unterzuckerung und in der Folge rasch zum Tod geführt. Ein Irrtum kam auch nicht infrage, denn die Injektion war dem Mann in die Achselhöhle verpasst worden. Der Einstich war erst nach wiederholtem Absuchen des ganzen Körpers und nur dank der Aufmerksamkeit eines jungen Gerichtsmediziners gefunden worden.

Zweitens, die aus den am Dachboden gefundenen Blutspuren resultierten DNA-Profile gehörten zwei verschiedenen Personen. Beides Männer.

Mangels Entsprechungen in den Datenbanken der verschiedenen LKs und des DNA-Zentrums in Innsbruck brachte diese Erkenntnis die Polizei im Moment nicht weiter.

Nicht zuletzt hatte eine Rückfrage bei den Budapester Kollegen bestätigt, was Palinski und Brandtner bereits vermutet hatten. Dass es sich nämlich bei der Person, die sich bei Mario als Sven Eglitz vorgestellt hatte, nicht um den echten, um rund 20 Jahre älteren Träger des Namens gehandelt hatte.

Ja, und der falsche Sven Eglitz, dessen einziges, allerdings nicht unveränderliches Kennzeichen starker Mundgeruch war, war und blieb spurlos verschwunden.

Plötzlich stand die junge, hübsche Frau, die er schon aus der Rezeption kannte, vor Palinski. Das war offenbar die neue Assistentin Eberheims, von der der Generaldirektor gelegentlich erzählt hatte.

»Guten Tag, Herr Palinski!« Elke Horwenz war die Freundlichkeit in Person. »Dieser Brief für Sie ist heute in der Post gewesen!« Sie reichte ihm ein einfaches Kuvert.

Der Adressat nahm es neugierig entgegen.

»Was haben Sie da für einen hübschen Anhänger?«, meinte Mario dann noch und deutete auf ein silbernes Medaillon mit einer eigenartigen, rostroten Korallenschnitzerei drauf, das die junge Frau um den Hals trug.

Es war wohl mehr das Bedürfnis gewesen, etwas Nettes zu ihr zu sagen, quasi als Dankeschön, denn echtes Interesse, das Palinski diese an sich überflüssige Bemerkung hatte machen lassen. Wie sonst hätte er ihr denn seinen Dank zeigen können? Er hatte Frau Horwenz ja schlecht ein Trinkgeld anbieten können.

Na ja, vielleicht hätte ein Danke auch gereicht.

»Ach, nur ein altes Familienstück«, erwiderte Elke Horwenz und lächelte etwas betreten, dann ging sie wieder.

»Na, haben deine Freundinnen schon mitbekommen, wo du dich versteckt hast?«, scherzte Brandtner, während sein Gegenüber den Umschlag öffnete. Vorsichtig und unter Bedachtnahme darauf, dass er keine möglichen Spuren vernichtete. Das war ihm schon zur zweiten Natur geworden. Und übrigens, man konnte ja nie wissen.

WENN SIE ALBERT WIEDERHABEN WOLLEN, DANN HALTEN SIE BIS ABENDS 100.000 EURO BEREIT.

WEITERE INSTRUKTIONEN ERHALTEN SIE IM LAUFE DES TAGES.

UND K E I N E POLIZEI!!!!! HA HA HA

Der in ungelenken Blockbuchstaben – wahrscheinlich hatte ein Rechtshänder die Botschaft mit der linken Hand verfasst – gehaltenen Botschaft war ein rosa Ausweis mit dem Bundesadler drauf beigelegt. Alberts Führerschein als Nachweis dafür, dass ihn der oder die Verfasser dieses Erpresserschreibens auch tatsächlich in ihrer Gewalt hatten.

Leicht geschockt schob Palinski das Blatt hinüber zu Brandtner.

Der warf einen Blick drauf und meinte nur: »Ich werde die notwendigen Untersuchungen sofort veranlassen!«

Palinski hörte nur halb hin, als sein Freund das sagte. Ihn beschäftigte vielmehr die Frage, wo er in den nächsten Stunden 100.000 Euro auftreiben sollte.

Und noch etwas beschäftigte ihn über alle Maßen. Der Verfasser dieses letzten Erpresserschreibens wusste eine

Menge mehr als die beiden Amateure, mit denen die leidige Angelegenheit ihren Anfang genommen hatte.

Er oder sie wusste, dass es keinen Sinn hatte, sich mit der Forderung an die an sich zuständige Adresse Tante Anitas zu wenden, und weiters, wo er, Palinski, sich derzeit aufhielt.

Das mit dem keine Polizei wertete er dagegen als eine Art freundlichen Schmäh.

Für Palinski deutete alles darauf hin, dass jemand, der ihn kannte, möglicherweise sogar zu den Insidern zählte, begonnen hatte, dem Geschehen noch einen abschließenden Stempel aufzudrücken.

Aber wer kam dafür infrage? Wer sah da eine Chance, noch schnell und ohne Risiko einen Batzen Geld zu lukrieren?

*

Die Empfänger der etwas voreilig abgesetzten Meldung über den Tod eines Mörders ›Späte Gerechtigkeit für Budapest 1988‹ waren durchaus professionell und verantwortungsvoll damit umgegangen. Sie versuchten zuallererst, den Inhalt dieser Meldung zu verifizieren, ehe sie diese veröffentlichten und eine Falschmeldung riskierten. Und das dauerte eben seine Zeit.

Das heißt, fast alle Medien hatten sich in Zurückhaltung geübt. Lediglich ein junger, unerfahrener Rundfunk-Redakteur hatte die ihm aufregend erscheinende Nachricht ungeprüft als Sondermeldung ganze 18 Minuten vor Mittag on air gehen lassen.

»Wie wir eben aus gewöhnlich gut informierter Quelle erfahren haben, ist es heute im Rahmen der Jahresversammlung der Federation Européenne des Criminalistes Investigatives (FECI) am Semmering zu einem mysteriösen Todesfall gekommen. Eine unter der Bezeichnung ›Schlächter von Budapest‹ bekannt gewordene Person soll kurz nach dem Frühstück unter geheimnisvollen Umständen ums Leben gekommen sein. Damit hat der Mörder, wie er in seinem Bekennerschreiben anführte, Rache für Budapest 1988 genommen. Was das bedeutet sowie weitere Einzelheiten dieses aufsehenerregenden Falles erfahren Sie in unserem Mittagsmagazin in Kürze auf diesem Kanal.«

Diese Sondermeldung hatte natürlich gar nicht so viele Menschen erreicht, wer erwartete schon aufregende News wenige Minuten vor den üblichen Nachrichtensendungen?

Aber sämtliche Nachrichtenmedien des Landes und darüber hinaus hatten diese Meldung natürlich mitbekommen und wurden durch diese ebenfalls zum Handeln gezwungen. Sämtliche Skepsis, Vorsicht oder Rücksicht wurden fallen gelassen und auf Teufel komm raus Nachrichten produziert.

Der Vorteil für jene, die abgewartet hatten, war der, dass sie sich mit ihren möglicherweise noch so unsinnigen Meldungen auf die Urmutter all dieser Nachrichten berufen konnten, ebendiese Sondermeldung im Rundfunk 18 Minuten vor Mittag. Und damit auch die Verantwortung für die befürchtete Falschmeldung entsprechend delegieren konnten.

Nicht lange danach begann das Telefon im ›Semmering Grand‹ verrücktzuspielen, und die am Ort befindlichen Societyreporter versuchten sich auf einem für sie völlig neuen Spielfeld, der Kriminalberichterstattung.

Aber das Schlimmste passierte dann exakt eine Minute

vor 12 Uhr. Nachdem es Generaldirektor Eberheim, Mario Palinski und Major Brandtner vom LK Niederösterreich endlich gelungen war, die sich in der Halle spontan zusammengerotteten Journalisten davon zu überzeugen, dass kein Mensch im ›Semmering Grand‹ ermordet worden war, geschweige denn irgendein Mörder, der sich 1988 in Budapest etwas Schlimmes zuschulden hatte kommen lassen, stolperte Frau Olga Brenner, die langjährige Hausdame, der totalen Auflösung nahe, zu Eberheim und flüsterte ihm so laut ins Ohr, dass die danebenstehenden Journalisten jedes Wort verstehen konnten: »Herr Generaldirektor, die Erna Wimmersal liegt in Suite 209 mit dem Gesicht in einer Portion Rührei mit Kaviar und ist mausetot. Sie scheint sich überfressen zu haben!«

So schrecklich die Nachricht auch war, so hatte sie schließlich auch ihr Gutes.

Nachdem eine grundsätzliche Weisheit der Medienbranche ›Bad news are good news‹ lautete und eine tote Putzfrau allemal besser, nein viel, viel besser war als ein lebender Generaldirektor, war die hungrige Meute jetzt zufrieden und begann, die Sensationsmeldung ›Zimmermädchen tot in Suite des Multimillionärs gefunden‹ oder ähnliche reißerische Schlagzeilen durchzugeben.

7.

Donnerstag, 20. Februar, nachmittags

Palinskis Kopf, seit einer Stunde mit der Frage beschäftigt, woher er bis zum Abend 100.000 Euro herbekommen sollte, hatte plötzlich noch etwas anderes zum Nachdenken, nein, eher zum Rätseln gefunden.

Die Frage, die ihn zunehmend beschäftigte und ihn sogar Alberts ungewisses Schicksal vergessen ließ, zumindest zeitweise, lautete: Was war im Jahr 1988 in Budapest geschehen? Und wer war gemeint, wenn vom Mörder, vom Meuchler von Budapest die Rede war? Das waren keine Koseworte, mit denen man jemanden bedachte, nur weil er einem gerade unsympathisch war.

Wer konnte ihm in dieser Sache weiterhelfen, über das Geschehen in Budapest vor so vielen Jahren Bescheid wissen? Natürlich der eine oder andere ältere Polizist aus Budapest, aber das war keine realistische Option für die zur Verfügung stehende Zeit.

Ja, das wars. Mit einem Schlag ging es Palinski besser, viel besser. Denn ihm war jetzt eingefallen, wer mit Sicherheit Bescheid wusste. Ob dieser Jemand ihm allerdings auch weiterhelfen wollte, na, da war sich Mario nicht ganz sicher.

Die Frage war bloß, wie brachte er seinen alten russischen Freund Juri Malatschew dazu, seinen dicken Hintern von der gut gepolsterten Sitzbank des Cafés ›Kaiser‹

hochzuhieven und sich dafür in dem mindestens ebenso gut gepolsterten Fauteuil in der Halle des ›Semmering Grand‹ niederzulassen?

Er blickte auf die Uhr. Es war 12.20 Uhr, was bedeutete, dass Juri die nächsten Stunden mit größter Wahrscheinlichkeit im ›Kaiser‹ anzutreffen war. Anrufen hatte keinen Sinn, blieb die Frage: Wen konnte er ins Café schicken, um den alten Stier aus Kasan in den nächsten Zug zu packen?

»Na, du musst ja einiges um die Ohren haben!«, vernahm Palinski die vertraute Stimme Ministerialrat Dr. Miki Schneckenburgers hinter sich. Mario drehte sich um, stand auf und umarmte den alten Freund. »Entschuldige«, meinte er dazu, »aber es zerreißt mich. Ich war heute schon zwei Mal in Wien und müsste jetzt ein drittes Mal hin.«

Und das, obwohl die vom Institut, es war sein Institut für Krimiliteranalogie gemeint, veranstaltete ›Mörderische Diskussion‹ Punkt 16.45 Uhr starten sollte. Denn für 17 Uhr war die Liveübertragung der Veranstaltung durch die Television Austria vorgesehen.

»Und da muss ich als Gastgeber, Co-Moderator und Verantwortlicher natürlich anwesend sein. Du siehst also, die Quadratur des Kreises ist ein Kinderspiel im Vergleich zu meinen Problemen!« Palinski zuckte hilflos mit den Achseln.

»Nun, vielleicht kann ich helfen!«, meinte Schneckenburger kryptisch. »Der Minister«, damit war Dr. Josef Fuschée gemeint, der Leiter des Innenressorts der Republik, »ist im Anflug auf den Semmering. Er wird in etwa zehn Minuten auf dem provisorischen Hubschrauberlandeplatz vor der Talstation des Hirschenkogellifts landen. Vielleicht …«

Die Andeutung Mikis raubte Palinski den Atem, rief höchst ambivalente Gefühle hervor.

Einerseits begeisterte ihn die Vorstellung, in einer halben Stunde in Wien und in zwei Stunden, nach Möglichkeit sogar mit Malatschew, wieder am Semmering zurück zu sein.

Andererseits wieder reichte die Vorstellung, in diesem höchst labilen, nach Marios Meinung allen Gesetzen der Physik widersprechenden Fluggerät auch nur einen Meter zurückzulegen, völlig aus, um seine Peristaltik auf Umkehrschub gehen zu lassen.

»Ich habe vorhin mit deinem Freund Josef gesprochen!« Schneckenburger bezog sich darauf, dass der Innenminister Palinski in einer Laune einmal das Du-Wort angeboten hatte. »Die Frau des Chefs möchte jetzt doch auf den Semmering kommen. Sie wartet darauf, um 16 Uhr abgeholt zu werden. Wer weiß, vielleicht schickt dich der Chef ja nach Wien, um seine Frau beim Flug zu beschützen.« Miki kicherte eigenartig bei der Vorstellung, und Palinski kam nicht umhin festzustellen, dass sein Freund von Jahr zu Jahr kindischer wurde. Das war wohl schon der Beginn der Pubertät der Senilität.

15 Minuten später betrat Dr. Josef Fuschée das ›Semmering Grand‹ und wurde von Generaldirektor Eberheim auf das Herzlichste willkommen geheißen.

Zur gleichen Zeit erhob sich der Helikopter des Innenministeriums schon wieder in die Luft, mit Mario Palinski, dem eben ernannten Sonderbeauftragten des Ministers, an Bord.

Genau zur gleichen Zeit war der aus Richtung Wien kommende Pkw mit Helmut und Franka Wallner sowie Wilma Bachler an Bord von der Schnellstraße Richtung Passhöhe abgebogen. Wilma bemerkte den tief fliegenden Hubschrauber als Erste und meinte mit leichter Wehmut in der Stimme: »Ich würd so gern einmal mit so einer Mühle fliegen, aber Mario ist in so etwas einfach nicht hineinzubekommen!«

*

Carlo Montebello oder Commendatore Pahl-Giacometti aus Triest, als den ihn seine sorgfältig konstruierte offizielle Biografie hier am Semmering auswies, hatte einen gleichermaßen angenehmen wie auch erfolgreichen Vormittag hinter sich.

Er hatte das Wintergolf-Turnier Semmering besucht. Nicht als Aktiver, Gott bewahre, nein. Sondern als interessierter Zuschauer, der, in eine warme Decke gehüllt, die Sonne genoss und dabei den Imbicille, den Verrückten, zusah, die stundenlang hinter einem kleinen Ball her waren. Einem Ball, der in Anbetracht der guten Pistenverhältnisse ausnahmsweise nicht weiß war.

Für den Commendatore war Golf nichts ernst zu Nehmendes, bloß ein Kinderspiel für Erwachsene. Aber er musste zugeben, dass das Rundherum nett war. Wie sich alle um ihn gekümmert, ihn vom Rollstuhl in einen Schlitten gehoben und von einem Loch zum anderen geschoben hatten.

Vor allem aber waren alle sehr respekt- und rücksichtsvoll mit dem, wie sie im Hotel erfahren hatten, ehrenwerten Triestiner Altösterreicher umgegangen, dessen Urgroßvater Julius Pahl der letzte Besamungsleiter des berühmten k. und k. Gestüts in Lipizza gewesen war. In dieser von Erzherzog Karl, dem Bruder Kaiser Maximilians II., 1580 begründeten Wiege jener legendären weißen Pferde, die unter der Bezeichnung Lipizzaner Weltruf genossen.

Und das alles war ungemein wichtig für seine Strategie. Männer seiner Profession hatten in der Regel zwei Möglichkeiten: Entweder sie erschienen überfallartig, erledigten ihr blutiges Geschäft und verschwanden sofort wieder. Oder sie passten sich völlig dem Umfeld des Opfers an, gingen in ihm auf und wurden von der Umwelt nicht mehr wahrgenommen.

Das war natürlich wesentlich zeitaufwendiger, aber für jemanden mit eingeschränkter Mobilität die einzig sinnvolle Strategie. Der heutige Vormittag hatte wesentlich dazu beigetragen, dass die Teilnehmer an der Jahresversammlung der FECI Pahl-Giacometti zwar nicht als einen der ihren ansahen, das würden sie nie tun, aber immerhin als zur Gesamtinszenierung gehörend. Man hatte ihn angenommen, als Bestandteil des Ganzen akzeptiert, ihn immer wieder freundlich und respektvoll behandelt, im Übrigen aber ignoriert. Er fiel nicht mehr auf, und das war gut. Er konnte sich, soweit ihm das körperlich möglich war, im Hotel und auf den Veranstaltungen frei bewegen und genoss dazu noch den tarnenden Schutz des Rollstuhls.

Aus der Perspektive der anderen war er relativ immobil und daher zu dem, was geschehen würde, körperlich nicht in der Lage. Aus seiner Sicht war er dagegen noch erstaunlich beweglich. Vor allem für jemanden, der sich im Rollstuhl fortbewegen musste. Und damit war er auch zu Dingen imstande, von denen die anderen keine Vorstellung hatten.

Der Commendatore entschied, dass er bereit war für den Abend. Für den nächsten, den vorletzten Akt dieser Tragödie von griechischer Dimension, für die man ihm insgesamt immerhin 150.000 Euro bezahlte.

Plus Spesen.

*

Als Wilma im Hotel eintraf, wurde sie von Ministerialrat Dr. Michael Schneckenburger informiert, dass Palinski nach Wien unterwegs war.

»Ja, mein Gott, was macht er denn da?«, rief sie teils entrüstet, teils überrascht, vor allem aber ungläubig aus. »Er ist doch erst vor wenigen Stunden hier eingetroffen!«

»Offiziell ist er als Sonderbeauftragter des Ministers unterwegs, um einen speziellen Aktenordner von Wien zum Semmering zu bringen!«, verkündete Miki Schneckenburger ungerührt, amüsierte sich aber unübersehbar an Wilmas Erstaunen.

»Er macht w a s?«, entgegnete sie. »Ja, hat er sie noch alle? Da hat er so viel um die Ohren, dass er kaum Zeit hat, mir einen Guten Morgen zu wünschen. Und dann fliegt er nach Wien, um einen Aktenordner zu bringen!« Sie schüttelte zornig den Kopf. »Kannst du mir verraten, was das für einen Sinn haben soll?«

»Gerne. Das hat damit zu tun, dass der Helikopter des Ministeriums nicht für private Zwecke benützt werden darf«, erläuterte der Ministerialrat übertrieben freundlich. »Wir Beamte sind ja dem Gesetz in ganz besonderer Weise verpflichtet und dürfen aus unseren dienstlichen Möglichkeiten keine privaten Privilegien ableiten. Also wie hätte Mario mit nach Wien und wieder zurückfliegen können, um diesen Juri zu holen, Geld zur Bezahlung irgendeiner neuen Forderung aufzutreiben, ich soll dir dazu nur Albert als Stichwort nennen, und rechtzeitig zu Beginn seiner Veranstaltung wieder hier zu sein? Wenn nicht im Dienste der Republik?«

Wilma war sprachlos, na, fast zumindest. »Und so was geht wirklich?« Sie war richtig beeindruckt.

»Dank eines genialen Aktes schöpferischer Flexibilität unseres Ministers ist es gegangen. Aber«, er senkte die Stimme ein wenig, »es wird besser sein, die Geschichte nicht an die große Glocke zu hängen. Man kann nie wissen, was diese bösen Medien daraus machen!« Er lachte verschmitzt und wirkte dabei so gar nicht wie ein ranghoher Vertreter der österreichischen Ministerialbürokratie.

Na gut, dachte Wilma, wenn Mario nicht da ist, gehe ich aufs Zimmer und ruhe mich aus. Heute Abend würde es sicher etwas später werden.

Auf dem Zimmer fand die Frau, mit der Palinski schon mehr als 26 Jahre nicht verheiratet war, eine, vorsichtig ausgedrückt, äußerst unerwartete Situation vor, die sie im ersten Zorn ernsthaft sich selbst fragen ließ, ob diese mehr als 26 Jahre nicht gut 26 Jahre zu viel gewesen waren.

*

Nachdem der Hubschrauber am Landeplatz des Ministeriums aufgesetzt hatte, rannte Palinski zu dem schon vorher bestellten Taxi und ließ sich zum Café ›Kaiser‹ in der Nußdorfer Straße bringen. Die Uhr zeigte 13.15 Uhr, und Juri Malatschew saß sicher noch beim Essen. Da die vielleicht 45 Minuten, die er hatte, um Juri umfassend zum Thema Budapest 1988 zu befragen, kaum ausreichten, wollte er versuchen, den alten Bolschewiken zu einem Ausflug ins Voralpengebiet zu überreden. Mit dem Hubschrauber, das klang doch nach einem attraktiven Angebot. Obwohl, also wetten würde er nicht gerade darauf.

Aber bei dem Bären aus Kasan wusste man ja nie, da musste man mit allen Möglichkeiten rechnen.

Darüber hinaus musste er noch versuchen, Tante Anita das Sparbuch über 113.400 Euro abzuluchsen. Trotz des irrsinnigen Stresses am Semmering durfte das Schicksal von Cousin Albert nicht vernachlässigt werden.

Wilmas Mutter, mit der er während des Fluges telefoniert hatte, hatte ihm versprochen, mit ihrer Schwester Tacheles zu reden. Elisabeth Bachler und Mario wollten sich um 14.30 Uhr in Anitas Wohnung in der Herbeckstraße treffen.

Und um spätestens 16 Uhr musste der Helikopter schließlich abheben, damit Palinski rechtzeitig um 16.45 Uhr die ›Mörderische Diskussion‹ eröffnen konnte, zu der er als Leiter des Instituts für Krimiliteranalogie geladen hatte. Besser etwas früher, denn sonst wurde es verdammt knapp.

Vor der Landung hatte Palinski sich noch überlegt, dass es nicht verkehrt sein würde, seine Truppen für alle Fälle am Semmering zu konzentrieren, zumindest für die nächsten 24 Stunden. Also hatte er Helmbach angerufen und ihn und seinen Kollegen Fossler auf den Semmering bestellt. Dienstantritt so rasch wie möglich.

Denn bis morgen früh konnte er als Gastgeber dieses Teils des Programms auf keinen Fall mehr einfach verschwinden, sondern musste sich um seine Gäste kümmern.

Und schlafen musste er ja schließlich auch wieder einmal.

Beim Betreten des ›Kaiser‹ konnte er Malatschew zunächst nicht sehen. Die beiden Tische, an welchen er regelmäßig zu sitzen pflegte, natürlich alternierend, waren scheinbar unbesetzt. Obwohl, auf dem einen stand ein leerer Teller mit deutlichen Resten von Schlagobers darauf. Das konnte als Indiz gewertet werden, dass Juri wieder eine Portion des von ihm so geliebten Kastanienreises genossen hatte. Oder auch mehrere.

Fragend blickte er Frau Doris an, die diensthabende Chefserviererin. »Kommt glei, is nur am Häusl«, teilte sie ihm lapidar mit.

Und gleich darauf erschien Juri auch schon. Stiernackig, mit dichter grauer Haarmähne, mittelgroß und äußerst stämmig, aber nach wie vor mit einem durchaus kraftvollen, elastischen Gang. Nicht schlecht in Form für einen Mann seines Alters.

»Challo, mein Freund«, begrüßte er Mario, »ich chabe dich schon vermisst. Wo chast du dich die ganze Zeit versteckt?«

Er nahm hinter dem schlagobersbatzenbefleckten Teller Platz, bedeutete Palinski, sich ebenfalls zu setzen, und meinte dann: »Dieser Kastanienreis ist etwas Cherrliches, ich kann nicht widerstehen. Nun sprich, was chast du am Cherzen?«

Malatschew und seine endlos weite russische Seele liebten es, die Dinge langsam anzugehen. Normalerweise ließ es der alte Journalist frühestens nach einer halben, Dreiviertelstunde aufwärmenden Blablas zu, dass sein Gesprächspartner zur Sache kam. Mario spielte dabei meistens mit, denn das Ergebnis rechtfertigte in der Regel diesen mitunter enervierenden diplomatischen Einsatz.

Heute fehlte aber die Zeit für das übliche Geplänkel, heute gab es nur hopp oder topp.

»Ich bitte um Verständnis, Juri, dass ich so unhöflich bin und sofort zur Sache komme!«, baute Palinski daher vor. »Aber ich muss in einer halben Stunde schon wieder zurück auf den Semmering. Ich bin nur wegen dir nach Wien gekommen!«, und wegen Tante Anita, vollendete er in Gedanken, sagte aber nichts, sondern kreuzte lediglich die Finger hinter seinem Rücken.

»Kommst du wegen der Falschmeldung cheute im Radio?« Wie immer wusste Juri mehr, als man, im Speziellen Palinski, annahm. »Die Sache mit dem Meuchler von Budapest, im Schicksalsjahr 1988?«

Mario war baff, der alte Russe verstand es immer wieder aufs Neue, ihn zu verblüffen.

»Ja«, meinte er schließlich. »Sagt dir das etwas? Weißt du, was damit gemeint sein könnte?«

»Was wäre ich für ein Geheimdienstmann gewesen, wenn ich darüber nichts gewusst chätte«, brummte der Russe. »Und da mein Chirn noch nicht löchrig ist wie Schweizer Käse, weiß ich das natürlich auch cheute noch.«

»Und?« Das lief ja besser als erwartet, freute sich Palinski und starrte Malatschew erwartungsvoll an. Doch der schwieg.

»Lady Paulina auch am Semmering?«, wollte er schließlich nach einer mindestens zehn Sekunden langen Kunstpause wissen.

»Wieso? Was meinst du?« Mit dieser Frage hatte sein Gegenüber nicht gerechnet.

»Was ist daran nicht zu verstehen?« Juri blickte Mario streng an. »Ist Lady Paulina Millfish nun auch am Semmering oder ist sie es nicht?«

»Ja, ja, natürlich ist Lady Paulina auch da, mit ihrem Mann und den drei Töchtern!«, räumte Palinski ein. »Na und, jetzt sag endlich, was war damals in Budapest?«

»Sind die Töchter wirklich so chübsch, wie man chört?« Jetzt drehte Juri endgültig durch. Der hatte wirklich nicht mehr alle Häferln in der Kredenz.

»Ja, sie sind sehr hübsch«, bestätigte ein langsam enervierter Mario. »Also, was ist 1988 wirklich Besonderes in Budapest geschehen?« Unwillkürlich hatte er seine Stimme etwas erhoben, ohne den Russen allerdings sonderlich damit zu beeindrucken.

»Wenn sie so chübsch sind, wie es cheißt, dann müssen sie ganz nach ihrer Mutter geraten sein!« Malatschews Blick hatte etwas Träumerisches angenommen.

Mit dem Slawen stimmte irgendetwas nicht. Ganz und gar nicht. Das schien so eine Art Ausbruch seniler Nostalgie zu sein, falls es so etwas überhaupt gab.

Wenn die Sache nicht so unter den Fingernägeln gebrannt hätte, Palinski hätte dem sturen Kosakenpimpf etwas Unfeines ins Gesicht geschleudert, nur verbal natürlich, und wäre gegangen. Aber heute gab es keine Alternative, als den Russen zu überzeugen. Er war verdammt zum Erfolg, wie das Ganze reichlich euphemistisch bezeichnet werden konnte.

»Also gut!« Juri richtete sich auf, sein Blick hatte alles Verträumte wieder abgelegt und war hart wie eh und je. Also verdammt hart.

»Gut, ich komme mit zum Semmering«, kündigte Juri an. »Allerdings nur unter einer Bedingung«, schränkte er gleichzeitig wieder ein.

»Und die wäre?« Hoffentlich nichts exzentrisch Ausgefallenes, das nicht zu erfüllen war.

»Ich möchte cheute Abend eine große Portion Schneenockerln essen!«, postulierte der Russe. »Und unter großer Portion versteche ich so viele Schneenockerln, bis ich nicht mehr kann. Oder nicht mehr will, ist das klar?«

Palinski war völlig überrascht, er hatte mit allem gerechnet, sogar mit Kastanienreis.

Aber mit Schneenockerln? Never ever. Damit hätte er wirklich nie im Leben gerechnet.

Er musste Malatschew ziemlich entgeistert angestarrt haben, denn der begann, lustige Handbewegungen zu machen. So in der Art, wie man sie macht, um die Aufmerksamkeit eines geistig Weggetretenen auf sich zu lenken.

»Juchu, juchu!« Juri gab sogar bisher nie gehörte Töne von sich. Oder können Sie sich einen ehemaligen KGB-Offizier vorstellen, der fröhlich grinsend zu jemandem »Juchu, juchu« sagte und sich gleichzeitig anschickte, mit den Fingern zu schnipsen? Na eben.

»Du meinst wirklich Schneenockerln? Diese luftig leichten, Lust bereitenden Köstlichkeiten aus Omas Kochbuch?« Palinski konnte es nicht fassen. Daran sollte es nicht scheitern. Schneenockerln gehörten doch wohl zum Standard-Repertoire jedes guten Pâtissiers. »Natürlich bekommst du Schneenockerln, eine ganze Wagenladung voll, wenn du möchtest!« Er lachte laut und etwas irre auf.

Ein Blick auf die Uhr zeigte ihm, dass er noch zehn Minuten und damit Zeit für einen Cappuccino hatte. Den hatte er sich jetzt redlich verdient.

*

In der Zwischenzeit hatte Wilma sich wieder beruhigt. Ja, sie fand die Situation sogar zum Lachen, unheimlich komisch. Als sie vor etwas mehr als einer halben Stunde die Suite betreten hatte, angeblich die von Mario, war ihr ein sehr hübsches, etwas zu stark geschminktes und vor allem fast unbekleidetes junges Mädchen über den Weg gelaufen.

Nachdem sich der erste Schrecken gelegt hatte, war ihr klar, sie hatte die sagenumwobene Geneva Post vor sich.

Geneva, oder wie immer die junge Frau in Wirklichkeit hieß, versuchte es zunächst auf die goscherte Art und mokierte sich über Wilmas Eindringen. Nachdem sie aber erfahren hatte, wer da vor ihr stand, war sie mit einem Schlag ganz kleinlaut geworden und hatte sogar einige Tränen verdrückt.

Als Französischprofessorin in einem Oberstufengymnasium für Mädchen kannte Wilma jede Menge Vertreterinnen dieses Typs und wusste genau, wie man mit ihnen umging.

Und tatsächlich, jetzt, nur eine halbe Stunde später, fraß Geneva der Frau Marios, die ihr erlaubt hatte, sie Wilma zu nennen, fast aus den Händen.

Und gestand ihr nach weiteren 22 Minuten, dass sie

unglücklich mit ihrem Namen sei. Nicht mit ihrem richtigen, nein, mit ihrem Künstlernamen.

»Die Leute haben keine Manieren!«, jammerte sie, »sie verwechseln Geneva ständig mit irgendetwas Alkoholischem. Dauernd sagt einer Schnapserl zu mir. Ein anderer wieder nennt mich nur Jeannie und will wissen, wo mein Flaschengeist ist. Dabei starren sie mir unentwegt auf die Brust, diese Schweine.«

»Ich hoffe nur, mein Mario …«, wollte Wilma einwerfen, kam aber nicht dazu.

»Nein, nein, aber nein, gnädige Frau, Ihr Mann ist ein echter Gent, ein wirklicher Kavalier. Und so lieb, wirklich. Er hat mir nur eine Freud machen wollen und mich als Überraschungsgast für die Diskussion heut engagiert. Seither hab ich ihn fast net gsehen!«

Komisch, Wilma hatte zwar nichts anderes erwartet. Dennoch war es gut gewesen, das zu hören.

»Und ungebildet sind die meisten!«, fuhr Geneva fort, »Sie haben ja keine Ahnung, gnä' Frau …«

»Wilma«, warf diese ein. »Wir sind schon per Wilma und Geneva.«

»Uije, ja richtig. Also Wilma, die meisten der sogenannten Herren da unten«, sie deutete ein wenig herablassend in Richtung Schwerkraft, »kennen nicht einmal Athena Ritz. Was sagen Sie dazu?«

Athena Ritz, Wilma erinnerte sich, gehört zu haben, dass das so eine Art stinkreiche Gesellschaftsgeschädigte war, die ihr Lebensziel offenbar darin sah, möglichst oft in den Medien präsent zu sein.

»Kennen Sie Rosa Luxemburg, Hildegard von Bingen oder Bertha von Suttner?«, Wilma wusste, dass das, was sie jetzt tat, mehr als unfair war. Mit ihrem dank der Abstammung aus dem Bildungsbürgertum erworbenen Wissen so wahllos zu protzen, war billig. Aber es tat gut, dem dummen, bedauernswert eindimensional gestrickten Mädchen ein wenig den Blickwinkel zu weiten.

»Nein!«, gab Genever, Pardon, Geneva sofort zu. »Aber man kann ja nicht jeden kennen. Übrigens, Luxemburg ist ein echt geiler Name. Wow!«

»Eben«, meinte Wilma ein wenig professoral, in der Sache aber völlig zu Recht, »man kann nicht jede Frau, jeden Mann kennen. Ihnen sind eben andere Persönlichkeiten wichtig als anderen. Übrigens, wenn ich nicht falsch liege, ist Athena Ritz ein Mitglied der berühmten Hoteldynastie und lebt recht gut davon!«

Falls Wilmas Wissen und Rhetorik die junge Frau beeindruckt hatten, so ließ sie sich das nicht anmerken. Allerdings ging sie auch nicht weiter auf das Thema ein.

»Der Florian«, damit meinte sie wohl Marios Assistenten Nowotny, »hat mir erklärt, dass die ›Post-Hotels‹ gar kein Konzern sind, sondern lediglich eine riesige Ansammlung von Häusern mit demselben Namen. Sagen Sie, stimmt das?«

Wilma nickte, und der Überraschungsgast machte einen recht irritierten Eindruck. »Dann schei…, scheint es höchste Zeit zu sein, mir einen neuen Namen …«

»Künstlernamen!«, korrigierte Wilma.

»Künstlernamen zuzulegen. Haben Sie vielleicht eine Idee?«

»Wie heißen Sie denn nun?«, wollte Wilma jetzt wissen. »Und woher kommen Sie? Ich meine, wo sind Sie auf die Welt gekommen, aufgewachsen?«

»Ich bin als Martha Martharsky auf die Welt gekommen!« Geneva flüsterte fast, und Wilma konnte das verstehen. Mit so einem Namen hätte sie sich wahrscheinlich auch schon längst ein Pseudonym zugelegt. »Und aufgewachsen bin ich in der Leopoldstadt in Wien. In der Taborstraße. Sagen Sie, was halten Sie von Paris?«

»Eine tolle Stadt, ich habe als ganz junges Mädchen ein halbes Jahr an der Sorbonne studiert!« Immer wenn Paris genannt wurde, geriet Wilma ins Schwärmen. »Sie sollten unbedingt einmal hinfahren!«

»Ich hab gemeint, was Sie von Paris als Vornamen halten.« Es klang fast so, als ob die Jüngere die Ältere jetzt ein wenig wegen des Exkurses in die Stadt des Lichts kritisierte.

»Als Vornamen für einen Mann ist Paris in Ordnung, wenn ich ihn auch ein wenig manieriert finde. Aber für eine Frau, unmöglich!«, fand Wilma. »Und Sie wollen unbedingt einen Vornamen aus der griechischen Mythologie?«

»Nein, wieso?«, wunderte sich die Befragte. »Ich will einen Vornamen, der so lautet wie eine wichtige Stadt, eine Metropole. Das finde ich cool.«

»Na, wenn das so ist, wie wärs denn mit Sydney?«, versuchte es die Frau Professor, »oder mit Osaka? Ja, Osaka klingt gut, finde ich. Sehr weiblich.«

»Nein, nein, dann blödeln mich die Leut wieder an mit: O sag ja oder so. Den Idioten fällt doch immer was ein!«

Inzwischen war Wilma völlig klar geworden, womit ihr bis zur Rückkehr Palinskis die Zeit vertrieben werden würde. Na. Vielleicht klappte es ja, und sie konnten der Welt, vor allem aber den Teilnehmern an der ›Mörderischen Diskussion‹, schon einen rundum erneuerten Überraschungsgast präsentieren.

*

Kurz vor 14.30 Uhr erreichte das Taxi mit Palinski und Malatschew die Herbeckstraße, wo Wilmas Mutter bereits wartete. Mario drückte dem Russen einen Löffel sowie die Schüssel mit Kastanienreis, die er sich vom ›Kaiser‹ hatte mitgeben lassen, in die Hände. Damit war Juri einige Zeit beschäftigt und kam nicht auf unorthodoxe Gedanken während der nächsten Viertelstunde. Das hoffte Palinski wenigstens.

Wie nicht anders zu erwarten, wehrte sich Tante Anita, eine der herzlosesten, geldgierigsten Weiber unter der Sonne, neuerlich ganz entschieden dagegen, Geld herauszurücken. Man musste sich das wirklich auf der Zunge zergehen lassen: Von den bereits bezahlten 200.000 Euro Lösegeld stammte kein einziger Geldschein von der Mutter des Entführten. Weil sie Angst hatte, mit den mehr als eine Million Euro, die sie auf diversen Sparbüchern hatte, und zuzüglich der rund 350.000 Euro Wertpapiere in den nächsten Jahren verhungern zu müssen, falls sie sich jetzt von 100.000 trennte. Über den Daumen geschätzt, war das der Betrag, den sie jährlich an Zinsen und Dividenden kassierte.

Nun war es nicht so, dass sie Albert nicht liebte oder sich keine Sorgen um ihn gemacht hätte. Sie hatte nur instinktiv erkannt, dass die Verwandtschaft schon einsprang, wenn es darum ging, ärgeres Leid von der Familie abzuhalten.

Und ihr bewusstes oder unbewusstes Kalkül war ja auch aufgegangen. Bisher zumindest. Aber Elisabeth Bachler, die Mutter von Palinskis angebeteter Wilma, war inzwischen derart sauer auf ihre Schwester, dass sie gewillt und bereit war, heute alle noble Zurückhaltung fallen zu lassen.

Im Augenblick war ihr das allerdings noch nicht klar.

Anita zickte herum, als ginge es um einen entführten Kanarienvogel und nicht um ihr eigen Fleisch und Blut.

Nein, das stimmte so nicht. Mario war überzeugt, dass die Alte für einen Fipsi oder Pipsi schon längst das Geld herausgerückt hätte. Allein, weil sie nicht sicher gewesen wäre, ob die dumme Familie in diesem Fall einspränge.

Schließlich hatte Elisabeth Bachler die Geduld verloren und das Sparbuch mit etwas mehr als 100.000 Euro einfach aus dem alten Biedermeierschrank geholt.

Nachdem sich das unsägliche Gekreische, das dieser erfolgreiche Zug ausgelöst hatte, wieder etwas gelegt hatte, hatte Tante Anita mit dem hektisch-siegessicheren Aufschrei »Ätsch, ihr wisst das Losungswort nicht. Und das nenne ich euch auch nicht. Ätsch!« die Aufmerksamkeit auf sich gezogen. Und so ging das immer weiter wie die Endlosschleife Musikberieselung im Kaufhaus.

Schließlich brannte Elisabeth Bachler das zweite Mal an diesem Tag eine Sicherung durch. Wortlos verließ sie den Raum, sodass sich Palinski schon überlegte, ob das die Kapitulation bedeutete. Doch mitnichten, es war lediglich die berühmt-berüchtigte Ruhe vor dem Sturm gewesen.

Als Wilmas Mutter in den Raum zurückkehrte, brachte sie zwei etwa 10 bis 15 Zentimeter lange Federn mit, die

Mario, falls er sich nicht sehr irrte, früher schon einmal auf einem der lächerlichen Hüte der Hausfrau gesehen hatte.

Dann ging sie zu ihrer Schwester, schubste sie kräftig auf die breite Bettbank und meinte zu Palinski: »Halte das Monster fest, damit sie uns nicht davonlaufen kann!«

Mario war fasziniert von dieser archaischen Urkraft, dieser matriarchalischen Dominanz, die plötzlich von der Frau ausging, die seit mehr als 26 Jahren nicht seine Schwiegermutter war. Die er aber dessen ungeachtet mit den Jahren immer mehr schätzen gelernt hatte und seit heute, seit genau diesem Augenblick wahrscheinlich, sogar liebte.

Nun, vielleicht war Lieben ein zu großes Wort, aber es ging jedenfalls in diese Richtung.

Also drückte Palinski die nur aus Haut und Knochen bestehende Anita so fest wie notwendig und so sanft wie möglich auf die Liege, während Wilmas Mutter ihr Schuhe und die warmen Wintersocken auszog. Dabei spielte sie mit den beiden Federn wie ein Messerheld mit zwei Dolchen. Und das mit durchaus vergleichbarem Erfolg. Denn Tante Anita schwante bereits Schlimmes, was sie veranlasste, rein prophylaktisch wieder zu kreischen.

»Du hast jetzt genau zehn Sekunden, mir das verdammte Losungswort zu nennen!«, drohte Elisabeth Bachler, und es klang ganz so, als ob sie es ernst meinte.

»Niemals«, kreischte Anita, »eher sterbe ich!«

»Das ist keine Sache auf Leben und Tod, sondern eine, ob wir dein skandalöses Verhalten als Mutter in den Medien zur Diskussion stellen oder nicht. Was meinst du, was deine Nachbarn und Freunde von dir halten werden, wenn ein

Foto von Alberts Leiche in allen Zeitungen erscheint. Und dazu der Text: ›Mutter lässt aus Geldgier ihren Sohn sterben‹ oder so was in der Art. Anspucken werden sie dich, und das wird noch die freundlichste Reaktion sein!«

Verdammt, die Frau war gut, Palinski hing an Elisabeth Bachlers Lippen, bewunderte sie für die kaltblütige Brutalität, mit der sie ihre Schwester einschüchterte. Gesellschaftliche Ausgrenzung war zweifellos etwas, vor dem Alberts Mutter Angst hatte. Möglicherweise sogar mehr Angst als vor körperlicher Gewalt.

Wilmas Mutter wollte anscheinend auf Nummer sicher gehen.

»… sechs, fünf, vier, drei, zwei, eins. Null!«, zählte sie die Sekunden herunter. Jetzt warf sie der Schwester einen bösen Blick zu. »Du willst es offenbar nicht anders. Nun, dann wollen wir beginnen!«

Sie wies Palinski an, Anita so zu halten, dass sie nicht weglaufen oder sich auch nur wegdrehen konnte. Dann setzte sich Elisabeth ans Ende der Bettbank, nahm den linken Fuß ihrer Schwester fest in die linke Hand und ließ eine der beiden Federn spielerisch über die nackte Sohle gleiten.

Allein die Geste hatte genügt, um aus Anita ein schreiendes, zuckendes, vor allem aber hysterisch kicherndes Etwas zu machen, das verzweifelt flehte: »Nicht kitzeln, alles, aber nur nicht kitzeln! B i t t e!«

»Jetzt haben wir sie gleich so weit!«, flüsterte Wilmas Mutter Wilmas Mann zu. Und: »Du machst das sehr gut, mit dieser Nummer sollten wir auftreten!« Und dazu lachte diese erstaunliche Frau doch tatsächlich. Nicht laut und hysterisch wie ihr Opfer, sondern leise und vergnügt. Dann fuhr sie Anita nochmals kaum spürbar über die nackte Sohle, was wiederum ein hysterisches Geflenngekicher zur Folge hatte.

»Albert, Albert!«, jammerte Anita zwischen den Kicherschüben, die ihren Körper überrollten. Und erneut: »Albert. A l b e r t!«

»Was ist mit Albert?«, wollte Elisabeth Bachler wissen. »Der Arme kann dich nicht hören, wir wissen auch nicht, wo er ist. Also sag mir jetzt endlich, wie das Losungswort lautet!« Dabei deutete sie, rein prophylaktisch, eine Berührung der Sohle mit der Feder an, ohne eine solche tatsächlich auch auszuführen.

Aber die Geste reichte völlig aus.

»Ich rufe nicht, hihiiii, haha nach Albert, hahaha!«, prustete Anita neuerlich los, und der Trenzerling rann ihr schon recht üppig aus den Mundwinkeln. »Albert ist, hihihi, das Losungswort!«

Fünf Minuten später waren Palinski und Malatschew, der seinen Kastanienreis brav aufgegessen und nach Angaben des Taxlers auch sonst nichts angestellt hatte, schon wieder unterwegs zum Innenministerium und weitere 20 Minuten danach zum Semmering. Und das ganz ohne Erika Fuschée.

Denn der Frau Minister war doch noch etwas dazwischengekommen, was sie am Ausflug zum Semmering hinderte. Auch recht, dachte Palinski. Ihm konnte es egal sein.

Die wahrscheinliche Ankunftszeit war 15.40 Uhr, das war später als erhofft, aber früher als befürchtet.

*

Der derzeitige und voraussichtlich letzte Entführer Alberts hatte nach wie vor keinen geeigneten Platz gefunden, um das fast ständig sedierte Opfer unter zumutbaren Bedingungen unterzubringen.

Im Augenblick war er schon wieder unterwegs zur Arbeit. Mit einem total verschmutzten, quasi in seinen Ausscheidungen liegenden, ja fast schon schimmelnden Mann im Auto, je nachdem, wie dramatisch man die Lage beschreiben wollte. Abgesehen davon, stank es nicht nur im Laderaum des Kleinsttransporters, auch die Luft in der Fahrerkabine begann bereits, einen etwas delikaten Hautgoût anzunehmen.

Dazu kam, dass dieser Albert, seit er sich in seiner Gewalt befand, nichts gegessen und kaum getrunken hatte. Gut, daran ging man zwar nicht sofort zugrunde. Aber der Entführer wusste ja nicht, ob und in welchem Ausmaß sich bereits unter seinen Vorgängern entsprechende Defizite angesammelt hatten.

Vor allem aber hatte er dem Mann vorhin, als er dem völlig Teilnahmslosen etwas warme Suppe eingeflößt hatte, auf die Stirne gegriffen. Und die war ziemlich heiß gewesen. Wahrscheinlich hatte sein Opfer hohes Fieber.

Dazu kam noch, dass der Wetterbericht für die kommende Nacht sehr niedrige Temperaturen vorhergesagt hatte. Also bestand die konkrete Gefahr, dass sein Schutzbefohlener in den nächsten zwölf Stunden erfror oder sonst wie nicht überlebte.

Und auch darauf, dass ihn eine zufällige Polizeikontrolle mit einer Leiche im Gepäck antraf, konnte er wirklich verzichten.

Langer Rede kurzer Sinn, wenn er keine böse Überraschung erleben wollte, musste er sich zu der bereits angedachten Lösung durchringen und Albert endlich loswerden. Falls er das geschickt genug anstellte, würde man frühestens in 24 Stunden wissen, dass es sich bei dem Paket um den gesuchten Albert Abbersyn handelte. Und falls er nur genug Druck auf die Familie des Opfers machte, war die Geldübergabe, für die er sich eine absolut deppensichere Methode überlegt hatte, bis dahin längst über die Bühne gegangen.

Erfolgreich, verstand sich.

Wohlan, was getan werden musste, musste eben getan werden. Er holte sein Handy heraus und teilte seinem Chef mit, dass er sich wegen eines Defekts am Auto ein wenig verspätete.

Dann nahm er den bereits nach rechts getätigten Blinker wieder zurück und fuhr geradeaus weiter. Direkt in den Berg hinein.

*

Aber auch Sandy und Burschi hatten ein Problem. Ursprünglich hätten sie ja lediglich je 15.000 Euro Honorar für ihre Mithilfe an der von Albert organisierten Entführung bekommen. Unter diesen Voraussetzungen hätte ja keine große Gefahr bestanden, dass sich die Polizei sonderlich für die beiden interessierte. Dafür hätte schon Albert gesorgt.

Dann hatte sich plötzlich das Drehbuch geändert, und das radikal. Aus der bis dahin nur vorgetäuschten Straftat war ein echtes Delikt geworden. Und aus den beiden Mitläufern zwei Schwerverbrecher.

Und das nur, weil diese idiotische Memme von Albert plötzlich Schiss bekommen hatte. Aber bitte, dafür hatte jeder von ihnen immerhin 100.000 Euro bekommen. Das hatte gut geklungen und fühlte sich auch jetzt noch gut an.

Bloß, irgendwie wuchs mit zunehmender Gewöhnung an den Gedanken, reich zu sein, auch die Angst davor, erwischt zu werden. Und hätten die beiden noch dazu gewusst, dass ihr Opfer nicht, wie sie annahmen, schon längst wieder zu Hause war, sondern nach wie vor spurlos verschwunden, sie wären wohl kaum so ruhig bei Kuchen und Kaffee sitzen geblieben.

Nein, nicht bei der ›TOSCA‹ in Gersthof, so sorglos-naiv waren die beiden trotz ihrer Jugend auch wieder nicht. Aber bei der Filiale derselben Großkonditorei Ecke Währinger Straße/Spitalgasse, in der Nähe des Uni-Campus. Denn die beiden überlegten plötzlich die Möglichkeit eines Studiums und wollten sich später informieren gehen. Eintauchen, um das Ambiente kennenzulernen.

Dann waren sie plötzlich von einer der Serviererinnen freundlich und sogar per Namen gegrüßt worden. War das nicht Ida, nein, Vera, nein Rita, ja Rita gewesen, die sonst in Gersthof arbeitete? Und die sie, das war besonders unangenehm, zusammen mit Albert gesehen hatte?

Wahrscheinlich war diese Rita nur aushilfsweise hier im Lokal, aber das war für das aufkommende Dilemma der beiden völlig wurscht. Rasch, aber doch bemüht, keinen Verdacht auf sich zu lenken, legten sie das Geld für ihre Konsumation auf den Tisch, standen auf und verließen die Café-Konditorei.

Auf einer Bank im gegenüberliegenden Arne-Carlson-Park hielten Sandy und Burschi in aller Eile einen Kriegsrat ab. Nach wenigen Minuten stand für die beiden fest, dass sie für einige Zeit die Tapeten wechseln sollten. Sicher war sicher, und vor allem, sie hatten jetzt genug Geld, um sich einige Wochen irgendwo im Süden leisten zu können. Wo es vor allem auch nicht so kalt war wie hier in Wien.

Gut, dass sie sich bereits gestern Nachmittag, mehr aus Langeweile denn aus echtem Interesse heraus, bei einigen Gesellschaften nach günstigen Flügen erkundigt hatten. Noch besser, dass die beiden ihre Reisepässe immer mit sich herumtrugen, da sie keine anderen amtlichen Lichtbildausweise besaßen.

»Also worauf wart ma noch«, meinte Burschi abenteuerlustig. »Wir foan einfoch zum Flughofn und schaun, wos last minute anboten wiad.«

»Und rennan den Scheißbullen direkt in die Oarm«, wetterte Sandy. »Wenn du dein bläds Handy net vagessen häst, wär des gangen. So aber wissn die inzwischen genau, doss ma mit da AUA, da Lufthansa und da Air France telefoniert habn. Und warten in Schwechat auf uns. Na, na«, sie schüttelte energisch ihren Kopf, »da muass uns scho was Bessers eifoin!« Burschi, keiner von den ganz Schnellen, hatte plötzlich d i e Idee. »Und wie is mit da Bahn?«, streute er ein. »Ich fahr gern mitm Zug!«

»Eisenbahn foahr i a gern«, räumte Sandy ein, »aber wohin soll ma foahrn? Am sichasten wär des Ausland, aber da miass ma über mindestens a Grenze. Und das sind die ersten Stelln, die von der Polizei verständigt werden!« Sie starrte nachdenklich vor sich hin und fixierte dabei den etwa drei Meter neben der Bank stehenden Mistkübel, in den ein Passant gerade die nicht mehr benötigte heutige Ausgabe einer großen Tageszeitung versenkte.

»Burschi, bring doch einmal die Zeitung her!«, forderte sie ihn auf, und zwar so, dass er keinen Widerspruch riskierte und das Blatt einfach wieder in den Dienst zurückholte.

Sandy hatte keine Ahnung, warum sie die Zeitung unbedingt hatte haben wollen. Sie wusste nur, dass es so war. Sie blätterte die Seiten der Gazette ein, zwei Mal durch, ohne etwas zu finden, was ihre Intention erklärte.

Plötzlich sah sie es, und zwar ganz deutlich, unter der Rubrik: Wohin heute Abend? Unter dem Aufreißer Kostümgschnas in Bratislava fand sie genau das, was sie und Burschi jetzt brauchten. Für den Pauschalpreis von 77 Euro fuhr man mit dem Twin City Liner von Wien nach Bratislava, Abfahrt um 20.30 Uhr. Zwei Drinks an Bord inklusive.

In der slowakischen Hauptstadt, genauer gesagt, im Parkhotel ›Bellevue‹ stieg dann der Höhepunkt des heurigen Faschings, das große Preßburger Künstler-Gschnas. Auf Slowakisch hieß das irgendwie anders, war aber unleserlich. Aber egal, Beginn war um 22 Uhr. Ein glamouröses Buffet und eine Flasche Sekt oder Wein pro Person waren im Arrangement inbegriffen.

Die Rückfahrt nach Wien war für 4.30 Uhr vorgesehen, gegen eine Aufzahlung von 13,70 Euro gab es ein tolles Sektfrühstück an Bord des Katamarans.

»Des is genau des, wos ma brauchn!«, stellte Sandy fest. »Und des moch ma a. Wir brauchn Kostüme, und zwoar soiche, in denen ma a des Göld und unser normales Gwand vasteckn kennan. Oiso loss da wos eifoin!«, forderte sie Burschi auf. Und um ihn nicht als totalen Deppen dastehen zu lassen, bezog sie ihn auch in den

Entscheidungsprozess mit ein. Zumindest pro forma. »Du bist do a dafia, doss mas iba Bratislava probian. Oda?«

Burschi überlegte kurz. Dann dachte er nur: Warum soll ich dagegen sein, mir fällt doch eh nichts Besseres ein. Den Spruch hatte er einmal gehört, und er hatte ihm gefallen. Er war so zutreffend gewesen.

»Geht klar«, meinte er knapp und kam sich richtig gut dabei vor.

*

Pahl-Giacometti saß auf dem Balkon seiner Suite und genoss die angenehmen Nullgrade, die jetzt, gegen Mittag, den morgendlichen Frost abgelöst hatten. Für seine alten Glieder war dieses milde, trockene Wetter viel angenehmer als die gestrige Kälte.

Der Blick hinab ins Tal war beeindruckend, von der rechten Seite grüßte der imposante Sonnwendstein, und in der Ferne konnte man die Rax und den Schneeberg erahnen.

Der angebliche, angeblich aus Triest stammende Commendatore hatte aber keinen Blick für die Schönheiten der Natur vor seinen Augen.

Vielmehr konzentrierte er sich auf die Unterlagen, die er in Händen hielt. Vertiefte sich nochmals in seine Instruktionen, denn heute Abend würde es ernst sein. Erstmals und unwiderruflich.

Sein aktueller Auftrag lautete definitiv, aus der Menge der Gäste des ›Semmering Grand‹ ein Opfer für ein vorbauendes Ablenkungsmanöver zu wählen.

Dessen Tod hatte den Sinn, größtmögliche Irritation und Ablenkung der Polizei zu erreichen. Und zwar, was Motiv und Person des Auftragsgebers des eigentlichen Attentats betraf, das erst morgen Abend stattfinden sollte.

Pahl-Giacomettis Lächeln nahm leicht diabolische Züge an. Er sollte also auch Gott und nicht nur den Henker spielen. Ihm konnte es recht sein, im Gegenteil, damit gewann die Arbeit in seinen Augen zusätzlich an Reiz.

Wenn er sich so die Namen der beiden Persönlichkeiten auf der Zunge zergehen ließ, die ausdrücklich n i c h t zum Abschuss freigegeben waren, dann war ihm völlig klar, wer hinter diesem Auftrag stand.

Na ja, um die Auflage des Kunden optimal zu erfüllen, wäre es wohl am unverdächtigsten, die Frau, aber das ging ja auch nicht, also ein anderes Familienmitglied dieser Persönlichkeit zu erlegen. Eine bessere falsche Spur legen konnte man kaum, denn wer würde schon ernsthaft auf die Idee kommen, dass jemand den Tod eines Familienmitgliedes veranlasst hätte?

Falls allerdings der Auftraggeber diese Möglichkeit als eine der Optionen innerhalb der gegebenen Bandbreite übersehen hatte, na, dann war das wohl Pech, viel Pech sogar.

Mala fortuna, wenn auch nicht unbedingt im astrologischen Sinn.

Ein leichter Wind war aufgekommen und sandte kleine Böen in die Winkel und Nischen der mit Balkonen übersäten Vorderfront des ›Semmering Grand‹. Die dabei entstandenen Wirbel wirbelten, was auch sonst, den Schnee auf und ließen das ›Grand‹ hinter einem wunderschönen, zarten, weißen Schleier verschwinden.

So, und jetzt kam wieder diese verdammte Geheimnistuerei. Diese Unterlagen sind sofort nach Kenntnisnahme völlig zu vernichten, stand auf jedem einzelnen Blatt. Man erwartete wohl, dass er jedes einzelne Blatt jetzt zu einem kleinen Bällchen zerknüllte, in den Mund nahm, ordentlich einspeichelte und dann verschluckte. Oder etwas in der Art.

Und das völlig ohne Pesto, Sugo oder zumindest Senf. Ganz zu schweigen von einem Glas Rosso oder einem schönen Pils.

Na, so heiß wurde bei Pahl-Giacometti nicht gegessen, wie die anderen kochen wollten. Eher achtlos legte er das Blatt auf das Tischerl neben dem Rollstuhl.

Ehe er sich nun dem zweiten Teil seiner Instruktionen widmete, war es aber wieder einmal Zeit für einen kurzen Besuch des Bades. Dass man öfters pinkeln musste als in der Jugend, gehörte leider zu einer der Plagen des zunehmenden Alters. Mühsam erhob sich der Commendatore, schleppte sich zum WC.

Inzwischen hatte der verspielte Aiolos einen leichten boshaften Drang entwickelt. Und begonnen, nicht nur Schnee, sondern vereinzelt auch leichtere Gegenstände wie Servietten, Papiertaschentücher und lose Notizblätter aufzuwirbeln und von den Balkonen zu entführen.

Ob hinsichtlich der Auswahl dieser Dinge und ihrer Destination, also dem Ort, wo sie schließlich landeten, das Zufallsprinzip entschied oder das Schicksal, war nicht bekannt.

Aber eigentlich auch egal.

*

Wenige Minuten vor 17 Uhr hielt ein dunkel lackierter Kleintransporter in der Nähe eines Notausganges des Krankenhauses in einer steirischen Kleinstadt an. Ein langer, eher schlaksig wirkender jüngerer Mann stieg aus, öffnete die seitliche Schiebetüre und kletterte in den Laderaum. Nach kurzer Zeit stieg er wieder aus dem Wagen, mit einem zusammengerollten Teppich auf der Schulter. Oder etwas, das zumindest beim ersten Hinschaun so aussah.

Der Mann trug den Teppich oder das, was so aussah, beim ersten Hinsehen wenigstens, zu einer Bank, die in der kleinen, derzeit verschneiten Grünfläche vor dem Notausgang stand. Dort lud er den teppichähnlichen Gegenstand oder, na lassen wir das jetzt …

Er lud also den Teppich ab und legte ihn vorsichtig auf die Bank. Beziehungsweise auf die Decke, die er vorher auf der Bank ausgebreitet hatte.

Dann breitete er sorgfältig weitere Decken über den Teppich, murmelte etwas wie: viel Glück. Dann stieg er wieder ins Fahrzeug und fuhr ins Zentrum der kleinen Stadt. Dort hatte er einen öffentlichen Fernsprecher gesehen.

Nach einem kurzen Telefonat entfernten sich der Mann und sein Wagen in nördliche Richtung, aus der sie auch gekommen waren.

Auf den Schlag genau um 17 Uhr wurde der Notausgang des Krankenhauses aufgerissen und zwei Krankenschwestern stürmten heraus. Kaum hatten sie erkannt, was da tatsächlich auf der Bank lag, als sie auch schon Alarm schlugen. Gleich darauf eilte ein Helfer mit einer fahrbaren Trage herbei und Johann Doe, wie der unbekannte Mann, man hatte keine Papiere bei ihm gefunden, bis auf Weiteres genannt wurde, wurde in aller Eile auf die Intensivstation gebracht.

8.

Donnerstag, 20. Februar, nach 17 Uhr bis 20 Uhr

»Wunderschönen guten Tag, meine Damen und Herren, TeleAustria II begrüßt Sie direkt vom Semmering. Von der ›Mörderischen Diskussion‹ im Rahmen der 50. Jahresversammlung der Federation Européenne des Criminalistes Investigatives (FECI) im altehrwürdigen ›Semmering Grand‹ begrüßen Sie Ihre Moderatoren Tilly Maderna und Erwin Esslinger. Wir schalten ins Grandhotel.«

Das Fernsehbild brachte einen eindrucksvollen Blick aus der Vogelperspektive auf die tief verschneite Landschaft des Semmerings, ging dann mit einer Totale auf den imposanten Bau des ›Semmering Grand‹ und immer näher an den Haupteingang heran. Um schließlich ins Innere des Hauses und über die breite Stiege in die Halle zu gelangen.

Hier wartete bereits Tilly Maderna, die Gewinnerin des Felix sowohl im Vorjahr als auch vor drei Jahren, und begann sofort zu quatschen.

Sie erklärte den Zusehern, um was es sich bei der FECI handelte und warum sich so viele der wichtigsten Kriminalisten Europas derzeit in Österreich, eben am Semmering aufhielten.

»Der heutige Nachmittag und Abend stehen ganz im Zeichen des Instituts für Krimiliteranalogie und seines Gründers Mario Palinski, eines bekannten Wiener Privatermittlers und Polizeiberaters. Er wird uns jetzt erklären, was wir unter dem etwas zungenbrecherischen Begriff Krimiliteranalogie verstehen dürfen!«

Palinski lag es schon auf der Zunge, darauf hinzuweisen, dass es ihm völlig wurscht war, was wir unter dem Begriff verstehen dürfen. Er hatte gerade vorhin erfahren, dass das Zimmer, das man ihm für heute sicher zugesagt hatte, zwar verfügbar war, aber, und dagegen konnte er leider nichts einwenden, Juri Malatschew zur Verfügung gestellt werden musste.

Am ersten Abend hatte er die ihm zugedachte Suite leichtfertigerweise Geneva Post überlassen. Das freie Bett in Florians Zimmer, in dem er jene Nacht verbracht hatte, war inzwischen allerdings von Fink Brandtner in Beschlag genommen worden. Und der Bedarf an Zimmern wurde ständig größer. Ja, selbst Generaldirektor Eberheim und seine Frau hatten ihre Dienstwohnung für die kommende Nacht einem wichtigen Gast überlassen, nämlich dem Innenminister. Und standen jetzt da. Nein, nicht auf der Straße, sondern vor der Frage, ob sie nach Ende des heutigen Rummels noch die rund 40 Kilometer zu ihrem privaten Häuschen auf sich nehmen oder lieber im Ruheraum hinter der Rezeption campieren sollten.

Wie auch immer, für Mario bedeutete das eine weitere Nacht in einem der überaus komfortablen Fauteuils in der Halle.

Und in so einer be…scheidenen Situation hatte dieses Weib keine anderen Sorgen, als ihn nach der Bedeutung des Wortes Krimiliteranalogie anzulabern.

»Nun ja«, begann er salbungsvoll, »das ist recht einfach zu verstehen. Die Krimiliteranalogie ist eine interdisziplinäre Methode zur Feststellung der Interdependenz zwischen tatsächlichen und literarischen Verbrechen und umgekehrt.« Die Maderna hatte große Augen und rote Ohren bekommen und wollte ihn schon unterbrechen, doch Palinski kam gerade erst in Fahrt.

»Stellen Sie sich vor, jemand beschließt, einen bestialischen Mord, über den er in einem Roman gelesen hat, in die …«, wollte er explizieren, doch Tilly wollte nicht mehr.

»Das ist ja wirklich hochinteressant, wir danken Ihnen für die umfassende Erläuterung.« Die Moderatorin hatte nun jede vornehme Zurückhaltung abgelegt und sich voll vor Palinskis Tiraden und unverständliche Worthülsen geschmissen. Um ihnen Einhalt zu gebieten, ehe die Zuseher noch ernsthaft Schaden nahmen.

Dass inzwischen laufend Prominente eintrafen, erwies sich in dieser Situation ebenfalls als hilfreich. Mit »Ja ist das nicht der berühmte Fernsehkommissar Maurice Gelatier?«, nützte Tilly auch diese Chance.

Das klang nicht nur wie die Urmutter aller rhetorischen Fragen, das war sie auch. Denn wer in Österreich kannte nicht den beliebten Schauspieler Jean Marie Grasse-Nizza, der dem urigen und vor allem unfehlbaren Chef des Wiener Tatorts Gelatier das unique Profil verlieh. Maurice Gelatier war so erfolgreich, dass ihm, wahrscheinlich im Zuge der Polizeireformen vor wenigen Jahren, zusätzlich zu Wien offenbar auch der LK Tirol zugeteilt worden war. Wie sonst war es zu erklären, dass er in jedem zweiten seiner Fälle in der wunderschönen Bergwelt zwischen Kufstein und dem Arlberg tätig wurde. Und das in gewohnt bravouröser Manier.

Jetzt mischte sich Ex-Skirennläufer und auch nicht mehr

ganz Neo-Moderator Erwin Esslinger ins Geschehen. Der Grund dafür war, dass immer mehr in- und ausländische Prominenz in den wunderschönen, über drei Etagen gehenden runden Festsaal des ›Semmering Grand‹ strömte.

»Und hier kommt ein ganz prominenter internationaler Kriminalautor, der Brite Mark Selby, dessen letzter Bestseller ›Forbidden love‹ vor zwei Wochen auch auf Deutsch erschienen ist. Unter dem vielsagenden Titel ›Mit Pauken und Trompeten‹. Esslinger wandte sich zu dem kleinen, grauhaarigen Mann, der eben den Saal betrat.

»Welcome Mister Selby. How do you like the ›Semmering‹?«

»How do I like what?«, das schriftstellerische Genie hatte offenbar Probleme mit Esslingers Englisch.

Inzwischen hatte Tilly Grace Alberta Magnusson entdeckt, die zeitlos grandiose Lady of Crime. Ihre beispielhafte Darstellung der Harriett Lemon in Carola Reads ›The fourth girl‹ war Legende und hatte ihr noch zu Lebzeiten einen Ehrenplatz im Olymp Hollywoods eingetragen. Sie war nach Europa gekommen, um für ihren jüngsten Film ›Mumie V‹, in dem sie die Großmutter der Titelheldin spielte, zu werben.

Nachdem nach der mehr oder weniger Prominenz schließlich auch der Vorstand und das Exekutivkomitee der FECI in den Festsaal eingezogen waren und Platz genommen hatten, schnappte Tilly Maderna Palinski am Arm und führte ihn auf das Podium.

Auf dass er die Veranstaltung mit etwas Verspätung nun endlich eröffnen konnte.

*

Während die Diskussion langsam an Heftigkeit zunahm und sich die Gemüter erstmals so richtig an der Frage erhitzten, ob das Lesen bestimmter Kriminalromane obligatorisch in die Ausbildung und in die spätere Weiterbildung polizeilicher Führungskräfte aufgenommen werden sollte, fiel Palinski etwas Schreckliches ein.

Er sinnierte gerade, wie es in der Causa Albert jetzt weiterging und wann sich dieser neue Entführer melden würde, als ihm bewusst wurde, dass er zwar über ein Sparbuch mit den benötigten 100.000 Euro verfügte und auch über das Losungswort. Aber damit noch lange nicht über das Geld selbst. Und er zweifelte ernsthaft daran, dass sich der Verbrecher mit Sparbuch und Losungswort zufriedengeben würde.

Da war es gut, sich daran zu erinnern, dass heute Donnerstag war und die Banken und Sparkassen länger offen hatten als an den übrigen Werktagen. Nämlich bis 17.30 Uhr.

Dieser Gedanke beruhigte ihn aber nicht wirklich, da die Uhr bereits 20 Minuten vor 6 Uhr anzeigte. So eine Scheiße.

Na, vielleicht kannte Generaldirektor Eberheim ja den örtlichen Sparkassenchef und konnte da noch etwas arrangieren.

Das Bewusstsein, fast einen entscheidenden Fehler gemacht zu haben, wirkte sich nicht gut auf Palinskis Konzentration aus. Schade, er hatte sich so auf diese Diskussionsrunde gefreut und sich einige knifflige Fragen überlegt. Aber jetzt war er überhaupt nicht bei der Sache. Daher nahm er auch die erste Gelegenheit wahr und schlich hinaus.

Wenigstens war Eberheim in seinem Büro. Mario beschloss, das als gutes Zeichen zu werten.

Aber so leicht, wie Palinski sich das in seiner eindimensionalen, recht naiven Vorstellung vom Funktionieren ländlich-örtlicher Netzwerke gedacht hatte, war das nicht.

Denn der Chef der hiesigen Ortssparkasse war ein deklarierter, also Feind war ein zu harter Begriff, sagen wir einmal Nicht-Freund Eberheims, da dieser sowohl die Geschäfts- als auch die Privatkonten bei zwei anderen Instituten hatte.

Erschwerend kam noch dazu, dass das Sparbuch vor Jahrzehnten von einem kleinen Geldinstitut, der Kaufmännischen und Gewerbebank regGenmbH ausgestellt worden war. Die Bank hatte zur Zeit der Währungsumstellung offenbar noch existiert, andernfalls hätte das Guthaben nicht auf Euro gelautet.

Aber Palinski hatte noch nie davon gehört und keine Ahnung, ob es heute überhaupt noch eine Zentrale gab oder eine Filiale. Und wo sich diese gegebenenfalls befanden. Also sicher nicht am Semmering.

Aber vielleicht konnte Miki Schneckenburger in diesem Punkt behilflich sein, er hatte einen guten Freund im Ministerium.

Das einigermaßen delikate Gespräch mit dem Generaldirektor war besser gelaufen als befürchtet. Vor allem hatte sich der Hotelier erfreulich kooperativ gezeigt.

Vom Filialdirektor seiner Bank in Mürzzuschlag hatte Palinski dann erfahren, dass die KGB, was für eine sinnige Abkürzung, nach wie vor existierte, allerdings nicht mehr eigenständig. Vielmehr als eine Art Expositur der Kreditbank Austria.

Von der gab es sowohl in Gloggnitz als auch in Mürzzuschlag eine Filiale, was angesichts der fortgeschrittenen Tageszeit allerdings praktisch ohne Bedeutung war. Beide waren natürlich längst geschlossen.

Direktor Baumgartner von der Steirischen Spar- und Darlehnsbank hatte sogar versucht, den Kollegen Mittelbacher zu Hause zu erreichen, aber da war er nicht, und am Handy meldete er sich auch nicht.

Und die Zeit wurde immer knapper. Palinski schätzte, dass ihm vielleicht noch zwei, maximal drei Stunden blieben, bis der Entführer anrief, um die Modalitäten der Geldübergabe bekannt zu geben. Guter Rat wurde langsam teuer. Verdammt teuer.

*

Sandy und Burschi, die sich bereits gegen Mittag ein Tageszimmer in einem billigen Hotel in der Nähe des Naschmarkts genommen hatten, waren kurz vor Geschäftsschluss noch rasch in einen Laden gegangen, in dem man Faschingskostüme ausborgen konnte. Nach einigem Probieren hatte jeder von ihnen auch etwas gefunden, das ihnen einerseits gefiel und Spaß machte, andererseits aber auch gewissen anderen Anforderungen gerecht wurde. Man konnte nämlich Dinge am Körper verstecken, wie etwas Geld, und Sachen mit sich tragen, so zum Beispiel Zivilkleidung, ohne dass es äußerlich aufgefallen wäre. Damit erfüllte das jeweilige Kostüm eine wichtige Zusatzfunktion.

Nun mussten sie noch knapp zwei Stunden herumkriegen, ehe der Katamaran nach Pressburg ablegte. Die Gschnas-Sonderfahrt war wie geschaffen für sie, unter den kostümierten Narren würde sie die Polizei sicher nicht finden.

Um 23.40 Uhr ging eine Maschine der Air France von Bratislava nach Paris, wo sie um 3.10 Uhr einen Anschlussflug nach Réunion hatten. Und dann, willkommen herrliche Freiheit!

Während sich die ursprünglichen Entführer um eine entsprechende Verkleidung für ihre Flucht bemüht hatten, hatte ihr Nachfolger, nachdem er sein Opfer endlich losgeworden war, alle Mühe, die Spuren Alberts zu beseitigen. Vor allem aber galt es, diesen elendiglichen Gestank im Fahrzeug loszuwerden. Das war ihm mithilfe jeder Menge Chemie zwar einigermaßen gelungen, allerdings roch das Werkel jetzt wie eine mittelgroße Fabrik für Desinfektions- und Reinigungsmittel.

Nun, auf der Fahrt zur Arbeit würde sich dieser penetrante Geruch sicher ein wenig verflüchtigen. Hoffentlich zumindest.

*

Als ob Palinski nicht ohnehin schon genug Zorres gehabt hätte, baute sich klammheimlich noch ein weiteres, für Dritte völlig absurd wirkendes Problem auf.

Juri Malatschew, der verfressene Bär aus Kasan, hatte sich sofort nach seiner Ankunft im ›Semmering Grand‹ ins Kaffeehaus im Wintergarten begeben und an einem Tisch direkt am Fenster Platz genommen.

Palinski hatte den zuständigen Ober informiert, dass alle Wünsche des russischen Gastes erfüllt werden sollten und sämtliche Konsumationen auf Rechnung des Instituts für Krimiliteranalogie gingen. Ja, dann hatte er den braven Mann in Schwarz auch noch vor der spleenigen Extravaganz Juris gewarnt und mit einem wahrhaft stattlichen Schmattes motiviert.

Damit war Juri fürs Erste ruhiggestellt, und Mario konnte sich seinen anderen Pflichten widmen. Hatte Palinski zumindest zunächst geglaubt. Aber es war noch lange nicht Abend und daher verfrüht, den Tag zu loben.

Mario konnte förmlich die aufkommenden Zorres aus völlig unvermuteter Ecke riechen, als der leicht verstörte Ober in der Direktion auftauchte, wo Palinski sich mithilfe Eberheims nach wie vor bemühte, das dringend benötigte Bargeld aufzutreiben.

»Ihr seltsamer russischer Gast macht das ganze Kaffeehaus verrückt!«, beklagte der Ober. »Sitzt da, stänkert die Mitarbeiter an und beschimpft unser Café. Meint, das ›Kaiser‹ sei zu empfehlen, aber nicht das Beisl hier. Vor allem aber will er nicht zur Kenntnis nehmen, dass wir zwar jede Menge Torten, Strudel und Süßgebäck auf der Karte haben. Auch Kaiserschmarrn oder Palatschinken kann er haben, aber nein!« Der Mann schüttelte unwirsch den Kopf. »Es müssen unbedingt Schneenockerln sein!«

»Schneenockerln?« Palinski schwante Schreckliches. »Gibt es keine Möglichkeit, Schneenockerln extra zubereiten zu lassen? Sozusagen als Super-à-la-carte-Angebot.« Er blickte den Ober mit seinem bewährten treuen Dackelblick an. »Sie würden mir einen Riesengefallen damit tun!«

»Tja«, der Ober zuckte mit den Achseln, »keine Ahnung. Das kann ich nicht entscheiden!« Er blickte Eberheim fragend an.

»Wissen Sie, Herr Palinski«, dem Generaldirektor schien das, was er sagen wollte, irgendwie unangenehm zu sein, »was das Problem ist? Unser Pâtissier hat sich vorige Woche das Bein gebrochen. Ich stehe ohne Mann fürs Süße da. Das ist bedauerlich, aber wahr.«

»Aber ich habe dem Russen nun einmal Schneenockerln versprochen. Das war vielleicht etwas voreilig«, räumte Palinski ein. »Aber wer denkt denn schon daran, dass in der Küche des ›Semmering Grand‹ niemand ist, der Schneenockerln machen kann!«

Diese nicht ganz unbegründete Frage schien Eberheim unter die Haut gegangen zu sein. »Fragen Sie doch in der Küche nach, ob nicht irgendjemand Schneenockerln machen kann, Fritz«, wies er den Ober an. »Für ein Haus unserer Reputation ist es ja wirklich unvorstellbar, dass man keine Schneenockerln bekommen kann. Das kann doch keine Hexerei sein. Immerhin sind Schneenockerln keine wirklich ausgefallene Mehlspeis.«

»In Ordnung, Chef«, bestätigte Fritz. »Aber was mache ich, wenn das nichts bringt?«

»Dann versuchen Sie es einmal mit Kastanienreis«, empfahl Palinski, »oder gibts den auch nicht?«

»Kastanienreis ist natürlich da«, meldete der Ober. »Hoffe ich zumindest!«, fügte er, schon im Gehen, leise hinzu. Aber das hatten die anderen nicht mehr gehört.

*

Im Festsaal ging die engagierte, teilweise sogar heftige Diskussion langsam, aber sicher in die Endrunde. Es war erstaunlich, dass sich Menschen über ein vergleichsweise so nichtiges Thema wie Krimis und ihre weiteren Verwertungen derart engagiert erhitzen konnten. Einige kritische Krimifans hatten gerade den Regisseur Paul Petzke und den Drehbuchautor Dietmar Rabenbach heftig ins Gebet genommen.

Sie warfen den beiden vehement krasse Unglaubwürdigkeiten in ihrem letzten TV-Dreiteiler ›Luzifers Erben‹ vor. Und Palinski, kurz im Festsaal erschienen, um nach dem Rechten zu sehen, musste ihnen zustimmen. Auch er hatte den Film gesehen und sich darüber geärgert.

Die wesentlichen handelnden Personen agierten einerseits alle in Wien. Natürlich auch der Kommissar.

Gewohnt oder zumindest sich hauptsächlich aufgehalten wurde allerdings in einem schlossähnlichen Landhaus an einem der bekanntesten Kärntner Seen. Hier passierte auch der erste Mord.

Und siehe da, die Kriminalpolizei eilte nicht aus Klagenfurt herbei, um das Verbrechen zu untersuchen. Nein, sie kam aus Wien.

Warum das so war, war am Anfang des Opus ein einziges Mal ganz kurz erklärt worden: Die Familie des Mordopfers wäre so prominent, dass eine (immerhin aus zwei Personen bestehende) Sonderkommission eingesetzt worden war, die bis zur letzten der insgesamt 265 Minuten, die einem das Machwerk an Zeit stahl, ständig zwischen Wien und Kärnten unterwegs war.

Und das innerhalb kürzester Zeit, denn die mindestens 300 Kilometer lange Strecke wurde pro Tag locker drei bis vier Mal zurückgelegt. Und das nicht auf der mehr oder weniger verstauten Südautobahn, wie man auch als nur oberflächlicher Kenner der österreichischen Verhältnisse annehmen müsste. Nein, sondern auf romantischen zweispurigen Landstraßen ohne jeden Verkehr und im strahlenden Sonnenschein.

Bitte, der Vorwurf des Zeitdiebstahls war sicher zu hart, immerhin hatte man ja die Option des Ausknopfs.

Und dennoch: Dass angesichts solch unglaubwürdiger Rahmenbedingungen und der absoluten Negierung der föderalistischen Struktur des Landes bei etwas kritischeren Zusehern keine rechte Freude mit dem Dreiteiler aufgekommen war, war nachvollziehbar. Fand nicht nur Palinski. Und das trotz der grundsätzlich nicht uninteressanten Story, die dem Ganzen zugrunde lag.

Wahrscheinlich war das wieder einer dieser traurigen Fälle, wo ein guter Roman vom Drehbuchautor oder dem Regisseur, manchmal auch von beiden, derart verfilmt worden war, dass kein Auge trocken blieb.

»… im Bereich der künstlerischen Freiheit. Und Sie dürfen nicht vergessen, dass diese Produktion nicht vorrangig für die österreichischen Zuschauer gedacht war, sondern vor allem für den deutschen Markt!«, versuchte der Regisseur die Bedeutung der verkehrsgeografischen Unzulänglichkeiten seines Werkes zu begründen. Na, so etwas. Ganz so, als ob noch nie zuvor ein Deutscher in Kärnten oder Wien gewesen wäre und das besser wüsste.

Vielmehr schien es so zu sein, dass man einige zig Millionen Fernseher zwischen Hamburg und Bad Reichenhall bzw. Aachen und Frankfurt an der Oder schlicht und ergreifend für Idioten hielt, denen man jeden Scheiß vorsetzen konnte.

Diese Verantwortung Petzkes war ungeheuerlich und eine einzige Frechheit. Ja, selbst der als Moderator um

Neutralität bemühte und daher ab und an eher unkritisch wirkende Erwin Esslinger hatte die Stirne gerunzelt und gemeint, ob es sich die Herrn damit nicht ein wenig zu einfach machten.

Pahl-Giacometti, der vom Gang im dritten Stock aus in den Festsaal blickte, hatte vorhin kurz überlegt, diesen widerlichen Regisseur zu erschießen. Sein Auftraggeber hatte ihm ja hinsichtlich des heutigen Ablenkungsmanövers, abgesehen von zwei ausdrücklichen Ausnahmen, völlig freie Hand gelassen. Und er hatte ebenfalls unter diesem Film und der penetranten Art, wie man ihn als Zuseher für blöd gehalten hatte, gelitten.

Die Versuchung, es diesen selbstherrlichen Fledderern einmal zu zeigen, war groß. Doch dann siegte die Vernunft. Es konnte weder in seinem noch im Interesse seines Auftraggebers sein, wenn dieser erste Mord im Fernsehen übertragen wurde.

Also würde er noch warten, bis etwas später das große Gala-Buffet eröffnet würde, ganz ohne Eurovision.

Vielleicht stand der präpotente Zelluloid-Heini dann ja auch noch zur Disposition.

*

Als Palinski in Eberheims Büro zurückkam, hatte dieser eine gute Nachricht für ihn. Sein Banker in Mürzzuschlag wollte ihm das Guthaben auf dem Sparbuch vorschießen, abzüglich der zu erwartenden Kosten und seines eigenen, bescheidenen Disagios. Und natürlich unter der Voraussetzung, dass der Herr Generaldirektor für Herrn Palinski bürgte.

Direktor Fuchs hatte Eberheim auch schon die entsprechenden Unterlagen zugefaxt. »Wir müssen das nur mehr unterschreiben, dann können Sie das Geld in Mürzzuschlag abholen!«, freute sich Eberheim.

Palinski dankte dem Chef des Hauses überschwänglich, vor allem auch für das mit diesem Arrangement zum Ausdruck kommende Vertrauen. »Tut mir leid, dass ich Ihnen noch immer nicht sagen kann, worum es dabei geht!« Er blickte den Generaldirektor vielsagend an. »Aber es geht einfach nicht. Zumindest im Moment noch nicht!«

»Lassen Sie es gut sein!«, beruhigte der. »Ich habe so einen Verdacht. Na, vielleicht können wir uns ja nach dem ganzen Trubel hier, morgen Abend oder Samstag vormittags bei der Manöverkritik, schon etwas entspannter über das eine oder andere austauschen!«

Er zwinkerte Palinski zu, machte im Übrigen aber ein durchaus ernstes Gesicht.

Da Mario wieder in die Veranstaltung musste, hatte er Karl Helmbach gebeten, mit Frau Eberheim und den unterfertigten Papieren nach Mürzzuschlag zu fahren, um das Bargeld abzuholen. Und das sofort, da es bereits nach 19 Uhr war und der Banker um 20 Uhr bei einer Geburtstagsfeier in Kindberg erwartet wurde.

Abgesehen davon, hatte Palinski ein wenig Angst, der Entführer könnte anrufen und eine kurzfristige Übergabe verlangen, bevor das Geld zur Verfügung stand.

Inzwischen war auch Fossler aufgetaucht, eigentlich recht spät, wie Mario fand. Immerhin hatte er Helmbach und Jo schon vor mehr als vier Stunden auf den Semmering bestellt. Und der pensionierte Polizist war gut eine

Stunde früher eingetroffen, obwohl er wegen eines kaputten Reifens den Zug hatte nehmen müssen.

Fossler dagegen hatte etwas von spinnender Elektronik gemurmelt und dass es ihm leidtäte. Und Palinski hatte es dabei belassen. Im Moment war ihm wirklich nicht nach kleinlichem Nachwassern. Er hatte jetzt andere Sorgen.

»Entschuldigen Sie, Herr Palinski«, Mario wollte eben den Festsaal betreten, als er angesprochen wurde. »Können Sie bitte mit ins Kaffeehaus kommen, Ihren Freund beruhigen. Sonst sehe ich mich gezwungen, die Polizei zu verständigen!«

Es war der Ober aus dem Wintergarten, der erregt wirkte. »Ich habe auch schon mit Herrn Eberheim gesprochen, der aber kurz außer Haus musste. Er lässt Sie dringend bitten, etwas zu unternehmen, um den Herrn zu beruhigen. Denn, so hat er wörtlich gemeint, sonst müssen wir, bei aller Freundschaft, Herrn Palinskis Bekannten aus dem Haus weisen. Ja, das hat er gesagt.«

Na, das wäre eine ganz schön peinliche Geschichte, wenn sein Freund Juri Malatschew durch die Polizei aus dem ›Semmering Grand‹ gewiesen würde, ging es Palinski durch den Kopf. Noch dazu während der Jahresversammlung der FECI.

Ärgerlich stürmte er los, an sich war dieser Ausdruck in Verbindung mit Palinski kaum vorstellbar, aber heute stürmte er wirklich und war in neuer Rekordzeit bei dem stursten aller Russen, zumindest der in Österreich anwesenden.

»Juri, was soll das?«, fuhr er den wie ein Buddha im Café residierenden Ex-KGBler an. »Musst du mir wirklich auch noch Schwierigkeiten machen? Was ist los, du bist doch sonst nicht so ein Querulant!«

»Was soll das cheissen?«, brummte Juri. »Du lockst mich mit Versprechungen chiercher und chältst diese dann nicht ein!« Er warf Palinski einen bösen Blick zu. »Ich chätte mir das Versprechen mit den Schneenockerln schriftlich geben lassen sollen. Dann könnte ich es einklagen!«

Diese Scheißmehlspeise, das war doch nicht zu fassen. Da ging es um Alberts Leben, um den beruflichen Höhepunkt seines Lebens und um viel, viel Geld. Und dieser bornierte russische Sturschädel konnte diese verdammten Nockerln nicht vergessen.

Aber warum gab man Juri nicht irgendeine Mehlspeise, die irgendwie an Nockerln erinnerte? Wenn man sie nicht ohnehin produzieren konnte. Es war ja lächerlich, dass eine Küche wie die des ›Semmering Grand‹ nicht imstande war, Schneenockerln herzustellen.

»Man chat auch versucht, mich zu betrügen!«, fuhr Malatschew fort, »und mir Dukatellerbuch…«

»Dukatenbuchteln mit Vanillesauce«, assistierte ihm eine Frau mittleren Alters, die am Nebentisch saß, »man hat ihm tatsächlich Dukatenbuchteln mit Vanillesauce als Schneenockerln verkaufen wollen!« Sie schüttelte ungläubig den Kopf. »Und ich habe immer gedacht, das gibt es bei uns in Österreich nicht!«

Juri grunzte angewidert und deutete auf einen Teller. Also mit diesen eingetrockneten Teig…stücken hätte man Palinski auch nicht täuschen können. Vor allem das penetrante Gelb dieser Vanillesauce sah grauslich aus, also wirklich.

»Wo ist denn das Zeug her?«, flüsterte Palinski dem Ober zu. »Ist das wirklich aus eurer Küche? Das ist ja widerlich.«

»Nein!«, flüsterte der Mann in Schwarz zurück, »das ist Tiefkühlware vom ›BIGENI‹-Markt im Ort. Haben wir besorgt, zum Zwecke der Tarnung und Täuschung.«

Bildete sich Palinski das nur ein, oder hatte da so etwas wie Stolz mitgeklungen? War der Kasper wirklich auch noch stolz auf diesen Geniestreich?

Und wer war diese Frau am Tisch neben Juri? Die führte sich auf, als ob sie seine Konsulentin für Wiener Mehlspeisen wäre!

»Gestatten Sie«, meinte Palinski höflich zu der etwa 50-Jährigen, »mein Name ist Mario Palinski. Sind Sie Gast hier im Hause?«

»Nicht Gast im Hause, aber im Kaffeehaus«, erwiderte die gute Frau, die sich über das Interesse des Herrn freute, von dem sie von dem anderen Herrn, dem, der unbedingt Schneenockerln wollte, schon so viel gehört hatte. »Mein Name ist Berta Weilhammer, ich wohne in Maria Schutz. Aber ich komme oft auf einen Kaffee und Kuchen her. Hier im Café gibt es die besten Mehlspeisen weit und breit!«

Also irgendwo verstand Mario die Welt nicht mehr. Hier bekam man angeblich die besten Mehlspeisen, aber man war nicht in der Lage, etwas so Simples wie Schneenockerln zuzubereiten. Oder zumindest ordentliche Dukatenbuchteln mit Vanillesauce.

Eigentlich war das ein Skandal, und gar kein kleiner. Wäre er Eberheim, ihm wäre das inzwischen ganz schön unangenehm.

Vor allem auch, da sich zwischenzeitlich offenbar bis in den Festsaal herumgesprochen hatte, dass im Kaffeehaus etwas im Gange war. Denn mehr und mehr Menschen, Journalisten, aber auch ganz normale Gäste scharten sich inzwischen um den Tisch Juri Malatschews. Der das sichtlich zu genießen begann. Jetzt fehlte gerade noch, dass ihn einer der Zeitungsmenschen um ein Interview anging. Oder die Initiative dazu gar von dem Russen ausging. Juri war alles zuzutrauen, besonders in so einer Situation.

Unbemerkt war jetzt auch der Generaldirektor hinter Palinski getreten. »Fällt Ihnen etwas ein, wie wir die Situation unblutig entkrampfen können?«, flüsterte er Mario ins Ohr. »Mir ist das ziemlich unangenehm, das Ganze. Und die vielen Journalisten. Fehlt gerade noch, dass einer ein Interview von Ihrem Unruhestifter möchte. Vorhin habe ich Ihnen geholfen, jetzt helfen Sie mir bitte.«

Da war was dran. Aber was tun, ohne Gewalt gegen den Bullen aus Kasan anwenden zu müssen oder sich anderswie seinen Zorn zuzuziehen?

Na, vielleicht ging es ja so.

»Lassen Sie mich etwas probieren«, wisperte er in Richtung Eberheim, »vor allem aber spielen Sie mit!« Nachdem dieser unmerklich genickt hatte, wandte sich Palinski Frau Weilhammer zu.

»Darf ich Sie fragen, gnädige Frau«, mit der Gnä'-Frau-Masche kam Palinski in der Regel sehr gut bei dieser Altersgruppe an, »ob auch für Sie die Zubereitung von Schneenockerln ein Geheimnis ist? Oder ob Sie nicht vielleicht sogar eine der besten Köchinnen, oder wie man bei Schneenockerln halt sagt, dieser himmlischen Speise sind?«

»Natürlich kann ich Schneenockerln zubereiten«, entgegnete die Frau, ohne zu zögern, »und bisher hat sich noch keiner beklagt. Im Gegenteil!« Gleichzeitig schien sie aufzublühen, größer zu werden. Alles zuverlässige Indizien für die einsetzende Wirkung der Gnä'-Frau-Therapie.

»Wären Sie dann eventuell daran interessiert, uns für, sagen wir 500 Euro, für ein, zwei Stunden Ihr Know-how in Sachen Schneenockerln zur Verfügung zu stellen? Und eventuell auch noch einen Preis von 1.500 Euro zu gewinnen?«

»Ich erhöhe auf 2.500 Euro«, warf Eberheim ein, der offenbar ahnte, worauf Palinski hinauswollte. »Und ein Porträt der Siegerin in der nächsten Ausgabe der ›Semmering Grand News‹.« Das war das gut gemachte PR-Blättchen des Hotels.

Damit war die Idee eines Schneenockerl-Contests unausgesprochen geboren.

»Können wir einige mobile Kochstellen im Festsaal aufbauen?«, raunte Palinski Eberheim zu.

»Ich denke schon!«, meinte der. »Ich werde mich gleich darum kümmern. Wie viele werden wir brauchen?«

»Keine Ahnung!« Palinski zuckte mit den Achseln. »Vielleicht vier, fünf. Mindestens aber drei, würde ich sagen!«

Jetzt musste er nur noch Juri überzeugen, überrumpeln oder was auch immer, um ihn zum Mitmachen zu veranlassen. Und dazu, endlich diesen Tisch im Kaffeehaus, in dem rundherum bereits Abendessen serviert wurde, zu verlassen. Immerhin war es schon fast halb acht.

Ein Blick zu dem sturen Freund stimmte Mario optimistisch. Denn Malatschew hatte natürlich längst erkannt, was sich da anbahnte. Und das feine Grinsen in seinem Gesicht verriet Mario, dass Juri das gar nicht so schlecht gefiel.

*

Die Diskussion hatte sich inzwischen totgelaufen, sodass Palinski nur mehr allen Teilnehmern für die packende Auseinandersetzung, die wirklich interessanten Beiträge und die vermittelten Denkanstöße danken konnte. Dann war es auch schon an der Zeit. einen überraschenden zusätzlichen Programmpunkt anzukündigen.

Nämlich den FECI-Schneenockerln-Contest, Beginn in 30 Minuten. »Damen und Herren, die sich an diesem Wettbewerb beteiligen wollen, müssen sich in den nächsten 15 Minuten an der Rezeption melden. Im Übrigen wünsche ich guten Appetit, das Buffet ist hiermit«, ein Blick auf die derzeit noch nur schütter bestückten Wandborde ließ ihn gerade noch die Kurve kratzen, »noch nicht eröffnet, aber in wenigen Minuten. Genehmigen Sie sich inzwischen einen Drink auf Kosten des Instituts für Krimiliteranalogie.«

Da sich nach zehn Minuten noch immer niemand für den Wettbewerb angemeldet hatte und eine Veranstaltung mit nur einem Teilnehmer nur wenig Spannung versprach, überzeugte Mario Wilma davon, dass sie ihm einen riesigen Gefallen erwies, so sie sich für den Contest meldete. Immerhin hatte sie doch vor Jahren schon, im Rahmen des Kochunterrichts in der Mittelschule, Topfen-, Eier- und auch andere Nockerln zubereitet. Hatte sie ihm einmal gebeichtet, vor vielen Jahren. Glaubte er zumindest, sich erinnern zu können.

Und das war doch sicher etwas wie das Radfahren. So was verlernte man einfach nicht. Oder?

Um sein vorrangiges Ziel, Juri bei Laune zu halten, oder besser, überhaupt wieder in Laune zu bringen, zu erreichen, hatte Palinski den Stiernacken aus Kasan gebeten, der Menschheit die Ehre angedeihen zu lassen, den Vorsitz der Jury des Wettbewerbs um die besten Schneenockerln zu übernehmen. Als weitere Mitglieder dieses erlauchten Gremiums hätte er sich Generaldirektor Eberheim sowie drei, nein, jetzt hätte er doch fast auf jemanden vergessen, nur zwei aus dem Kreis der Gäste bzw. der FECI-Members auszuwählende Persönlichkeiten vorgestellt.

Dazu als persönliche Assistentin Juris die one and only Geneva Post, die internationale Society-Expertin und Palinskis Überraschungsgast. Ein Überraschungsgast allerdings, der die meisten nicht mehr überraschte. Aber was sollte es. Wichtig war, dass das Arrangement Malatschew zusagte und ihn wieder kooperationsbereit stimmte.

»Wärst du, sehr geehrter Herr Präsident, geneigt, dieser, ähem, Empfehlung zuzustimmen?« Palinski schmierte dem Russen Honig ums Maul, dass selbst gewieften Opportunisten der Mund vor Staunen weit offen stand.

»Hmmm«, Malatschew spielte mit und das war gut so, »das chört sich gut an, das chabt ihr chervorragend vorbereitet!« Er lachte dröhnend und klopfte Mario anerkennend auf die Schulter. »Aber die Informationen gibt es erst chintercher. Nach den Schneenockerln. Ist das klar?«

Und wieder lachte er, dass alles Glas im Umkreis von 50 Metern zu vibrieren begann.

*

Endlich war auch Karl Helmbach mit dem Geld eingetroffen. Mit einem dicken, großen Umschlag, vollgefüllt mit Hundertern, Zweihundertern und vor allem Fünfhundertern. Laut beiliegender Abrechnung der Steirischen Spar- und Darlehnsbank, Filiale Mürzzuschlag, befanden sich insgesamt 107.466 Euro und 38 Cent in dem unscheinbaren wattierten Kuvert im Format C2.

Soweit Palinski sich erinnern konnte, und diese Funktion seines Hirns funktionierte bis jetzt, toi, toi, toi, an sich hervorragend, war das der größte Bargeldbetrag, den er in seinem bisherigen Leben zu Gesicht bekommen hatte.

War ja im Zeitalter von Kreditkarte und Online-Banking auch nicht mehr unbedingt zeitgemäß, mehr als vielleicht drei oder vier Promille dieser Summe mit sich zu führen.

Das Geld war auch keine Minute zu früh eingetroffen, denn kaum fünf Minuten später wurde Palinski vom Portier informiert, dass er am Telefon verlangt wurde.

Es war der Entführer, der ihn aufforderte, innerhalb von 15 Minuten zur Raststätte ›Schottwien‹ zu kommen und dort, in der Herren-WC-Anlage, etwas abzuholen. Etwas, das sich unter dem Spülkasten der zweiten Kabine von links befand.

Alles Weitere wollte der Mann, der seine Stimme erkennbar verstellt, ja, wahrscheinlich sogar durch ein Tuch oder etwas Ähnliches gesprochen hatte, beim nächsten Anruf bekannt geben. »Und das exakt um 20 Uhr, verstehen Sie, um 20 Uhr.«

Palinski wollte schon losstürmen, als ihn Eberheim, der dazugekommen war, zurückhielt.

»Tut mir leid, Herr Palinski, was da allem Anschein

nach vor sich geht. Aber es kann doch nicht Ihr Ernst sein, jetzt wegzufahren und mich mit diesem blöden Süßspeisen-Wettkampf allein zurückzulassen. Immerhin ist das Ihr Russe, den wir damit besänftigen. Also, so geht es nicht!«

Da hatte der Generaldirektor natürlich auch wieder völlig recht.

Das gestand Palinski Eberheim ein und bat ihn um Nachsicht für sein Beinahe-Fehlverhalten.

»Herr Helmbach, ich fürchte, Sie werden mir das abnehmen müssen!«, meinte er zu dem Ex-Polizisten. »Herr Fossler soll Sie begleiten und Ihnen zur Hand gehen, ganz wie Sie es für richtig halten!«

Helmbach, dem man ansah, dass er nicht gerade begeistert von dem Auftrag, aber Profi genug war, um ihn – natürlich – auszuführen, nickte nur stumm.

»Ich werde Ihren besonderen Einsatz in dieser Sache auch mit einer speziellen Prämie honorieren!« Motivation war alles, und er würde sich das Geld schon wieder von Tante Anita holen. Er wusste ja jetzt, wie das ging. Auch ohne Elisabeth Bachlers Mithilfe.

Nachdem Helmbach und Fossler gegangen waren, war es an der Zeit, endlich mit dem Schneenockerln-Contest zu beginnen. Ehe der Präsident der Jury noch ungeduldig wurde.

*

Wenige Minuten vor 20 Uhr bestiegen eine süße Biene Maja und ein schrecklich hässlicher Glöckner Quasimodo Hand in Hand den Schnellkatamaran, der sie und weitere

104 närrisch gekleidete und bestens gelaunte Passagiere in 75 Minuten in die slowakische Hauptstadt bringen sollte. Zu einem der Höhepunkte des heurigen Faschings in Bratislava: dem großen Narrentreiben im Hotel ›Bellevue‹.

Wenn die anderen Passagiere, die Cowboys und Indianer, Ritter und Edelfräuleins, Clowns und Prinzessinnen, und was sonst immer auch die Kostüme darstellen sollten, bloß wüssten, dass diese hässliche Kreatur neben ihr in ihrem Buckel mehr als 150.000 Euro mit sich trug. Und dazu noch einen kompletten Satz Zivilkleidung, denn als Quasimodo würde er auf dem Flug nach Paris zu sehr auffallen.

Aber auch Sandy hatte mehr als 40.000 Euro in bar unter ihrem mollig runden Insektenkörper aus Plüsch und Styropor. Und natürlich auch etwas zum Umziehen. Sie freute sich schon, auf Réunion shoppen zu gehen und dabei einmal so richtig aus dem Vollen schöpfen zu können. Eigentlich hätte sie sich ja lieber schon in Paris neu eingekleidet, aber Europa so rasch wie möglich hinter sich zu lassen, war jetzt wichtiger als ein Einkaufserlebnis auf den Champs-Élysées.

Es war ein gutes Gefühl, hier an Bord dieses Schiffes zu sein, das in etwas mehr als einer halben Stunde ablegen und Burschi und sie endgültig in Sicherheit bringen würde.

Zwischen all diesen Menschen in ihren verrückten Verkleidungen fühlte sich Sandy aber jetzt schon sicher, recht gut sogar. Ja, so gut, dass sie sich jetzt etwas Gutes tun wollte.

Sie ging an die Bar und holte sich ein Glas Sekt. An sich mochte sie das Zeugs gar nicht. Sie hatte immer rülpsen müssen, in den wenigen Situationen, in welchen sie es bisher versucht hatte.

Die Situation verlangte jetzt aber nach etwas Besonderem zu trinken. Was, Champagner gab es auch, der sollte ja noch besser sein. Und teurer, viel teurer. Aber das war völlig wurscht. Und vielleicht musste man ja nach Champagner auch nicht rülpsen.

Also her mit dem Zeug und runter damit.

*

Eine Minute vor 20 Uhr bremste Jo Fossler seinen dunkel lackierten Kleintransporter vor dem Eingang der Raststätte ›Schottwien‹ scharf ab, und Karl Helmbach sprang aus dem Wagen. Er eilte die Stiegen hinauf in das einladend wirken wollende Gebäude und gleich darauf wieder hinunter zu dem, was mit einem international anerkannten Piktogramm als WC ausgewiesen war.

Einmal drinnen, beeilte er sich, die zweite, wie nannte sich das korrekt, Koje, Zelle oder was immer auch, von links zu erreichen. Kaum war er drinnen, kniete sich Helmbach auch schon hin und suchte den unteren Teil des Spülkastens ab. Aber da war nichts.

Na, vielleicht hatte Palinski das falsch verstanden. Also nahm er die Abdeckung des Spülkastens ab und sah da nach.

Aber ebenso nix, niente, nothing at all.

Während Helmbach überlegte, wie es weitergehen sollte, fiel dem alten Hasen etwas ein. Und je länger er darüber nachdachte, was in dieser Situation natürlich nur einige Sekunden mehr bedeutete, desto mehr konnte er diesem

Gedanken etwas abgewinnen. Auch wenn es ihm völlig widerstrebte.

Als Nächstes betrat er, wesentlich vorsichtiger, aber umso gespannter, die zweite Zelle von rechts. Und siehe da, an der Unterseite des Spülkastens fand sich tatsächlich ein mit Tixostreifen fixiertes Wertkartenhandy. Der aktuelle Entführer hatte offenbar Probleme damit, rechts und links auseinanderzuhalten.

Und dazu fiel Helmbach etwas ein, und das gefiel ihm gar nicht.

Bald meldete sich die seltsam verzerrte Stimme wieder:»Fahren Sie jetzt nach Sopron und suchen Sie dort die Wechselstube der Duna Banca auf, die sich im Einkaufszentrum gleich am Stadtrand befindet!«, forderte ihn die Stimme auf. »Als Nächstes suchen Sie den Schalter auf, an dem man Geldanweisungen über Western Union vornehmen kann. Dort zahlen Sie die 100.000 Euro ein und bekommen dafür einen mehrstelligen Zahlencode. Den merken Sie sich gut, denn ich werde Sie um Punkt 21.45 Uhr anrufen und Sie bitten, mir diesen Code zu nennen!« Der Mann räusperte sich. »Ist das so weit klar?«

»Alles klar«, bestätigte Helmbach.

»Ja, eines noch. Sie haben doch einen gültigen Ausweis bei sich? Vorzugsweise Ihren Reisepass?«, wollte der Entführer noch wissen.

»Meinen Pass habe ich immer bei mir«, bestätigte Helmbach, »man weiß ja nie, wo man plötzlich hinmuss.«

»Gut, dann kann es ja losgehen!«, freute sich der Anrufer und beendete das Gespräch.

Helmbachs Uhr zeigte exakt die 20. Stunde des Tages an.

9.

Donnerstag, 20. Februar, nach 20 Uhr

Karl machte einen etwas angeschlagenen Eindruck, dachte Jo Fossler, als er den Kollegen, ja, er hoffte, sogar Freund sagen zu dürfen, langsam zum Wagen zurückkommen sah.

Kein Wunder, dass der immerhin um 36 Jahre ältere Helmbach, der für sein Alter ohnehin eine beneidenswerte Konstitution hatte, angesichts des Stresses und der körperlichen Anforderungen der letzten Tage müde wirkte. Fossler selbst hatte nur wenige Stunden schlafen können und Karl sicher auch nicht mehr.

Palinski machte es sich schon etwas einfach, fand zumindest Jo, immerhin war es ja sein Verwandter, der wieder freikommen sollte. Aber nein, der Mann erfand einfach so einen Koch- und Fresswettbewerb, nur um nicht selbst die Sache mit dem Lösegeld abwickeln zu müssen.

Na ja, Geld regierte eben die Welt. Und auf diese Weise verdienten Karl und er eben ein paar Hunderter mehr. So gesehen war das schon in Ordnung.

Und dennoch, der Zustand seines Kollegen wollte ihm nicht recht gefallen. Noch zwei, drei Stunden, und dann war hoffentlich Schluss für heute.

Inzwischen hatte Karl Helmbach den Kleintransporter wieder erreicht und neben Fossler Platz genommen. Der alte Mann wischte sich das Gesicht mit einem Taschentuch ab. Dann warf er einen Blick auf die Uhr. »Wir müssen uns beeilen, damit wir bis spätestens«, er überlegte kurz, »21.30 Uhr in Ödenburg sind.«

»Ödenburg?«, fragte Jo erstaunt, »ich dachte …« Er ließ den Satz unvollendet.

»Was hast du gedacht?«, wollte Helmbach wissen.

»Ach, nichts«, wehrte Fossler ab. Um dann mit etwas verschämt wirkender Offenheit zuzugeben: »Um ehrlich zu sein, ich habe keine Ahnung, wo dieses Ödenburg sein soll.«

»Ödenburg ist die deutsche Bezeichnung für Sopron!«, klärte ihn Helmbach auf. Dann begann er umständlich, in seiner Jackentasche zu kramen. Bis er endlich eine kleine Packung hervorholte.

»Ach, Sopron, ist das nicht in Ungarn?« Jo schien nicht ganz sattelfest in Geografie zu sein. Oder doch? »Ist das nicht gleich hinter der Grenze?«

Helmbach nickte müde und wischte sich ein weiteres Mal die Stirne mit seinem Taschentuch. »Besser, ich nehme eines von diesen!« Er lächelte und hielt die Packung in die Höhe. »Könntest du so nett sein und mir noch schnell ein Glas Wasser oder vielleicht eine Flasche Mineral aus der Raststätte holen, sonst bring ich diese Tabletten nicht hinunter.« Gleichzeitig griff er sich mit der rechten Hand auf die linke Brust und verzog leicht das Gesicht. »Tja, meine Oma hat schon immer gesagt, wer nicht alt werden will, muss jung sterben!«

Fossler lachte pflichtschuldig und stieg aus, um Karl den Gefallen zu tun. Kaum war der Jüngere außer Sichtweite, als es dem Älteren plötzlich wieder besser zu gehen schien.

Zunächst fuhr er in die Innenseite seiner Jacke und holte etwas heraus. Dann bückte er sich und machte sich an der Abdeckung des Armaturenbrettes zu schaffen. Anschließend holte er noch seinen kleinen Schreibblock heraus und notierte eine Zahl.

Als er Fossler aus der Raststätte kommen sah, holte er rasch sein Handy heraus, um sich danach wieder leidend in die Ecke fallen zu lassen. Die rechte Hand neuerlich dramatisch auf die linke Brusthälfte gepresst.

»Um Gottes Willen, was ist los mit dir?« Fossler war richtig erschrocken. »Hier, das Wasser, komm, nimm schon deine Tabletten!« Er drängte Helmbach die kleine, grüne Flasche Voralpenquell förmlich auf.

»Ich habe mir eben ein Taxi bestellt, dass mich zum Arzt am Semmering bringen soll.« Der alte Ex-Polizist hatte sichtlich Mühe mit dem Sprechen. »Du musst das mit dem Geld allein zu Ende bringen!«

»Aber ich …«, wollte Jo entgegnen, doch Karl ließ ihn nicht aussprechen.

»Nein, nein, du schaffst das schon!« Er klopfte dem Jüngeren ermutigend auf die Schulter. »Du fährst jetzt nach Sopron. Dort suchst du die Wechselstube der Duna Banca auf, die sich im Einkaufszentrum gleich am Stadtrand befindet!«

»Ja, hat das denn jetzt noch offen?«, wunderte sich Fossler.

»Das EKZ sperrt – äh – angeblich um Mitternacht, die – äh – Wechselstube schon um 22 Uhr«, wusste Helmbach, der zwischendurch immer wieder leise und dramaturgisch wirkungsvoll stöhnte.

»Dort zahlst du beim Western Union-Schalter die

100.000 Euro ein, begleichst die anfallenden Gebühren und notierst dir vor allem den mehrstelligen Code, den man dir nennen wird.« Nun holte Helmbach auch noch das Wertkartenhandy heraus, das er kurz zuvor unter dem zweiten Spülkasten von rechts hervorgeholt hatte.

»Hier das Telefon, der Erpresser wird dich um 21.45 Uhr anrufen und den Code wissen wollen. Den gibst du ihm und das wars dann!« Er versuchte ein schmerzverzerrtes Lächeln. »Dann bist du fertig für heute. Ist das in Ordnung?«

»Das ist mir alles klar!«, versicherte der Jüngere, »aber ich habe ein sauschlechtes Gefühl dabei, dich hier allein zu lassen!«

»Ich schaffe das schon!«, beruhigte ihn der Ältere. »Und vergiss nicht, das Leben von diesem Albert steht auf dem Spiel. Also verbock es nicht!« Er klopfte Jo nochmals auf die Schulter, dann stieg er etwas mühsam aus dem Wagen und schleppte sich zur Raststätte.

Na, so schlimm wirds schon nicht werden, dachte Fossler, während er Gas gab und die Ausfahrt ansteuerte. Damit meinte er allerdings das Schicksal Alberts.

Was dagegen Karls Gesundheit betraf, da machte er sich doch echte Sorgen. Überhaupt, im Augenblick fühlte er sich gar nicht gut in seiner Haut.

*

Endlich war es so weit, die Vorbereitungen für den First International Snow Dumplings Contest waren abgeschlossen. Auf diese nicht ganz authentische Übersetzung hatte sich Palinski wegen der überwiegend Englisch sprechenden Zuschauer eingelassen. Es konnte also losgehen.

Insgesamt standen fünf TeilnehmerInnen am Start, darunter auch ein Mann. Neben Jan Belghusen, Inspektor der Rotterdamer Kripo, Junggeselle und begeisterter Hobbykoch, stiegen Berta Weilhammer, Maria Schutz, Wilma Bachler, Wien, Inspektor Johanna Matzner, Kripo Salzburg, und, und das war eine riesengroße Überraschung, Lady Paulina Millfish in den imaginären Ring.

Pahl-Giacometti war stocksauer. Als es vorhin darum gegangen war, neben Juri Malatschew, dem Präsidenten, und Adrian Eberheim, dem Vizepräsidenten der Jury, drei weitere Mitglieder zu bestimmen, hatte er sich vehement und lautstark um einen Sitz in diesem Gremium bemüht.

Einerseits liebte er Ehrenämter, die mit einer Art Schiedsrichterfunktion verbunden waren, und dieses war so eines. Andererseits wieder hätte er für gute Süßspeisen morden können. Ein Umstand, der in Hinblick auf seinen Beruf etwas seltsam klang. Und der, Gott sei Dank, auch nicht allgemein bekannt war. Sonst hätten sich die Auftraggeber sehr viel Geld ersparen können.

Aber man hatte ihn nicht genommen. Nein, nicht einfach nicht genommen, sondern vor allem auch nicht gewollt. Aktiv abgelehnt, und das mit einer vernichtenden Konsequenz. Die Behandlung, die ihm in diesem Zusammenhang widerfahren war, grenzte schon an Diskriminierung.

Das musste ihm jemand erklären, warum ihm Sir Peter Millfish, also bei dem war es sicher das Geld gewesen, oder dieser Werner Bachfinger vorgezogen wurden? Nur weil der Journalistenschnösel im Fachmagazin ›Prison International‹ eine ständige Kolumne ›Die besten Gefängnisküchen in der EU‹ hatte und glaubte, deswegen etwas von Schneenockerln zu verstehen?

Gut, er war für die Vergabe der in diesem bislang etwas vernachlässigten Gastronomiesegment so begehrten Goldenen Häf' verantwortlich. Ein Häf', und man gehörte zur Premium League der Gefängnisküchen, drei Häf', und man war auch im Gefängnis im kulinarischen Himmel. Diese Auszeichnung war überhaupt erst zwei Mal vergeben worden. Zuletzt vor zwei Jahren an Jean Pierre Knickerli vom Zentralgefängnis im schweizerischen Rupperswohl wegen seiner unnachahmlichen Variationen an Wasser und Brot.

Übrigens, die Küche des Gefangenenhauses in Stein an der Donau durfte bereits seit drei Jahren zwei Häf' führen und war damit mit Abstand die beste Gefängnisküche des Landes. Das könnte sich aber noch heuer ändern, da es der Strafanstalt im Grauen Haus in Wien nach bisher unbestätigten Meldungen gelungen sein soll, einen Zwei-Hauben-Koch für drei Jahre zur Mitarbeit gewinnen zu können. Wegen Bandenbildung und Raub. Vorzeitige Entlassung wegen guter Führung konnte natürlich nicht ausgeschlossen, würde aber tunlichst verhindert werden.

Aber was dieser penetrante Mario Palinski in der Jury tat, war wirklich nicht einzusehen. Der präpotente Kerl hatte sich den Job selbst zugeteilt, obwohl ihm jede fachliche Voraussetzung dafür fehlte.

Also gut, was nicht war, war eben nicht. Aber eines stand für den Commendatore unverrückbar fest. Nicht in die Jury berufen worden zu sein, war eine Sache. Aber den Saal hier heute Abend, ohne mindestens eine Portion Schneenockerln gekostet zu haben, zu verlassen, eine andere. Das kam für ihn nicht infrage.

Pahl-Giacometti wollte endlich auch einmal wissen, wie diese berückend klingende Süßspeise schmeckte.

Das war in seinem Alter doch wirklich nicht zu viel verlangt.

*

Während die Ereignisse im ›Semmering Grand‹ langsam, aber unausweichlich einem ersten Höhepunkt zustrebten und immer mehr Menschen in diese Tragödie griechischen Ausmaßes hineingezogen wurden, menschelte es gleichzeitig am ›Zauberberg‹ aber auch auf das Netteste. Caroline Millfish und Florian Nowotny hatten große Sympathien zueinander und einige Gemeinsamkeiten festgestellt und waren dabei, sich besser kennenzulernen. Aus diesem Grund entflohen die beiden dem summenden Bienenkorb, der sich rasch auch in ein Wespennest verwandeln konnte.

Nach ein wenig Schmusen in einem der kleineren, um diese Tageszeit leer stehenden Gesellschaftsräume hatte Florian die Angebetete, die noch dazu ausgezeichnet Deutsch sprach, mit einem leicht sächsischen Akzent wohlgemerkt, gefragt, ob sie nicht seinen Golf GT näher kennenlernen wollte.

Carol zeigte sich sofort höchst interessiert, und schon wenige Minuten später schlichen die beiden über den Parkplatz.

»Besser, wenn man uns nicht sieht!«, meinte Caroline verschwörerisch. »Papa ist etwas eigen, wenn es um Jungs geht!« Dann gab sie Florian ein Bussi auf die Wange. »Obwohl, du bist ja kein Junge mehr, sondern ein Mann!«

Die beiden blickten sich verliebt an, während er den Schlüssel aus der Tasche holte, um das Auto zu öffnen.

Gleichzeitig fischte er nach dem auf der Windschutzscheibe befindlichen Zettel und reichte die vermeintliche Werbung Carol.

»Bitte wegwerfen!«, meinte er, doch sie warf einen halbherzigen Blick auf den Wisch.

»Guck mal«, meinte die junge Frau plötzlich, »scheint ne Art Italienisch zu sein, wahrscheinlich ein Dialekt. Vittima«, zitierte sie und »Mandatare. Verstehst du, worums da geht?«

Florian guckte und erkannte sofort, dass es damit eine besondere Bewandtnis haben musste. Allein die beiden immer wieder auftauchenden, speziell in Anführungszeichen gesetzten Begriffe, die er mit seinen rudimentären Lateinkenntnissen zu verstehen glaubte, vor allem aber die Ortsbezeichnung Semmering stellten einen möglichen Bezug zu dem Hier und Jetzt her, den er nicht ignorieren konnte. Ehe er aber seinen Chef damit konfrontierte, wollte er noch etwas mehr in Erfahrung bringen. Das war eben so seine Art, mit solchen Herausforderungen umzugehen.

Im folgenden Gespräch mit Sir Peters jüngster Tochter sollte er daher neben einigen äußerst erfreulichen Indizien für Carols Zuneigung auch Informationen erhalten, die ihm ein wenig Angst machten.

Wie schon gesagt, die einzelnen Teile des Ganzen fügten sich langsam, aber sicher zusammen wie die verzahnten Stücke eines Puzzles und ließen die Dimension des bevorstehenden Wuuumms bereits erahnen.

*

Eine der berührendsten Szenen, die Palinski in den letzten Jahren, wenn nicht überhaupt je erlebt hatte, spielte sich gerade an der Tafel der Jury ab.

In einem Abstand von vielleicht fünf Metern hatten alle TeilnehmerInnen Platz genommen. Juri Malatschew, der die letzten paar Minuten den Eindruck eines Schlafenden erweckt hatte, öffnete die Augen, um sich die Menschen genauer anzusehen, die ihm in Kürze endlich das Vergnügen bereiten sollten, Schneenockerln kennenzulernen.

Zunächst grinste er den jungen Mann, Wilma, Berta und Johanna aus Salzburg freundlich an. Als sein Blick dann aber auf Paulina Millfish fiel, die trotz einer weißen, gestärkten Kochmütze und einer großen blauen Schürze nach wie vor wie eine Lady aussah, vollzog sich in Sekundenschnelle ein fast unglaublicher Wandel mit dem Russen.

Sein fast ein wenig spöttisches Lächeln verschwand aus seinen Zügen, jegliche Selbstsicherheit fiel von ihm ab, und er wirkte fast wie ein Schüler, den man beim Abschreiben erwischt hatte. Schließlich, als Krönung des Ganzen, geschah etwas, das Palinski nie und nimmer für möglich gehalten hätte.

Der alte Bär aus Kasan bekam plötzlich einen hochroten Kopf. »Paulinka, bist du es wirklich?«, murmelte er fast andächtig. Dann stand er auf, ging zu der fast unmerklich mit dem Kopf nickenden Lady Millfish und küsste ihr mit einer Grandezza die Hand, wie man sie nur mehr aus uralten Filmen kannte.

Damit aber nicht genug, auch Paulina zeigte Regung, war sichtlich gerührt und küsste den in dieser Situation wie ein kahlköpfiges Riesenbaby wirkenden Juri auf die linke Wange.

»Ich ersuche um Verständnis für die besondere Begrüßung dieser Dame«, meinte der Russe dann zu den übrigen Juroren, aber auch zu allen anderen, »aber Lady Paulina und ich sind alte Freunde aus Berlin. Doch das ist schon einige Zeit her.«

Palinski musste an ein Gespräch mit Juri denken, das sie vor eineinhalb Jahren oder so geführt hatten. Der Russe hatte ihm damals anvertraut, dass er von 1974 bis zum Fall der Mauer als Kontaktperson des KGB zur Stasi in Ostberlin tätig gewesen war. In dieser Zeit hatte er offenbar die Bekanntschaft der heutigen Lady Paulina gemacht.

Als gutem Kopfrechner war Mario aber klar, dass die Sache nicht von Dauer gewesen sein konnte, denn Andrea Millfish war … Oder konnte es sein, dass …? Nun, eigentlich ging ihn das ja überhaupt nichts an. Und wer sagte überhaupt, dass die Beziehung der beiden durch … Da waren eindeutig zu viele Wenn und Aber im Spiel und alles, was dabei rauskam, reine Spekulation. Falls er dies wollte, würde ihn Juri sicher einmal aufklären.

Einen neugierigen Blick auf die älteste Millfish-Tochter konnte Palinski sich aber nicht verkneifen. Also eine Ähnlichkeit war da nicht unbedingt zu erkennen. Aber jetzt Schluss. Wirklich.

Inzwischen hatten zwei Ober begonnen, den Juroren die Schneenockerln-Kreationen der einzelnen Teilnehmer zur Bewertung zu servieren.

Sir Peter Millfish, dem das ganze Getue dieses Wiener Russen, dieses sogenannten Jurypräsidenten, schon die ganze Zeit über auf die Nerven gegangen war, hatte die letzten Entwicklungen mit besonderer Skepsis verfolgt. Vor allem die offensichtliche Bekanntschaft zwischen seiner Frau und diesem furchenscheißenden Tartaren ging ihm arg gegen den Strich.

Er konnte sich noch recht gut erinnern, wie er seinerzeit Paulina bei einer Operngala Unter den Linden kennengelernt und sich in sie verliebt hatte.

Er hatte anfangs nicht verstanden, warum sich diese wunderschöne junge Frau für ihn entschieden hatte. Aber seit wenigen Minuten hatte er einen Verdacht.

Und falls der zutraf, dann war es wirklich kein Wunder, dass Andrea ihren beiden jüngeren Schwestern so gut wie überhaupt nicht ähnlich sah. Er merkte, wie sich in ihm Zorn, Eifersucht und Hilflosigkeit, also eine teuflische Mischung negativer Gefühle, langsam zu einem explosiven Ganzen aufbauten.

Jetzt näherte sich ein Ober Sir Peter und stellte einen Teller mit diesem seltsamen Dessert vor ihn auf den Tisch.

Verdammt, der Kerl stank aus dem Maul wie die Pest. Sir Millfish blieb heute wirklich nichts erspart. Servicepersonal müsste angehalten werden, zwischen jedem Gang die Zähne zu putzen oder zumindest kräftig mit Mundwasser zu spülen.

Ochhh, das war ja unzumutbar. Da verging einem wirklich jeglicher Appetit. Und wie schamlos dieser Russenarsch mit Paulina turtelte, also das ging wirklich zu weit.

Wütend sprang Sir Millfish auf und brüllte: »Jetzt ist es genug, Sie Rüpel! Lassen Sie sofort meine Frau in Ruhe! Und diese blöde Süßspeise«, er schob den vollen Teller luftig leichter, flaumiger Wiener Süßspeisenspezialität zornig zur Seite, »die können Sie sich sonst wohin schieben!«

Das alles von einem echten englischen Lord zu hören und noch dazu mit astreinem sächsischen Akzent, das versetzte nicht nur Palinski in einiges Erstaunen.

Pahl-Giacometti dagegen, der den Vorfall genau verfolgt und auf eine Gelegenheit wie diese nicht zu hoffen gewagt hatte, begrüßte die Entwicklung der Dinge durchaus.

»Antonio, Antonio, schnell!«, flüsterte er seinem Sekretär erregt zu. »Bring mir den Teller Schneenockerln, den Sir Peter stehen gelassen hat. Aber pronto. Und möglichst unauffällig.«

Er zeigte verstohlen auf die verschmähte Köstlichkeit.

Schon wenige Minuten später war der Commendatore am Ziel seiner Fressgier angelangt. Und nicht nur da.

Denn das von Stefan in den Schlagobers eingeträufelte Gift wirkte rasch und lautlos. Nach nur wenigen Bissen, die Carlo Montebello allerdings mehr genoss als alles, was danach sein Leben noch lebenswert machte, schnaufte er einige Male geräuschvoll durch, griff sich an die Brust und sank zurück.

»Um Himmels willen, was ist denn los, Karl?«, jammerte Toni. »Das wird doch nicht schon wieder so ein Kreislaufkollaps sein? Hilfe, ist kein Arzt hier?«

»Lass nur«, flüsterte der falsche Commendatore. »Ich spüre, mit mir geht es dem Ende zu. Ich werde sterben, und du, mein Freund, musst mir noch etwas versprechen. Du musst den Kontrakt erfüllen. E una cosa d'onore, sai. Du musst ihn morgen töten!«

»Ja, ja, naturalmente«, versicherte Antonio, der in dieser Situation alles versprochen hätte. »Aber wen soll ich ...?«

»Bene, bene«, flüsterte Carlo mit ersterbender Stimme, »tu sei un buon ragazzo.« Dann kippte er nach vorne, so ungestüm, dass sein Kopf mit einem kräftigen Bumperer auf der Tischplatte aufschlug.

Der schnell herbeigerufene Notarzt konnte nichts mehr tun, außer plötzlichen Herztod festzustellen. Na net, langjährige Hämorrhoiden hatten zugeschlagen. Bei einem 68-Jährigen war das durchaus nichts Ungewöhnliches, wenn auch ein wenig früh, vielleicht. In keinem Fall aber Anlass für den Medizinmann, sich selbst oder anderen weitere Fragen zu stellen.

Zurück blieb ein um seinen Freund und Mentor trauernder Toni, der sich zwischendurch immer wieder mit der Frage quälte, wen er morgen töten sollte.

*

Der Entführer, für alle, die es noch nicht mitbekommen haben sollten, es handelte sich dabei um Jo Fossler, also Fossler stand vor einer interessanten Frage.

Sollte er jetzt, nachdem er das Geld ja faktisch bereits erhalten hatte, noch weiter brav seinen eigenen Plan erfüllen? Was bedeuten würde, bei dem eben einsetzenden Schneefall die gut 60 Kilometer bis Sopron zu fahren, das Geld mithilfe von Western Union auf den Weg zu bringen und dann irgendwann nach Mitternacht wieder am Semmering zu landen.

Oder sollte er sich nicht besser ein nettes, gutes Restaurant suchen, nach längerer Zeit wieder einmal ein gepflegtes Abendessen zu sich nehmen und Pläne für die Zukunft schmieden. Kein Zweifel, diese Variante gefiel Jo sehr viel besser.

Als gelegentlich doch etwas unentschlossener Mensch entschied er sich aber dafür, dem Schicksal die Beantwortung dieser Frage zu überlassen. Sollte es innerhalb von, na ja, fünf Minuten zu schneien aufhören, würde er den ursprünglich geplanten Ablauf beibehalten. Falls es aber weiter so Schnee herunterhaute, wie das eben der Fall war, dann würde er das als Entscheidung zugunsten der Option Abendessen betrachten.

Eine Viertelstunde mittelstarken Schneefalls später saß Jo Fossler in einem kleinen, aber feinen und als Geheimtipp unter den Freunden der Regionalen Neuen Küche gehandelten Gasthof etwas außerhalb von Gloggnitz und empfand aufsteigende Lustgefühle beim Studium der vor ihm liegenden Speisekarte.

Zuvor hatte er noch vom Auto aus seine geschiedene Frau angerufen und ihr mitgeteilt, dass sie heute nicht mehr nach Hevlin musste, um das bei Western Union geparkte Geld am Grenzpostamt zu beheben.

»Wir treffen uns morgen oder übermorgen, Maria. Der Übergabemodus hat sich kurzfristig geändert!«

Nun, der Maria wars egal gewesen, Hauptsache, sie konnte kommende Woche die längst überfälligen Rechnungen bezahlen und mit dem kleinen Freddie endlich zu dem Spezialisten für Zahnregulierungen gehen. Und vor allem, die Delogierung aus der kleinen Mietwohnung im 16. Bezirk konnte damit gerade noch rechtzeitig verhindert werden.

Obwohl ihn das, was er getan hatte, um zu diesem Geld zu kommen, doch belastete, hatte Fossler ein ganz gutes Gefühl an diesem Abend. Es war schön, etwas für die Familie tun zu können.

Auch unter diesen besonderen Umständen.

*

Sandy und Burschi waren inzwischen in Bratislava von Bord des Schnellkatamarans gegangen. Ihre Kostüme hatten sie in einen Müllcontainer nahe der Anlegestelle des Twin City Liners in der slowakischen Hauptstadt gestopft und sich auf den Weg zum Flughafen gemacht.

Was die beiden nicht wussten, ja, gar nicht wissen konnten, da es sich erst wenige Minuten vorher ergeben hatte, war, dass herrenlose Gepäckstücke, die in der Nähe eines Coffeeshops am Airport gefunden worden waren, Bombenalarm ausgelöst hatten. Und damit einen massiven Einsatz der Polizei und des Bombenentschärfungskommandos.

Die inzwischen etwas ins Paranoide ausgewachsene Gemütslage der beiden hatte in Verbindung mit einem gewissen Hang zur Selbstüberschätzung zur Folge, dass Sandy und Burschi angesichts dieser massiven Präsenz von Sicherheitskräften überzeugt waren, der ganze Auftrieb gelte ausschließlich ihnen.

Und das war bei allen doch sehr gemischten Gefühlen, die die beiden befallen hatten, vor allem furchterregend und Flucht einflößend.

Was würde ihnen also anderes übrig bleiben, als sich zurück zum ›Propellerhaus‹ durchzuschlagen, mit aller gebotenen Vorsicht natürlich, die Kostüme aus dem Müll zu fischen und sich wieder auf das Schiff zu schleichen.

Zurück in Wien, sollten sie dann vielleicht versuchen, zum Airport nach Schwechat zu gelangen und danach trachten, einen Flug zu bekommen, der sie möglichst weit weg und in Sicherheit brachte.

Sandy erinnerte sich, dass die Rückfahrt für 5 Uhr angesetzt war. Dass ihnen also noch, sie griff nach Burschis Arm und warf einen Blick auf seine Uhr, mehr als sechs Stunden bevorstanden, die es zu überstehen galt.

»Vielleicht wird es das Beste sein, ins ›Bellevue‹ zum Gschnas zu gehen, da fallen wir am wenigsten auf«, stellte sie fest. Und Burschi nickte heftig und ergänzte hoffnungsfroh: »Da gibt es sicher auch etwas zu essen!«

*

Der Wettbewerb um die Schneenockerlnqueen, wie der vor Kurzem in Begleitung der Wallners und Ministerialrat Schneckenburgers erschienene Innenminister das fröhlich-chaotische Treiben da oben auf dem Podium scherzhaft bezeichnete, wurde immer peinlicher.

Ja, nachdem Malatschew Peter Millfish offenbar mit einem russischen Schimpfwort belegt und der Sir daraufhin wutentbrannt den Saal verlassen hatte, drohte kurzzeitig sogar der Abbruch.

Abgesehen von den teilweisen Spannungen auf der Bühne, herrschte auch organisatorisch ein unwahrscheinliches Chaos. Das zusätzlich noch olfaktorisch belastet wurde durch den wirklich mörderischen Gifthauch, der aus dem Maul von einem der beiden Ober stammte. Der noch dazu offenbar immer dann, wenn er gerade einen Teller abstellte oder wegräumte, kräftig ausatmete, statt die Luft anzuhalten. Wenn sich der Unglücksrabe schon nicht die Zähne putzte, dann sollte er wenigstens an seiner Atemtechnik arbeiten.

Irgendwo in Palinskis Hinterkopf kratzte dieser Gestank an einer Erinnerung. Ihm wollte aber nicht und nicht einfallen, wo ihm dieser Schwalm Moder bereits untergekommen war.

Dann, als endlich sämtliche, natürlich anonymisierten Proben verkostet worden waren und die Zeit für eine Entscheidung gekommen zu sein schien, geschah etwas völlig Überraschendes.

Berta Weilhammer, die Palinski schon abgegangen war, kam glückstrahlend, einen dampfenden Teller in der Hand, zum Jurytisch und baute sich vor Juri auf.

»Ich glaube, ich weiß, was Sie sich wirklich wünschen!«, kündigte sie stolz an und stellte den Teller vor dem Jurypräsidenten ab.

Palinski hatte zwar noch nicht erkennen können, um was es sich da auf dem Teller handelte. Aber eines stand schon fest. Das Was-immer-Auch roch köstlichst, umschmeichelte die nicht immer verwöhnten, ja zuletzt sogar gefolterten Nasenschleimhäute auf das Verführerischste.

Der Geruch war himmlisch, Spitze, cool, wie immer man das generations- und sprechkulturbedingt auch ausdrücken mochte, wunderbar.

Juri schien das auch so zu sehen, denn sein donnerndes »Da, da, das ist es. Diese Speise chat gesiegt und damit

Punktum!« kam aus tiefstem Herzen. Und natürlich auch mit dem Brustton der Überzeugung.

Palinski kannte das von einigen ähnlichen Situationen in der Vergangenheit. Wenn der alte Russe so reagierte, dann half nichts mehr. Dann war das eben so. Da fuhr ganz einfach der Zug drüber, wie es so schön hieß.

Obwohl die Vorgangsweise ganz schön autoritär war und sicher nicht den klassischen Regeln einer Juryentscheidung entsprach, konnte Palinski mit dieser Entscheidung leben. Immerhin zählte ein Schneenockerln-Wettbewerb nicht gerade zu den Top-Errungenschaften der Aufklärung, ohne die Freiheit und Demokratie nicht vorstellbar waren.

Aber eines wollte Mario schon wissen. »Was ist denn das auf dem Teller? Nach Schneenockerln schaut mir das nicht aus.«

»Das sind …«, wollte Berta erklären, aber der Präsident ließ sie nicht zu Wort kommen.

»Das chier cheißt Dukatenbuchteln mit Vanillesoße und ist chervorragend!« Mario hatte den alten Russen noch nie so schwärmerisch blicken sehen. Na ja, einmal vielleicht, als er das erste Mal Kastanienreis geschlemmt hatte.

»Und damit chat Berta mit dieser cherrlichen Spezialität den Wettbewerb gewonnen. Und damit basta, charascho!«

»Aber du wolltest doch unbedingt Schneenockerln cha… haben, Juri. Ich habe deswegen sogar einen eigenen Wettbewerb gestartet!«, wunderte sich Palinski. »Wir können doch nicht vor die Leute treten und verkünden, dass Berta Weilhammer den Schneenockerln-Wettbewerb mit Dukatenbuchteln mit Vanillesauce gewonnen hat. Die halten uns doch für verrückt!«

»Und warum sollen die uns nicht für verrückt chalten!« Juri grinste sein breitestes Grinsen. »Es ist ja wirklich verrückt. Aber es ist chalt so. Ich chabe entschieden und basta.«

»Ja, du hast entschieden, einsam, autoritär, undemokratisch. Darauf kannst du stolz sein!«, matschkerte Mario.

»Das macht manchmal ganz schön Spaß«, brummelte der alte Russe. »Einfach zu machen, was man will. Also chab dich nicht so.« Er stand auf. »In 15 Minuten chaben wir Siegerehrung. Ist das nicht chervorragend?«

*

Florian Nowotny hatte die Absicht gehabt, mit Caroline Millfish eine lange und vor allem zu Herzen gehende Fahrt durch das Land um den Semmering zu unternehmen. Um dem zarten, zwischen den beiden jungen Menschen treibenden Beziehungspflänzchen etwas Humus für die Zeit zu verpassen, die zwischen den schönen Tagen am Semmering und einem nächsten Treffen lag.

Ja, Carol und Florian hatten entdeckt, dass ihnen der Gedanke, sich schon bald wieder zu treffen, wesentlich mehr zusagte als der Gedanke an das Auseinandergehen. Caroline hatte sogar ernsthaft darüber nachzudenken begonnen, ob sie ihr Ökonomiestudium nicht schon bald in Wien fortsetzen sollte.

Mit der Zeit wurde Florian aber immer unruhiger. Die mit einer Art italienischem Dialekt vollgeschriebene Seite, die er an der Scheibe seines Wagens gefunden hatte, beschäftigte ihn zunehmend. Carol merkte natürlich, dass da mit ihrem Florian etwas nicht in Ordnung war.

»Du solltest unbedingt mit deinem Chef und der Polizei darüber sprechen!«, meinte Carol.

Nachdem die gute Stimmung von den dunklen Gedanken förmlich fortgeschwemmt worden war, brach das herzige Paar seinen Ausflug ab. In der Hoffnung, vielleicht noch etwas Spaß in der Hotelbar zu finden.

Knapp 15 Minuten später war es Florian gelungen, Palinski einige Minuten zu sprechen. Kaum hatte sein Chef das mysteriöse Papier gesehen, als er sich auch schon dessen Bedeutung bewusst wurde. Zunächst allerdings nur intuitiv.

»Ich weiß aber, wen ich außer Juri Malatschew noch dazu befragen werde«, kündigte Palinski geheimnisvoll an. »Und von wem ich eine authentische Übersetzung dieses sizilianischen Kauderwelschs bekomme.«

Gleich darauf erkundigte er sich bei Elke Horwenz an der Rezeption, ob er das Telefax benutzen dürfte. Wo hatte er das Medaillon schon gesehen, das die hübsche Hotelsekretärin um den Hals trug?

*

Endlich war es so weit. Juri Malatschew war wieder in den Festsaal und auf das Podium zurückgekehrt. Auf sein Zeichen hin spielten die drei Original Birkfelder Steierbuam, die mit ihrer bisherigen Darbietung nicht sonderlich aufgefallen waren, einen zünftigen Tusch. Und das mit Harmonika, Gitarre und Bass. Eine bemerkenswerte Leistung.

Dann begann die Preisverleihung. Juris chaotische Art

zu denken hatte andererseits wieder so etwas wie eine systemimmanente Logik. Etwas, das an und für sich ein Widerspruch war. Aber der Bär von Kasan hatte schon andere Gratwanderungen geschafft.

Offenbar hatte er es sich auf dem Klo doch noch anders überlegt, denn: »Der Preis für die besten Schnellnockerln«, er hatte das tatsächlich so gesagt und nicht etwa Schnee, »geht an Jan Belghusen aus Rotterdam.«

Und nun passierte etwas, mit dem Geneva Post schon gar nicht mehr gerechnet hatte. Obwohl Mario Palinski versprochen hatte, sie groß vorzustellen. Aber davon war bis jetzt keine Rede gewesen. Als Überraschungsgast aufzutreten, war nicht mehr gut möglich, da sie schon mit allen Gästen getanzt hatte. Den männlichen halt. Aber irgendwie …

»Der Sieger erchält einen dicken Kuss von meiner wunderschönen Assistentin chier, the one and only Miss Geneva Post!«, verkündete Juri großartig und zeigte auf die junge Frau neben sich. »Ladys and Gentlemen, chier die cherrliche Geneva Post!«

Freundlicher Applaus folgte der Ankündigung, aber auch einige andere Reaktionen. »Geneverl, Geneverl«, skandierten einige jüngere Ränge und einer der uncharmanten Gimpel röhrte etwas von Jeannie.

Und zu Post würde ihnen sicher auch noch etwas Saublödes einfallen, ging es der jungen Frau wieder durch den Kopf. Genau diese Einladung ihres bisherigen Namens, sich darüber lustig zu machen, hatte sie zu dem Schritt bewogen, den sie genau jetzt, der Zeitpunkt hätte nicht besser gewählt sein können, zu tun vorhatte.

Und so griff sie sich das Mikrofon, auf das Juri mit seinem mächtigen Resonanzkasten völlig verzichtet hatte, und ging ein paar Schritte nach vorne.

»Meine Damen und Herren, ich möchte die Gelegenheit nützen und Ihnen etwas mitteilen!«, begann sie und löste damit ein kindisches »Hört, hört!« aus den hinteren Reihen aus. Die Briten liebten so was.

»Geneva Post ist mit heutigem Tage gestorben!« Sie ließ einige Sekunden Stille folgen, um der Mitteilung mehr Gewicht zu verleihen. Die spöttische Bemerkung »Das nennt man wohl post mortem!« war daher nicht zu überhören.

»Ab heute lautet mein Name nicht mehr Geneva Post«, fuhr sie fort, »sondern Kinshasa Garni. Garni wie der berühmte, weltweit tätige Hotelkonzern, die ›Garni‹-Hotels.«

Vereinzelt setzte Gelächter ein, und eine Stimme informierte Geneva, also Kinshasa, dass auch sehr viele Pensionen zu dem Kon...hihihi...zern hahahaha gehörten.

»Und warum gerade Kinshasa?«, wollte ein Journalist wissen, der es meisterhaft verstand, keine Miene zu verziehen.

»Ich wollte damit zu meinen Wurzeln zurückkehren!«, versicherte die junge Frau, die ihre 15 Minuten im Rampenlicht trotz allem zu genießen schien.

»Wenn ich das erklären darf.« Kinshasa war jetzt nicht mehr zu bremsen. »Ich bin im 2. Wiener Bezirk geboren, in der Leopoldstadt. Und Kinshasa hat früher einmal Leopoldstadt geheißen. Ja, das hat mir meine Freundin Wilma Bachler erzählt!« Dankbar blickte sie zu Palinskis Gefährtin hinüber. »Und was mir an dem neuen Namen so besonders gefällt, ist, dass man ihn nicht zu dummen

Kosenamen verstümmeln kann. Das hat mich bei Geneva sehr gestört!«

Wie zur Bestätigung begannen männliche Stimmen etwas von »Kein Schaserl« zu faseln und einer stellte die unweigerliche Frage: »Gar nie?«

Aber Ex-Geneva negierte diese neuen Gemeinheiten, umarmte Jan Belghusen, gratulierte ihm zu den für einen Holländer sensationellen Schneenockerln und ließ sich ein wenig von dem flotten Rotterdamer abschmusen.

Nun hatte Juri Malatschew das Handeln wieder in die eigenen Hände genommen. »Und der Chauptpreis im …«, er blickte Palinski an, der ihm rasch ein Kuvert zusteckte, »Wert von 2.500 Euro geht an Berta Weillchammer für ihre cherrlichen Dukatenbuchteln mit Vanillesauce. Cherzlichen Glückwunsch!«

Der Bekanntgabe der Siegerin folgten mehrere Sekunden ungläubiger Stille. Bis sich endlich Franz Besenberger, der Chefredakteur des ›Waldviertler Boten‹, mit der Bitte »Könnten Sie das noch einmal wiederholen?« meldete.

Nachdem Juri den Namen der Siegerin, vor allem aber das Siegerdessert wiederholt hatte, brach ein mittlerer Tumult los.

Missfallensäußerungen wie »Na, so was!«, »Das gibt es doch nicht!« und »Das ist ja ungeheuerlich!« beherrschten einige Minuten den Luftraum im Festsaal.

Aber auch ein, zwei »Scandaleuse!«, »That's not possible!«, ja, sogar ein »Mensch, dat is ne Harke!« vom Korrespondenten des ›Neubrandenburger Polizeibeamten‹ waren darunter.

Obwohl der Anlass im Vergleich selbst mit den geringsten Problemen der Welt völlig nichtig war, war dieser Eklat genau von der Art, die der Öffentlichkeit so richtig unter die Haut ging.

Palinski erinnerte sich noch gut, wie in seiner Jugend ein österreichischer Minister einer wichtigen Persönlichkeit zu deren Geburtstag eine Torte für sage und schreibe 13.000 Schilling Steuergeld geschenkt hatte. Und noch dazu vom Überdrüber-Luxus-Konditor der ehemaligen Monarchie.

Das darauf folgende Rauschen im Blätterwald war unglaublich gewesen. Dass davor, gleichzeitig und auch danach Milliardenbeträge an öffentlichen Geldern verspekuliert, fehlinvestiert, geschmiert oder sonst wie in den Sand gesetzt worden waren, hatte dagegen bestenfalls ein bescheidenes Säuseln hervorgerufen.

Seither wusste Palinski, dass es eines besonderen Augenmaßes bedurfte, um die öffentliche Meinung wirklich so richtig in Rage zu bringen. Mit Beträgen oder Problemen, die für Herrn und Frau Österreicher nicht konkret fassbar waren, sondern nur hypothetische Bedeutung hatten, war das nicht möglich.

Mit einer Torte aus der Luxuskonditorei im Werte einer heutigen Mindestpension dagegen schon.

Die Meldung vom Sieg der Dukatennudeln in einem Schneenockerln-Wettbewerb war genau von der Art, die Menschen über Gebühr aufregen konnte. Das war so, als ob ein Japaner die Wahl zum Mister Austria gewonnen hätte. Wenn man das letzte Argument so recht würdigte, konnte diese Reaktion auf Juri Malatschews Urteil auch als versteckte, ganz subtile Form von Alltagsrassismus bezeichnet werden.

Was davon zu halten war, würde wohl erst die zukünftige geschichtliche Betrachtung des Vorfalles zeigen.

Wie auch immer, eines stand jetzt schon fest. Der sonst so friktionsfreie Event hatte seinen Skandal, seine Eintragung ins Ewige Buch der Erinnerungen.

Die Jubiläums-Jahresversammlung der FECI am Semmering? Ja, war das nicht die Veranstaltung, auf der Dukatenbuchteln die besten Schneenockerln gewesen waren?

*

Anton Baldiner, Sekretär, Freund. Lebensgefährte und Vertrauter Karl Schönbergs, der eigentlich Carlo Montebello geheißen hatte und den wir am Semmering als Commendatore Pahl-Giacometti kennengelernt haben, war verzweifelt und ratlos.

Nachdem die Leiche Carlos abtransportiert worden war, hatte er sich sofort in die ehemals gemeinsame Suite zurückgezogen und seinem Schmerz freien Lauf gelassen. Von seiner Persönlichkeitsstruktur her war Baldiner keiner, der jetzt wie in einer altgriechischen Tragödie in lautstarkes Klagen ausbrach oder sonst wie versucht hätte, mit rituellen Verhaltensmustern seinen Schmerz über den Verlust des geliebten Menschen in den Griff zu bekommen.

Nein, der eher introvertierte gebürtige Kapfenberger litt still und leise vor sich hin, das aber wie ein Hund.

Dazu kam noch, dass ihn zwei Themen zunehmend beschäftigten, nein, vielmehr beunruhigten.

Da war zunächst einmal der immer stärker werdende Verdacht, dass es bei Carlos plötzlichem Tod doch nicht ganz so natürlich zugegangen war, wie das der Notarzt als gegeben akzeptiert hatte. Was ihm zu denken gab, war, dass der scheinbare Herzanfall exakt wenige Sekunden nach einigen Bissen dieser Scheißsüßspeise eingetreten war.

Und die Carlo noch dazu von ihm erhalten hatte. Auf seinen Wunsch zwar, aber immerhin. Je mehr Zeit verging, desto sicherer war sich Antonio, dass man seinen Freund und Mentor vergiftet hatte. Die Frage war nur, wer? Und warum?

Obwohl das Warum egal war, den Mörder wollte sich Toni so oder so vornehmen.

Und zweitens war da die mit dem letzten Wunsch Carlos auf ihn übergegangene und auch übernommene Verpflichtung, den eingegangenen Kontrakt auch zu erfüllen. Das war für Toni nicht nur eine Frage der Ehre, sondern selbstverständlich auch eine Verpflichtung gegenüber dem dahingegangenen Freund.

Was ihn aber über alle Maßen beunruhigte, war, dass er keine Ahnung hatte, welches der zahlreich hier anwesenden potenziellen Opfer jenes war, dessen Tod Gegenstand des konkreten Kontraktes war. Carlo hatte sich in diesem Punkt immer verschwiegen, im Interesse des Freundes, wie er ihm erzählt hatte. Denn so konnte ihn niemand dafür zur Verantwortung ziehen.

Der Nachteil dieser Vorsichtsmaßnahme war nun die schiere Unkenntnis über die konkrete Aufgabe. Und Toni hatte auch nicht die geringste Idee, wen er dazu hätte befragen können.

Das war auch der Grund dafür, dass der prinzipiell völlig harmlose, gutherzige Mensch, dem nichts ferner lag, als jemandem auch nur versehentlich wehzutun, zwischen Extremen hin und her schwankte.

So überlegte er einerseits, alles abzublasen, denn er konnte ja schlecht wahllos irgendjemanden töten. Nur um das trügerische Gefühl zu haben, den Wunsch seines Freundes erfüllt zu haben.

Andererseits gab es kurze Momente, in welchen der zeitweise gestört wirkende Anton sich vornahm, eher ein Blutbad mit mehreren Toten in Kauf zu nehmen, als den letzten Wunsch Carlos zu negieren. Auch wenn das mit Sicherheit das Ende seiner eigenen physischen Existenz bedeutete.

Zwischendurch brach der Arme immer wieder in Tränen aus und fragte sich, was er machen sollte.

Und womit er dieses Dilemma verdient hatte.

*

Etwa eine halbe Stunde vor Mitternacht war der Trubel endlich vorüber. Der Festsaal hatte sich geleert, viele Gäste waren bereits auf ihren Zimmern, andere wieder suchten noch Zerstreuung in der Hotelbar.

Palinski saß mit Wilma, den Wallners, Fink Brandtner vom LK Niederösterreich und Miki Schneckenburger in der Halle und trank, im Gegensatz zu den anderen, die sich um diese Zeit an Sekt hielten, Kaffee. Er war hundemüde und wäre viel lieber schon zu Bett gegangen. Aber erstens hatte er noch immer kein Zimmer und würde auch diese Nacht wieder irgendwo in der Hotelhalle dösend verbringen müssen.

Und zweitens wartete er auf Juri Malatschew, der versprochen hatte, nun endlich Auskunft darüber zu geben, was 1988 in Budapest passiert war.

Der unberechenbare Sturschädel hatte darauf bestanden, vor dem Gespräch noch einen kurzen Sprung ins Schwimmbecken zu machen. Und was Palinski, der nicht einmal gewusst hatte, dass Juri überhaupt schwimmen konnte, dabei am meisten irritierte, war, dass der alte Russe seinen Leib nicht allein wasserte, sondern in Begleitung seines neuen Schwarms Berta.

Da sollte jemand behaupten, dass Liebe nicht durch den Magen ging.

Helmbach schien es nach seinen Herzbeschwerden wieder besser zu gehen. Gott sei Dank, denn ein schwer kranker Mitarbeiter war alles, was Mario im Moment noch fehlte.

Fossler schien das mit der Geldübergabe ja bestens erledigt zu haben. Hatte sich die Pause bis morgen früh ehrlich verdient. Jetzt musste sich bloß noch dieser verdammte Entführer melden und den Aufenthaltsort Alberts bekannt geben. In den nächsten Stunden hatte er dies Fossler vage in Aussicht gestellt.

»… dir bleiben?« Palinski merkte erst jetzt, dass Wilma etwas zu ihm gesagt hatte. »Ich sagte, du hast doch sicher nichts dagegen, wenn ich mit den anderen schon vorgehe.« Wilma hatte die Absence ihres Marios bemerkt. Sie deutete auf die übrige Gruppe, die aufgestanden war und sich in Richtung Hotelbar bewegte.

»Nein, nein!« Palinski war es richtig unangenehm, so völlig absent erwischt worden zu sein. »Geh nur mit, du weißt doch, dass Juri ohnehin nicht vor Dritten spricht. Er hasst nichts mehr als Zeugen. Und sobald der Entführer anruft, melde ich mich sofort!«

Wilma nickte dankbar, küsste ihn auf die Wange und

folgte den anderen. »Viel Spaß, Liebes. Ich komme so rasch wie möglich!«, rief ihr Palinski nach.

Die Ruhe, die nun herrschte, tat Mario richtig gut. Er durfte nur nicht die Augen schließen, denn dann würde er zwangsläufig einschlafen. Also musste er sich auf etwas konzentrieren, sein Hirn beschäftigen.

Vielleicht sollte er in Sizilien anrufen. Er hatte diese mysteriöse Seite, die Florian entdeckt hatte, zu seinen Freunden nach Letojanni gefaxt, mit einem kurzen Begleitschreiben und der Bitte, ihn möglichst rasch und knapp, aber doch authentisch über den Inhalt zu informieren. Denn außer einigen Worten verstand er, wenn er ehrlich war, keine einzige Passage des in einem seltsamen, mit italienischen Brocken durchsetzten Dialekt abgefassten Schreibens.

Er blickte auf seine Uhr, noch zwölf Minuten bis Mitternacht.

Was stand denn morgen alles auf …?

10.

Freitag, 21. Februar, vormittags

Palinski liebte das Rauschen des Meeres, diesen intensiven Geruch nach Salz und Tang sowie die ständige leichte Brise, die sanft über seine Haut streifte. Dazu die wärmenden Strahlen der Sonne, der sanfte Druck zweier Frauenhände, die seinen Rücken massierten, sowie die Vorfreude auf ein Glas eisgekühlter Paradise Bowle, die er eben bestellt hatte. Wie schön konnte das Leben doch sein, wenn er einmal Zeit für sich und den Kopf nicht voll mit Sorgen um Probleme fremder Menschen hatte.

Die langbeinige Blondine an seiner Seite, an ihren Namen konnte er sich beim besten Willen nicht erinnern, wollte sich eben des Oberteils ihres knappen Bikinis entledigen, als sich eine dunkle Wolke über Palinski senkte. Komisch, der Himmel war blau und doch …

»Challo, Mario, chörst du mich, du musst aufwachen!« Jemand rüttelte ihn reichlich unsanft, aber erfolgreich an der Schulter. »Chörst du mich endlich?«, brummte Juri, der Mario besorgt in die inzwischen weit aufgerissenen Augen blickte. »Oder bist du innerchalb der letzten Stunde verblödet?«

Mario, der inzwischen wieder wusste, wo er war, sehnte sich in seinen Traum zurück. In dem war es warm gewesen, die Menschen nett zu ihm und er vor allem ausgeschlafen.

Nun gut, in der Halle war es nicht gerade kalt, aber Juri könnte schon etwas freundlicher sein. Und vor allem mit dem Schlaf war es in der Realität ganz schlimm.

Palinski setzte sich auf. Ein Blick auf die Uhr verriet ihm, dass es kurz nach Mitternacht war und er ungefähr 30 Minuten geschlafen haben musste. Was wollte Juri um diese Zeit von ihm? Der verfressene Kerl konnte wirklich lästig sein. Seine Schneenockerln hatte er doch schon erhalten. Und das reichlich.

Jessas, ja, jetzt fiel ihm wieder alles ein.

Was war eigentlich im April 1988 in Budapest geschehen?

*

Im Mai 1973 warb die Stasi den gebürtigen Braunschweiger Thomas P. Mühlsalm als Informanten an. Der talentierte, mehrsprachige Journalist arbeitete als Korrespondent zweier deutsch- und einiger englischsprachiger Zeitungen in Ostberlin. Was die Staatssicherheit nicht wusste, zumindest eine ganze Zeit lang nicht, war, dass der ausschließlich an sich und Geld interessierte Mühsam, wie ihn einige seiner Kollegen insgeheim und durchaus zutreffend nannten, gleichzeitig auch den MI 6 an seinem zweifellos umfassenden Wissen über die Menschen und Vorgänge in der DDR teilhaben ließ. Sowie gelegentlich auch die CIA, den Bundesnachrichtendienst und andere Organisationen, die gut dafür bezahlten. So genau wusste man das zwar nicht, denn der Braunschweiger ging sehr vorsichtig vor. Aber aus heutiger Sicht waren die wenigen, die dazu noch etwas sagen konnten, durchaus davon überzeugt.

»Fast alle, die damals mit Mühlsalm zu tun gechabt chaben, waren sich sicher, dass der Kerl aus Geldgier auch seine Großmutter verkauft chätte«, wusste Malatschew. »Bloß den MI 6 chat er erfolgreich davon überzeugen können, dass er aus Liebe zu Großbritannien Informationen sammelte.«

Der Grund dafür war, dass Mühlsalms Mutter die Tochter eines waschechten Colonels der britischen Besatzungsarmee, der 1947 geborene kleine Tommy demnach ein halber Engländer war.

Durch seine vordergründig sehr nette und gesellige Art verstand es Mühlsalm ausgezeichnet, Kontakte herzustellen und rasch das Vertrauen seiner neuen Bekannten oder Freunde zu gewinnen.

Das prädestinierte ihn vor allem dafür, als aufmüpfig bekannte Kreise wie Studenten, Journalisten und auch Künstler zu infiltrieren und auszuhorchen.

Anfang der 80er-Jahre hatte der Mehrfachagent bei einer Art Theaterfestival in Prag, an dem auch Kleinbühnen aus der DDR, Ungarn und Polen teilgenommen hatten, die Spottdrosseln kennengelernt, eine gemischt slowakische/ungarische Truppe aus dem zweigeteilten ehemaligen Komorn an der Donau.

»Woher weißt du das alles?«, warf Palinski ein, dem Juri Malatschew immer unheimlicher wurde, je länger er ihn kannte. »Woher hast du diese phänomenalen Detailkenntnisse?«

»Wie du vielleicht weißt«, brummte der Russe, »war ich von 1974 bis 1989 in Berlin stationiert. Da bekommt man nicht nur alles mit, sondern chört sogar die Flöhe chusten!« Er lachte schallend auf. »Ja, chusten, das ist gut!«

Leiter und Spiritus Rector der Spottdrosseln war ein gewisser Antal Homolay, Professor für Deutsch und deutsche Literatur an der János-Selye-Universität in Komárno, dem slowakischen Teil Komorns. Homolay und Mühlsalm, beide etwa gleich alt, freundeten sich an und wurden rasch unzertrennlich. Der charismatische Slowake ungarischer Herkunft war dann auch Trauzeuge bei Mühlsalms Hochzeit mit Paula Dlemka im Mai 1982 und Taufpate der kleinen Andrea, die einen Tag vor Silvester desselben Jahres auf die Welt kam.

Palinski konnte sich des Eindrucks nicht erwehren, dass diese Geschichte Malatschew mehr berührte, als man von der simplen Wiedergabe von rein sachlichen Informationen erwartet hätte.

»Ist es dir unangenehm, darüber zu sprechen?« Er blickte den alten Freund besorgt an. »Oder geht es dir sonst nicht gut?«

»Nein, nein, es geht schon«, widersprach der Russe, »alles ist in bester Ordnung.« Sein Blick stand allerdings in krassem Widerspruch zu seinen Worten.

»Na ja«, räumte er dann ein. »Cheute bin ich nicht sehr gut im Lügen. Ich chabe Paula eine Zeit lang gut gekannt. Sie chat sich dann aber für diesen …, für Mühlsalm entschieden. Aber«, und jetzt klang seine Stimme wirklich fröhlicher, »bald darauf chabe ich Gisela kennengelernt, und ein Jahr später waren wir selbst eine kleine Familie. Leider für nicht sehr lange.«

Jetzt erinnerte sich Mario wieder. Juri hatte ihm schon vor langer Zeit anvertraut, dass ein betrunkener Autofahrer im Herbst 1985 seine Frau und seine kleine Tochter Natalia beim Überqueren der Straße mit dem Wagen erfasst und getötet hatte. Kein Wunder, dass der alte Freund gelegentlich zur Schwermut neigte. Eine riesengroße slawische Seele und dazu dieses Schicksal. Auch wenn es bereits mehr als 20 Jahre her war.

Später war es dann zu Unstimmigkeiten zwischen den beiden gekommen, die sich zunächst aber noch nicht sonderlich auf ihre Beziehung ausgewirkt hatten. Eine gewisse Distanz war allerdings mit der Zeit nicht zu übersehen.

»Rückblickend vermute ich, dass Homolay etwas gesehen, gechört oder sonst wie erfahren chat, das für Mühlsalm unangenehm gewesen sein muss. Und zwar äußerst unangenehm.« Er zuckte mit den Achseln.

»Vielleicht chat Antal ja mitbekommen, dass sein Freund Thomas ein doppeltes oder gar dreifaches Spiel getrieben chat!«, mutmaßte Juri.

Der 27. Parteitag der KPdSU 1986 brachte mit Michael Gorbatschow einen Mann an die Spitze der Kommunistischen Partei der Sowjetunion, dessen Bedeutung mit der Bezeichnung welthistorisch eher noch untertrieben beschrieben war. Und mit Gorbatschow kamen Perestroika und Glasnost und damit auch sehr viel Hoffnung für die schon bis dahin nicht gerade zurückhaltenden kritischen Geister in den Volksdemokratien.

Auch die Spottdrosseln ließen jetzt jede Zurückhaltung fallen und zogen mit scharfer, mitunter auch sehr deftiger Kritik über die Zustände und die dafür Verantwortlichen her. Was ihnen naturgemäß nicht nur Freunde einbrachte, sondern auch einige erbitterte Gegner aus den Reihen der noch immer recht einflussreichen regionalen Funktionäre.

So intelligent Antal Homolay auch war, so naiv war er andererseits auch wieder. Mit einem Alter von 37 Jahren wahrlich kein Twen mehr, führte er sich auf wie ein profilierungssüchtiger Teenager. Bei einem von Mühlsalm vermittelten Gastspiel in der Hauptstadt der DDR im Herbst 1987 attackierten die Spottdrosseln das Regime des Landes mit einer derartigen Häme, dass die Truppe nur durch einen glücklichen Zufall, eine Adresse war der Polizei fehlerhaft durchgegeben worden, nicht verhaftet worden war.

In der Folge hatte sich das Verhältnis zwischen Mühlsalm und Homolay wieder etwas verbessert. Im April 1987 trafen die beiden in Budapest aufeinander, wo ein Festival mitteleuropäischer Kleinkunst stattfand. Nach zwei vom Publikum bejubelten Vorstellungen reisten die Spottdrosseln ohne ihren Chef heim nach Komorn. Antal Homolay gilt seither als vermisst. Nach Aussagen der übrigen Spottdrosseln hatte Antal wegen eines wichtigen Termins noch zwei Tage in der ungarischen Hauptstadt bleiben wollen.

»Ein Zeuge will Homolay mit einem Mann, auf den die Beschreibung Mühlsalms passte, angeblich noch am Abend des ersten Tages in der Bar des Chotels ›InterContinental‹ gesehen chaben!«, wusste Malatschew. »Angeblich chaben die beiden cheftig miteinander gestritten, während sie das Lokal verlassen chaben!«

Drei Wochen später waren in einem Müllcontainer auf einem Autobahnrastplatz in der Nähe von Hegyeshalom ein blutiges Taschentuch mit den Initialen F. H. und eine zum Teil ausgeräumte Brieftasche gefunden worden. Beide Stücke waren von Silva Homolay als Eigentum ihres Vaters identifiziert worden.

»Es ist nur schwer zu glauben, aber seitcher chat die Welt nichts mehr von Antal Chomolay gesehen oder gechört!«, Juri schüttelte den Kopf.

»Und es gibt wirklich keine Hinweise, was mit diesem Homolay geschehen ist?« Palinski konnte nicht glauben, dass ein Mensch so einfach verschwand. »Dieser Mühlsalm musste doch irgendetwas gewusst haben!«

Der alte Russe schüttelte wortlos den Kopf. Dann gab er dem Nachtportier ein Zeichen, das dieser, offenbar zu Recht, als Bestellung eines Mineralwassers verstand. Denn er servierte es, und Malatschew schien zufrieden. Nach einem langen Schluck meinte er nur: »Man chat Mühlsalm ausführlich befragt, einige Zeit lang sogar verdächtigt, mit dem Verschwinden Antals etwas zu tun gechabt zu chaben. Aber dabei ist nichts cherausgekommen!« Er schüttelte sein mächtig bemähntes Haupt. »Anfang der 90er-Jahre chat der Mann dann selbst Berlin verlassen. Mit seiner ganzen Familie. Allerdings nicht, ohne Spuren zu chinterlassen!« Er machte eine dramaturgisch eindrucksvolle Pause.

»Darf ich einen Moment stören?«, unbemerkt war Wilma von hinten an Palinski herangetreten und hatte ihm eine Hand auf die Schulter gelegt. »Etwas Seltsames ist passiert. Ich muss dich unbedingt sprechen!«

*

Elisabeth Bachler, Wilmas Mutter, stand seit mehr als einem Vierteljahrhundert in einem schwiegermutterähnlichen Verhältnis zu Palinski. In den ersten Jahren waren sie und ihr Schwiegersohn Mario sich mit allergrößter

Skepsis gegenübergestanden. Um das einmal freundlich zu formulieren.

Mit der Zeit hatte sich diese Beziehung aber über Respekt und Anerkennung in Sympathie und Zuneigung gewandelt. Ja, heute hatte die ehemalige Primaria den Lebensgefährten ihrer einzigen Tochter regelrecht ins Herz geschlossen. Auch wenn es ihrem Naturell widersprach, das auch allzu sehr zu zeigen.

Seit der filmreifen Szene gestern Nachmittag, als es galt, dieser geizigen alten Vettel Anita das Geld für die Befreiung Alberts, ihres eigenen Fleisch und Blut, herauszukitzeln, und das im wahrsten Sinne des Wortes, empfand Elisabeth Bachler Mario darüber hinaus auch noch irgendwie als Kumpel, als richtig klasse Burschen. Wie man in Wien zu sagen pflegte, wenn auch nicht unbedingt in den Kreisen, in welchen sich die Bachlers bewegten.

Diese zugegebenermaßen etwas eigenwillige, ja radikale Form, mit der Tante Anita zur Bekanntgabe des Losungswortes für das Sparbuch bewegt worden war, hatte völlig unerwartet noch ein Nachspiel. Am Abend hatte Wilmas Mutter den Anruf eines Inspektor Kahlbeck vom Kommissariat in der Wattgasse erhalten. Der sie darüber informiert hatte, dass »Ihre Schwester, Frau Anita Abbersyn, wegen Diebstahls eines Sparbuches und Erzwingung der Bekanntgabe des Losungswortes Anzeige erstattet hat«.

Elisabeth Bachler hatte zunächst nicht gewusst, ob sich da nicht irgendjemand einen dummen Scherz erlaubte, die Sache dann aber ernst genommen.

»Meine Schwester hat also tatsächlich Anzeige gegen

mich erstattet!«, meinte sie schließlich ungläubig. »Ja, ist denn das überhaupt zulässig?« Sie hatte da schon etwas darüber gelesen. »Fällt das nicht unter Familiendiebstahl oder so ähnlich?«

»Das ja«, räumte der Inspektor höflich ein, »daher wird das Delikt auch nur auf die Anzeige des betroffenen Familienmitgliedes verfolgt. Aber um Sie geht es gar nicht, gnä' Frau. Ihre Schwester hat Sie nicht beschuldigt, sondern als Zeugin angeführt!«

Wilmas Mutter konnte es nicht fassen. »Ja«, stotterte sie schließlich nach einigen Schrecksekunden, »was soll ich denn bezeugen?«

»Dass ein gewisser …«, Elisabeth Bachler hörte Papier rascheln. Der Inspektor suchte offenbar einen Namen, »Mario Palinski, ja, Palinski, von Frau Abbersyn beschuldigt wird. Und Sie das angeblich alles bestätigen können?« Plötzlich hatte der bis dahin souverän wirkende Polizist einen unsicheren Eindruck gemacht. »Sagen Sie, gnä' Frau, Sie kennen doch diesen Palinski?« Er wartete Elisabeth Bachlers Bestätigung gar nicht erst ab. »Hat der Palinski vielleicht irgendetwas mit dem Palinski zu tun, dem das Institut für Krimili…?«

»… literanalogie, das heißt Krimiliteranalogie.« Wilmas Mutter hatte den ersten Schreck überwunden und war bereit, für Mario auf die Barrikaden zu steigen. Falls unbedingt notwendig. »Ja, das ist genau d e r Mario Palinski!«

»Uiii!«, war es Inspektor Kahlbeck entfahren, »ist der nicht gut befreundet mit dem Wallner vom Landeskriminalamt?«

Elisabeth Bachler hatte genickt und noch »Mit dem

Ministerialrat Schneckenburger auch, und sogar mit dem Minister selbst!« hinzugefügt.

»Na, da muss ich aber vorsichtig sein!«, murmelte Kahlbeck pragmatisch, »und sehr diplomatisch vorgehen!« Eine Analyse, die Wilmas Mutter nur hatte bestätigen können.

Dann hatte sie Anitas verquere Darstellung des Geschehens korrigiert, ihre eigene Rolle bei der leidigen Geschichte klargestellt und jegliche Schuld Palinskis vehement bestritten.

»Mario war lediglich dabei, hat beruhigend auf meine Schwester eingewirkt!«

Auf jeden Fall sollte Herr Palinski, der Inspektor hatte diese Aufforderung eher wie einen Wunsch, eine Bitte formuliert, doch spätestens bis morgen 8 Uhr früh am Kommissariat vorbeikommen und seine Aussage machen.

»Ich soll dir von Mutter ausrichten, dass dieser Kahlbeck dich vorführen lassen muss, falls du dich nicht bei ihm meldest!« Man konnte Wilma ansehen, dass ihr diese Sache gar nicht schmeckte. »Kann er das wirklich tun?«

»Keine Ahnung!«, Palinski zuckte müde mit den Achseln. »Aber ich möchte gar nicht herausfinden, ob er kann oder nicht. Ich werde halt wieder einmal nach Wien fahren!« Resignierend blickte er auf seinen Chronometer. Es war fast 2 Uhr.

Zu wenig Zeit, um noch zu schlafen, genug Zeit, um kräftig starken Kaffee zu tanken und Malatschew die letzten Geheimnisse über die Vorkommnisse in Budapest 1988 zu entlocken.

*

Dr. Ferry Homolay, der jüngere Bruder Antals, war zu seiner Zeit nicht nur in seiner Heimat ein bekannter Journalist gewesen. Seine exakten Recherchen und die darauf basierenden kritischen Artikel waren nicht nur den Machthabern vor der Wende häufig ein kräftiger Dorn im Auge gewesen. Bis er knapp sechs Jahre nach dem Niedergang des Kommunismus ganz plötzlich schwer erkrankt und innerhalb zweier Wochen unter nach wie vor ungeklärten Umständen verstorben war. Die Ärzte waren nach wie vor überzeugt davon, dass ein geheimnisvoller Virus, den sich Ferry Homolay auf einer Reise nach England und Schottland, von der er kurz zuvor zurückgekommen war, eingefangen haben musste, dafür verantwortlich war.

Dennoch, wie immer in so einer Situation, ein kritischer Geist war auf unerklärliche Art und Weise abhandengekommen, waren wilde Gerüchte entstanden. Schließlich hatte sich auch eine veritable Dolchstoßlegende entwickelt, die einige Eigendynamik aufwies.

Ja, selbst der unausgesprochene Verdacht, Homolay sei für den SIS (Slovenscá informacná služba) tätig gewesen und schließlich der Intrige eines konkurrierenden Geheimdienstes zum Opfer gefallen, war bis heute selbst von den größten Skeptikern nicht ganz von der Hand gewiesen worden.

Aber wie schon beim mysteriösen Verschwinden seines Bruders Antal waren sämtliche offiziellen Untersuchungen auch in diesem Fall im Sande verlaufen.

»Angeblich sollen sich bei der Chinterlassenschaft Ferry Chomolays Papiere gefunden chaben, die einige Chinweise auf den Tod Antals entchielten!«, erläuterte Juri. »Angeblich war er einem ehemaligen Angechörigen der Stasi auf die Schliche gekommen und deswegen aus dem Verkehr gezogen worden. Aber das war nur so ein Gerücht!«

Palinski war irgendwie enttäuscht. Nicht, dass Malatschew nicht wieder jede Menge Fakten, Halbwahrheiten und Gerüchte gekannt hätte. Aber diesmal war keine einzige Information dabei, die sich für die konkrete Situation hätte verwenden lassen. Außer, dass irgendjemand dachte, jemanden gefunden zu haben, den er für das Verschwinden Antal Homolays verantwortlich machte. Aber das war alles so schwammig, nicht schlüssig genug.

Wohin war dieser, wie hatte er noch geheißen, Mühlsack oder so, verschwunden?

Ganz so, als ob der alte Russe Palinskis Frage geahnt hätte, allzu schwer war es ja auch nicht, sie zu erraten, kam er auch schon mit der Antwort heraus.

»Tommy war dann plötzlich wie vom Erdboden verschwunden!«, fuhr er fort, »und es chat einige Zeit gebraucht, bis bekannt wurde, dass er samt Familie in Nordengland unter- und dann wieder aufgetaucht war. Sein Großvater mütterlicherseits chatte ihm eine kleine Druckerei chinterlassen. Aus der der Clevere einen gut gehenden Millionenbetrieb gemacht chat. Und dazu noch einen Verlag, der neben anderen äußerst erfolgreichen Magazinen mit dem ›Global Criminal Report‹ die bedeutendste Fachzeitschrift in diesem Bereich cherausgibt!«

Dank seiner Verdienste um Großbritannien und Northumbria sowie der kräftigen Mithilfe von MI 6 war Peter Millfish am 28.11.1998 durch Her Majesty Queen Elisabeth in den Adelsstand erhoben worden. Alles klar?

*

Florian Nowotny, Palinskis nimmermüder Assistent, bewährte sich auch auf dem Tanzparkett bestens. Seit Stunden rockte, salsate und l'amourte der 23-jährige karenzierte Polizist und Jusstudent mit seiner jüngsten Flamme, der 20-jährigen Caroline Millfish.

Die beiden jungen Leute waren wirklich ein erfreulicher Anblick, sowohl rein optisch als auch in der lieben Art, wie sie miteinander umgingen. Selbst für unsensible oder begriffsstutzige Beobachter war nicht zu übersehen, dass sich die beiden richtig mochten. Ein modernes Märchen, der Bursche und die Prinzessin.

Dennoch machte sich Wilma, die in Florian so eine Art Reservebutzi sah, so ihre Gedanken. Falls die Sache Zukunft haben sollte, dann sicher keine ganz einfache. Denn Sir Peter kam ihr nicht vor wie ein Mann, der einen Polizisten als ständigen Partner für seine Tochter akzeptierte.

Plötzlich merkte Wilma, wie Caroline, die mit Florian ein höchst intensives Cheek to Cheek praktizierte, aufschreckte und auf einmal etwas irritiert wirkte. Anscheinend hatte die junge Frau jemanden unter den Gästen entdeckt, wollte das aber nicht erkennen lassen. Aber auch Florian war der kleine Ruck, das kurze Anspannen welcher Muskeln auch immer in Carolines bemerkenswertem Körper nicht entgangen, schließlich war er ja kein Trottel.

»Was ist passiert, Liebes?«, meinte er ebenso beiläufig, wie sie gleich darauf: »Ach, gar nichts.«

Doch schon nach wenigen Sekunden widersprach sie sich selbst und begann zu sprechen. »Siehst du den Mann da hinten?«, meinte sie zu ihrem Leibgendarmen. »Nicht der kleine, sondern der daneben. Der mit der Halbglatze und dem Oberlippenbart. Das ist ein Wirtschaftsanwalt, der mich vor ein paar Monaten in London angesprochen hat!« Sie sah Florian fragend an. »Ich möchte wissen, was der hier verloren hat?«

Ob es professionelle Intuition war oder schlichte private Neugierde, die den jungen Mann weiterbohren ließ, würde ewig ein Geheimnis bleiben. War schließlich aber auch völlig egal.

»Was wollte er denn von dir?«, entfuhr es Florian, dem der Kerl irgendwie bekannt vorkam. Irgendwo musste er ihn schon mal gesehen haben.

»Ach, nichts Besonderes«, erwiderte Carol, »oder doch. Je nachdem, wie man die Sache sehen will. Mister Mansford hat mir ein Angebot für meine Anteile an ABC Publishing gemacht, das ist der Verlag meines Vaters. Also eigentlich der ganzen Familie«, korrigierte sie. »Denn je elf Prozent gehören Mutter und uns drei Mädchen, 32 Prozent Papa!«

»Und? Hast du verkauft?«, wollte Florian wissen.

»Ich wollte schon!«, gestand die junge Frau. »Immerhin hat man mir fast 1,4 Millionen Pfund dafür geboten. Das waren mehr als 100.000 Pfund über der damals aktuellen Börsennotierung. Aber Papa hat es nicht genehmigt. Im Gegenteil, er war drei Wochen stocksauer über diese Frechheit, wie er es genannt hat!«

»Und wieso kannst du mit deinen Aktien nicht machen, was du willst?« Gut, dass Florian so gar nicht neugierig war.

»Weil es einen Vertrag gibt, der vorsieht, dass mein Vater jedem Aktienverkauf eines Familienmitgliedes zustimmen muss.« Man konnte sehen, dass Carol mit dieser Bestimmung überhaupt keine Freude hatte. »Wir sind ja auch nur de facto Miteigentümer. Die Aktien halten wir ja nicht, weil der Sir«, sie sprach den Titel aus, als ob es sich um ein obszönes Wort handelte, »so großzügig ist oder seine Kinder versorgt sehen will. Nein, er hat irgendeinen steuerlichen Vorteil daraus ziehen können!« Sie atmete tief durch, wohl um den aufsteigenden Grant im Keim zu ersticken. »Das ist ja auch der Grund, warum wir Kinder uns nicht sonderlich für den Verlag interessieren. Wir arbeiten zwar mit, aber nur so der Form halber.« Carol holte tief Luft, ehe sie fortfuhr. »Obwohl uns Papa immer wieder bedrängt, irgendwelche Spitzenpositionen einzunehmen. Aber nein danke. Wir haben nämlich so viel«, sie deutete auf den gepflegten Nagel ihres kleinen linken Fingers, »Mitspracherecht, wie Dreck unter diesen Nagel geht. Nein, nicht einmal so viel, gar keines.«

»Und wer hält die restlichen 24 Prozent der Aktien?« Florian war ein guter Kopfrechner, für den es daher kein Problem war, den Anteil der nicht im Familienbesitz befindlichen Aktien zu errechnen.

»Die werden an der Börse gehandelt!«, wusste Carol. »Da gibt es eine Diana XP Holding in Jersey, die hält einige Prozent. Der Rest verteilt sich auf viele kleine Aktieninhaber. Streubesitz, nennt Papa das.«

»Haben deine Schwestern auch Verkaufsangebote erhalten?«, erkundigte sich Florian, während er vorsichtig Ausschau nach dem geheimnisvollen Wirtschaftsanwalt hielt. Aber der Mann hatte die Bar offenbar schon wieder verlassen. Komisch, je länger er darüber nachdachte, desto sicherer war er, den Burschen schon irgendwo gesehen zu haben.

»Bridget ja, das hat sie mir selbst erzählt!«, vertraute Carol ihm an. »Von Andrea weiß ich es nicht, die spricht so wenig. Aber ich bin fast sicher.«

»Kannst du dich vielleicht noch an den Namen des Burschen erinnern?«, an diesem Abend war Florian wirklich nur schwer zufriedenzustellen. Aber das war eben seine Art, sein kriminalistischer Instinkt, der ihn zwang, möglichst viele Details zu sammeln.

»Ich muss noch irgendwo seine Karte haben!«, erinnerte sich die junge Frau. »Irgendwas mit Jeremy, Jeremy Mansford oder so ähnlich. Von Ashley, Masterson & Waterbridge, Birmingham. Komisch, dieser Name hat sich mir eingeprägt!«

»Wieso, ist das eine bekannte Kanzlei bei euch in England?«

»Keine Ahnung, aber in einem Kinderbuch gibt es einen kleinen Buben, der sich immer als Ashley Masters Sohn aus Waterbridge vorstellt. Das hat sich bei mir im Kopf eingraviert und war natürlich eine erstklassige Eselsbrücke.«

Alles gut und schön, dachte Florian. Aber er wusste noch immer nicht, wo er diesen Jeremy schon gesehen hatte. Und das machte ihn ungeduldig.

*

Besorgt stand Palinski an einem der großen Fenster der Hotelhalle und beobachtete den immer dichter werdenden Schneefall. Als es ganz zart begonnen hatte zu schneibeln, hatte das ganz wunderbar ausgesehen.

Inzwischen hatte sich die weiße Pracht aber bereits wie eine dicke Tuchent über das Land gelegt. Wahrscheinlich war es besser, die Fahrt nach Wien nicht mit dem Auto anzutreten. Vernünftiger auf alle Fälle, denn die Gefahr, bei seinem Schlafdefizit am Steuer einzubüseln, war groß.

Blieb ihm also nur, den Stationsvorsteher zu überreden, einen Zug in der Station Semmering anzuhalten.

Oder er ließ sich nach Mürzzuschlag bringen. Denn die erste Zugverbindung ab Semmering gab es erst gegen 5 Uhr früh. Und mit der würde er zu spät dran sein. Denn der morgendliche Pendler-Express hielt ja bei fast jeder Station auf dem Weg nach Wien an.

Als Erstes wollte er jetzt einen Blick auf den Fahrplan werfen. Auf dem Weg zur Rezeption kam ihm aber der Nachtportier entgegen, ein Blatt Papier in der Hand. »Herr Palinski, eben ist ein Fax für Sie aus«, der Mann blickte auf das Papier, »Letoianni gekommen. Ist es zu keck, Sie zu fragen, wo sich dieses Letoianni befindet?«

»Ein wenig schon!«, Palinski grinste über den missglückten Scherz, »aber Spaß beiseite. Letoianni ist eine hübsche kleine Stadt an der Ostküste Siziliens. Ganz in der Nähe Taorminas, falls Sie das kennen!«

»Aha, ach so«, meinte der Gute und es war nicht zu übersehen, dass er keine Ahnung hatte. Aber das war ja für seinen Job hier auch nicht unbedingt erforderlich.

Viel interessanter war dagegen der Inhalt der Nachricht, die ihm Don Vito Banzoni über seinen Sohn Giorgio hatte zukommen lassen. »Bei dem Schreiben, das du uns übermittelt hast, handelt es sich ohne Zweifel um den Teil eines Mordauftrages an einen Soldaten der Camorra. Die Form dieses Auftrags ist absolut untypisch, da derlei üblicherweise immer mündlich erfolgt. Don Vito denkt, dass der Grund dafür der ist, dass ein im Ausland, in diesem Fall also in Österreich lebender Schläfer aktiviert worden ist. Und das unter einem gewissen Zeitdruck.

Leider fehlt auf dieser Seite jegliche konkrete Namensnennung, es ist immer nur von Auftraggeber und Opfer die Rede. Eine direkte Zuordnung der Funktionen zu bestimmten Namen ist nicht möglich. Das Einzige, das festzustehen scheint, ist, dass sich der Auftraggeber ebenfalls am Ort des vorgesehenen Attentates befindet.«

Es folgten noch einige private Anmerkungen, Grüße und die Aufforderung, doch endlich einmal Urlaub in Sizilien zu machen, mit der fidanzata, der Verlobten. Damit meinte der gute Giorgio sicher Wilma. Als gläubiger Katholik war ihm das mehr als 25 Jahre andauernde Verhältnis Marios mit der Mutter seiner Kinder ohnehin suspekt.

Deswegen wahrscheinlich die fidanzata, damit hatte wenigstens formell alles eine gewisse Ordnung.

*

Während sich Palinski noch mit Erwin Dollinger, einem Bautechnik-Konsulenten aus Spital am Semmering, der um 8.30 Uhr einen Termin in Wien hatte, im Auto über die Südautobahn Richtung Wien durchkämpfte – der Nachtportier hatte Mario diese Mitfahrgelegenheit organisiert – waren Sandy und Burschi, die wir fast etwas aus den Augen verloren hatten, wieder sicher in Wien gelandet.

Die starke Polizeipräsenz in Bratislava, vor allem aber am Flughafen, hatte ihnen keine Chance gelassen, wie ursprünglich geplant an Bord eines Flugzeuges zu gelangen. Die Gefahr, festgenommen zu werden, war zu groß gewesen.

Also hatten sie sich wieder zum Hotel ›Bellevue‹ durchgeschlagen, aus dem Müllcontainer ihre Kostüme geholt und sich neuerlich verkleidet. Die zwischenzeitlich erfolgten Kontakte ihrer Verkleidung mit anderen … Dingen hatten allerdings zu einem unerwünschten Nebeneffekt geführt. Die beiden miachtelten auf Teufel komm raus. Nein, das war schon kein miefen mehr, sondern ein waschechter Gestank.

Irgendwie hatten Sandy und Burschi die Zeit bis zur Abfahrt des Twin City Liners aber heil und unentdeckt überstanden. Wieder an Bord, hatten sie sich allerdings sehr rasch von Biene Maja und Quasimodo getrennt, die olfaktorisch wirklich nicht mehr länger zumutbaren Utensilien sicherheitshalber im großen Fluss versenkt.

Gegen 6.30 Uhr hatte der Schnell-Katamaran wieder bei der Wiener Marienbrücke angelegt und die übermüdeten, besoffenen und zum Teil auch katzenjammerigen Narren ins harte Alltagsleben entlassen.

Zurück an Land, hatten sich die beiden Ex-Entführer, deren kriminelle Karriere als Komplizen des Entführten begonnen und denen man ihr Opfer schließlich selbst entführt hatte, zunächst ein bereits geöffnetes Kaffeehaus gesucht und kräftig gefrühstückt. Dann hatten sich die beiden ein Taxi gerufen, das sie zum Flughafen Schwechat bringen sollte.

An diesem Morgen hatte diese verrückte Welt auch schon eine kleine Überraschung für Wien bereit gehabt. Genauer gesagt, für den Flughafen der Stadt in Schwechat. Bedingt durch die Ankünfte zahlreicher hoher und höchster Polizeibeamter aus aller Welt, war eine Hundertschaft uniformierter Ordnungshüter angetreten, um die hochrangigen Besucher entsprechend würdig willkommen zu heißen.

Wie auch immer, Sandy und Burschi hatten natürlich nicht die geringste Ahnung von den aktuellen Vorkommnissen am Wiener Flughafen. Sie wussten nichts von der spezifischen Aufgabe der Polizisten, die das Gelände so zahlreich bevölkerten. Und natürlich auch nichts von den vielen Einsatzfahrzeugen, die mit ihren rotierenden Lichtern das Bild sowohl im Ankunfts- als auch im Abflugsbereich beherrschten.

Wie auch immer, die Szenerie in Schwechat war der reinste Schock für die neben allen anderem auch ein wenig zur Überschätzung ihrer eigenen Bedeutung neigenden beiden jungen Menschen auf der Flucht.

Ein Verlassen des Landes mit einem Flugzeug von hier, von Schwechat aus, schien ebenso unmöglich zu sein wie schon früher am Tag aus Pressburg. »Ich hätte nie gedacht, dass man uns mit einem derartigen Polizeiaufgebot jagen wird, und das gleich in zwei Ländern!«, raunte Sandy Burschi zu. Und so etwas wie ehrfürchtiger Stolz schwang in der Stimme der jungen Frau mit.

Gehetzt versuchten die beiden, die inzwischen im Ankunftsbereich angelangt waren und sich unter die Ankommenden eines Fluges aus London gemischt hatten, einen Taxistandplatz ausfindig zu machen.

Vor einem der Ausgänge machte sich eine dieser protzigen Stretchlimousinen, die man eigentlich nur aus dem Kino oder Fernsehen kennt, fertig zur Abfahrt. Die Fahrgäste, ein älterer, gebrechlich wirkender Herr mit schneeweißer, wallender Künstlermähne, zwei Frauen, eine jüngere, eine mittleren Alters, sowie ein zweiter Mann hatten bereits im geräumigen Heck Platz genommen. Der Chauffeur wartete noch neben der geöffneten Fahrertüre, unterhielt sich mit einem Polizeibeamten.

In etwa 20 Metern Entfernung hatte inzwischen ein Taxi angehalten, um seinen Fahrgast zu entlassen. Gleichzeitig näherten sich aus der entgegengesetzten Richtung vier Polizisten dem Standort Sandys und Burschis.

»Wir müssen unbedingt weg von hier«, flüsterte die junge Kriminelle ihrem Komplizen zu.

»Vielleicht sollten wir versuchen, das Taxi zu bekommen!«, antwortete Burschi, dem die immer näher kommende Polizei schon den Angstschweiß auf die Stirne getrieben hatte.

Sandy nickte kurz, und die beiden machten betont unauffällig einige Schritte in Richtung des Rettung versprechenden schwarz lackierten Autos. Plötzlich war das Martinshorn eines rasch näher kommenden Einsatzfahrzeuges zu vernehmen. Zwei Männer, der Kleidung nach zu schließen Zivilisten, rannten über die Fahrbahn, worauf die aus der anderen Richtung kommenden Polizisten ebenfalls zu laufen begannen.

Das reichte aus, um Burschi völlig die Nerven wegschmeißen zu lassen. Er wollte schon in Panik wegrennen, aber Sandy nahm ihn an der Hand und zog ihn zu der riesigen Limousine, neben der sich die beiden gerade befanden. Jetzt machte sie einen raschen Schritt zum Kofferraum und versuchte, den Deckel anzuheben. Nachdem ihr das überraschenderweise gelungen war, schlüpfte sie einfach in die mit ein paar Reisetaschen nur teilweise ausgefüllte dunkle Nische.

Burschi, der ihre Hand keine Sekunde losgelassen hatte, wurde von ihr förmlich nachgezogen.

Mittlerweile hatte die Polizei einen der beiden flüchtenden Männer gestellt, hart auf die Straße geworfen und filmreif mit Handschellen gefesselt. Wie immer, wenn es etwas zu sehen gab, waren die Blicke aller Leute auf diese Szene konzentriert. Und keiner hatte das Abtauchen der beiden jungen Leute bemerkt. Schon gar nicht der Chauffeur, der sich jetzt aber wieder seines Jobs besann, nochmals um sein Fahrzeug ging und routinemäßig den Kofferraumdeckel leicht nach unten drückte, denn Vertrauen war gut, Kontrolle besser.

Dann nahm er Platz hinter dem Lenkrad und startete den PS-starken Motor.

Von totaler Finsternis umgeben, wollte Burschi schon panisch losbrüllen. Doch Sandy, die selbst ein wenig erschrocken war, gelang es, ihn so weit zu beruhigen, dass er ihrer beider Versteck nicht sofort verriet.

»Halt den Mund!«, fuhr sie ihn an. Um dann in beruhigendem Tonfall fortzufahren: »Warten wir ab, was geschehen wird. Krach machen und an die Polizei ausgeliefert werden können wir immer noch. Aber vielleicht fällt uns ja etwas Besseres ein!«

*

Am Kommissariat in der Wattgasse hatten bereits die Bachlers auf ihn gewartet, was Palinski ihnen hoch anrechnete. Richtig überrascht war der notorisch Unausgeschlafene aber von der Anwesenheit Tante Anitas.

Ja, tatsächlich, diese schreckliche, dumme alte Frau hatte

sich anscheinend doch noch besonnen und ihre Anzeige zurückgezogen. Sie hätte das Sparbuch wiedergefunden und überhaupt, der liebe Junge, dieser Mario, gehörte doch fast zur Familie. Dabei blickte sie ihn an, also, wenn Blicke töten könnten.

Bei aller Erleichterung – Palinski hatte zwar nicht ernsthaft mit Schwierigkeiten gerechnet, aber man konnte ja nie wissen – war er doch fuchsteufelswild auf dieses böse Weib. Immerhin hatte sie ihn gut vier Stunden Schlaf gekostet, etwas, das in seiner aktuellen Situation wesentlich wichtiger war, als es landläufig klingen mochte.

Apropos wesentlich wichtiger: Palinski hatte ganz vergessen, wie es Albert jetzt ging. Offenbar war er ja inzwischen wieder zu Hause, sonst hätte Tante Anita ja zweifellos etwas gesagt.

Ein Gutes hatte die Fahrt nach Wien aber doch. Da er nun schon hier war und ihm noch zwei Stunden bis zur Abfahrt des Zuges blieben, wollte er rasch auf einen Sprung in seinem Büro vorbeischaun. Immerhin war er vor drei Tagen das letzte Mal da gewesen. Drei Tage, da konnte in seinem Business schon einiges vorgefallen sein.

Als ob die Wiener Verkehrsbetriebe es geahnt und Palinskis heutige Fahrtroute vorhergesehen hätten, hatten sie die Buslinie 10 A durch die Wattgasse geführt und weiter über Gersthof, die Peter-Jordan-Straße bis nach Heiligenstadt.

Und nachdem Mario beim Haus Döbling den Bus verlassen hatte, waren es noch knapp fünf Minuten zu Fuß bis zum Institut für Krimiliteranalogie gewesen.

Als Palinski das Haus 15 in der Döblinger Hauptstraße erreichte, stand davor ein Rettungsfahrzeug mit rotierendem Blaulicht. Wens da wohl wieder erwischt haben mochte?, ging es ihm durch den Kopf. Hoffentlich niemanden, den er kannte.

Genau in diesem Augenblick ging die rückwärtige Türe des Wagens auf, und Harry Bachler sprang heraus, Palinskis Sohn.

Der elastische Sprung sowie der erkennbar gesunde Gesamteindruck, den der Bub machte, milderten die plötzlich aufgekommene Beklemmung, Harry könnte etwas passiert sein. Also gesundheitlich und so, verstand sich.

»Was machst du denn hier?«, wollte der überraschte Palinski wissen. »Ich dachte, du bist mit Tina bei Silvana zum Skilaufen. Ist kein Schnee in Bozen?«

»Hallo Vater«, begrüßte ihn der Filius, »ich bin früher weg. Die beiden Weiber sind mir auf die Nerven gegangen. Und Fritz«, das war Silvanas Mann, »war nicht da. Er hatte einige Tage in Rom zu tun. Und du, hast du schon genug vom ›Zauberberg‹? Übrigens, das ist Rudi Osbacher, ein ehemaliger Schulkollege.« Er deutete auf den etwas dicklichen Rettungsfahrer. »Rudi hat sich diese ausrangierte Rettung gekauft, fast geschenkt übrigens, und will sie zu einem Wohnmobil umbauen. Super, was?«

Palinski hatte Rudi zugenickt und umgekehrt. Also das war passiert. Wahrscheinlich musste nun damit gerechnet werden, dass Harry früher oder später, Palinski hätte eher auf früher getippt, ebenfalls mit dem Wunsch nach so einem Vehikel ankommen würde. Obwohl, ihm kam da so eine Idee.

»Ist der Wagen noch fahrtauglich?«, wollte er von Rudi wissen.

»Na klaro, Herr Bachler«, meinte Harrys Bekannter fröhlich. »Die Winterreifen sind sogar noch fast neu.«

»Und befindet sich auch so eine Liege hinten drinnen?«, forschte Palinski weiter.

»Klaro, Herr Bachler«, das Klaro ging Mario jetzt schon langsam auf den Wecker, ebenso das mit dem Nachnamen.

»Übrigens, ich heiße nicht Bachler, sondern Palinski.« Er versuchte, die Richtigstellung nicht zu streng klingen zu lassen. »Harry wird Ihnen gerne erklären, warum das so ist. Jetzt aber etwas anderes: Haben Sie heute Vormittag Zeit? Und haben Sie Lust, sagen wir, 100 Euro zu verdienen?«

»Klaro, Herr Bachl…, Herr Baschinski, an Geld bin ich als Student der Wirtschaftswissenschaften immer interessiert!« Er lachte und das durchaus sympathisch. »Und um was geht es?«

Palinski und Rudi einigten sich dann auf 150 Euro plus Benzinkosten extra und ein Mittagessen am Zielort.

Tja, so viel war es Mario wert, die Rückfahrt zum Semmering schlafend in einem Rettungswagen zu absolvieren. Um 10.30 Uhr sollte es losgehen. Und das Schönste war, sein Sohn Harry wollte auch mit von der Partie sein.

*

Die lange, ohne Schlaf verbrachte Nacht hatte auch bei Sandy und Burschi zu natürlichen Konsequenzen geführt. Das leise, sonore Schnurren des Achtzylindermotors unterstützte die vorhandene Tendenz noch weiter. Auf jeden Fall schliefen die beiden Ex-Erpresser bereits fest, als die schwere Limousine die Stadtgrenze von Wien passierte.

Jo Fossler war inzwischen wieder am Semmering eingetroffen und gleich zu der Frühstückspension in der Nähe der Passhöhe gefahren, in der Karl Helmbach und er ein Einbettzimmer hatten. Jo hatte sich echt Sorgen gemacht und war nach einem noch gestern geführten Telefonat sehr erleichtert gewesen, dass es dem älteren Kollegen offenbar schon wieder besser ging. Und wie er jetzt da am Frühstückstisch saß, zwei Eier im Glas und seine Buttersemmel genoss, konnte man sich kaum vorstellen, dass der Mann erst gestern eine Herzattacke erlitten hatte.

Fossler ließ sich nicht lange bitten und bestellte ein kräftiges Frühstück. Mit Speck und drei Eiern, Orangensaft, einer Aufschnittplatte und was die kleine Küche noch so alles zu bieten hatte.

Im Rasthaus, in dem er die letzte Nacht verbracht hatte, hatte Jo am Morgen lediglich einen starken Kaffee zu sich genommen.

Wie hungrig er tatsächlich war, merkte Helmbachs junger Kollege erst so richtig, als der Teller mit der heißen, herrlich verführerischen Zubereitung aus kross gebratenem Karreespeck und vier wunderbaren, konsistenziell stimmigen Spiegeleiern vor ihm stand.

Während er mit einer ersten Gabel voll dem abrupt einsetzenden Speichelfluss begegnete, und das erfolgreich, suchte Karl Helmbach schon zum zweiten Mal seine Jacke nach irgendetwas ab, das er offenbar nicht finden konnte.

»Was suchst du denn?«, wollte der Jüngere wissen. »Hoffentlich nichts Wichtiges.«

»Wie mans nimmt«, entgegnete Helmbach. »Einen Kugelschreiber, den mir meine kleine Enkelin zum Geburtstag geschenkt hat. Also sehr wichtig!« Er schmunzelte. »Gestern im Wagen habe ich ihn noch gehabt. Vielleicht ist er ja hinuntergefallen!«

Er streckte den Arm aus und hielt Jo die geöffnete flache Hand unter die Nase. »Rück den Autoschlüssel heraus, damit ich nachsehen kann!«

Folgsam holte Fossler das Gewünschte aus der Hosentasche und reichte es dem älteren Kollegen.

»Bin gleich wieder da«, meinte der, stand auf und verließ das Frühstückszimmer.

Als er nach rund fünf Minuten wieder zurückkam, hielt er ein billiges, mit bunten Figuren beklebtes Schreibutensil scheinbar triumphierend in die Höhe.

Aber noch etwas musste in dieser kurzen Zeit geschehen sein. Etwas, das sich auf die bisher gute Laune des alten Polizisten ausgewirkt hatte. Denn Helmbachs Blick war plötzlich eine Spur unfreundlicher, seine Stimme unmerklich kälter geworden.

Aber Fossler, im Moment zu sehr mit dem Essen beschäftigt, schien das nicht zu bemerken.

*

Toni ging es miserabel, und das war noch eine übertrieben positive Darstellung seines psychischen Zustandes.

Da war einmal der plötzliche und unerwartete Tod seines Freundes, Gefährten und Mentors Carlo Montebello, der sich die letzten 15 Jahre Karl Schönberg genannt hatte.

Dann musste er heute zumindest eine, möglicherweise

sogar mehrere Entscheidungen mit einiger Reichweite treffen. Zumindest für die betroffenen Personen.

Carlo hatte einen letzten Wunsch geäußert, es eine Frage der Ehre bezeichnet, den Auftrag zu erledigen. Ihn zum Vollstrecker dieses letzten Wunsches gemacht. Und damit war aus einer Frage der Ehre Carlos eine der Tonis geworden.

Aber Toni war kein Killer. Nicht, dass er nicht töten könnte. Im Zorn, aus Eifersucht oder in Notwehr. Auch hatte er schon öfters auf der Jagd ein so seltsames Gefühl der Befriedigung empfunden. Immer wenn er in die gebrochenen Augen des Tieres geblickt hatte, das er mit einem mehr oder weniger sauberen Schuss erlegt hatte.

Tonis größtes Problem war aber, dass er nicht die geringste Ahnung hatte, wen er eliminieren musste, um den Kontrakt für Carlo zu erfüllen. Er konnte ja kaum alle Männer töten, nur um sicher sein zu können, auch die richtige Zielperson erwischt zu haben. Und auf Frauen würde er ohnehin nicht schießen, nein, nicht auf Frauen. Da hörte sich der Spaß auf, selbst wenn es um die Ehre ging.

Florian Nowotny hatte nur kurz, dafür aber gut geschlafen. Er war bereits gegen 8 Uhr beim Frühstück gewesen. Und seither grübelte er. Irgendwie ging ihm das, was Carol über ihre Anteile und den Syndikatsvertrag mit ihrem Vater erzählt hatte, nicht aus dem Sinn.

Vor allem aber versuchte er herauszufinden, wo er diesen seltsamen Kerl, den Jeremy, der Carol in der Bar aufgefallen war, schon gesehen hatte.

Aber es wollte und wollte ihm nicht einfallen. Und so entschloss er sich, etwas zu tun, was sich in ähnlichen Situationen bereits bewährt hatte. Er setzte sich an seinen Laptop und ging online. Immerhin hatte er ja zwei Anhaltspunkte.

Da war der Name Jeremy Mansford. Und dann noch der einer Kanzlei in Birmingham, Ashley, Masterson & Waterbridge, wenn er sich richtig erinnerte.

Dazu gab es sicher einige interessante Informationen in den endlosen Weiten des World Wide Web.

In der Zwischenzeit hatte sich Toni zum Handeln entschlossen. Er hatte sich sorgfältig geschminkt, die langhaarige blonde Perücke sorgfältig aufgesetzt und sich in das hellgraue Kostüm gezwängt, das Carlo so geliebt hatte. Dann war er, das Scharfschützengewehr Carlos in den Falten seines Mantels versteckt, in den 3. Stock geschlichen.

Wo er das 56-jährige Zimmermädchen Aloisia Nachtbaur aus Schottwien in das Zimmer 309 lockte, sie vorsichtig, aber höchst effektiv fesselte und knebelte und dann in die Badewanne setzte. Dabei bewies er, dass er kein ganz schlechter Kerl war. Denn Aloisias Schulterknochen, Anton hatte keine Ahnung von ihrer medizinisch eindeutigen Bezeichnung, schienen bereits über Gebühr abgenutzt. Beim Versuch, ihre Arme hinter den Körper zu drehen, hatte die arme Frau schmerzhaft aufgestöhnt.

Worauf sich ihr mitfühlender Peiniger damit begnügt hatte, die Arme vor dem Körper Aloisias zu fesseln.

Jetzt hatte Antonio aber anderes im Sinn. Er kauerte am Boden des Balkons und lugte vorsichtig über das Geländer. Hinunter auf das immer lebhafter werdende Geschehen vor dem Haupteingang des ›Semmering Grand‹.

*

Nachdem Palinski einige Sachen in seinem Büro im Institut für Krimiliteranalogie erledigt hatte, darunter auch das Studium des teilweise recht erfreulichen Posteinganges, hatte er sich bereits kurz nach 10.15 Uhr auf die Liege im alten Rettungsauto schnallen lassen. Nur mit dem Bauchgurt, verstand sich. Das erschien Mario aber sinnvoll, denn er wollte nicht in jeder Kurve aus dem Bett fallen.

Das Handy hatte er bereits vorher abgestellt, also musste er sich jetzt nur auf einen angenehmen Traum konzentrieren, um einzuschlafen. Das funktionierte ansonsten prächtig bei Palinski, war heute aber eher kontraproduktiv.

Denn das Schreiben der Juristischen Fakultät der Universität Rostock, mit dem er eingeladen wurde, Krimiliteranalogie probeweise ein Semester lang als Wahlfach anzubieten, hatte ihn sehr stolz gemacht.

»Ihre thematische Konzeption, Schlussfolgerungen und das didaktische Konzept erscheinen uns interessant und einen Probelauf wert!«, hatte der Dekan geschrieben, und »möchten wir Ihren Vorschlag, vier zweitägige Blockseminare unter Ihrer Leitung im nächsten Wintersemester durchzuführen, gerne realisieren«. Also wenn das nichts war, Palinski war richtig stolz und aufgeregt. Und trotz des gigantischen Schlafdefizits meilenweit davon entfernt, die Augen zuzubekommen.

Allein der Gedanke, sich demnächst schon Universitätslektor und vielleicht einmal Assistenz- oder Außerordentlicher oder Gastprofessor nennen zu dürfen, war selbst für den an sich überhaupt nicht titelgeilen Palinski ungemein reizvoll. Was jeder noch so wenig titelgeile Österreicher gewiss verstand.

Weniger zufrieden war Palinski mit dem Verlauf der Tage am Semmering. Organisatorisch hatte zwar alles bestens geklappt, die Gäste waren zufrieden, soweit er das beurteilen konnte.

Aber in den drei, vier Tagen waren in kriminalistischer Hinsicht einige Dinge passiert, besser gesagt, nicht passiert, die gerade vor dem Hintergrund der 50. Vollversammlung der Föderation der Europäischen Kriminalpolizei besonders auffielen, ja geradezu grotesk wirkten.

Bereits auf der Anreise ein toter Journalist auf dem Topferl im Sonderzug. Gut, das konnte man mit etwas Chuzpe vielleicht noch als nicht zur Vollversammlung zählend abtun. Aber schon am ersten Tag war während des Promineten-Skirennens ein Einheimischer durch einen Querschläger getötet worden. Bedauerlich, aber kein Grund für die Organisatoren, außer ein paar Worte des Bedauerns zu verlieren, das Programm auch nur im Geringsten zu ändern.

Dann starben ein Zimmermädchen und ein älterer Italiener, den sie Commendatore genannt hatten, innerhalb kürzester Zeit an Herzversagen. Genauso gut hätte man Atemstillstand oder Nichtweiterleben sagen können.

Inzwischen hatte die Gerichtsmedizin bei beiden Todesfällen Zweifel angemeldet, ob es dabei auch wirklich natürlich zugegangen war. Einige Indizien sprachen dafür, dass sowohl die gute Frau als auch dieser Pfahl-Pakonetti, oder wie er geheißen hatte, einem bislang noch nicht nachgewiesenen Gift zum Opfer gefallen waren. Und bei der Bandbreite an natürlichen und synthetischen Optionen konnte es noch ewig dauern, bis man zu einem Ergebnis gelangte.

Und wie hatte das aus lauter alten Kriminalisten bestehende Exekutivkomitee reagiert? Oder beabsichtigte zumindest, dies demnächst zu tun? Waren sie Tag und Nacht damit befasst, die Ungereimtheiten, die einem angesichts der aktuellen Ereignisse nachgerade ins Gesicht sprangen, aufzuklären? Wurde die ungeheure Konzentration kriminalistischer Kompetenz an einem einzigen Ort dieser Welt genützt, um Klarheit in diese scheußlichen Vorkommnisse zu bringen?

Mitnichten, man konnte fast sagen, das genaue Gegenteil war der Fall. Keine Sau kümmerten diese, gelinde gesagt, doch etwas ungewöhnlichen Ereignisse, ganz nach dem bewährten wienerischen Leitprinzip: Net amoi ignorieren.

Das war doch zumindest erstaunlich, auch wenn man grundsätzlich Verständnis dafür hatte, dass diese Männer und Frauen, die beruflich tagaus, tagein mit Leichen zu tun hatten, in ihrer Freizeit davon nichts wissen wollten.

Oder war der ganze Haufen schon so abgebrüht, dass ein, drei oder auch vier Tote kein Grund waren, den für heute Abend vorgesehenen Maskenball ›Mörderischer Spaß‹ abzusagen?

Na ja, vielleicht war es mit den Krimilesern so wie mit den Ärzten. Die diese geschmacklosen Medizinerwitze einfach zum Überleben brauchten.

Zumindest einer hatte aber nicht geschlafen, ganz und gar nicht. Nämlich Fink Brandtner, der Major aus dem Landeskriminalamt Niederösterreich und trotz der Nähe der Ortschaft Semmering zur Steiermark der zuständige Mann für die Aufklärung der aktuellen und auch aller zukünftigen Grauslichkeiten.

Immerhin war heute bekannt geworden, Mario hatte das Fax im Büro vorgefunden, dass Commendatore Pfahl, den Namen konnte Palinski sich partout nicht merken, auf dem Dachboden gewesen war, von dem das lustige Zielschießen auf die Teilnehmer des Prominenten-Rennens ausgegangen war. Das bedeutete, dass der Italiener entweder selbst der am Semmering vermutete Auftragskiller oder zumindest Zeuge dieser gefährlichen Kinderei gewesen war.

Angesichts all dieser Toten erschien die nach wie vor offene Frage, wo der angebliche Journalist Sven Eglitz geblieben war, der wahrscheinlich als Letzter mit István Lalas gesprochen hatte, natürlich zweitrangig. Und dennoch fehlte auch hier noch jeglicher Hinweis.

Palinski nahm sich vor, gleich nach seiner Ankunft am Semmering mit Sir Frederick zu sprechen und dem Vorsitzenden des Exekutivkomitees vorzuschlagen, im Rahmen der Jahresversammlung zumindest eine Gedenkminute für die Verstorbenen abzuhalten. Immerhin hatten sie ja wahrhaft unter Einsatz ihres Lebens für ein Rahmenprogramm gesorgt, das für diese Zielgruppe kaum hätte typischer sein können.

Manchmal hasste sich Palinski für den blanken Zynismus, der sogar schon in seinen Gedanken zum Ausdruck kam.

Inzwischen hatte der Rettungswagen die Südautobahn verlassen und setzte seine Fahrt auf der Semmeringschnellstraße fort. Selbst falls es ihm gelingen sollte, jetzt noch einzuschlafen, es zahlte sich nicht mehr aus.

Es ging bereits auf 11.20 Uhr zu, und sie würden bis zum ›Semmering Grand‹ keine halbe Stunde mehr benötigen. Auch gut, dann blieb er eben weiter hundemüde. Wach genug war er ja, um zumindest noch einige Telefonate zu erledigen.

Palinski schaltete sein Handy wieder ein und begann, die erste Nummer einzutippen.

*

Auf dem Parkplatz und vor dem Eingang zum ›Semmering Grand‹ herrschte reges Treiben. Seit der Transporter der Firma Lambart&Hoffner, dem renommiertesten Kostümverleiher des Landes, eingetroffen war, kamen die Gäste des Hauses, um ihre vorbestellte Verkleidung für das abendliche Kostümfest abzuholen. Der riesige Lkw beinhaltete nicht nur drei kleine Umkleidekabinen, sondern auch eine Mini-Schneiderei, in der ein dienstbarer Geist sofort kleinere Kostümanpassungen vornahm. Dieser Service war natürlich in den großzügig kalkulierten Pauschalpreisen berücksichtigt, so kostete z. B. ein Musketierkostüm mit Degen 192 Euro für eine Nacht. Lieferung ins und Abholung vom Hotel inklusive.

Gegen ein sattes Trinkgeld hatten der lustige kleine Schneider und seine flinke Gehilfin allerdings nichts einzuwenden.

In der Ecke eines Balkons im 3. Stock des Hotels kauerte Antonio nach wie vor am Boden und haderte mit seinem Schicksal. Ein Blick auf die Uhr zeigte ihm, dass es nur mehr wenige Minuten bis Mittag waren und er noch immer nichts getan hatte. Dabei hatte er sich fest vorgenommen, bis 12 Uhr den ersten Abschuss hinter sich gebracht zu haben.

Er kämpfte noch mit sich, was er nun tun sollte, als er plötzlich die einschneidende Sirene eines sich nähernden Rettungswagens vernahm.

Bis eben war es Palinski gelungen, Rudi, diesen wirklich netten, aber ungemein kindischen Freund Harrys, daran zu hindern, mit vollem Sirenenklang durch das Land zu rasen. Dafür hatte er ihm aber hoch und heilig versprechen müssen, dass Rudi das unverwechselbare Tatütata ab der Abzweigung der Hochstraße von der Passstraße einschalten und die letzten Meter bis zum Hotel in voller akustischer Kriegsmalerei zurücklegen dürfte. Und so geschah es dann auch.

Helmbach und Jo Fossler, von Palinski telefonisch zum sofortigen Gespräch vor das Haus gebeten, warteten am Rande des Parkplatzes, ans schützende Geländer gelehnt.

Nun fuhr eine Rettung vor, hielt aber nicht vor dem Hoteleingang, sondern suchte sich einen Parkplatz gleich neben dem Lkw mit den Kostümen. Kaum hatte das Fahrzeug gehalten, liefen beide Männer zur rückwärtigen Türe und öffneten sie. Und heraus kletterte, froh, endlich wieder frische Luft zu atmen, Mario Palinski.

Toni hatte sich vorsichtig am Balkongeländer hochgezogen, um einen Blick auf das Treiben vor dem Hotel zu riskieren.

Das Erste, was er zu sehen bekam, war dieser selbstgefällige, großsprecherische Mann, der die Veranstaltung dieser Kriminalbeamten organisiert zu haben schien. Wieder so ein arroganter Arsch, der glaubte, machen zu können, was er wollte. So typisch, sich mit einer Rettung durch die Gegend kutschieren zu lassen, obwohl er sichtlich völlig gesund war. Und wirklich kranke Menschen gingen inzwischen vor die Hunde, weil Hilfe zu spät kam.

Zornig sprang Antonio auf, er hatte spontan einen Entschluss gefasst. Dem Scheißkerl wollte er den Rest geben. Er brachte das Gewehr in Anschlag und …

Jo Fossler ging neben Karl Helmbach auf Palinski zu, als er plötzlich eine unbestimmte Bewegung an der Hotelfront zu erkennen glaubte. Blitzschnell suchten seine Augen die Szenerie ab. Da war etwas, wenn er sich nicht irrte, richtete eine Frau mit langen blonden Haaren eine langläufige Schusswaffe …

»Vorsicht, es wird geschossen!«, brüllte er, warf sich instinktiv auf dem mit dem Rücken zum Hotel stehenden Palinski und riss ihn zu Boden. Keine Zehntelsekunde später schrie Fossler nochmals auf, diesmal vor Schmerz. Eine Kugel hatte ihn an der Schulter getroffen.

Palinski hatte zunächst gar nicht mitbekommen, was da geschehen war. Erst jetzt, als das Blut an Fosslers Arm hinunterrann, wurde ihm bewusst, welchem Schicksal er um ein Haar entgangen war. Und wem er das zu verdanken hatte.

»Hilfe, der Mann ist angeschossen worden!«, schrie Palinski. »Ist kein Arzt da? Wir brauchen sofort einen Arzt!« Dann zog er seine Jacke aus und legte sie dem bewusstlosen Jo unter den Kopf.

Karl Helmbach kniete jetzt ebenfalls neben seinem jüngeren Kollegen. Der ehemalige Sanitätsgefreite im UNO-Einsatz, immerhin hatte er sieben Jahre auf den Golanhöhen verbracht, hatte im Gegensatz zu Mario den Überblick behalten.

»Keine Angst, Herr Palinski«, beruhigte er Mario. »Fossler hat Glück gehabt, es handelt sich lediglich um einen Streifschuss. Schmerzhaft, aber harmlos. In einer Woche ist er wieder auf dem Damm.«

»Aber er hat mir das Leben gerettet!«, stammelte Palinski und hatte Tränen in den Augen.

»In der Tat, das hat er wahrscheinlich«, bestätigte Helmbach, »und das macht die Sache nicht einfacher für mich.«

11.

Freitag, 21. Februar, nachmittags

Wilma kam aus dem Hotel gelaufen. Dabei rief sie immer wieder »Mario, Mario« und kniete neben dem noch immer am Boden Liegenden nieder.

Palinski war ganz warm ums Herz geworden ob so viel Sorge um seine Person. »Mir ist nichts geschehen, Schatz«, beruhigte er sie, »und Herr Fossler ist nur …«

»Das ist schön und freut mich, aber wo ist Albert? Übrigens, was machst du da am Boden?« Wilma blickte Mario streng an. »Tante Anita dreht im Stand durch, sie hat noch immer nichts vom Entführer gehört. Und von Albert fehlt nach wie vor jede Spur. Du hast sie doch heute in Wien gesehen?«

»Ja schon!«, Palinski war etwas verwirrt, »aber sie war völlig ruhig und hat einen vernünftigen Eindruck gemacht. Ich wollte sie ohnehin fragen, aber irgendwie hab ich das vergessen.«

»Aber der Entführer hat doch angekündigt, nochmals anzurufen und bekannt zu geben, wo Albert zu finden ist!« Helmbach machte einen erstaunten Eindruck und blickte Fossler vorwurfsvoll an.

Verdammt!, schoss es dem inzwischen wieder unter den Lebenden weilenden Jo durch den Kopf, den Entführten habe ich total vergessen. Aber das konnte er im Moment wohl nur schlecht zugeben.

»Ich bin aaahh sicher, Albert geht es mmhhh … gut!«, murmelte er, begleitet von dezentem, dramaturgisch geschickt eingesetztem Stöhnen. »Aaahh, das hat mir der Entführer, mmmh … zugesichert. Und es hat geklungen, als aaahh ob er es ernst meinte. Bestimmt mmhhh wird Albert in Kürze auftauchen. Ah!«

Palinski wollte Rudi und Harry eben auffordern, Fossler mit der Rettung ins Krankenhaus zu bringen, als eine dieser riesigen Stretchlimousinen die Straße heraufkam und vor dem Hoteleingang hielt.

Fast gleichzeitig hastete Generaldirektor Eberheim die breite Treppe herunter und ins Freie. Gerade rechtzeitig, um den eben angekommenen Gast, es handelte sich um Douglas Rennerby, ja genau, um d e n Rennerby, den berühmten Kriminalschriftsteller, begrüßen zu können. Der schottische Bestsellerautor, angeblich waren alles in allem mehr als 28 Millionen seiner Bücher in den letzten 30 Jahren verkauft worden, sollte im Rahmen der Vollversammlung in Anerkennung seines Lebenswerks zum Ehrenmitglied der FECI ernannt werden.

Nach Rennerby und seiner Frau Alicia war auch Dr. Alex Winmark, der Leibarzt des schwer kranken Autors, aus dem Wagen gestiegen. Der Mediziner wollte schon hinter seinem Schützling das Hotel betreten, als ihn ein erschreckter Ausruf des Chauffeurs zurückhielt.

»Please come here, Doc and have a look«, radebrechte Ernst Gunsbichler vom Mietwagen-Service in seinem besten Schulenglisch. »And immedi…, sofurt please.« Es war wohl kaum die originelle Aussprache des gebürtigen Liesingers, sondern die im Tonfall reflektierte Mischung aus Schrecken, Stress und Überraschung, die den Arzt zum inzwischen weit offen stehenden Kofferraum der Limousine treten ließ.

Darin lagen zwischen den Gepäckstücken zwei junge Menschen mit käseweißen Gesichtern. Entweder schliefen die beiden, oder sie waren bewusstlos.

»They must«, versuchte es der sichtlich verstörte Fahrer erneut auf Englisch, ließ es aber gleich wieder sein.

»Die müssen am Flughafen hineingeklettert sein!«, murmelte er. »Und ich hab überhaupt nichts bemerkt!«

Auf ein Zeichen Winmarks hin half ihm der Chauffeur, das Mädchen und den Burschen herauszuheben und auf den Boden zu legen.

Nach der ersten Untersuchung stellte der Arzt fest, dass die beiden im Kofferraum wahrscheinlich etwas Kohlenmonoxid abbekommen hatten. Dank ihrer Jugend und relativ guten physischen Konstitution bestand allerdings keine unmittelbare Lebensgefahr. Sie mussten aber so rasch wie möglich ins nächste Krankenhaus, zur Beobachtung.

Winmark, dem das wenige Meter entfernt stehende Rettungsauto natürlich nicht entgangen war, hatte sich inzwischen Rudi geholt und ihn aufgefordert, die beiden Bewusstlosen immediately to the next hospital zu bringen. Harrys Freund, der schon immer von einem echten Rettungseinsatz geträumt hatte, war völlig aufgeregt bei der Vorstellung, unmittelbar vor der Erfüllung seines größten Wunsches zu stehen.

Kurz darauf war er dann auch schon unterwegs zu dem knapp 20 Kilometer entfernten Mürzzuschlag. Mit Blaulicht, Sirene und allem, was sonst noch zu einem richtigen Einsatz dazugehörte. Vor allem aber mit drei echten Patienten an Bord.

Und er war richtig dankbar dafür, was das Leben heute für ihn bereitgehalten hatte.

*

Erst jetzt setzte der Schock bei Palinski ein. Mit einiger Verspätung, dafür aber umso intensiver. Ihm war ganz mulmig im Magen geworden, kalter Schweiß stand plötzlich auf seiner Stirne, und er konnte ein leichtes Zittern am ganzen Körper nicht unterdrücken.

»Ein ganz schön beschissenes Gefühl, was«, meinte Helmbach mitfühlend. »Aber immer noch besser, als auch getroffen worden zu sein!« Er lachte, hatte es mit diesem Scherz sicher gut gemeint. Aber Mario war im Augenblick nicht nach dieser Art von Humor zumute. Ihm war viel eher nach Heulen.

Heute war das zweite Mal in seinem Leben auf ihn geschossen worden. Im Gegensatz zum ersten Mal vor etwa zwei Jahren, damals hatte er sich zwar einen Streifschuss eingehandelt, aber nur durch Zufall, war offenbar bewusst auf ihn gezielt worden. Das war schon eine verdammt wirkungsvolle Art, einem die eigene Sterblichkeit vor Augen zu führen. Andererseits war er heute nicht getroffen worden. Das war natürlich ein gravierender Unterschied, da hatte der Karl Helmbach schon recht. Unbedingt sogar.

»Mir ist bewusst, dass eben auf Sie geschossen worden ist und Sie jetzt ganz andere Sorgen haben!« Der alte Expolizist drückte sich ungewöhnlich vorsichtig aus. »Aber da ist etwas, was Sie unbedingt wissen müssen. Und es ist nicht nur wichtig, sondern auch dringend.«

Palinski, der eben noch das Mündungsfeuer, das er tatsächlich nicht gesehen hatte, vor seinem geistigen Auge nachempfunden und als außerordentlich bedrohlich empfunden hatte, rief sich energisch zur Ordnung. Er hatte zwei prinzipielle Möglichkeiten.

Entweder er gab sich seinem Schmerz hin und entwickelte eine veritable Psychose, oder er nahm sich zusammen und versuchte, wieder zur Normalität zurückzukehren.

»Um was geht es?« Er versuchte es mit einem möglichst gleichgültigen Ton. Aber das nahm ihm ein Profi wie der Karl ohnehin nicht ab. »Also erzählen Sie mir, worum es geht. Und wenn Sie merken, dass ich nicht konzentriert bin, dann hören Sie eben wieder auf. So einfach ist das.« Er lachte leicht hysterisch.

»O. K., dann fange ich jetzt an!« Und er berichtete Palinski von einigen Beobachtungen, Vorkommnissen und den daraus gezogenen Schlussfolgerungen.

»Und dann wollte ich endlich wissen, woran ich«, er korrigierte sich, »woran wir wirklich sind. Ich habe ihm eine Falle gestellt!«

Nachdem er mit seinem Bericht geendet hatte, holte Helmbach ein kleines Aufnahmegerät aus der Tasche und drückte die Starttaste.

Nach Ende dieser Hörprobe stand für Palinski fest, dass die Schlussfolgerungen Helmbachs ganz ohne Zweifel zu 100 Prozent zutrafen. Leider. Und dennoch fiel es ihm sehr schwer, ein abschließendes Urteil zu fällen.

Kurz danach erreichten die beiden Männer das Krankenhaus in Mürzzuschlag.

»Geben Sie mir und ihm noch etwas Zeit zum Nachdenken!«, bat Palinski Helmbach, ehe die beiden Männer die Notaufnahme betraten.

»Ich kann mir gut vorstellen, was Sie bewegt!«, räumte der alte Ex-Polizist ein. »Mir geht es nicht viel anders bei der Sache. Und dennoch«, er ließ den Satz unvollendet.

»Sie haben völlig recht!«, und das meinte Palinski auch, »aber da ist noch etwas, das ich richtig einordnen muss. Und ich hoffe, das gelingt mir auch.«

*

Im LKH Mürzzuschlag war die Hölle los. Nun ja, ob das so stimmte, konnte natürlich keiner wirklich wissen. Da definitiv noch niemand in der Hölle gewesen war und danach darüber hatte berichten können.

Also langer Rede kurzer Sinn, im LKH Mürzzuschlag war der Teufel los. Als ob sich die Trolle und alle sonstigen Kobolde der Steiermark verschworen hätten, war an diesem Tag scheinbar jeder zu Sturz gekommen, den das Schicksal beim Skilaufen oder sonst einer körperlicher Betätigung irgendeinmal dafür vorgesehen hatte. Mit dem Resultat, dass die Notaufnahme knapp nach Mittag bereits 33 Beinbrüche und 26 andere Unfälle zu verkraften gehabt hatte.

Dazu kamen noch die 6,8 Vorfälle, die rein statistisch gesehen innerhalb eines Vormittags in einer Bezirksstadt mit knapp 10.000 Einwohnern und einem entsprechenden Einzugsgebiet anfielen.

Helmbach war einfach Rudis Privatrettung nachgefahren und daher auch beim Eingang zur Notaufnahme gelandet. Auf der Suche nach dem verletzten Jo Fossler kamen die beiden Männer an der nach wie vor bewusstlosen jungen Frau aus dem Kofferraum vorbei, die auf einer fahrbaren Trage auf ihren Weitertransport wartete.

Der Ex-Polizist, der jetzt erstmals ihr Gesicht gesehen hatte, zuckte kurz zusammen. Dann schüttelte er leicht den Kopf. Wollte schon weitergehen, drehte sich aber nochmals um und nahm das Mädchen neuerlich in Augenschein.

»Was ist denn los?«, wunderte sich Palinski. »Kennen Sie die junge Dame?«

»Ich weiß nicht!«, Helmbach hob unsicher seine Achseln, »sie kommt mir irgendwie bekannt vor. Ich weiß aber nicht, wo ich sie hintun soll.«

»Das kenn ich«, lachte Palinski, »so geht es mir auch oft. Das ist das Problem, wenn man so viele Leute trifft wie Sie und ich. Am besten denkt man nicht weiter dran. Die Antwort stellt sich dann meistens ganz von selbst ein!«

Helmbach nickte zwar, ließ aber gleichzeitig erkennen, wie schwer es ihm fiel, nicht an das Mädchen zu denken. Je mehr er versuchte, sie aus seinem Denken zu verbannen, desto mehr beschäftigte sie ihn.

*

Der alte Russe Juri Malatschew, Journalist, und der noch ältere Schotte Douglas Rennerby, Krimiautor, hatten sich zwar nicht gesucht, aber gefunden. Und wie sie sich gefunden hatten.

Juri, der seit Stunden im Café im Wintergarten saß und ohne Pause konsumierte, hatte etwas für ihn völlig Untypisches getan. Er hatte den ins Café kommenden Schriftsteller einfach begrüßt. Was halt bei Juri eine normale Begrüßung ist, also mit dröhnender Stimme, sodass jeder im Raum wusste, ein Mister Rennerby war gekommen.

Der weltberühmte Master of Suspense wieder hatte sich, ohne gefragt zu haben, einfach zu Malatschew an den Tisch gesetzt, ihn gefragt, ob man das Bier hier trinken könnte, und sich dann einen ersten doppelten Whisky bestellt. Ganz ohne, nur mit ein wenig Wasser.

Seither, und das war inzwischen immerhin schon fast eine Stunde, quatschten die beiden miteinander wie alte Bekannte. In einer kuriosen Mischung aus Englisch, Deutsch mit einigen russischen, italienischen und französischen Brocken gemischt. Es war ein wahrhaft internationales Gebrabbel, das die beiden Männer mit einer bewundernswerten Intensität betrieben. Und dazu soffen und fraßen sie, dass es nur so eine Freude war. Zumindest für den Wirt.

Ungefähr jede volle Stunde kam ein jüngerer Mann vorbei, ein Doktor Winmark, wie Malatschew nach dem zweiten Besuch mitbekommen hatte, und überwachte die Einnahme jener Medikamente, die sein Patient einzunehmen hatte.

Ja, auch den Blutdruck hatte er bei Doug gemessen, danach ein wenig den Kopf geschüttelt und ihm weitere Pillen aus einer speziellen Verpackung verpasst.

»Betablocker«, raunte der Schotte dem Russen zu, »um die Sauferei zu kompensieren!« Er grinste. »Willst du auch welche?«

Juri lehnte dankend ab, ließ sich aber den Blutdruck messen, um Doug nicht zu beleidigen.

145/90, na bitte, gar nicht so schlecht für so einen alten Sack, dachte er schließlich zufrieden und ließ sich einen großen Grappa servieren.

*

John Doe ließ sich langsam an die Wasseroberfläche treiben. Er hatte ein ungemein angenehmes Gefühl, so warm, weich und kuschelig. So ähnlich musste sich ein ungeborenes Baby im Fruchtwasser seiner Mami fühlen. Er konnte sich natürlich nicht erinnern, wie das bei ihm und seiner Mutter gewesen war. Möglicherweise ebenso angenehm wie das Gefühl jetzt. Aber in seinem Fall bezweifelte er das eher.

Er konnte sich an keine Situation in den 38 Jahren seines Lebens erinnern, in der ihm seine Mutter ein angenehmes Gefühl vermittelt hätte.

Nein, das war ungerecht und stimmte so nicht. Einmal, in der fünften oder sechsten Klasse Mittelschule, hatte er Grippe gehabt, und sie hatte ihm einen heißen Tee ans Bett gebracht. Damals hatte er sich zwar den Mund verbrannt, aber immerhin.

Auf jeden Fall war es Wärme gewesen, die er seiner Mutter zu verdanken gehabt hatte.

Jetzt merkte der Mann erst, wie hungrig und durstig er war. Er entschloss sich, aufzutauchen, an Land zu gehen und etwas zu essen und zu trinken zu beschaffen.

Vorsichtig öffnete John Doe zuerst das linke Auge und dann auch das rechte.

Aus seinem Unterarm ging ein Infusionsschlauch hinauf bis zu einem Plastikbeutel mit einer farblosen, wasserähnlichen Substanz, der an einem speziellen Gestell aufgehängt war.

Der Raum, in dem er sich befand, war definitiv nicht in seiner Wohnung. Oder in der Wohnung seiner Mutter. Alles in dem Zimmer wirkte sehr sauber und hygienisch, fast schon steril. Aber schrecklich ungemütlich. Also in das Hotel würde er nicht mehr gehen.

Sein Blick fiel zum Fenster. Zwischen ihm und dem Fenster stand ein Bett, auf dem jemand lag und zu schlafen schien. Mehr konnte er im Moment nicht erkennen.

Plötzlich öffnete sich die Türe, und eine Frau in weißer Arbeitsuniform, die irgendwie an die einer Krankenschwester erinnerte, trat ein.

»Guten Tag«, meinte sie laut, und: »Ja, hier haben wir noch genug Platz.« Sie machte einen Schritt zurück auf den Gang und winkte. Fast sofort tauchte ein Helfer mit einem fahrbaren Bett auf, rollte es auf den freien Platz und fixierte die Räder.

»So, meine Herren!«, kündigte die Schwester an. »Ich habe Ihnen eine nette junge Frau gebracht. Aber keine falschen Hoffnungen bitte.« Sie kicherte dieses typisch harmlos-versaute Lachen, zu dem nur Angehörige medizinischer Berufe fähig waren. »Das ist bloß vorübergehend, bis wir für sie woanders Platz finden!«

Das war der Moment, in dem sich die junge Dame so zur Seite drehte, dass John Doe ihr genau ins Gesicht sehen konnte.

»Ja, so was, Sandy, was machst du denn hier?«, rief der völlig Überraschte aus.

»I kau hoid net von dir lossn, Berti«, kam die angesichts der näheren Umstände ausgesprochen humorvolle Antwort zurück. »Schau do amoi noch, ob da Burschi im Bett neben dia liegt. Sonst müass ma ihn suachn lossn!«

Dann lachte diese erstaunliche junge Frau tatsächlich herzlich auf, und Albert konnte nicht anders, als sich diesem Lachen anzuschließen.

*

Jo Fosslers Verletzung hatte sich erfreulicherweise lediglich als kleiner Hautritzer herausgestellt, der allerdings ziemlich geblutet hatte. Der Arzt, der die Wunde versorgt und ihm vorsorglich noch eine Spritze verpasst hatte, warum, wusste Fossler gar nicht, hatte ihn zwar noch über Nacht hierbehalten wollen. Um ihn zu beobachten, wie es immer so schön hieß. Dass das Krankenhaus damit auch einen Tagsatz von der Versicherung kassieren durfte, sagte keiner dazu.

Na gut, jeder musste schauen, wo er blieb. Auf jeden Fall hatte er es strikt abgelehnt, auch nur eine Minute länger in diesen nach Karbol und sonstigen Scheußlichkeiten riechenden Mauern zu verweilen.

Wie auch immer, Fossler freute sich, dass sich sowohl Helmbach als auch Palinski persönlich um ihn kümmerten. Er hatte aber auch den Eindruck, die beiden waren ungemein erleichtert, dass die Sache so harmlos ausgegangen war.

Palinski hatte Fossler wortlos in die Augen geblickt, dann hatte er ihn umarmt.

»Ich stehe tief in Ihrer Schuld«, bekannte er und meinte es auch so. »Andererseits gibt es etwas, worüber wir reden müssen!«

Fosslers Instinkt sagte ihm, dass es besser war, jetzt etwas Zeit zu gewinnen. Und dafür hatte er genau das Richtige auf Lager.

»Haben Sie übrigens gesehen, wer da bewusstlos im Kofferraum dieser Stretchlimousine gelegen ist? Sagen Sie«, meinte er zu Helmbach, »Sie haben die beiden nicht erkannt!«

»Na ja«, meinte der, »die Frau ist mir schon irgendwie bekannt vorgekommen. Aber ich …«

»Na, das waren doch unsere Entführer«, eröffnete Jo den beiden anderen und delektierte sich an ihren überraschten Gesichtern.

»Sandy und Burschi, wenn ich mich richtig erinnere. Werden quasi ins Haus geliefert. Na, was sagt man dazu. Und dann gibt es Menschen, die behaupten, es gäbe keine Gerechtigkeit mehr.«

Nur schade, dass keiner einen dieser Fotoapparate hatte, mit denen man auch telefonieren konnte. Die dummen Gesichter Palinskis und Helmbachs wären es wert gewesen, für die Nachwelt erhalten zu werden.

*

Der Anschlag auf Palinski sowie die heldenhafte Aktion Fosslers hatten dem bislang eher beschaulichen Tempo am Semmering ein abruptes Ende bereitet.

Plötzlich durchsuchten jede Menge Polizisten das Hotel nach dem Schützen, oder korrekter, nach der Schützin. Zwei Augenzeugen hatten unabhängig voneinander von einer Frau mit langen blonden Haaren gesprochen.

Es verwunderte daher auch niemanden wirklich, dass

das Büro des Innenministers gegen 14 Uhr angerufen und bedauert hatte, den abendlichen Besuch des Herrn Ministers absagen zu müssen. Die Grußbotschaft an die Federation Européenne des Criminalistes Investigatives würde daher in Vertretung von Ministerialrat Dr. Michael Schneckenburger überbracht werden.

Nun, der in den letzten Tagen doch etwas leidgeprüfte Generaldirektor Eberheim wollte ob dieser Nachricht nicht so recht traurig werden. Die Anwesenheit eines Regierungsmitgliedes im Hause bedeutete in der Regel eine derartige Potenzierung an Zorres, Störungen, Sicherheitspersonal und unangenehmen Maßnahmen, die den normalen Hotelgästen kaum zumutbar waren.

Also e r konnte gut ohne das Schlagobershauberl* ministerieller Präsenz auf dem Maskenball leben.

Major Fink Brandtner hatte in Abstimmung mit seinen Kollegen vom steiermärkischen Landeskriminalamt veranlasst, dass Sandy und Burschi vorläufig in Gewahrsam genommen wurden. Praktisch bedeutete das einen Uniformierten vor dem Krankenzimmer der beiden in Mürzzuschlag.

Aber auch Albert Abbersyn war angezeigt worden. Im Gegensatz zu seinen beiden ursprünglichen Komplizen blieb er aber auf freiem Fuß. Ihm wurden lediglich Vortäuschen einer Straftat sowie Verabredung zur Vortäuschung einer Straftat vorgeworfen.

Sandy und Burschi mussten sich darüber hinaus auch noch wegen Kidnapping in Tateinheit mit Erpressung verantworten. Angeblich sollte auch geprüft werden, ob und inwieweit das fahrlässige Verlieren eines Entführungsop-

* Sahnehäubchen

fers, wie es den beiden passiert war, einen strafrechtlichen Tatbestand erfüllte.

Besonders erfreulich für Wilmas Familie war, dass der größte Teil der 200.000 Euro, nämlich 193.724 Euro, bei den beiden Erpressern sichergestellt werden konnte.

Gott sei Dank hatte man inzwischen auch die arme Aloisia Nachtbaur im Kasten in der Suite 309 gefunden, wo die Gute gefesselt und geknebelt mehr als drei Stunden unfreiwillig Pause gemacht hatte.

Zur Absicherung des letzten Tages der Veranstaltung, vor allem aber des abendlichen Maskenballs zog Fink Brandtner in Kooperation mit den Polizeistellen in Neunkichen, Schottwien und – grenzüberschreitend im Wege der Amtshilfe – sogar Mürzzuschlag zusätzlich zwölf Kriminalbeamte zusammen, die sich unter das Volk mischen und aus der Anonymität heraus ihre sechs uniformierten Kollegen unterstützen sollten.

Schließlich hatte Sir Frederick Swanhouse vor Beginn der eigentlichen Jubiläums-Hauptversammlung um 15 Uhr noch eine dringliche Sitzung des Exekutivkomitees einberufen, zu dem auch Major Brandtner, Generaldirektor Eberheim und Mario Palinski gebeten wurden.

Dabei schien es Sir Frederick vor allem darum zu gehen, jegliche Verantwortung der FECI für das bisher Geschehene und vor allem auch für das, was möglicherweise noch bevorstand, zu bestreiten und die Schuld auf die drei sozusagen zum Rapport angetretenen Inländer abzuwälzen.

Was dazu führte, dass Major Brandtner auf ein Memo seiner Behörde vom Oktober des Vorjahres hinwies, das die Verstärkung der offiziellen Sicherheitsvorkehrungen durch private Kräfte empfohlen hatte.

Generaldirektor Eberheim wieder erklärte, ohne speziell dazu aufgefordert worden zu sein, die Hotel-Security für die Dauer der FECI-Veranstaltung um drei Mann aufgestockt zu haben.

Der nach wie vor kritische Blick des Sirs, der sich jetzt ausschließlich auf Palinski konzentrierte, veranlasste Letzteren, ein Papier aus seiner Tasche zu ziehen und auf die darauf befindliche Angebotsposition Zusätzliche Sicherheitsmaßnahmen zu deuten.

Die mit 14.500 Euro ausgewiesene Position war mit violettem Filzstift, dem Markenzeichen Sir Fredericks, durchgestrichen worden. Daneben stand, ebenfalls in violett und unzweifelhaft in Swanhouse' Handschrift, der Vermerk: Not necessary, too expensive.

Sir Frederick blickte ziemlich sauer, Fink Brandtner konnte einen leichten Anflug von Grinsen nicht verhindern, und Palinski hatte etwas trotzig Triumphierendes im Blick.

Generaldirektor Eberheim war im Umgang mit Gästen Profi genug, sich nichts anmerken zu lassen. Andererseits war er aber auch nicht der Typ, der einem Gast in den Arsch kroch.

Für ihn war der Gast natürlich König, allerdings unter der Maßgabe, dass auch ein König Pflichten hat.

Also tat Eberheim nichts, schwieg auf eine gewisse arrogante Weise, und jeder konnte sich seinen Teil denken.

Gleich darauf erklärte Sir Frederick die Besprechung für beendet und wollte die drei Besucher wegschicken wie Bedienstete. Die dachten aber gar nicht daran zu gehen, sondern bestellten sich Kaffee und zwangen den präpotenten Engländer damit selbst zum Rückzug.

»Ein unangenehmer Mensch.« Eberheim sprach aus, was alle dachten. »Glaubt offenbar, etwas Besseres zu sein, nur weil seine Vorfahren irgendwann einmal rücksichtsloser waren als ihre Mitmenschen!«

*

Nun taten die Offiziellen und die Mitglieder der FECI, soweit anwesend, das, was in dieser Woche noch am ehesten an Arbeit erinnerte, nämlich sie tagten. Und das bereits seit mehr als einer Stunde.

Palinski, der mit diesem Teil des Programms nichts zu tun hatte, lehnte in seinem Fauteuil in der Hotelhalle und döste vor sich hin.

Er war bereits derart übermüdet, dass er gar nicht mehr einschlief, sobald sich die Gelegenheit dazu bot. Nein, diese Phase hatte er bereits hinter sich. Derzeit konnte er überhaupt nicht mehr richtig einschlafen, nur mehr im Halbschlaf herumhängen. Aus Erfahrung wusste er, dass es mindestens zwei Wochen dauern würde, bis sich wieder ein einigermaßen normaler Tag-und-Nacht- sowie auch Schlafrhythmus einstellte.

Was Mario noch aufrecht hielt, war die sich in Kürze entscheidende Frage, ob Sir Frederick ihn auch wirklich als Eventmanager der FECI in den Vorstand kooptieren würde. Wie er Palinski im Vorfeld, sozusagen als Motivation und zur Honorarbegrenzung, mehr oder weniger zugesagt hatte.

Oder ob es bei der Verleihung der Goldenen Medaille für Verdienste um die FECI bleiben würde, die übliche Würdigung für den Organisationschef.

Noch vor Kurzem hätte Palinski weiß Gott was gegeben, um diesen Job als Eventmanager an Land zu ziehen. Immerhin waren damit eine gewisse Reputation, eine rege Reisetätigkeit auf Spesenbasis sowie immerhin rund 25.000 Englische Pfund Jahresgage verbunden.

In den letzten Tagen hatte er den bislang so vornehm und über den Dingen stehenden Sir Frederick aber zunehmend als eitlen, schlecht gelaunten und kleinlichen Kerl erlebt. Jetzt war er sich gar nicht mehr sicher, ob er mit diesem eher unangenehmen Menschen in Zukunft tatsächlich verstärkt zusammenarbeiten wollte.

Die Sache mit Fossler lag ihm ganz schön auf dem Gemüt. Aber bei allem, was man dem Mann vorwerfen konnte, dieser Jo hatte ihm das Leben gerettet. Am besten, er schaffte die leidige Angelegenheit rasch aus der Welt, sonst würde sie ihm noch den ganzen Abend verderben.

Palinski wollte gerade Karl Helmbach anrufen, als sein Handy Laut gab und ihm das Display verriet, dass ihn Florian Nowotny zu sprechen begehrte.

»Ich glaube, ich bin da einer ziemlichen Sauerei auf die Spur gekommen!«, begann Florian. Der Bursche verstand es wirklich, Spannung aufzubauen. »Vor allem gibt das ein astreines Motiv her, Sir Peter zu töten!« Manchmal übertrieb der Gute natürlich auch ein wenig.

»Ich muss jetzt dringend etwas mit Helmbach und Fossler besprechen«, wehrte Palinski ab, »aber sobald ich Zeit habe, melde ich mich bei dir. Übrigens, gute Arbeit, wie immer!«

Diese Motivationstechnik, ein eleganter Ableger des typisch österreichischen Systems der Titel ohne Mittel, hatte sich bisher noch immer bewährt. So auch jetzt,

Florian dankte erfreut und hatte nichts dagegen, sich bis dahin mit Carol Millfish die Zeit aufs Angenehmste zu vertreiben.

*

Antonio war in sein Kostüm für heute Abend geschlüpft, er hatte sich für die prunkvolle Robe Richelieus entschieden. Oder wars Mazarin, na, das war ja auch egal. Schon als junger Mensch hatte er eine Zeit lang mit dem Priestertum kokettiert, sich dann aber für den säkularen Bereich entschieden. Ganz losgelassen hatte ihn die Vorstellung, als Gottes Diener ein angenehmes Leben führen zu können, aber nie. Dass er sich jetzt als Kardinal aus dem großen Spiegel im Vorraum angrinste, war eine späte Bestätigung seiner Berufung.

Als durchaus praktischen Vorteil dieses Kostüms sah Toni die Tatsache an, dass sich die weiten Falten des leger geschnittenen Kardinalsrocks hervorragend zum Verstecken einer Schusswaffe eigneten.

Plötzlich klopfte es an der Zimmertüre, und Toni erstarrte. Was war, wenn …, aber er sah ohnehin keine Alternative. Entschlossen öffnete er und starrte die beiden Polizisten grimmig an.

»Oh, entschuldigen Sie, Eminenz«, stotterte der ranghöhere Beamte. »Wir suchen einen Antonio Baldiner, der hier wohnen soll!«

»Und was wollen Sie von diesem Baldiner, mein Sohn?«, ab und an war Toni erstaunlich flexibel.

»Major Brandtner vom LK Niederösterreich möchte ihn zum Ableben von Herrn Commendatore befragen!«

Der Polizist wusste noch immer nicht, was er vom dem Kirchenfürsten halten sollte.

Ein Stein, nein, eine ganze Steinlawine fiel Toni vom Herzen, man wollte bloß eine Auskunft von ihm. »Wirke ich so echt?«, wollte er jetzt wissen und grinste milde. »Das ist mein Kostüm für heute Abend, verstehen Sie?«

Jetzt lachten auch die beiden Beamten. Nicht gerade herzlich, eher etwas betreten, verhalten. Aber immerhin.

»Sie sehen sehr gut aus in dem Kostüm«, räumte der eine Polizist ein, und der andere nickte heftig mit dem Kopf dazu. »Richtig echt. Wollen Sie jetzt bitte mitkommen?«

»Sofort!«, willigte Toni ein, »ich will mir nur schnell etwas anderes anziehen!« Er grinste nochmals, diesmal etwas müde. »Sonst küsst mir Ihr Major noch die Hand, wenn ich komme.«

*

Jo Fossler spürte sofort, worum es bei dem Gespräch mit Palinski gehen würde. Er hatte schon den ganzen Tag über das Gefühl, dass Karl Helmbach genau wusste, was mit den 100.000 Euro geschehen war.

Nun, wenigstens hatten sie Albert inzwischen gefunden, und dem Mann ging es soweit gut.

»Nehmen Sie doch Platz, Herr Fossler«, Palinski deutete auf den freien Sessel neben ihm. »Wollen Sie auch Kaffee oder lieber etwas anderes?«

Jo wünschte ein Mineralwasser, nahm Platz und entschied sich für eine offensive Strategie. »Seit wann wissen Sie es?«, wollte er dann von Helmbach wissen. »Und was hat mich verraten?«

Der alte Ex-Polizist runzelte die Stirne. »Sie haben eine Links-rechts-Schwäche, ist mir schon seit einiger Zeit aufgefallen. Ob das auf Legasthenie zurückzuführen ist oder auf was sonst, kann ich nicht beurteilen!« Bedächtig griff er in seine Jackentasche und holte das kleine Aufnahmegerät heraus.

»Gestern hat mich der Erpresser telefonisch ins Klo des Rasthauses in Schottwien geschickt, um etwas aus der zweiten Kabine von links zu holen!«, fuhr er fort. »Aber da war nichts. Daraufhin hatte ich so eine Idee, in der zweiten Kabine von rechts nachzusehen. Und da habe ich dann tatsächlich dieses Wertkartenhandy gefunden. Da habe ich an Sie denken müssen und Ihnen eine Falle gestellt!«

Nun drückte Karl die Starttaste, und die Wiedergabe von Fosslers Telefongespräch mit seiner Exfrau, das er von seinem Wagen aus geführt hatte, startete. »Der Plan hat sich geändert, du musst nicht nach Brünn fahren. Ich habe das Geld schon!«, hatte die unmissverständliche Botschaft gelautet.

»Nicht zuletzt hat Ihr Wagen seit gestern keine 100 Kilometer zurückgelegt«, Karl schüttelte missbilligend den Kopf, »obwohl Sie mindestens 140 Kilometer mehr am Tacho hätten haben müssen, wären Sie wie vorgesehen nach Sopron gefahren!«

Jo starrte wie versteinert vor sich hin. Dann meinte er bitter: »Selbst dazu bin ich zu blöd!« Und nach einer kurzen Pause: »Haben Sie schon die Polizei benachrichtigt?«

»Ehe ich das mache, möchte ich noch gerne wissen, warum Sie meine Familie erpressen wollten«, entgegnete

Palinski. »Ich meine, geht es nur ums Geld? Wollen Sie sich damit ein schönes Leben machen, oder haben Sie Schulden, die Sie erdrücken? Ich möchte verstehen, ehe ich mich entscheide, wie ich mich verhalten soll.«

Zunächst schien es, als ob sich Fossler wie ein trotziges Kind verschweigen wollte. Nach einigen Minuten begann er aber doch, zunächst gepresst und bruchstückweise, mit der Zeit aber immer eindringlicher von seiner verkorksten Ehe zu sprechen, den Zwillingen, der drohenden Delogierung seiner Familie und der komplizierten Hüftoperation, die seiner geschiedenen Frau bevorstand. Und wie viel seine geschiedene Frau selbst zu bezahlen hatte, weil die Versicherung nur einen Teil der Operationskosten übernahm.

»Da war die Versuchung sehr groß, zu groß«, gestand Fossler. »Aber das ändert nichts daran, dass es falsch war.« Er griff in die Brusttasche seines Sakkos, holte ein dickes Kuvert heraus und legte es vor Palinski auf den Tisch. »Hier, bis auf einen Hunderter ist noch alles da. Den Rest ziehen Sie von der noch offenen Gage ab.«

Palinski wusste wirklich nicht, was er mit Fossler tun sollte. Abgesehen davon, dass ihm der Bursche das Leben gerettet hatte, hatte er nachweislich Albert bereits in ein Krankenhaus gebracht, bevor die Erpressung begonnen hatte. Das war vom LKH Mürzzuschlag bestätigt worden.

Also ein wirklich schlechter Kerl war Fossler nicht.

Und die Gründe für sein Fehlverhalten waren bestenfalls im weitesten Sinne des Wortes selbstsüchtig. Aber wer konnte es einem jungen Vater schon verdenken, einen Weg gesucht zu haben, um das zur Lösung der gravierendsten Probleme seiner Familie notwendige Geld aufzutreiben?

Kriminell im eigentlichen Sinne des Wortes war Jo auch nicht, und Wiederholungsgefahr konnte Palinski ebenfalls nicht sehen.

Und dann war da noch die Tatsache, dass sich der Mann ohne zu zögern vor ihn geschmissen und damit möglicherweise eine Menge Leid von ihm abgehalten hatte.

Palinski war sicher, dass so ein Mensch eine zweite Chance verdient hatte.

Aber da war noch etwas. Nämlich der Umstand, dass das Geld von einem Sparbuch Tante Anitas stammte, das sie nach ihrer eigenen Aussage der Polizei gegenüber wiedergefunden hatte. Also falls jemandem 100.000 Euro nicht abgingen, dann Tante Anita mit ihren mindestens 15 weiteren Sparbüchern, Aktien und Bargeldguthaben im Gesamtwert von mindestens zwei Millionen.

Und dann war das Teuferl, das Palinski plötzlich ritt und das ein Engerl war, nicht mehr zu halten. Nun ja, mit fremdem Geld war es immer schon leicht gewesen, großzügig zu sein.

»Sagen Sie, Fossler, wie viel Geld benötigt Ihre Familie, um aus dem aktuellen Schlamassel zu kommen?«, wollte er wissen.

»Na ja«, Jo zögerte, konnte noch nicht erkennen, worauf das Ganze hinauslaufen sollte. »Vielleicht 30.000, eher aber 35.000 Euro, würde ich sagen!«

»Gut!« Palinski war sich jetzt sicher, was er machen wollte. Wahrscheinlich war es ja der reinste Schwachsinn, aber ihm war jetzt danach. Punktum und scheiß drauf.

Und vor allem, es war eine einzigartige Chance für Tante

Anita, zumindest einmal in ihrem Leben etwas Gutes zu tun. Dass sie das nicht wusste, änderte nichts an der Tatsache als solcher.

»Ich sage Ihnen jetzt, was Sie machen werden!« Er blickte Fossler freundlich an. »Sie nehmen 60.000 davon«, er gab ihm das am Tisch liegende Geldkuvert zurück, »und überweisen so bald wie möglich, aber spätestens anfangs kommender Woche je 10.000 Euro an sechs anerkannte Hilfsorganisationen. Sie wissen schon, Kinder in Not und andere in der Art. Mit den restlichen 40.000 lösen Sie die Probleme Ihrer Familie so gut wie möglich. Dieses zinslose Darlehen zahlen Sie im Laufe von zehn Jahren in Raten zu je 4.000 Euro zurück. Und zwar in Form von Spenden in Höhe von 1.000 Euro an vier karitative Einrichtungen. Statt Zinsen erbringen Sie freiwillige Hilfeleistungen im zeitlichen Umfang von mindestens fünf Stunden pro Woche. Zum Beispiel beim Roten Kreuz, den Arbeitersamaritern oder einer ähnlichen Institution. Und das so lange, bis Sie das Darlehen zurückgezahlt haben!« Palinski war so richtig in Fahrt geraten, aber jetzt fiel ihm nichts mehr ein.

»Wenn Sie sich damit einverstanden erklären, verzichte ich darauf, die Polizei zu informieren!«, fuhr er fort. »Die ich natürlich sofort informieren würde, wenn Sie sich im Laufe der zehn Jahre nicht an die Abmachung halten!« Palinski blickte Jo fragend an. »Haben Sie das alles verstanden? Und falls ja, sind Sie damit einverstanden?«

Fossler und vor allem auch Helmbach sahen Palinski an wie einen Schwachsinnigen, der eben auch den letzten Rest Verstandes in der Garderobe abgegeben hatte. Und ehrlich, wer konnte es ihnen verdenken. Selbst

Palinski wunderte sich über sich. Aber es war und blieb eine Tatsache, dass er ohne diesen Mann heute möglicherweise nicht mehr dasäße. Und seine geliebte Wilma Witwe wäre. Oder wie immer sich das nannte, wenn die Partner mehr als 26 Jahre nicht miteinander verheiratet gewesen waren.

Allein bei dem Gedanken schossen ihm Tränen in die Augen.

»Ja«, meinte Fossler jetzt ganz leise. Und lauter: »Ja, Herr Palinski, und nochmals ja.«

Na net, dachte Karl Helmbach, net einverstanden wird er sein. Irgendwie fand er, war dieser Palinski ein seltsamer Mensch.

Aber irgendwie auch großartig. Wirklich großartig.

*

Wieder zurück in seiner Suite, begann Toni zu heulen wie ein kleines Kind. Das Geschehen gestern und heute hatte die Welt, wie er sie bis dahin gekannt und geliebt hatte, in zwei Etappen zusammenbrechen lassen.

Oder präziser formuliert, zwei Ereignisse hatten dazu geführt, dass nichts mehr war wie noch vor 24 Stunden.

Da war zunächst der schreckliche Tod Carlo Montebellos gewesen, seines Freundes, Mentors, Lebensgefährten, der völlig überraschend beim Verzehr einer Süßspeise einem Herzinfarkt erlegen war. Das war gestern Abend gewesen.

Heute hatte sich Toni vor allem den Kopf zerbrochen, wie Carlos letzter Wunsch am besten zu erfüllen war.

Das hatte ihn beruhigt, ja, in Kontakt mit dem geliebten Toten treten lassen, dass ihn fast heitere Gelassenheit erfüllt hatte. Bis zur Befragung durch Major Brandtner vor etwas mehr als einer Stunde.

Da hatte er nämlich erfahren müssen, dass Carlo nicht eines natürlichen Todes gestorben, sondern einer Vergiftung zum Opfer gefallen war. Also ermordet, hingerichtet durch den Konsum eines Desserts, das …

Diesen Gedanken konnte Toni am allerwenigsten verkraften. Er selbst war es gewesen, der Karl den Schierlingsbecher gereicht hatte. Er erinnerte sich noch ganz genau, wie ihm der Commendatore den Auftrag gegeben hatte, die für diesen Arsch von einem englischen Sir bestimmten Schneenockerln zu bringen. Warum hatte diesen Unsympathen nicht das für ihn bestimmte Schicksal ereilt? Und wieso war Carlo so scharf auf Süßes gewesen?

Wieder überkam Toni ein Weinkrampf, und er heulte los wie ein Schlosshund.

Er versuchte sich zu erinnern, wer den speziellen Teller vor diesen Sir Millfish, den wollte er auf jeden Fall noch abknallen, diese Sau, also wer diesen Teller serviert hatte. War das nicht …?

Ja, das war dieser jüngere Kellner gewesen, mit den relativ langen dunkelbraunen Haaren, dem kleinen Oberlippenbart und Brille gewesen. Dieses Schwein würde auch sterben müssen, selbst wenn er bei dieser Mission sein Leben lassen musste.

Der Tod Carlo Montebellos würde gerächt werden, und wenn es das Letzte war, was er auf dieser Welt tat.

*

Kurz nach 18 Uhr endete die eigentliche Jahresversammlung der FECI, also das, was juristisch notwendig gewesen war, um den vereinsrechtlichen Vorschriften zu entsprechen und den Bestand der Institution wieder auf ein Jahr zu sichern.

Nun standen noch die Ehrungen und Auszeichnungen auf dem Programm. Vor allem ging es dabei um die Verleihung der Ehrenmitgliedschaft der Federation Européenne des Criminalistes Investigatives an Sir Peter Millfish wegen des großzügigen Sponsorship der letzten Jahre und an Douglas Rennerby, die Krimiautorenlegende.

Ja, und auch Palinski durfte eine Auszeichnung erwarten. Vermutlich würde er das Silberne Ehrenzeichen der FECI erhalten, für das Goldene war er noch zu jung, wie wohlgesinnte Insider meinten. Aber bitte, man wusste ja nie.

Wie auch immer, Mario war angemessen aufgeregt, in wohldosierter Erwartung.

Obwohl, ihm lag an Orden und derlei Klimbim nichts. Nein, wirklich nicht.

Sir Peter Millfish, ein Mann, dem derlei Ehrungen alles andere denn fremd waren, war bereits von der Ehrenwache, das waren einige jüngere Kriminalbeamte in Fantasieuniformen, geholt worden. Sir Frederick liebte derlei Inszenierungen über alles, sie gaben den rechten Rahmen ab für die barocke Persönlichkeit, als die sich Swanhouse so gerne sah.

Sir Peter, den nur die reich bestückte Ordensspange auf der stolz geschwellten Frackbrust davor rettete, für einen Oberkellner gehalten zu werden, er hatte irrtümlich das Smokingmascherl erwischt, passte gut in das Bild.

Mit seinem unendlich dicken Bauch, den vergleichsweise dünnen Beinen und einem etwas zu klein geratenen Kopf wirkte er mit einer Körpergröße von immerhin 1,86 Metern gleichzeitig lächerlich und beeindruckend.

Beeindruckend lächerlich, wie manche der ihm weniger Wohlgesinnten hinter vorgehaltener Hand meinten.

Etwas mehr Probleme versprach das zweite, derzeit erst potenzielle Ehrenmitglied zu machen. Douglas Rennerby saß seit seiner Ankunft vor fast sechs Stunden mit Juri Malatschew im Wintergarten und soff. Anders konnte man die Aufnahme der Mengen alkoholischer Getränke, die der Autor so berühmter Werke wie ›Mord auf Kredit‹, › E-Mail to heaven‹, ›Die Witwe des Datenbankadministrators‹ oder ›Der Spatz der Sarah Madre‹ durch sich hatte hindurchrinnen lassen, nicht nennen.

Und, obwohl der alte britische Teufel viel vertrug, fast so viel wie sein neuer Freund und Saufkumpan Juri Malatschew, war er inzwischen betrunken. Nicht zu betrunken, um noch einigermaßen verständliche Sätze von sich zu geben, vorausgesetzt natürlich, man verstand diese seltsame Midland-Variante der englischen Sprache überhaupt.

Zu betrunken aber, um den alten, schmerzenden Leib mehr als die 15 Meter zum WC und wieder zurückzuschleppen. Der mindestens zehn Mal so weit entfernte Festsaal blieb damit definitiv unerreichbar für Rennerby. Außer man trug die 68 Kilogramm Haut und Knochen des 76-Jährigen.

Die aus zwei Mann bestehende, für den Kriminalschriftsteller abgestellte Ehrenwache stand ratlos vor den beiden Sauftitanen und grübelte, was da zu tun wäre. Dann entschieden sie sich für den einfacheren Weg und verließen die gastliche Stätte, um neue Order einzuholen.

Palinski, der bereits als 19-Jähriger einen Smoking besessen hatte, seit dem Zeitpunkt, da ihm dieser nicht mehr passte, aber keinen mehr, hatte sich für den feierlichen Anlass einen schwarzen Blazer zugelegt. Mehr als diese rund 150 Euro im XXL-Spezialladen, ja leider, so weit hatte er es schon gebracht, hatte er wirklich nicht investieren wollen. Auszeichnung und hohe Ehre hin oder her. Und so ein Stück konnte man ja wirklich immer wieder tragen und nicht nur zu irgendwelchen Nabelschauen.

Dafür sah Wilma aber aus zum Niederknien. Palinski konnte sich an keinen Moment in ihrer gemeinsamen Vergangenheit erinnern, in dem diese Frau nicht wunderbar ausgesehen hätte. Aber so schön wie heute, daran konnte er sich genauso wenig erinnern.

Die Frau, mit der er seit mehr als 26 Jahren nicht verheiratet war, hatte sich bereits in das Kostüm für das demnächst beginnende Fest gehüllt. Es nannte sich Maria Walewska, was wohl alles erklärte. Bei so einer traumhaften Gräfin von Ornano wäre man gerne Napoleon gewesen.

Von der Galerie im dritten Stock aus verfolgte Eminenz Kardinal Antonio den feierlichen, durch eine vom Tonband stammende Festfanfare eingeleiteten letzten offiziellen Programmpunkt, die Ehrungen und Auszeichnungen. Von hier aus hatte er einen hervorragenden Überblick und ein freies Schussfeld. Allerdings konnte er nirgendwo den Mörder Carlos entdecken. Und ehe er diesen Punkt seiner Agenda nicht abhaken konnte, hatte er keinen Sinn für die übrigen Aufgaben.

Aber der Abend war noch jung, und die Nacht versprach, lange zu werden. Immer eines nach dem anderen, hieß die Parole.

Nun folgten die unvermeidlichen Ansprachen. Langweilige Worttiraden, die keinen Menschen interessierten, somit auch niemandem schadeten und daher unverzichtbar, weil risikolos waren. Das war zumindest eine Theorie Palinskis, der versuchte, zumindest irgendeinen Sinn in dieses unsinnige Ritual hineinzuinterpretieren.

›Die Ansprache als kleinstes vertretbares Risiko in der Kommunikation‹ klang gar nicht schlecht.

Als Erster, weil bereits auf Abruf bereit und von entsprechender Bedeutung, wurde Sir Peter Millfish auf das Podium gebeten. Sir Frederick umarmte den Verleger, drückte ihn mehrmals an sich, heftete ihm eine Medaille an die Brust, die neben den bereits vorhandenen Scheußlichkeiten nicht weiter auffiel, und Tusch vom Tonband.

Als Nächster war wohl Douglas Rennerby an der Reihe, dachte Palinski, und das grundsätzlich zu Recht. Was Palinski im Gegensatz zu Sir Frederick allerdings nicht sehen konnte, war das aufgeregte Gestikulieren eines Mannes der Ehrenwache.

Swanhouse, auf dessen Stirne kalter Schweiß austrat, musste Zeit gewinnen und rief daher our good friend, Mister Mario Palinski, auf die kleine Bühne.

Mister Palinski war very surprised, dass er bereits an der Reihe war, und wurde plötzlich von wilden Fantasien befallen. Vielleicht hatte er die Zeichen zuletzt nicht richtig gedeutet, und Sir Frederick war doch an seiner weiteren Verwendung als Eventverantwortlicher der FECI interessiert. Obwohl, er war gar nicht mehr sicher, ob er das wirklich wollte. Sicher, er würde eine Menge dadurch gewinnen. Aber er müsste noch viel mehr dafür aufgeben.

Wie auch immer, eine heiße Welle des Glücks durchzuckte Palinskis korpulente irdene Hülle, während er unterwegs zur verdienten Auszeichnung war. Bereit für das nachfolgende Gefühlsbad.

Sir Frederick blickte Palinski allerdings nur eher skeptisch an, ehe er eine mickrige kleine Anstecknadel am Revers von Marios neuem Blazer festmachte. Dann nahm er eine kleine Urkunde vom Tisch, reichte sie dem Ansteckgenadelten und schüttelte ihm die Hand. Und das wars dann auch schon gewesen.

Benommen wankte Palinski vom Podium, ja, er torkelte fast schon. So eine Frechheit. Er nahm den Wisch, den ihm dieser unmögliche Mensch gegeben hatte, und warf einen Blick darauf.

Das war nichts anderes als ein auf alt gemachtes, kalligrafisch nicht sonderlich gelungenes Blatt Papier. Mit dem wurde bestätigt, dass Mister Mario Palinski in den Rang eines Amie d'honneur der FECI erhoben worden war. Und dazu Datum, Ort, Unterschrift und Schluss.

Und dafür diese monatelange Einschleimerei. Irgendwie schämte sich Palinski für sein Verhalten, aber auch für seine derzeitige Reaktion. Verdammt, es war doch ohnehin besser so, wie es war.

Von dem langsam in Selbstmitleid versinkenden Palinski weitgehend unbemerkt, hatten die beiden Männer der Ehrenwache mithilfe Juri Malatschews den Fauteuil mit dem darin schlafenden Douglas Rennerby in den Saal und auf das Podium geschleppt.

Nachdem die drei den komfortablen Stuhl niedergestellt hatten, öffnete Rennerby kurz ein Auge, rülpste zwei Mal kräftig und schnarchte leise weiter.

Man konnte förmlich sehen, welch körperliches Unbehagen der Auftritt dieses Ehrenmitglieds, brrr, was für ein Gedanke, Sir Frederick bereitete. Und wie er krampfhaft überlegte, auf welche Art er das unwürdige Geschehen so rasch wie möglich beenden konnte.

Im Publikum dagegen gab es solche und solche Leute. Den peinlich Berührten stand eine mindestens ebenso große Fraktion gegenüber, die teils herzlich, teils boshaft lachte. Die Situation aber in jedem Fall lustig fand.

Jetzt schien Swanhouse einen Entschluss gefasst zu haben. Er nahm die Ehrenmedaille, machte sie irgendwie am Jackett des Schnarchenden fest, legte die Ernennungsurkunde dazu und ergriff die Hand Rennerbys zur formalen Schüttelung.

Dann gab er der Ehrenwache ein eindeutiges Zeichen, den Ausgezeichneten wieder dorthin zu bringen, wo sie ihn hergeholt hatten. Oder noch besser dorthin, wo der Pfeffer wuchs.

Aber dazu hatte Juri auch noch etwas zu sagen.

»Mein Freund Douggie chat diese Entwicklung vorchergesehen und mich gebeten, chier zu sagen. Cherzlichen Dank, er freut sich sehr über die cheutige Auszeichnung und wird Sie bald in England besuchen. Karascho.«

Dann schüttelte er dem regungslos abwartenden Sir Frederick, dem der letzte Halbsatz wie eine gefährliche Drohung vorgekommen war, noch kräftig die gichtgeplagten Finger, packte mit den beiden anderen Rennerby in seinem Schlafstuhl und schaffte ihn aus dem Raum.

Freundlicher, zum Teil sogar lebhafter Applaus begleitete diesen eindrucksvollen Abgang.

*

Obwohl der Maskenball bereits seit über einer Stunde zugange war, wollte keine rechte Stimmung aufkommen. Das 15-köpfige Ballorchester Leo Lutzmannsberger and his boys spielte sich zwar die Seele aus dem Leib, Walzer, Foxtrott, Tango, alles, was das Herz begehrte, aber kaum jemand tanzte. Der beherzte Versuch Maestro Leos, die Frequenz am Tanzparkett durch die Ankündigung Damenwahl zu erhöhen, führte lediglich zur überstürzten Flucht zahlreicher Mander aus dem Festsaal. Vielleicht war ja auch den fremdsprachigen Gästen die tiefere Bedeutung des Begriffes ›Ladies election‹ verborgen geblieben.

Am amüsantesten fand Palinski, der als Jack the Ripper kostümmäßig als einer der wenigen dem Thema des Abends gerecht wurde, noch das Beobachten der Menschen in den verschiedenen Verkleidungen und ihr zum Teil seltsames Agieren im Schutz der dadurch bedingten Anonymität.

Da war beispielsweise Chefinspektor Helmut Wallner als Robin Hood, der nicht unflott mit Rotkäppchen Moni Schneckenburger flirtete, während ihr Mann, als Böser Wolf verkleidet, mit einer Meerjungfrau namens Bridget sowie der Schweigsamen Frau Andrea Millfish an der Bar stand und einen Gin Fizz nach dem anderen schlürfte.

Irgendjemandem war es bemerkenswerterweise gelungen, Juri Malatschew in eine Mönchskutte zu stecken, eine erstaunliche Leistung, die nicht genug gewürdigt werden konnte. Und so lief der alte Russe herum und erzählte jedem stolz: »Ich cheiße Bruder Tuck und bin ein Chelfer von Robin Chood.«

Auch Karl Helmbach und Jo Fossler waren da. Die Uniformen der Wachen im Castel Sant'Angelo, also aus dem dritten Akt der Tosca, passten ihnen ausgezeichnet.

Sir Peter wiederum hatte sich in eine malerische Piratenkluft gesteckt und mimte Käpt'n Morgan, den berühmtesten Freibeuter der Karibik, wie man Mario erklärt hatte.

Lady Paulina sah in ihren geliehenen Hüllen Mary Poppins ziemlich ähnlich, und Carol erfreute die Augen ihrer männlichen Mitmenschen als sehr femininer Peter Pan.

Dagegen machte Florian als der weltberühmteste Enterich Donald nicht unbedingt eine glückliche Figur, fand Palinski. Aber egal, Hauptsache, Carol fand sein Watscheln sexy. Und da sie ihm auf Schritt und Tritt folgte, schien das durchaus der Fall zu sein.

Typisch für die Eigenliebe und das Selbstverständnis Sir Fredericks war seine Kostümierung als Ludwig XIV., der Sonnenkönig. Und exakt so gebärdete er sich auch. Umgeben von schönen jungen Polizeikolleginnen in eleganten Kleidern der Epoche, ließ er sich von einer Schar livrierter Lakaien bedienen, ganz so, als ob es die Französische Revolution nie gegeben hätte.

Gleich wurde es 23 Uhr, und das Fest kam und kam nicht in Schwung. Hätte Palinski ein Zimmer gehabt oder zumindest ein Bett, irgendwo, wohin er sich hätte zurückziehen können, er hätte wohl ernsthaft überlegt, auf diesen traurigen Abklatsch eines gesellschaftlichen Ereignisses zu verzichten und etwas Schlaf nachzuholen.

Aber das Hotel war immer noch überfüllt. Wilma teilte sich nach wie vor ein Zimmer mit Geneva Post, die sich jetzt Kinshasa Garni nannte. Also, ob der Name das Gelbe vom Ei war, Palinski hatte so seine Zweifel. Wie auch immer, ihm stand noch eine weitere Nacht in der Halle, im kuscheligen Fauteuil in der linken Ecke hinten bevor.

Täuschte er sich, oder tanzte die zauberhafte Maria Walewska, mit der Palinski auf das Fest gekommen war, noch immer mit diesem Fernand Leclosé, dem Chef-Inspecteur der Toulouser Polizei? War dieser notorische Charmeur und Schwerenöter gerade dabei, die frankophile Neigung Wilmas zu seinem Vorteil zu nutzen, oder bildete sich Palinski das nur ein? Er war doch nicht etwa eifersüchtig auf den gut aussehenden, an den jungen Alain Delon erinnernden Franzosen?

Nein, doch nicht Palinski.

Ein als Hofnarr verkleideter Mensch war zu ihm getreten, um ihm eine Botschaft zu überbringen. Es klang allerdings mehr wie ein Befehl, als der Mann ihm ausrichtete, Sir Millfish wünschte ihn zu sprechen. Immediately, if you please.

Na gut, jetzt war nicht die Zeit, Prinzipienstreitigkeiten mit dem möglichen zukünftigen Schwiegervater Florians auszutragen. Seine Fantasie war ja noch ganz gut in Schuss an diesem Abend, dachte Palinski und grinste.

Dann teilte er Sir Peters Büttel mit, dass es ihm gleich ein Vergnügen sein würde, und blieb noch etwas sitzen. Etwas Trotz war er seinem Selbstbewusstsein schon schuldig.

Inzwischen hatte das Servierpersonal mit dem Auftragen der letzten Position der heutigen Menükarte, einem Sorbet von der frischen grünen Minze, begonnen.

Als Palinski wenige Minuten später neben Sir Peter Platz nahm, fand er den intensiven Minzegeruch daher auch nicht verwunderlich und schon gar nicht störend.

Was dagegen plötzlich sehr unangenehm auffiel, war dieser uaaaa schreckliche Mundgeruch, der Mario auf seltsam perverse Art vertraut vorkam.

Das war exakt derselbe bestialische Gestank, dem er schon einmal im Zug ausgesetzt gewesen war. Ja, genau, als ihn Sven Eglitz nach Sir Peter Millfish gefragt hatte. Sven Eglitz, der seither als spurlos verschwunden galt. Es aber offenbar nicht war, denn dieser einmalige Mundgeruch konnte nur eines bedeuten. Davon war Palinski überzeugt, blickte auf und in das bebrillte Gesicht des Obers, der eben ein kunstvoll geschliffenes Bergkristallglas mit dem grünen Halbgefrorenen aus Wasser vor Sir Peter stellte. Mit einer seltsam wirkenden, nussbraunen Sauce on the Top.

»Sven Eglitz!«, zischte Palinski halblaut. »Sie müssen Sven Eglitz sein, Sie Schwein!«

»Nein!«, hauchte der Mann und ließ eine speziell auf Mario fokussierte Ladung Maulfäulnis los, die unbeschreiblich war.

»Ich bin nicht Sven Eglitz, ich bin Stefan Kerthészy.« So viel Offenheit hätte Mario um ein Haar zum Kotzen gebracht. So ein Mensch durfte doch, bei allem Mitgefühl, nicht im Service arbeiten.

Aus den Augenwinkeln bemerkte Mario, wie Sir Millfish nach dem Sorbet greifen wollte. Er brüllte: »Nein!«, sprang auf und stieß das Glas weg.

Gleichzeitig bemerkte er, wie ein hoher Geistlicher mit einer Pistole in der Hand neben diesem Stefan aufgetaucht war.

Der Lauf der Waffe richtete sich langsam auf die Schläfe des jungen Slowaken. Mundgeruch hin oder her, aber das hatte sich der Mann auch wieder nicht verdient.

Palinski brüllte neuerlich los. Sein »Nein!« war womöglich noch lauter als das erste. Gleichzeitig hieb er dem Kirchenmann, einem Kardinal, der monoton ›Per te, Carlo, solo per te‹ vor sich hin murmelte, mit aller Kraft auf den Arm.

Es sollte nie ganz geklärt werden, ob der nun folgende Schuss dadurch ausgelöst oder unabhängig davon abgefeuert worden war. Auf jeden Fall traf die Kugel nicht die Schläfe, wie sie das wohl ohne Beeinflussung getan hätte, sondern nur die linke Schulter des Kellners mit dem mörderisch schlechten Atem.

Jetzt wurden Schreie laut, auch Rufe nach der Polizei, und einige Sicherheitsbeamte in den verschiedensten Kostümen drängten mit gezogenen Dienstwaffen heran.

Dem schwer, aber nicht lebensgefährlich verletzten Stefan Kerthészy gelang es fast, hochzukommen und davonzulaufen. Doch einer der Beamten versuchte, ihn festzuhalten. Also änderte Stefan seine Taktik. Er nahm alle Kraft zusammen, stürzte sich auf das Glas mit dem Sorbet von der grünen Minze und begann gierig, es in sich hineinzuschaufeln.

Mit vollem Mund gab er noch etwas von »Rache für Antal Homolay« von sich und stopfte hastig drei weitere Löffel des köstlich kühlen, luftig leichten Desserts in den Mund.

Dann erstarrten auch schon seine Augen, sein Körper zuckte krampfartig zusammen. Dann noch ein letztes Aufbäumen, und es war alles vorüber. Stefan Kerthészy war tot.

Hatte Selbstmord mit einem Sorbet von der grünen Minze begangen. Einem vergifteten.

In der Zwischenzeit hatten drei Beamte den schießwütigen Kirchenfürsten überwältigt und zu Boden geworfen. Als der so treffend als Sheriff kostümierte Major Brandtner jetzt am Tatort erschien, musste er Antonio Baldiner nur mehr verhaften.

Sir Peter Millfish, der so tat, als ob ihn das alles nichts anginge, hatte das Geschehen mit erstaunlicher Gelassenheit verfolgt. Er blickte unwillig auf den Toten, ganz so, als ob er ihm wegen der unbotmäßigen Störung des Abendvergnügens böse wäre, und bestellte Whiskey. Und zwar einen dreifachen. Dann fixierte er Palinski mit seinen kalten, kleinen Schweinsaugen und brummte: »Ich wollte Sie nur warnen. Falls Ihr kleiner mieser Subalterner nicht sofort den Umgang mit meiner Tochter abbricht, dann wird das böse Konsequenzen haben. Für ihn und für Sie!«

»Sie mich auch!«, entfuhr es Mario, dann wandte er sich wortlos ab und verließ den Schauplatz des teuflischen Geschehens der letzten fünf Minuten.

Zurück blieb ein angeschossener Selbstmörder, dem im Tod noch eine Gnade widerfahren war, die ihm das Leben immer versagt hatte. Als der Notarzt kurz danach offiziell den Tod bestätigte, war von dem ehemals diabolischen Gestank aus dem Maul des Mannes nichts zu bemerken.

Im Gegenteil, ein bemerkenswert frischer Duft nach grüner Minze beherrschte die gesamte Szene.

Wenn das kein versöhnliches Ende für ein verkorkstes Leben war.

12.

Samstag, 22. Februar, vormittags

Erstaunlicherweise hatte das Fest nach dem Tod, eigentlich dem Selbstmord, dieses Stefan Kest, wie war der Name noch gewesen, na egal, also nach dem Tod dieses Mannes und der Verhaftung eines als Richelieu verkleideten Steirers irgendwie an Schwung gewonnen. Es war fast so, als ob das Schicksal gesagt hätte: ›Gut, damit ist das Pflichtprogramm abgehakt. Jetzt lasst uns an der Kür Spaß haben.‹

Obwohl man ihm das äußerlich überhaupt nicht anmerkte, hatte der Auftraggeber sehr wohl mitbekommen, was da noch kurz vor Mitternacht abgelaufen war. Wie es aussah, war nicht nur der von ihm bestellte Vollstrecker des von ihm gefällten Urteils endgültig ausgefallen, sondern auch ein nicht eingeplanter Giftmischer. Woher der kam und welche Motive ihn angetrieben hatten, der Auftraggeber hatte nicht die leiseste Ahnung. Es war ihm aber im Grunde genommen auch egal.

Fest stand jetzt aber, dass niemand mehr da zu sein schien, der das Opfer seinem vorbestimmten und bis spätestens heute Abend zu vollziehenden Schicksal zuführte. Falls diese Gelegenheit ungenützt vorbeiging, konnte es Jahre dauern, bis sich wieder eine Chance bot, den Kerl abzuservieren.

Vielleicht sollte er ja … Eine kühne Idee hatte den Mann

gepackt und mit seinem tödlichen Keim infiziert wie das Eboli-Fieber. Und reifte jetzt langsam zum Plan.

Sicher, die Sache war nicht ohne Risiko und die Zeit zu knapp, um alle Wenn und Aber zu berücksichtigen. Aber Kühnheit hatte sich immer noch gelohnt.

In Kriegszeiten gabs dafür sogar Orden, und das nicht erst seit Kaiserin Maria Theresia.

Jetzt hatte sich der Auftraggeber zu einem Entschluss durchgerungen. Wenn es nun einmal nicht anders ging, dann würde er es eben selbst machen müssen. Das hatte auch seine Vorteile.

Erstens würde er genau wissen, dass die Arbeit auch wirklich ordentlich erledigt wurde, und zweitens gab es keine Mitwisser.

Entschlossen machte er sich daran, die für die Durchführung des Planes notwendigen Maßnahmen zu treffen.

*

Für das unter enormem Schlafdefizit leidende Gehirn Palinskis nahm das seltsame Treiben um ihn herum langsam optisch und auch akustisch die Form eines Danse macabre an. Seltsam langsam, fast wie in Zeitlupe bewegten sich die verschiedenen Figuren dieses Spiels auf und ab und hin und her. Und folgten der stets gleichen und doch immer wieder neuen Choreografie der Vergänglichkeit des ewigen Lebens.

Der absurde Abgang eines jungen Mannes, der – aus welchen Gründen, war noch nicht bekannt – vergiftete Süßspeisen in Umlauf gebracht und dadurch schließlich selbst sein Leben verloren hatte, war den meisten doch etwas unter die Haut gegangen.

Dennoch, als einzige offizielle Reaktion auf das schreckliche Geschehen vor weniger als einer Stunde hatte das Orchester aufgehört, zum Tanz aufzuspielen. Stattdessen sorgte jetzt ein Pianist auf wirklich recht dezente Art für einen unaufdringlichen musikalischen Hintergrund.

Mario kam es vor, als wäre eben der Tod selbst an ihm vorbeigegangen, hätte ihm beiläufig zugenickt und dann den Raum verlassen. Tatsächlich war es aber Sir Frederick gewesen, dessen Sonnenköniggehabe ihm aufgefallen war. Ob der alte Herr schon genug hatte und zu Bett ging?

Sir Peter war noch voll auf Zug, also am Saufen. Der steinreiche Verleger hatte mit Champagner begonnen, sich im Verlauf des Abends nur kurz beim Wein aufgehalten und war nun schon längst bei seinem geliebten Whiskey gelandet.

Mit ey wohlgemerkt, womit er seine Vorliebe für Bourbon ganz dezent zum Ausdruck brachte.

Natürlich trank Sir Peter auch Scotch, ja selbst Canadian Whisky, vor allem, ehe er durstete. Aber wenn er es sich aussuchen konnte, dann war ihm ein guter Kentucky, aber auch eine der Malt-Spezialitäten von der Grünen Insel schon lieber. Nun schlenderten Carol Millfish und Florian Nowotny vorbei, ein wirklich schönes Paar und hervorragendes Beispiel für das Zusammenwachsen Europas in wirklich allen Bereichen. Wenn daraus was wurde, dann gab es echte kleine Europäer, freute sich Palinski. Schalt sich aber gleichzeitig auch für die gedankliche Einmischung in Bereiche, die ihn wirklich nichts angingen.

Als das Paar den Tisch Sir Peters erreicht hatte, mühte sich Carols Vater schwankend hoch. Dann deutete er sichtlich verärgert auf den Freund seiner Tochter, schien ihn vom Tisch zu weisen, wegjagen zu wollen.

Florians Körpersprache signalisierte Widerstand, doch Carol schien ihn zu beruhigen, wirkte auf ihn ein, ja schickte ihn weg. Widerwillig räumte Palinskis Assistent das Feld. Als er am Tisch seines halb visionierenden Chefs vorbeikam, blieb er stehen.

»Ich hätte was zu besprechen!«, kündigte er leicht trotzig an. »Darf ich mich setzen?«

»Was soll der Unsinn?« Palinski blinzelte Florian fragend an. »Natürlich kannst du dich setzen. Aber besprechen will ich jetzt nichts«, er gähnte demonstrativ, »ich bin zu müde und nicht aufnahmefähig.«

»Ich versuche ja auch erst seit zwölf Stunden, einen Termin mit dir zu bekommen!«, maulte Florian.

Und war nicht zu Unrecht etwas sauer, musste Palinski zugeben. »Tut mir leid, aber es ist ständig etwas anderes los gewesen. Um was geht es denn?«

»Hier«, Florian legte einen Schnellhefter auf den Tisch, »ein interessantes Dossier. Falls Sir Peter etwas zustoßen sollte, könntest du da drinnen einiges zum möglichen Motiv finden. Im Internet …«

»Das kannst du nicht mit mir machen, Vater!«, erregte sich da Caroline Millfish in einer Lautstärke, die den familiären Streit zu einer öffentlichen Angelegenheit machte.

»Du hast keine Ahnung, was ich alles mit dir machen kann oder nicht, du dummes Ding!«, brüllte ihr Vater zurück.

Darauf sie: »Du bist ein Tyrann, ich werde von zu Hause

weggehen. Ich hätte das schon längst tun sollen, aber Mutter …«

Zwei klatschende Geräusche, wie sie kräftige Ohrfeigen eben verursachten, die Sir Peter seiner Jüngsten eben verpasst hatte, ließen Carolines Satz unvollendet.

Florian war schon nach dem ersten lauten Satz aufgesprungen und unterwegs zu Sir Peters Tisch.

Nach den beiden Ohrfeigen wäre aber auch Palinski zum Eingreifen bereit gewesen. Er hasste es, wenn Meinungsverschiedenheiten nicht verbal, sondern mit Gewalt gelöst wurden. Dazu kam noch, dass er absolut nicht verstehen konnte, warum Eltern ihre Kinder und Männer ihre Frauen schlugen. Dass die Schläger ihre Opfer offenbar als ihr Eigentum betrachteten, mit dem sie machen konnten, was sie wollten, konnte ja als Erklärung nicht ausreichen. Wer versucht denn schon, sein Eigentum zu beschädigen?

Aber Carol war eine selbstbewusste junge Frau, die sich allein zu helfen wusste. Sie starrte Sir Peter zornig an und zischte halblaut: »Was bist du doch für ein Arsch. Machst die Familie kaputt und bist auch noch stolz darauf!« Dann ging sie, und Palinski hatte den Eindruck, dass es durchaus für immer sein konnte.

Florian war natürlich schon an ihrer Seite, küsste sie zärtlich auf die Wange und führte sie aus dem Saal. Sir Peter fluchte leise vor sich hin, sank auf seinen Sessel zurück und nahm einen kräftigen Schluck. Also Vorbilder sahen anders aus.

Ein für sein Kostüm etwas schmächtig geratener Menschenaffe wankte hölzern auf Millfish zu, setzte sich neben den trunken Dösenden und legte ihm seine rechte Pranke auf die Schulter. Dann schien er Sir Peter etwas ins Ohr zu flüstern, was dieser mit einem eher unwilligen Brummen quittierte. Jetzt boxte ihn der Gorilla spielerisch zwei, drei Mal mit der Linken, worauf Millfish schmerzhaft das Gesicht verzog. Dann öffnete er kurz die Augen, um sie gleich wieder zu schließen und weiterzudösen. Gott, der widerliche Kerl musste schon ganz schön blau sein.

Der Menschenaffe hatte offenbar auch genug von dieser Begegnung, denn er erhob sich, tappte unsicher zu einem der Ausgänge und verschwand.

Komisch, dachte Palinski, diese Tierkostüme waren vor allem an die österreichischen Polizeibeamten gegangen, die als Ordnungsdienst abgestellt worden waren. Zumindest hatte ihm das Major Brandtner erzählt. Dass einer dieser Männer Sir Peter gut genug kannte, um sich einen so vertraulichen Umgang erlauben zu können? Das war schon irgendwie seltsam, aber nicht seine, Palinskis, Sache.

So, jetzt war es dringend an der Zeit für einen Standortwechsel. Wenn er jetzt nicht einige Meter ging, sich anderswo hinsetzte oder irgendwie betätigte, dann schlief er auf der Stelle ein. Genau so, wie dies Sir Peter einige Tische weiter getan hatte.

*

Die Auseinandersetzung mit ihrem Vater war für Caroline Millfish der Schlussstrich nach einem langen Weg der endgültigen Abnabelung von ihrer Familie gewesen. Sie war wild entschlossen, die beglückende Chance ihrer beginnenden Beziehung zu Florian für den Absprung zu nützen. Mit all den Risiken, die diese Situation in sich barg. Denn wer konnte schon wissen, ob sie und Florian in drei Monaten noch zusammen sein würden? Oder in einem Jahr?

Andrea und Bridget hatten diese Abnabelung zum Teil schon vollzogen. Nicht ganz so rigoros, wie das bei ihr der Fall war, aber immerhin. Um ihre Schwestern machte sich Carol keine Sorgen. Aber dass sie ihre Mutter allein ließ, lassen musste, empfand sie fast wie einen Verrat. Wie gerne hätte sie Lady Paulina mitgenommen, aber diese Frau hatte eine Eigenschaft, die Carol nicht verstehen konnte. Trotz allem, was er sie immer wieder anschauen ließ, liebte sie ihren Mann und dachte nicht daran, ihn zu verlassen.

Während Carol einige Dinge zusammenpackte, alles, was sie in der ersten Phase ihres Ausbruchs von zu Hause mit sich nehmen konnte und wollte, hatte Florian Nowotny seinen Chef neuerlich aufgesucht.

Mario Palinski hatte inzwischen wieder seinen Lieblingsfauteuil in der Hotelhalle aufgesucht. Dieser Platz war ihm vertraut und gewährte einen guten Überblick über diesen Teil des Hauses.

»Caroline Millfish hat sich entschlossen, noch heute Nacht ihre Familie zu verlassen und mit mir nach Wien zu fahren!« Das war der Kern der Information, die Palinski eben von Florian erhielt. »Ich hoffe, du hast nichts dagegen, Chef, dass ich jetzt losfahre, und auch, dass ich Carol einige Tage im Institut unterbringe. Nur, bis wir weitersehen. Was mit der Uni ist und so. Sie will nämlich in Wien studieren!«

Soviel Palinski wusste, war die junge Frau, die Florian mit Sicherheit auch ohne seine Zustimmung nach Wien bringen würde, bereits volljährig. Damit entfiel das einzige wirklich gravierende Argument gegen die duldende

Unterstützung einer großen, romantischen Liebe. Also was blieb Mario schon über?

»Klar, fahr ruhig los. Und macht es euch gemütlich im Institut!«, meinte er und grinste gutmütig dazu. »Aber das ist wirklich nur eine Übergangslösung.«

»Danke, Mario!« Florian strahlte und wollte schon gehen, als ein erschöpft wirkender Major Brandtner an den Tisch kam und sich setzte.

»Wir haben es die ganze Zeit tatsächlich mit zwei getrennt voneinander agierenden Tätern zu tun gehabt!«, meinte er schließlich. »Einer, dieser Stefan, hat mit Gift operiert, der andere mit Schusswaffen. Dabei ist Baldiner wahrscheinlich gar nicht der echte, ursprüngliche Killer, sondern hat den Auftrag von dem Mann übernommen, der hier im Hause als Commendatore Pahl-Giacometti bekannt war.« Er schüttelte den Kopf. »Und das Verrückte daran ist, dass dieser Mann versehentlich ein vergiftetes Dessert erwischt hat und daran gestorben ist. Wärs nicht so traurig, müsste man direkt lachen über dieses Drehbuch.«

Während Fink Brandtner seinen Kurzbericht gegeben hatte, hatte sich die Aufzugstüre geräuschlos geöffnet und der Sonnenkönig trat heraus. Sir Frederick blickte sich kurz um und ging dann weiter zum Festsaal.

Inzwischen hatte Brandtner eines dieser Plastiksackerln aus der Tasche gezogen, die man verwendete, um Beweisstücke zu schützen. Einzutüten, wie es in der deutschsprachigen Synchronisation so treffend genannt wurde. Oder Einsackerln hierzulande.

Er hielt das Sackerl gegen das Licht, sodass man den Inhalt, ein Medaillon aus Altsilber mit einem aus Koralle geschnitzten, stilisierten H auf einem Ding, das aussah wie ein stilisierter mittelalterlicher Torturm, gut erkennen konnte.

»Das haben wir bei Stefan Kerthészy gefunden!«, erklärte er. »Hat jemand eine Idee, um was es sich dabei handeln könnte?«

Plötzlich trat ein sichtlich erregter Mitarbeiter des LK Niederösterreich zu Brandtner und flüsterte ihm etwas ins Ohr.

Der Major erstarrte förmlich, stand auf und wollte schon gehen. Ehe er sich doch noch besann und die kleine Runde informierte, dass Kollege Inspektor Fellinger bewusstlos, mit einer schweren Kopfverletzung und gefesselt in einer Kabine des Herren-WC im Konferenzbereich des ersten Stocks gefunden worden war.

Und das nur mit seiner Unterwäsche bekleidet.

*

Was mehrere Leichen im Laufe der letzten Tage nicht geschafft hatten, hatte ein zugegebenermaßen ziemlich bedienter, immerhin aber noch lebender niederösterreichischer Kriminalbeamter locker zu Wege gebracht.

Das ohnehin bereits in den letzten Zügen liegende Maskenfest war sofort offiziell als beendet erklärt worden. Inoffiziell wurde allerdings weiter gesoffen, denn der Schock, den die Meldung bei den wenigen noch anwesenden Gästen ausgelöst hatte, hatte anscheinend schrecklich durstig gemacht. Natürlich wollte man auch so prominente Gäste, wie zum Beispiel Sir Peter einer war, nicht im ersten Schlaf, der ja der beste sein soll, stören.

Im Wesentlichen hatte sich also nichts geändert, bloß dass sämtliche heimische Polizisten, egal, ob in Uniform oder Kostüm, das Hotel nach Spuren, Hinweisen auf den Täter oder sonstige sachdienliche Informationen durchforsteten.

Etwa nach zehn Minuten wurden die Suchtrupps das erste Mal fündig. In einer großen Plastiktasche mit der Aufschrift ›Huber Moden, Mürzzuschlag‹, die unter einer dick gepolsterten Sitzbank im 2. Stock gefunden worden war, befand sich das Kostüm eines Menschenaffen. Aller Wahrscheinlichkeit nach handelte es sich dabei um das Fell, das Inspektor Fellinger bei lebendigem Leibe abgezogen worden war.

Eine erste, oberflächliche Untersuchung des Gorillakostüms durch Major Brandtner ergab, dass der Stoff bei der linken Pfote oder Hand, oder wie das bei Menschenaffen nun einmal genannt wurde, einen etwa 15 Zentimeter langen Schnitt aufwies. Dessen Ränder sowohl innen als auch außen mit inzwischen verkrustetem Blut verschmutzt waren.

Fellinger war nach wie vor bewusstlos und stand daher für eine erste Befragung nicht zu Verfügung. Der Notarzt, der seine Überstellung ins Krankenhaus Mürzzuschlag veranlasst hatte, hatte dazu gemeint, dass der Verletzte frühestens mittags in der Lage sein würde, Antworten auf einige wesentliche Fragen zu liefern.

Wilma, die sich inzwischen umgezogen hatte, gesellte sich jetzt zu der Runde um Brandtner und Mario. Gleich nach ihr kamen auch noch Helmbach und Fossler dazu, die sich ebenfalls schon entkostümiert hatten.

»Weißt du, dass Florian am Packen ist und in Kürze mit

seiner Caroline abreisen möchte, nach Wien?«, erkundigte sich Wilma und kraulte Palinski liebevoll am Hinterkopf. Der schnurrte zufrieden, rief sich aber sofort zur Ordnung. Zufriedenheit war eine Kategorie, die in der aktuellen Stimmungslage keinen Platz hatte.

»Ja«, meinte er dann, »ich weiß. Scheint ihm ernst zu sein mit diesem Mädchen. Hast du die schreckliche Szene vorhin zwischen ihr und ihrem Vater mitbekommen?«

Wilma hatte nicht, und während Mario sie kurz informierte, musterte Karl Helmbach aufmerksam das eingesackelte, am Tisch liegende Medaillon aus Altsilber, mit dem korallenroten stilisierten H darauf.

»Kommt Ihnen dieses Schmuckstück bekannt vor?«, wollte Fink Brandtner wissen, dem das Interesse des Ex-Polizisten nicht entgangen war.

»Ja, ich glaube, ja«, Helmbach war sich anscheinend nicht ganz sicher. »Ich glaube, die junge Dame, die immer wieder in der Rezeption steht, ich denke, sie heißt Elke, hat ebenso einen Anhänger an der Kette um ihren Hals.«

»Und Sie, haben Sie so ein Ding schon gesehen?«

Jetzt hatte sich Brandtner auch an Fossler gewandt, dessen scheinbares Desinteresse an dem Anhänger so offensichtlich war, dass es kaum übersehen werden konnte. »Sie wollen mich sicher glauben lassen, nichts davon zu wissen, aber Sie sind ein schlechter Schwindler. Also was ist los?«

Jo Fossler musste jetzt eine Entscheidung treffen, die seine Zukunft deutlich beeinflussen konnte. Gab er seine Jugendsünde zu und riskierte eine entsprechende Bestrafung, oder hielt er den Mund und behinderte damit die Arbeit der Polizei?

Er brauchte nicht lange, um sich für die Wahrheit und damit dafür zu entscheiden, sein weiteres Leben nicht mit einer weiteren Lüge und dem damit verbundenen Vertrauensbruch belasten zu wollen. Immerhin hatte er erst gestern so etwas wie einen zweiten ersten Geburtstag gefeiert.

»Ja«, gab er zu, »ich habe ein solches Medaillon gesehen. Und das unter ganz besonderen Umständen!«

Dann begann er, von jenem Tag vor dem letzten Weihnachten zu berichten, an dem er Karl Helmbach kennengelernt hatte. Und dass er bei dieser Gelegenheit ein Kettchen mit eben so einem Anhänger in der Hand der ermordeten jungen Frau gefunden hatte.

»Leider habe ich in meiner damaligen Situation der Versuchung nicht widerstehen können und das ungewöhnliche Schmuckstück an mich genommen!« Er blickte schuldbewusst zu Boden.

»Und danach? Haben Sie es verkauft?«, wollte der Major wissen, während Helmbach böse blickte und Palinski ungläubig den Kopf schüttelte.

»Das habe ich ursprünglich vorgehabt!«, räumte Fossler ein, »wenn man Hunger hat, kommt man auf die dümmsten Ideen. Ich habs dann aber nicht übers Herz gebracht und mir vorgenommen, es bei Gelegenheit zurückzugeben!« Er grinste schuldbewusst, griff in die Innentasche seines Sakkos und holte ein Taschentuch heraus, in das etwas eingewickelt war. Ebendieses Kettchen mit dem Anhänger aus Altsilber. Und dem korallenroten stilisierten H darauf.

Im Gegensatz zu dem eingesackelten Pendant, auf dessen Rückseite ›Stefan‹ eingraviert war, fand sich auf diesem Stück der Name Eva.

*

Der Auftraggeber war mehr als zufrieden. Die ganze leidige Angelegenheit war ja wesentlich problemloser gelaufen, als er vermutet hatte. Hin zu dem besoffenen Schwein, ruck, zuck das Unvermeidliche getan und dann rasch und unauffällig wieder weg. Kein Mensch hatte ihn gesehen.

Der Mann musste über seine eigene sprachliche Schlamperei lächeln. Gesehen hatten ihn natürlich eine Menge Menschen, aber keiner hatte ihn erkannt.

Komisch, dass die Sache noch nicht entdeckt worden war. Na ja, dieser schreckliche Mensch ging eben niemandem ab. Und das Volk, das jetzt noch im Saal war, war ja selbst schon jenseits von Gut und Böse. Es war immer wieder verblüffend, welche Mengen Alkohol an sich vernünftige, nette Menschen so in sich hineingießen konnten.

Trotzdem, die wachsende Spannung machte ihm immer mehr zu schaffen. Langsam wurde es wirklich Zeit, dass jemand entdeckte, was geschehen war. Vielleicht sollte er selbst? Das wäre sicher ein gutes Ablenkungsmanöver. Wer kam denn auf die Idee, dass der Überbringer der Botschaft gleichzeitig auch deren Verfasser war?

Dumm war nur das mit der Hand gelaufen. Die Wunde brannte wie Feuer und blutete noch immer.

Aber halt, ging da nicht jemand zu dem Opfer hin? Vielleicht klappte es ja jetzt.

Der Auftraggeber lächelte kalt und wirkte sehr zufrieden.

*

Helmbach, aber auch Palinski waren ziemlich sauer auf Fossler. Und Major Brandtner hatte schon einige Andeutungen fallen lassen, wie das, was der Jo vor einigen Wochen im Währinger Park getan hatte, strafrechtlich zu beurteilen war. Aber Fossler wars egal, er hatte diese Altsünde loswerden müssen, wenn er wirklich neu anfangen wollte. Und um sich und seinen Freunden, und dazu zählte er durchaus auch Palinski und Helmbach, wieder ins Gesicht sehen zu können.

»Aber lassen wir das zunächst«, meinte der Major eben, »im Moment haben wir Wichtigeres zu tun. Also was sagt uns dieses Medaillon in der Faust der toten jungen Frau in diesem Währinger Park? Die noch immer nicht identifiziert worden ist, soviel ich erfahren habe. Deren Eltern seit Wochen nichts über den Verbleib der Tochter, der Mann über den der Frau oder Geliebten gehört haben. Nur weil ein unreifer 28-Jähriger der Leiche ein Ketterl fladert. Das ist doch wirklich zum Kotzen!«

Fossler nickte schuldbewusst. »Sie haben völlig recht, und es tut mir sehr leid. Und ich bin bereit, alle daraus resultierenden Konsequenzen zu akzeptieren!«

»Da wird dir auch gar nichts anderes übrig bleiben!«, brummte Helmbach. »Ich bin richtig enttäuscht von dir!«

»Als Erstes müssen wir uns so rasch wie möglich mit dieser Frau Elke …«, wollte Brandtner gerade feststellen, als ein Mitarbeiter zu ihm trat und ihm etwas ins Ohr flüsterte.

Kaum hatte der Major die Nachricht erhalten, sprang er auch schon auf und rannte durch die Halle zum Festsaal.

Auf halbem Weg blieb er kurz stehen, drehte sich um und informierte die anderen, dass man eben über die Leiche Sir Peter Millfishs gestolpert sei.

Und das im wahrsten Sinne des Wortes.

*

Florian Nowotny und Caroline Millfish hatten scheinbar ein untrügliches Gefühl für richtiges Timing. Sie verließen exakt in dem Moment den Fahrstuhl, als die sterblichen Überreste Sir Peters durch die Halle abtransportiert wurden.

In Anbetracht der vorangegangenen, der Öffentlichkeit zweifellos nicht entgangenen Auseinandersetzung Carols mit dem Ermordeten – der Notarzt hatte mehrere tödliche Messerstiche in den rechten Oberbauch festgestellt – bewirkte die Reisetasche in der Hand der offenbar abreisebereiten jungen Frau einen zu Fehlinterpretationen geradezu einladenden Eindruck. Der natürlich auch ihren Begleiter Florian mit einschloss.

Palinski hatte das rasch erkannt und das Paar aus der Hauptfahrtrinne zum Ausgang weggeholt und in eine Ecke der Halle gelotst.

Carol, die noch nicht über den Tod ihres Vaters informiert worden war, brach kurz in Tränen aus. Immerhin, bei allem, was zwischen den beiden nicht gestimmt hatte, war der Tote doch ihr Vater gewesen.

Sobald sie sich wieder gefasst hatte, ging sie nach oben, zu ihrer Mutter und dem Rest der Familie.

Das besonders Sonderbare an diesem an Sonderbarem nicht gerade armen Fall war, dass der Notarzt den Eintritt des Todes Sir Peters mit vor 60 bis 75 Minuten angegeben hatte, also kurz nach dem Streit mit seiner Tochter. Das machte aus Carols sofortigem Verlassen des Festsaales einen überzeugenden Beweis für ihre Unschuld.

Auf die Bluttat bezogen, nicht allgemein, versteht sich.

Wesentlich seltsamer, ja fast schon pervers mutete die Vorstellung an, dass der Tote noch rund eine Stunde an diesem Dance macabre teilgenommen, ja, eine wichtige Rolle dabei eingenommen hatte.

Und was Palinski, der sich zur Todeszeit nur wenige Meter vom Tatort entfernt befunden hatte, am meisten zu schaffen machte, war, dass der Mord sich unmittelbar vor seinen Augen abgespielt haben musste.

Er erinnerte sich auch noch genau, wie sich kurz nach dem familiären Streit ein Gorilla Sir Peter genähert und sich mit ihm unterhalten hatte. Durchaus friedlich, soweit das aus Palinskis Perspektive zu beobachten gewesen war. Zumindest konnte er sich an keine aggressive Gestik erinnern.

Der Zusammenhang mit dem Kostüm, das Inspektor Fellinger abhandengekommen und vorhin gefunden worden war, lag klar auf der Hand. Die Blutspuren, die sich daran befanden, würden sich als solche des Opfers herausstellen. Oder auch des Mörders, vielleicht sogar von beiden.

Das große praktische Problem, vor dem die Polizei, vor allem aber Major Brandtner stand, war, dass gut 300 Menschen, die man unter normalen Umständen zu dem Mord befragen müsste, innerhalb weniger Stunden das Hotel verlassen und sich in die verschiedensten Ecken Europas zerstreuen würden.

Hunderte von Flügen waren gebucht und fix bestätigt worden. Die Menschen hatten ihre Termine, wurden privat oder beruflich erwartet und wollten nur eines: weg, raus aus dem ›Semmering Grand‹ und zum Airport. Und wer immer sie daran hindern wollte, würde einen schweren Stand haben, einen sehr schweren sogar.

Falls Palinski Fink Brandtner wirklich helfen wollte, dann musste er sich um eine inspirative Lösung des Verbrechens bemühen. Antworten abseits der klassischen kriminalistischen Methoden finden, einen genialen Lösungsansatz also.

Und das so rasch wie möglich.

Ehe die Hauptmacht der Teilnehmer an die Rezeption kam, um ihre Extras zu bezahlen und in die Busse zu klettern, die sie nach Schwechat bringen sollten.

Und das würde gegen 12.30 Uhr der Fall sein. Also in weniger als zehn Stunden.

*

Kurze Zeit später war das Messer gefunden worden. Ein Brotmesser mit Kunststoffgriff und Wellenschliff, die Klinge 24 Zentimeter lang. Und das alles schön blutig.

Was den Kriminalisten aber besonders das Herz erwärmte, waren die beiden, ja, fast schon mustergültig zu bezeichnenden Fingerabdrücke. Einer auf der Klinge, der zweite am Griff. Falls der Täter in Österreich schon einmal aktenkundig geworden war, dann würde sein Name in wenigen Stunden feststehen.

Brandtner und Palinski waren sich einig, dass der Täter Kollegen Fellinger aufgelauert und niedergeschlagen haben musste. Übrigens war der Inspektor nach wie vor bewusstlos und damit keine Hilfe. Dann hatte er sich das Gorillakostüm angeeignet und, derart verkleidet, den Festsaal betreten. Hier angelangt, hatte sich der zukünftige Mörder an den bereits stark betrunkenen Sir Peter herangemacht und dem Wehrlosen das Messer drei Mal in den Bauch gestoßen.

Danach hatte der Gorilla den Schauplatz seiner blutigen Tat so beiläufig wieder verlassen, wie er ihn betreten hatte. Beide Männer waren beeindruckt von der Coolness, mit der die Tat durchgeführt worden war.

Palinski, der sich jetzt wieder ganz genau erinnerte, was sich da direkt vor seinen Augen abgespielt hatte, war darüber hinaus ziemlich sicher, dass der Täter Linkshänder sein musste. Denn, und in diesem Punkt war sich Mario absolut sicher, der rechte Arm des Gorillas war die ganze Zeit über auf der Schulter des Opfers gelegen.

Der Schnitt am Ende des linken Arms des Kostüms diente nach Palinskis Ansicht dazu, dem Mörder Gelegenheit zu geben, das Messer direkt und damit besser, sicherer halten zu können. Beim Zustoßen hatte sich der Mörder wahrscheinlich selbst an der Hand verletzt. Anders waren die Blutflecken auf der Innenseite des Kostüms nicht zu erklären.

Vorbehaltlich weiterer Ermittlungsergebnisse wurde

also ein Linkshänder gesucht, mit einer Verletzung an ebendieser Hand.

In einem Punkt sollte sich Palinski aber kräftig irren. Ja, so richtig danebenliegen, wie man so schön sagt. Die Abreise der Gäste setzte nicht erst am späteren Vormittag massiv ein, sondern bereits ab 8 Uhr morgens. Der Grund dafür lag, zumindest in der nachträglichen Betrachtung, durchaus auf der Hand.

Jene ausländischen Gäste, die das Wochenende noch in Wien verbrachten, wollten die Zeit natürlich möglichst optimal nutzen. Und jene, die am Nachmittag oder abends ihren Flug ab Wien-Schwechat hatten, wollten auch noch einige Stunden über die Kärntner Straße oder den Graben flanieren.

Den Mut, die Eingänge des ›Semmering Grand‹ zu sperren und alle Gäste, inklusive der während des Mordes im Haus befindlich gewesenen Hotelmitarbeiter, immerhin knapp 400 Personen, zu befragen, wie es, streng genommen, Vorschrift gewesen wäre, hatte Fink Brandtner nicht gehabt. Und Palinski hatte Verständnis dafür.

Nahm man die durchschnittliche Dauer einer Befragung mit nur zehn Minuten an, so hätte das bei einem kontinuierlichen, gleichzeitigen Einsatz aller zur Verfügung stehenden sieben Kräfte, und da war Palinski sogar mitgerechnet, fast zehn Stunden pausenloses Befragen bedeutet.

Eine für beide Seiten unzumut-, ja unvorstellbare Belastung, die darüber hinaus zweifellos zu einem Aufruhr unter den Gästen und möglicherweise sogar zu internationalen Irritationen geführt hätte.

Also hatten Palinski und Brandtner versucht, in aller

Eile eine Liste jener Personen zu erstellen, die, soweit erinnerlich, zum Zeitpunkt des Mordes im Festsaal gewesen waren oder sonst wie etwas gesehen haben konnten.

Ein bisschen mulmig wurde Palinski, als ihm mitgeteilt wurde, dass Sir Frederick Swanhouse das Hotel verließ. Brandtner hatte ihn angesichts der vorhandenen Kontakte gebeten, ihm diesen Super-VIP abzunehmen.

Soweit sich Mario erinnern konnte, und er war sich in diesem Punkt ziemlich sicher, hatte der Sonnenkönig kurz vor dem Mord den Festsaal verlassen und war erst eine knappe Stunde später wieder aufgetaucht. Er hatte sich offenbar kurz zurückgezogen, für einen älteren Herrn um diese Nachtzeit nichts Ungewöhnliches. Also musste er dem Sir keine heiklen Fragen stellen, worüber er froh war. Denn die ursprünglich so erfreuliche Beziehung zwischen Swanhouse und Palinski hatte im Laufe der letzten Tage sehr gelitten und war heute praktisch auf null.

»Ich wünsche Ihnen eine gute Reise!« Das hatte nicht sehr ehrlich geklungen, war aber ein Zeichen des guten Willens. »Können Sie uns noch irgendwelche Angaben zum Mord an Sir Peter machen?«

»I am sorry, but I have absolutely no idea, who could have done such an incredible act!«, meinte Swanhouse. »Good luck, I am sure, you will find out, who is responsible.«

»Thank you, Sir.« Palinski suchte sein bestes Englisch zusammen, ihm lag daran, einen möglichst guten Eindruck zu hinterlassen. »And have a good travel.« Er streckte Sir Frederick die Rechte zum finalen Handschlag hin.

Der zögerte, schien nicht so echt zu wollen, musste dann aber doch vor dem sozialen Reflex kapitulieren und schlug in die angebotene Hand ein.

Komisch, dachte sich Mario, dass Swanhouse heute weiße Handschuhe anhatte. Zwirnhandschuhe in der Art, wie er sie selbst seinerzeit beim Anfängerkurs in der legendären Tanzschule Ellmayer hatte tragen müssen.

»Ein lästiger Hautausschlag«, beeilte sich Sir Frederick zu erklären, dem das kurze Zögern seines Gegenübers nicht entgangen war. »A kind of neurodermatitis, I am afraid.«

Dann war die von Mario doch etwas befürchtete Konfrontation auch schon wieder vorüber.

Und Swanhouse machte sich auf den Weg nach Wien, zum Flughafen oder wohin auch immer.

*

So sehr sich Palinski zuletzt gewünscht hatte, dass diese Veranstaltung, dieses Zerrbild eines fröhlichen Treffens von Menschen, endlich vorbei sei, jetzt, da es so weit war, tat es ihm direkt ein wenig leid. Irgendwie hatte der Trubel auch einen gewissen Reiz gehabt, belebend gewirkt wie ein Energy Drink, von dem man Magengeschwüre bekam, wenn man zu viel davon in sich hineintat.

Das große Gehen ging jetzt langsam seinem Ende zu, in das altehrwürdige Haus mit der großen Tradition kehrte wieder jene gelassene Ruhe ein, für die es berühmt war und deretwegen viele Gäste überhaupt kamen.

Zuerst war Florian zu ihm gekommen und hatte ihn um einige Tage Urlaub gebeten. Unter den gegebenen Umständen musste er Carol und ihrer Familie helfen, das Leben wieder in den Griff zu bekommen.

Das war schon ein toller Bursche, dieser Florian, fand

nicht nur sein Chef, der ihn bis auf Weiteres bei voller Bezahlung freistellte.

Dann hatte sich Adrian Eberheim auf einen Kaffee zu ihm gesetzt. Auch dem Generaldirektor des Hauses war anzusehen, dass er sich über das Geschäft dieser Woche sehr gefreut hatte, nun aber auch froh war, dass wieder Normalität angesagt war.

»Ich habe an der Rezeption Bescheid gegeben, dass man Ihnen das erste Zimmer gibt, das fertig ist!«, hatte er gemeint. Und: »Ich hoffe, Sie und Ihre Frau werden uns noch einige Tage die Ehre geben. Zur Erholung und als Gäste des Hauses natürlich!«

Apropos Rezeption: Unter den Sachen, die Sir Peter bei seinem Tode mit sich getragen hatte, hatte sich auch ein Money Clip aus Silber befunden. Offenbar war das Stück zumindest teilweise aus einem altsilbernen Medaillon gemacht worden, auf dem sich ein korallenrotes H auf einem stilisierten Torturm befand. Auf der Rückseite dieses Medaillons war, nur schwer, aber doch noch entzifferbar, Antal eingraviert.

Kein Beweis dafür, dass Millfish Homolay umgebracht hätte, auf jeden Fall aber, dass er stark in diese tragische Geschichte involviert gewesen war.

Elke Horwenz, die, wie sich bald darauf herausgestellt hatte, in Wirklichkeit Eva Homolay hieß, war inzwischen auch festgenommen worden. Im Augenblick wurde die junge Frau zur weiteren Einvernahme nach Wien gebracht.

Vor etwas mehr als einer Stunde hatte Palinski per Fax ein Foto der bisher nicht identifizierten weiblichen Leiche aus dem Währinger Park erhalten. Kurz danach hatte ein entsetzter Generaldirektor die unbekannte Tote als

Ingrid Warnicek identifiziert, seine Assistentin, die von einem Kurzurlaub nach Wien letzten Dezember nicht mehr zurückgekommen war.

»Ingrid, also Frau Warnicek war ein wunderbarer Mensch und eine hervorragende Mitarbeiterin!« Er schluckte, und man sah, wie schwer ihm die ganze Sache fiel. »Wer macht bloß so etwas Schreckliches?«

Palinski hatte ganz spontan so einen Verdacht, wollte diesen aber zu dem Zeitpunkt noch nicht äußern. Es war sehr schwer, ein gefallenes Wort zu widerrufen, vor allem aber, ein ungerechtfertigt gestörtes Vertrauen wiederherzustellen.

Etwas später hatte sich Juri Malatschew von Palinski verabschiedet. »Ich chabe die Zeit chier sehr genossen. Danke für die Einladung«, meinte er, ehe er zu seinem neuen Freund Douglas Rennerby und seiner Familie in die lang gestreckte Limousine stieg. »Douggie chat mich eingeladen, ich werde einige Zeit im Ausland sein!« Er lächelte zufrieden. »Und bei der Gelegencheit werde ich vielleicht auch auf einen Sprung bei Pauline chineinschaun. Sie chat jetzt alle Freundschaft notwendig, die sie bekommen kann!«

Gute Reise, alter Freund, und auf Wiedersehen bald in Wien.

Gleich darauf war auch Kinshasa Garni vorbeigekommen, Hand in Hand mit einem nett wirkenden jungen Mann.

Palinski hatte sie zunächst fast nicht erkannt, so ungeschminkt und normal gekleidet. Die junge Frau sah entzückend aus in ihrer verletzlich wirkenden natürlichen Schönheit.

»Hi«, meinte Geneva, aber so hieß sie ja jetzt nicht mehr. »Das ist Tom Bellinger, ein Kriminalkommissar aus Hamburg. Ich fahre mit ihm, er will, dass ich das Abitur nachhole und dann zur Polizei gehe.« Sie lachte ihren Tom verliebt an. »Er meint, ich wäre unschlagbar als Undercover oder auch als Agent provocateur. Ist das nicht süß?«

Mario wusste nicht recht, was er darauf sagen sollte. Darum schwieg er beziehungsweise begnügte sich mit einem »Na, dann wünsche ich dir viel Glück, Kinshasa«. Er holte seine Brieftasche und aus dieser einen 500-Euro-Schein heraus. »Hier«, sagte er und hielt ihr die Banknote hin, »ich schulde dir noch dein Honorar.«

»Aber das ist doch zu viel«, reklamierte sie halbherzig, doch Mario winkte nur ab. »Lass nur, Kinshasa, du hast es dir verdient!«

»Übrigens, ich habe meinen Namen geändert!«, zwitscherte das bunte Vöglein los. »Ich bin jetzt Martha Martharsky.«

»Und wie kommst du auf diese interessante Kombination?«

»Ganz einfach«, erwiderte Geneva Kinshasa Martha, »so stehts in meiner Geburtsurkunde.« Sie umarmte Mario und küsste ihn ganz leicht auf den Mund. »Machs gut, ich besuche dich, wenn ich wieder einmal in Wien bin!«

Viel Glück, kleine Martha Martharsky, dachte Palinski und musste schmunzeln. Was für ein Name.

Während er so dasaß und wartete, worauf wartete er, fiel ihm das Dossier ein, das er von Florian erhalten hatte. Was hatte er noch dazu gemeint?

Falls Sir Peter Schwierigkeiten bekommt, dann … Also wenn das jetzt nicht zutraf, dann wusste Palinski nicht, wann etwas je überhaupt zutreffen sollte. Neugierig öffnete er den Ordner, blätterte ein wenig herum und begann schließlich zu lesen.

Und das mit wachsendem Interesse.

13.

Samstag, 22. Februar, nachmittags

Etwa eine halbe Stunde später hatte Palinski das Dossier durchstudiert und Schwierigkeiten, die wachsende Erregung unter Kontrolle zu halten.

Diesen Wirtschaftsanwalt, wie hieß er noch, dieser Jeremy Mansford von Ashley, Masterson & Waterbridge, den hatte er ganz bestimmt schon irgendwo gesehen. Diese tief liegenden Augen und der arrogante Ausdruck, wo war er dieser Visage schon begegnet? Leider war der Computerausdruck, den Florian beigefügt hatte, unscharf, die Perspektive der Aufnahme ungünstig, sodass der Anblick zu viele Fragen offenließ.

Ein Anruf bei Generaldirektor Eberheim genügte allerdings, und fünf Minuten später saß Palinski vor einem PC im Direktionsbüro.

Nach weiteren zehn Minuten hatte er die Homepage der Anwaltskanzlei in Birmingham, vor allem aber die Seiten mit den Fotos und Personalien der Partner und Anwälte vor sich.

Und genau hier wurde er fündig. Neben dem Bild Mastersons, der als Juniorpartner geführt wurde, war da auch Ralph Benson-McIriny vertreten. Und mit diesem Scheißkerl hatte er selbst schon negative Erfahrungen gemacht.

Was aber noch wichtiger war, war der Name, der ihm

zwangsläufig einfiel, wenn er an dieses zufällige Treffen dachte. Konnte es sein, dass …?

Nun, Masterson hatte er in das Büro des Mannes gehen sehen, der diesen Namen führte.

Also, worum ging es? Masterson war an Caroline Millfish herangetreten, um sie zum Verkauf ihrer Anteile an der ABC Publishing zu bewegen. Und wahrscheinlich auch an Bridget Millfish. Insgesamt ging es da immerhin um 22 Prozent der Aktien.

Etwas mehr als vier Prozent hielt die Diana XP Holding mit Sitz auf der Kanalinsel Jersey, die wieder von Benson-McIriny vertreten wurde.

Über die Holding selbst war nicht viel Substanzielles in Erfahrung zu bringen, nur viele bunte Bilder und schöne leere Worte. Nachdem die Eigentumsverhältnisse an der Gesellschaft in einer ganz besonderen, ja fast typisch zu bezeichnenden Art nicht zu ermitteln waren, da das oberste Prinzip Vernebelung zu heißen schien, drängte sich bei Palinski ein ganz bestimmter Verdacht auf.

Schade, dass Juri Malatschew schon abgereist war. Der alte Russe hätte vermutlich mehr dazu sagen können. Na, vielleicht würde ja auch ein Anruf bei Don Vito Banzoni in Monreale hilfreich sein.

Aber das war nicht die Hauptsache. Denn die absolute Priorität kam dem Mord an Sir Peter zu.

Mario lehnte sich zurück und ließ die gesamte Szene noch einmal so exakt wie möglich vor seinem geistigen Auge ablaufen.

Ja, so konnte es sein. Nein, so musste es sein.

So ungeheuerlich sich die ganze Sache zunächst anhörte,

das Motiv dazu konnte man in Florians Dossier nachlesen.

Und falls man verstand, die richtigen Schlussfolgerungen daraus zu ziehen, dann …

Aufgeregt wählte er die Handynummer Major Brandtners und teilte ihm seinen Verdacht mit.

*

Fink Brandtner, der übrigens mit Palinskis Büroleiterin Margit Waismeier liiert war, war schon immer von der Fähigkeit seines Freundes Mario fasziniert gewesen, aus einigen wenigen Indizien ein stimmiges Netz an Vermutungen und Hypothesen zu spinnen. Und das Beste daran war, dass diese Spinnereien, wie er die mitunter genialen Einfälle anfangs aus Überzeugung und auch jetzt noch mangels einer treffenderen Bezeichnung nannte, fast immer zutrafen.

Eben jetzt hatte Palinski wieder einen bestechenden Beweis dieser Fähigkeit geliefert, diesmal sogar relativ abgestützt durch Fakten. Dass der Major nicht sofort zuschlagen ließ, lag daran, dass der letzte wirkliche Beweis fehlte. Daher war ihm der Erdapfel angesichts der verdächtigten Person doch noch etwas zu heiß.

»Wenn du mir einen Fingerabdruck des Verdächtigen liefern könntest und der mit jenem auf dem Messer übereinstimmt, dann voilà.« Brandtner machte die Geste so vielsagend, dass man die Handschellen förmlich klicken hören konnte.

Tja, können vor lachen. Daran hatte Palinski auch schon gedacht, aber wo sollte er jetzt, nachdem der vermutliche Mörder schon lange abgereist war, noch ein solches Beweismittel finden? Das Zimmer des Mannes war schon längst aufgeräumt, ja sogar schon von den neuen Gästen bezogen worden. Hatte ihm die Rezeption erst vorhin bestätigt.

»Was ist, wenn wir versuchen, das Pferd vom Schwanz her aufzuzäumen?«, warf Brandtner ein. »Wenn dein Verdacht zutrifft, zumindest was den Erwerb der Aktien betrifft, so müssten wir doch etwas über die britischen Behörden in Erfahrung bringen können. Sobald sich die Verdachtsmomente entsprechend verdichten, können wir ihn über Europol und Interpol bekommen!«

Angesichts der speziellen Umstände mutete dieser Gedanke Palinski geradezu grotesk an. Aber auch der Major schien es nicht allzu ernst damit gemeint zu haben, denn er war mit seinen Gedanken schon wieder ganz woanders.

»Ich habe vorhin gerade einen Anruf bekommen. Wie es aussieht, hat Eva Homolay diese Ingrid Warnicek nur umgebracht, um ihren Job im ›Semmering Grand‹ zu bekommen. Und damit die Möglichkeit, diesen Stefan Kerthészy als Ober einzuschleusen!« Er schüttelte resignierend den Kopf. »Es ist schon verrückt, aus welchen Gründen Menschen sterben müssen. Nicht, dass es Gründe gäbe, die den Tod eines Menschen rechtfertigen!«, korrigierte er einen möglichen Fehleindruck, »doch Eifersucht oder Rache oder sonst was in der Art, das kann man mitunter menschlich noch irgendwie nachvollziehen. Aber wegen eines Jobs?«

»Na ja«, entgegnete Palinski, »wie ich das sehe, ging es ja im Falle der Homolays auch um Rache. Allerdings um sehr kalt genossene Rache. Und das macht die Angelegenheit so schwer verständlich. Das waren ja fast schon Zustände wie in einer altgriechischen Tragödie.«

»Was ist mit altgriechischen Tragödien?« Wilma, die eben an den Tisch gekommen war, um Mario mitzuteilen, dass ihrer beider Suite nunmehr wieder bezugsbereit wäre, hatte bloß die letzten Worte mitbekommen.

Brandtner war aufgestanden. »Gut, Kinder, ich lasse euch jetzt etwas allein. Und ich habe mir auch eine kurze Pause verdient!« Er drehte sich um und schlenderte in Richtung Wintergarten.

Ach, wie gut es tat, mit der Liebe seines Lebens zusammen zu sein, mit ihr sprechen zu können. Eine Viertelstunde mit Wilma gab ihm mehr Kraft als drei Stunden Nachtschlaf. Na, vielleicht war das etwas übertrieben, aber Wilmas Nähe und ihre liebe, unaufgeregte Art taten ihm immer wieder sehr gut. Und ganz so, als ob er sich damit den gesamten Frust der Welt von der Seele reden könnte, erzählte er ihr von dem Dilemma, zu wissen, wer der Mörder war, dies aber nicht ausreichend beweisen zu können.

»Wenn wir nur drei Stunden früher daran gedacht hätten, hätten wir sicher noch einen entsprechenden Fingerabdruck sicherstellen können. Aber so …«, er zuckte hilflos mit den Achseln.

Wilma streichelte Mario mitfühlend die Wange, hielt dann aber plötzlich inne. »Sag, hast du von dem Mensch gestern nicht …?«

Sie musste gar nicht aussprechen, was ihr da gerade in den Sinn gekommen war. Denn plötzlich überkam es Mario wie den Blinden, der wieder sehen konnte. Auf einmal hatte er den totalen Durchblick.

»Ja, ja, du hast völlig recht. Genau das ist es.« Er stand auf und küsste sie begeistert auf den Mund. »Wunderbar, jetzt entschuldige mich aber, mein Schatz, ich muss dringend zu Fink. Und dann sollten wir in Erfahrung bringen, wann der Vogel dieses Scheißkerls von Schwechat abgeht. Vielleicht können wir dem bösen Buben ja doch noch auf unserem eigenen Spielfeld die Schneid abkaufen!«

*

Die AUA hatte sich natürlich geweigert, telefonisch Auskunft darüber zu geben, welche Leute zu welchen Zeiten mit ihnen flogen und welche nicht. Um an die Information auf dem offiziellen Weg zu gelangen, fehlte die Zeit.

Also musste es auch so gehen. Immerhin wusste Palinski, dass die Mehrzahl der aus Großbritannien stammenden Teilnehmer an der FECI-Sache die Maschine um 18.15 Uhr ab Schwechat gebucht hatten.

Da es bereits auf 15 Uhr zuging, wurde es also langsam Zeit, etwas zu unternehmen. Fink Brandtner hatte vorhin mit Hauptmann Westphal von der Flughafenpolizei telefoniert und die mögliche Verhaftung eines Passagiers nach London wegen Mordes vorangekündigt. In Anbetracht der Bedeutung der betreffenden Persönlichkeit sollte der Zugriff allerdings nur erfolgen, falls und sobald der ultimative Schuldbeweis vorlag.

Dass nämlich der Fingerabdruck auf der Tatwaffe definitiv von dieser Person stammte.

Das Messer befand sich bereits im kriminaltechnischen Labor, das Objekt mit der Gegenprobe war mit einem speziellen Boten, nämlich Fink Brandtner höchstpersönlich, unterwegs dorthin. Oder inzwischen vielleicht sogar schon eingetroffen. Auf jeden Fall würde es ein Wettlauf mit der Zeit werden. Außer, und darauf hoffte Palinski insgeheim, die Maschine nach London hatte Verspätung. Aus welchem Grund, war ihm völlig wurscht.

Als Palinski endlich Hauptmann Westphal in dessen Büro gegenübersaß, zeigte die Uhr 17.40 an. Die AUA hatte tatsächlich einen um 15 Minuten verspäteten Abflug ihres Airbusses nach London angekündigt.

Jetzt warteten alle hier im Büro auf die Information, dass die verdächtige Person eingecheckt hatte. Dann würde Westphal mit Palinski, den ein spezielles Namensschild am Revers seines Sakkos als Polizeiberater auswies, sofort zu Gate 43 wechseln. Von wo aus die Passagiere um 18.10 Uhr an Bord gehen würden.

Die Spannung stieg langsam ins Unerträgliche. Palinski hatte mehrmals mit Brandtner telefoniert, natürlich wegen der Überprüfung des Fingerabdruckes.

Der Major hatte sich schließlich nicht mehr anders zu helfen gewusst, als Mario mit dem Entzug der Freundschaft zu drohen, falls er ihn noch ein einziges Mal, ich wiederhole, nur ein einziges Mal so blöd von der Arbeit abhielt.

Und so begann Palinski, sich irgendwie abzulenken. Oder dies zumindest zu versuchen. Er probierte es zunächst mit Gedichten, die er irgendwann in seiner gymnasialen Vergangenheit hatte auswendig lernen müssen.

»Von der Stirne heiß, rinnen muss der Schweiß«, na, das ging ja noch überraschend gut. »Zu Dionys, dem Tyrannen, schlich Matt Damon, den Dolch im Gewande«, nein, das war nur ein Scherz, den er von Harry hatte.

Und wie wars mit ganz klassischer Bildung? Aurea prima sata est aetas, quae vindice nullo, also den Anfang des Goldenen Zeitalters, konnte er vielleicht noch zitieren, schreiben aber schon nicht mehr. Und vor allem, der ganze Mist lenkte ihn so überhaupt nicht von der Prima Causa ab.

Westphal hatte eben einen Anruf bekommen. Er deutete Palinski, aufzustehen, und dann vier mal zehn und einmal drei Finger. Na, endlich tat sich etwas.

Wann rief denn dieser Brandtner an?

*

Eine gewisse Nervosität hatte den Auftraggeber den ganzen Tag über begleitet. Nun ja, es war sicher nicht jedermanns Sache, einen erteilten Mordauftrag schließlich selbst auszuführen. Sich sozusagen selbst beauftragt zu haben.

Die Umstände und der Zeitdruck hatten ihn dazu gezwungen, und er hatte die Herausforderung hervorragend bewältigt.

Jetzt, nachdem er eingecheckt und sein Gepäck der ›freundlichen Luftlinie‹ anvertraut hatte, fühlte er sich etwas besser. Entspannter, relaxed. Zwar musste er noch durch die Passkontrolle, aber in Schengenland war das für ihn als EU-Bürger eine reine Formsache.

Und dann up and away, und London hatte ihn wieder. Freundliches Desinteresse an der Passkontrolle, dann rasch ein paar Besorgungen im Duty-free-Shop gemacht. Wie hieß noch das Lieblingsparfum von Nicoletta? War es ›Calèche‹ oder ›Chanel‹? Er versuchte, sich zu erinnern, womit er seiner Sekretärin eine Freude machen konnte. Er war nicht imstande, sich diese dekadenten Bezeichnungen der Franzmänner zu merken.

Da war es mit Mitbringseln für Tante Mary schon einfacher. Sie liebte dieses ›4711‹, keine Ahnung, was die alte Dame an dem Duftwässerchen der Krauts so begeisterte.

So, und jetzt noch ein paar schöne fette Coronas Reales für Daddy, und dann nichts wie weg.

Je mehr sich der Auftraggeber Gate 43 und damit dem Moment näherte, österreichischen Boden zu verlassen, desto mehr redete sich sein übersteigertes Ich ein, das perfekte Verbrechen abgeliefert zu haben. Nun, vielleicht nicht das ganz perfekte, aber zumindest sehr nahe daran. Er war auch schon immer der Ansicht gewesen, dass nur Fachleute, also Kriminalpolizisten, in der Lage waren, etwas derart Perfektes zu erbringen. Das war genauso wie bei einer grandiosen Brandstiftung. In diesen Fällen war auch immer die Kompetenz eines Feuerwehrmannes am Werk gewesen.

Kurz vor dem letzten Richtungswechsel vor dem Gate war der Auftraggeber direkt versucht, seiner an Euphorie grenzenden Stimmung irgendwie Ausdruck zu verleihen. Er wollte singen, tanzen, irgendwie …

Plötzlich fiel aber alles von ihm ab wie die trockenen Nadeln vom Weihnachtsbaum nach dem Heiligen Dreikönigstag. Und der Schreck verursachte das Gefühl bei ihm, eine abrupte, unkontrollierbare Darmentleerung stünde unmittelbar bevor.

Was machte dieser Scheißkerl hier?

Wie sollte er sich jetzt verhalten, außer die Arschbacken ganz fest zusammenzupressen?

*

Als Palinski den vermutlichen Mörder, immerhin galt ja die Unschuldsvermutung bis zum Beweis des Gegenteils, erblickte, versuchte er, einen überlegenen Eindruck zu machen. Er probierte es mit einem Blick, der leicht spöttisch, vor allem aber souverän wirken sollte. Bedauerlicherweise gesellte sich ungefragt noch eine gehörige Portion Unsicherheit dazu, sodass der Gesichtsausdruck im Ergebnis leider etwas dümmlich ausfiel. Aber das konnte Palinski nicht sehen.

Während also dieser Mistkerl, dieser M…, Pardon, vermutliche Mörder, sich Schritt für Schritt seiner Verantwortung entzog, wurde Palinski wieder vorübergehend gläubig. In solchen Situationen ließ sich der religiöse Ignorant gerne auf eine Art Zwiegespräch mit dem lieben Gott ein, ganz so, wie er das schon als kleines Kind gemacht hatte.

Ob es etwas nutzte, konnte er nicht sagen. Aber er hatte ein gutes Gefühl dabei, und das war ja auch etwas wert. Normalerweise zumindest, denn in der augenblicklichen Situation flehte er um nichts anderes, als dass endlich dieses blöde Handy bimmelte und Brandtner das erlösende »Ja, er ist es!« von sich gab. Und je länger dieses Ja nicht kam und sich der vermutliche Mörder mit leicht frechem Grinsen im Gesicht immer weiter aus österreichischem Hoheitsgebiet entfernte, desto schlechter fühlte sich Palinski.

Einen möglicherweise letzten Gruß an den Mistkerl konnte und wollte er sich aber nicht verkneifen. Und so formten seine Lippen ein zwar nicht hör-, aber hoffentlich nicht übersehbares ›Go to hell‹, und er redete sich ein, dass die Botschaft auch angekommen war.

Denn das triumphierende Grinsen im Gesicht dieses

M…enschen, für den die Unschuldsvermutung zutraf, war plötzlich verschwunden.

Wenige Minuten später wurden die Türen des Airbusses geschlossen, die Bremsen gelöst und die gewaltige Maschine begann, langsam zu ihrer Startposition zu rollen.

»Na, das wars dann!«, meinten Hauptmann Westphal außerhalb und nahezu gleichzeitig auch der Auftraggeber in der Maschine, dieser allerdings auf Englisch.

Während sich aber der Chef der Flughafenpolizei leicht angefressen auf den Weg zurück in sein Büro machen wollte, lehnte sich der Vermutliche entspannt in seinem komfortablen Erste-Klasse-Stuhl zurück und bestellte sich einen Gin Tonic.

Ganz gegen seine sonstigen Gewohnheiten hatte er vor, sich heute noch einen zweiten, vielleicht sogar auch einen dritten Drink zu genehmigen.

Immerhin gab es nicht oft einen derartigen Grund zum Feiern.

In dem Moment gab Palinskis Handy Laut. Am anderen Ende der Verbindung war tatsächlich der lang ersehnte Fink Brandtner. Und der sagte nur vier Worte.

Nämlich: »Gib mir Hauptmann Westphal!«

*

Als Palinski jetzt hinter Westphal die Erste-Klasse-Kabine des Airbusses nach London betrat, man hatte die Maschine von der Startbahn nochmals zur Parkposition zurückbeordert, war er von einem unheimlichen Triumphgefühl erfüllt.

»Grünes Licht«, hatte der Hauptmann der Flughafenpolizei nur kurz gesagt und sich sofort mit dem Tower wegen eines vorübergehenden Startverbotes in Verbindung gesetzt.

Angesichts der teils neugierigen, teils verärgerten Gesichter der Passagiere, die ihn aber, nachdem sie ihn erkannt hatten, mehrheitlich doch freundlich grüßten, beschloss Mario, dem Teufel, der ihn schon die ganze Zeit seit Brandtners Anruf ritt, nachzugeben. Denn Spaß musste schließlich auch sein.

Und so musterte er jetzt die Gesichter der Topleute der britischen Polizei und blieb schließlich vor Terence Winegood stehen, Chief Commissioner bei Scotland Yard und Stellvertreter von Sir Frederick Swanhouse in seiner Funktion als Leiter der Kriminalabteilung.

Kein Sir, dafür aber ein netter Kerl.

»Ich muss Ihnen jetzt etwas Unangenehmes erzählen, Sir Terence.« Da war sie wieder, diese urösterreichische Masche mit dem Titel ohne Mittel, kam aber meistens gut an, wie Palinski wusste.

»Um was geht es?«, wollte der Spitzenmann des Yard, zu dessen Vorzügen auch zählte, dass er der deutschen Sprache relativ mächtig war, erwartungsgemäß wissen.

»Geht das nicht rascher«, matschkerte Chefflugbegleiterin Gundi Vollan Palinski von der Seite her an. »Wir haben ohnehin schon eine Menge Verspätung!«

»Na, dann kommt es doch auf ein paar Minuten mehr oder weniger auch nicht an!«, konterte Mario schlagfertig. »So viel Zeit muss schon sein. Immerhin geht es um Mord und um Beteiligung an einem Mordkomplott, oder so was in der Art!« Und keck geworden, fügte er noch hinzu: »Also stören Sie diese Amtshandlung nicht!«

Gundi, die nicht gewohnt war, dass man so mit ihr sprach, zwang sich dazu, ihren Grant hinunterzuschlucken. Was ihr schwer genug fiel.

»Ein hoher Polizeibeamter interessiert sich für den Ankauf von Anteilen an ABC Publishing, dem Verlag des ermordeten Sir Millfish«, begann Palinski aufs Neue. »Über einen Mittelsmann, Jeremy Manford von der Kanzlei Ashley, Masterson & Waterbridge in Birmingham versucht er, die Anteile von Caroline und Bridget Millfish, insgesamt 22 Prozent der Aktien, zu erwerben. Die beiden Frauen sind gewillt, das Angebot anzunehmen, aber ein Syndikatsvertrag mit dem Vater verhindert dies. Anteile können nur mit seiner Zustimmung abgegeben werden!«

Palinski hatte den Eindruck, dass die vorhin ärgerlichen Gesichter jetzt fast alle einen interessierten Ausdruck angenommen hatten. Na ja, die Sache war ja tatsächlich ziemlich spannend.

»Nachdem der legale Weg, zu einem erheblichen Aktienpaket von ABC Publishing zu gelangen, nicht gefruchtet hatte, begann man, eine radikalere Problemlösung anzupeilen.

Der hohe Polizeibeamte oder die hinter ihm stehenden Interessenten an diesem Deal – um wen es sich dabei handelt, wissen wir noch nicht, aber vermutlich legale Outlets des organisierten Verbrechens, wie beispielsweise die Diana XP Holding in Jersey, die bereits vier Prozent der Aktien hält – schlugen nun einen radikaleren Weg ein. Mit dem Ziel, nicht nur die insgesamt 22 Prozent der beiden

Millfish-Schwestern erwerben zu können, sondern auch die jeweils acht Prozent, die sie aus dem Erbe ihres Vaters erhalten würden. Mit dann insgesamt 42 Prozent würde die Diana XP Holding größter Aktionär von ABC Publishing sein. Und das mit deutlichem Abstand!«

Die aufmerksamen Blicke sowie das angespannte Schweigen, nicht einmal einer der sonst unvermeidlichen Räusperer war zu hören, bewiesen Mario, dass die Story fesselte.

»Über Kontakte zur Camorra wurde ein Killer engagiert, der Sir Peter beseitigen sollte. Aus noch nicht näher bekannten Umständen versagte dieser Mann aber und endete versehentlich als Opfer eines Giftanschlages, der eigentlich Sir Peter gegolten hatte. Wir hatten es also mit zwei Killern zu tun, die auf Millfish angesetzt waren. Für diesen Fall interessiert aber nur der eine der beiden!«

Palinski blickte sich suchend um, dann wandte er sich an Gundi Vollan: »Haben Sie vielleicht etwas zu trinken für mich? Ich bin ganz ausgetrocknet!«

Die Chefflugbegleiterin wollte schon empört ablehnen, aber das »Na, geben Sie ihm doch etwas Wasser, damit wir endlich erfahren, wie es weitergeht!« des Londoner Korrespondenten der ›Wiener Zeiten‹ ließ sie doch in diesem Sinne aktiv werden.

Nach einem halben Glas Mineralwasser ging es dann weiter. »Als Nächstes scheiterte auch der Adlatus dieses Mafiakillers, der den Auftrag als Ehrensache übernommen hatte, an der eigenen Unfähigkeit. Jetzt stand der Auftraggeber vor einem Problem. Und entschloss sich schließlich, die Sache selbst in die Hand zu nehmen!«

Palinski nahm noch einen Schluck, ehe er fortfuhr. »Der

Maskenball bot dafür die besten Voraussetzungen. Unser böser Bube hat einen Polizisten niedergeschlagen, ihm sein Gorillakostüm geraubt und sich selbst angezogen. Im Schutze dieses Kostüms hat er dann den stark betrunkenen Sir Peter, der wahrscheinlich gar nicht mitbekommen hat, was eigentlich los war, mit drei Messerstichen in den Oberbauch getötet. Zufälligerweise war ich selbst Zeuge dieser Szene, ohne allerdings ihre Bedeutung zu erkennen. Ich muss anerkennen, dass unser Mörder sehr geschickt agiert hat!«

Gundi Vollan, die sich inzwischen anscheinend ihrem Schicksal gefügt hatte, meldete sich jetzt mit einer Frage.

»Ja, bitte«, meinte Palinski freundlich und erteilte ihr das Wort.

»Der Copilot lässt fragen, ob Ihr Vortrag noch lange genug dauert, um im Flughafen aufs WC gehen zu können. Er hat etwas Schlechtes gegessen und möchte das Bordklo schonen. Wenn das möglich wäre.«

»Also wenn er nicht stundenlang am Häusl liest, so wie ich das gelegentlich mache«, er lachte Verständnis heischend, »dann geht das in Ordnung. Ein bisschen Zeit brauchen wir schon noch.«

Dann kam er aber rasch wieder zur Sache. »Dabei habe ich aber festgestellt, dass …«

»Alles gut und schön!« Jetzt meldete sich Chief Commissioner Terence Winegood auch zu Wort. »Aber was hat das alles mit mir zu tun. Sie werden doch nicht unterstellen wollen, dass …«

»Aber nein, Chief Commissioner, ich wollte Ihnen nur persönlich die frohe Kunde überbringen, dass Sie in Kürze mit einem beachtlichen Karrieresprung werden rechnen können. Nämlich zum Leiter der Kriminalabteilung.«

»Aber das ist doch ...«, entgegnete Winegood.

»Doch, lieber Sir Terence, doch. Wir wissen aber inzwischen zweifelsfrei, dass der Mörder Sir Peters Linkshänder ist und sich bei der Tat an der Hand verletzt hat. Wir suchen also einen Linkshänder mit einer Verletzung am linken Prankerl. Also an der Hand«, erklärte er, nachdem er die verständnislosen Blicke der meisten Zuhörer bemerkt hatte.

Wie auf Kommando wandten sich jetzt alle Blicke auf den zwei Reihen vor Winegood sitzenden Sir Frederick Swanhouse.

»Das ist doch lächerlich«, monierte der nach einigen Schrecksekunden. »Wie können Sie es wagen, mich mit so einer Räubergeschichte zu beleidigen, kriminalisieren zu wollen. Das wird ein Nachspiel haben, junger Mann!«

Danke für den jungen Mann, dachte Palinski. »Wenn schon, dann Mördergeschichte, aber leider handelt es sich um keine Geschichte, sondern um die traurige Wahrheit!«

»Ja, hat denn niemand etwas zu diesen Ungeheuerlichkeiten anzumerken?«, Swanhouse drehte sich um, wandte sich quasi Hilfe suchend an seine um ihn sitzenden Paladine und ihre Frauen.

Aber niemand sagte etwas. Nein, das war nicht ganz richtig. Schließlich ging eine Hand zögernd in die Höhe. Es war die Hand von Joan Winegood, der Frau des Chef Commissioners.

»Was wollen Sie sagen, Madame?«, meinte Palinski freundlich.

»Ich hätte eine Frage an Sir Frederick, geht das in Ordnung?«

»Ich denke doch«, mutmaßte Mario, und Swanhouse bekräftigte mit einem hoffnungsvollen »Natürlich, liebe Joan, es ist ja langsam an der Zeit, dass endlich jemand etwas gegen diesen Unsinn vorbringt!«

»Stimmt es eigentlich, Sir Frederick«, Mrs. Winegood schien allen Mut zusammennehmen zu müssen, um mit ihrer Frage herauszurücken, »dass man als Abteilungsleiter Kriminalistik einen 20-prozentigen Gehaltszuschlag für besondere Aufwendungen erhält? Und das monatlich?«

Das einsetzende Gelächter bewies Swanhouse ziemlich deutlich, dass er nicht mit sonderlich viel Unterstützung seitens seiner Untergebenen rechnen durfte. Na, vielleicht hätte er in der Vergangenheit doch etwas freundlicher zu ihnen sein, weniger den Sir heraushängen lassen sollen.

Und wenn er diesen Palinski doch als Eventorganisator in den Vorstand kooptiert hätte, wäre es vermutlich auch besser gewesen. Zumindest aus heutiger Sicht.

Aber noch war nichts verloren. Er war Sir Frederick Swanhouse, der stellvertretende Chef von Scotland Yard, und nicht so ein dahergekommenes Weeny, ein herbeigelaufener Hot Dog. Also kein armseliges Würschtel.

»Alles gut und schön, Sie sind ein brillanter Erzähler, Palinski«, räumte Sir Frederick scheinbar konziliant ein. »Aber es handelt sich eben nur um eine Geschichte, eine Ihrer Criminal Storys, die Sie in Ihrem Institut untersuchen. Worauf wir im realen Leben aber nicht verzichten können, sind Beweise. Oder zumindest einen einzigen, schlagenden. Ohne einen solchen können Sie sich das alles«, er blickte Mario verächtlich an, »dorthin schieben, wo die Sonne niemals scheint. You understand?«

»Also eine schönere Rutschn hätten Sie mir gar nicht legen können!«

Palinski wollte noch sagen: Sie arroganter Schnösel, Sie, ließ es aber bleiben. »Sie wollen einen hieb- und stichfesten Beweis. Hier ist er: Auf der Mordwaffe haben wir einen wunderschönen Fingerabdruck gefunden, von einem linken Daumen. Und dabei handelt es sich nicht um irgendeinen linken Daumen, sondern um Ihren linken Daumen!«

Und jetzt kam die Stelle, auf die sich Palinski am meisten gefreut hatte. »Ich verhafte Sie daher …«

»Das ist unmöglich!«, protestierte Sir Frederick heftig. »Woher wollen Sie denn wissen, dass der Abdruck von meinem Daumen stammt. Meine Fingerabdrücke sind nirgendwo registriert. Und wo Sie eine Gegenprobe herhaben wollen, das müssen Sie mir erklären!«

»Nichts leichter als das«, konterte der so Herausgeforderte und griff in die Brusttasche seiner Jacke. »Erinnern Sie sich noch an diese nette, kleine, unverbindliche Urkunde, mit der Sie meinen Einsatz für diese Veranstaltung honoriert haben?«

Er hielt das Papier in die Höhe. »Keine falschen Hoffnungen, das ist natürlich nur eine Kopie. Das Original befindet sich im kriminaltechnischen Labor. Wo man den Abdruck, den Sie während Ihrer nichtssagenden, langweiligen und auch beleidigenden kleinen Ansprache auf der Urkunde hinterlassen haben, natürlich zweifelsfrei festgestellt hat!«

Er lachte bitter. »In meiner ersten Enttäuschung über Ihre arrogante Behandlung wollte ich den Wisch schon wegschmeißen. Aber der Respekt vor der Organisation als solcher, die ja für Sie nur bedingt etwas kann, hat mich davon absehen lassen. Und dann habe ich mir auch noch gedacht, wer weiß, wofür das möglicherweise gut sein wird.«

Swanhouse war jetzt sichtlich geschafft, der sonst eher drahtig wirkende Körper des doch schon 64-Jährigen war in seinem Stuhl zusammengesunken.

Die Zeit für den letzten, ultimativen Akt war gekommen: »Ich verhafte Sie daher wegen Mordes an Sir Peter Millfish. Sie haben das Recht zu schweigen und das …«

»Herr Palinski«, unterbrach ihn Hauptmann Westphal, »ich glaube, Sie haben zu viele amerikanische Krimis gesehen, bei uns läuft das etwas anders.«

»Ich weiß«, erwiderte Mario, »aber ich finde es so schöner. Ich habe mir das immer schon gewünscht. Also«, fuhr er fort, »das Recht auf einen Anwalt. Falls Sie sich keinen Anwalt leisten können, dann …«

Westphal gewährte Palinski fast eine Minute, ehe er Sir Frederick Swanhouse richtig verhaftete und abführen ließ.

Dafür, aber auch für Marios Show, gab es Applaus aus dem Publikum.

Ja, sogar Gundi Vollan hatte schlussendlich freundliche Blicke für den begnadeten Spinner übrig und steckte ihm klammheimlich ihre Visitenkarte zu.

Am nächsten Morgen

Am nächsten Morgen war die Welt am Semmering wieder völlig in Ordnung. Wärmend tasteten sich die ersten Strahlen der Sonne über die beeindruckende Vorderfront des ›Semmering Grand‹. Dieser wunderbaren großen alten Dame, die wieder einmal eindrucksvoll bewiesen hatte, dass sie nichts aus der Contenance bringen konnte. Aber schon gar nichts.

Ein ganz besonderes Hotel, mehr als 100 Jahre alt, mit Charme, sehr viel Herz und Seele sowie einem gleichermaßen eleganten wie auch dynamischen Körper unter der historischen Fassade.

Hier hatten schon immer Menschen geliebt, betrogen, gestohlen und ihr Leben gelassen und würden es zweifellos auch in Zukunft tun.

Aber es lag eben in der menschlichen Natur, sich weniger an Mord und Totschlag zu erinnern als an schöne, lustige Momente oder beglückende Ereignisse.

Daher würde sich auch das, was von dieser hektischen Woche in den Köpfen der Menschen Bestand haben sollte, vor allem auf das einprägsame Faktum reduzieren, dass die besten Schneenockerln eigentlich Dukatenbuchteln mit Vanillesoße waren.

Und ein Eklat eine durchaus fröhliche Angelegenheit sein konnte.

Palinski lag in einem Bett und genoss es ungemein. Nach fünf Nächten entweder unterwegs oder im Fauteuil in der Hotelhalle war es ein unbeschreibliches Gefühl, hier so neben Wilma zu liegen, ihre Hand zu halten oder auch etwas anders. Und sich gleich darauf wieder umdrehen und weiterschlafen zu können. Es war herrlich und Mario wieder versöhnt mit der Welt.

Auch das Böse, das ihm in den letzten Tagen einige Male gefährlich nahe gekommen war, und damit das doch etwas ambivalente Gefühl, war weg. Er fühlte sich sicher und geborgen wie selten zuvor.

Natürlich wusste Palinski, dass sich das rasch wieder geben konnte. Aber egal, jetzt wollte er es uneingeschränkt genießen.

Falls Vorkommnisse wie jene der letzten Tage ein Gutes hatten, dann das, dass man das Selbstverständliche, Alltägliche wieder zu schätzen lernte und die Freude daran erneuerte.

Während Mario und Wilma sich im dritten Stock des ›Semmering Grand‹ an der Normalität einer mehr als 26 Jahre ohne Trauschein bestens funktionierenden Beziehung erfreuten, saß das 27-jährige Zimmermädchen Silvia Bogenbach, die eigentlich Silva Homolay hieß, in ihrem Personalzimmer und trauerte um Stefan. Gleichzeitig überlegte sie, wie sie ihrer Cousine Eva helfen konnte, die gestern verhaftet worden war.

In der Hand hielt sie ein Medaillon, wie auch die anderen eines gehabt hatten. Aus Altsilber, mit einem korallenroten H und einem stilisierten mittelalterlichen Torturm. Dem aus Komorn.

Gut, das Medaillon, das Eva zuletzt getragen hatte, war eine Kopie gewesen. Eine sehr gut gelungene, allerdings eine Spur größer als das Original. Dieses hatte ihr die dumme Frau, die Eva partout keinen Job im ›Semmering Grand‹ hatte verschaffen wollen, im Streit vom Hals gerissen.

Klar, dass ihre Cousine das nicht so hatte hinnehmen können.

Wie gut, dass nicht auch sie verhaftet worden war. Das verdankte Silva zweifellos dem Umstand, dass sie fast ausschließlich hochgeschlossene Kleidung trug. Blusen, Pullover, T-Shirts, alle schlossen oben am Hals ab, sodass man das Ketterl mit dem Anhänger nicht sehen konnte.

Für Silva gab es viel zu tun. Rache zu nehmen für den Tod Stefans und das Schicksal Evas. Allerdings hatten die Objekte ihres Hasses, die Ziele ihrer Rache gewechselt.

Dieser Peter Mühlsalm war ja endlich tot, dank der unerwarteten Hilfe eines englischen Sirs. Silva hatte sich fast angemacht vor Freude, als sie heute Morgen in den Nachrichten davon gehört hatte. Es gab ja doch noch eine ausgleichende Gerechtigkeit.

Nun hieß es eben nicht mehr, Rache für Budapest, sondern für die Schweinereien der letzten Tage zu nehmen. Und da drängten sich einige Kandidaten auf.

Angefangen mit dem Kerl, der den Anhänger Evas gefunden hatte, und seinen Chef, bis hin zu diesem Herrn Wichtig, diesen Baschinkis oder wie er sich nannte.

Jetzt, da sie ein klares Ziel vor sich hatte, fühlte sich Silva gleich wieder besser.

Rache für den Semmering.

PS: Übrigens, Jo Fossler hatte mehr Glück als Verstand. In der Hektik des letzten Tages war sein Geständnis in Sachen Ketterl untergegangen. Als sich Major Brandtner einige Tage später daran erinnerte, beschloss er nach

Rücksprache mit Karl Helmbach und Mario Palinski, die Angelegenheit unter dem Titel ›Tätige Reue‹ abzuhaken und zu vergessen.

ENDE

SCHNEENOCKERLN MIT VANILLESCHAUM

Für 4 Portionen

Schneenockerln

180 g Eiweiß, 30g Zucker
Zitronenschale, ½ Liter Milch
½ Vanilleschote

Eiweiß mit Zucker steif schlagen, Zitronenschale unterheben. Milch mit Vanilleschote zum Kochen bringen. Die Schneemasse in Nockerlform ausstechen und in der heißen Milch pochieren.

Vanilleschaum

125 g Milch, 1 Vanilleschote
40 g Butter, 1 Ei
60 g Zucker, Rum

Milch mit Vanilleschote aufkochen, Butter, Ei und Zucker verrühren, in die Milch geben und zu einer Sauce kochen. Abkühlen lassen, Rum und etwas geschlagene Sahne unterheben.
Die Nockerl auf dem Schaum anrichten.

SCHNEENOCKERLN AUF KARDAMOM ÄPFELN

Für 4 Portionen

Kardamom Äpfel

130 g Zucker, 250 ml Portwein (weiß)
250 ml Weißwein, 1 Zimtstange,
2 Lorbeerblätter, 1 TL gem. Kardamom
1 Vanilleschote, 2 Äpfel

Zucker karamellisieren, mit Portwein und Weißwein ablöschen. Gewürze zufügen, aufkochen lassen. Äpfel schälen, entkernen und in dünne Scheiben schneiden, mit dem Fond übergießen und ca. 2 Stunden ziehen lassen.

NOCKERL GRAND PLAISIR

Für 4-6 Personen

Germ leicht zerreiben und mit etwas lauwarmer Milch, Zucker und Mehl dickbreiig anrühren. In eine kleine Schüssel geben, mit Mehl bestauben und 15 Minuten zugedeckt gehen lassen. Das fertige ›Dampfl‹ mit den restlichen Zutaten vermischen und fest abschlagen. Rasten lassen und nochmals gut abschlagen. Danach kleine Kugeln formen und in flüssige Butter tauchen. In Backformen einlegen und bei 170 Grad 25 Minuten backen lassen.

Teig
500 g Mehl, ¼ Liter Milch
30 g Germ, 10 g Zucker,*
7 g Salz, 3 Dotter
120 g Butter,
nach Bedarf 50 g Zucker

Creme
3 Dotter, 1 l Milch, 40 g Zucker,
Vanillezucker und etwas Rum

PALATSCHINKEN** ISABELLE

Für 10 Portionen

Teig
400 g Milch, 5 Eier
180 g Mehl, Salz

Alle Zutaten zu einem glatten Teig verrühren und im Butterschmalz herausbacken

---

* Hefe
** Pfannkuchen

Fülle

250 g Marzipan,
100 g Eiklar
Amaretto nach Geschmack

Alle Zutaten zu einem geschmeidigen Teig verrühren und die Palatschinken damit füllen. Auf Fruchtmark servieren.

TOPFENKNÖDEL (KLÖSSE) MIT APFEL-NUSSFÜLLE

Für 6 Personen

Teig

250 g Topfen,
Zitronenschale
Salz, 50 g Butter (weich)
1 Ei, 60 g Mehl
60 g Gries

Butter schaumig schlagen, das Ei dazugeben, den Topfen, Salz, Zitronenschale dazu, zum Schluss das Mehl und den Gries dazugeben. Kühl stellen, Knödel formen.

Apfel-Nussfülle

1 Apfel geschält und in kleine Würfel geschnitten
100 g Milch, 85 g Zucker
20 g Walnüsse, 125 g Marzipan
30 g Eiklar, Rum

Alle Zutaten vermengen und die Apfelwürfel dazugeben. Kleine Knödel formen und tiefkühlen, dann in die Topfenmasse geben.

Quelle: Alle fünf Rezepte stammen von der guten Küchenfee des Hotels Panhans.

EMMES NOCKERLN

Nockerln
1 Esslöffel Butter,
3 Eiklar,
3 Dotter

Eiklar fest schlagen, Eidotter sanft unterrühren, sodass das Eiklar noch locker bleibt. 1 Esslöffel Butter in Pfanne erhitzen, aus Mischung von Eiklar und Eidotter mit Teigkarte Nockerln in Teigkartengröße formen und anbräunen.

Topfenmischung
¼ Topfen,*
1 Dotter
1 Schuß Saft einer Zitrone
(oder Orange) zum Abschmecken
*5 dag Staubzucker***

Zutaten gut vermengen.
Eine Teigkarte voll Topfenmischung auf einen Teller drapieren, angebräuntes Nockerl aus dem Eiklar-Eidottergemisch darüber geben, sofort heiß servieren. Guten Appetit.

---

* Quark
** 50 g Puderzucker

Alle Gmeiner-Autoren und ihre Krimis auf einen Blick

ANTHOLOGIEN: Gefährliche Nachbarn • Mords-Sachsen 3 • Tatort Ammersee (2009) • Campusmord (2008) • Mords-Sachsen 2 (2008) • Tod am Bodensee • Mords-Sachsen (2007) • Grenzfälle (2005) • Spekulatius (2003) **ARTMEIER, HILDEGUND**: Feuerross (2006) • Katzenhöhle (2005) • Drachenfrau (2004) **BAUER, HERMANN**: Karambolage (2009) • Fernwehträume (2008) **BAUM, BEATE**: Häuserkampf (2008) **BECK, SINJE**: Totenklang (2008) • Duftspur (2006) • Einzelkämpfer (2005) **BLATTER, ULRIKE**: Vogelfrau (2008) **BODE-HOFFMANN, GRIT / HOFFMANN, MATTHIAS**: Infantizid (2007) **BOMM, MANFRED**: Glasklar (2009) • Notbremse (2008) • Schattennetz • Beweislast (2007) • Schusslinie (2006) • Mordloch • Trugschluss (2005) • Irrflug • Himmelsfelsen (2004) **BONN, SUSANNE**: Der Jahrmarkt zu Jakobi (2008) **BUTTLER, MONIKA**: Dunkelzeit (2006) • Abendfrieden (2005) • Herzraub (2004) **CLAUSEN, ANKE**: Ostseegrab (2007) **DANZ, ELLA**: Kochwut (2009) • Nebelschleier (2008) • Steilufer (2007) • Osterfeuer (2006) **DETERING, MONIKA**: Puppenmann • Herzfrauen (2007) **DÜNSCHEDE, SANDRA**: Friesenrache (2009) • Solomord (2008) • Nordmord (2007) • Deichgrab (2006) **EMME, PIERRE**: Schneenockerleklat (2009) • Florentinerpakt • Ballsaison (2008) • Tortenkomplott • Killerspiele (2007) • Würstelmassaker • Heurigenpassion (2006) • Schnitzelfarce • Pastetenlust (2005) **ENDERLE, MANFRED**: Nachtwanderer (2006) **ERFMEYER, KLAUS**: Geldmarie (2008) • Todeserklärung (2007) • Karrieresprung (2006) **ERWIN, BIRGIT / BUCHHORN, ULRICH**: Die Herren von Buchhorn (2008) **FRANZINGER, BERND**: Kindspech (2008) • Jammerhalde (2007) • Bombenstimmung (2006) • Wolfsfalle • Dinotod (2005) • Ohnmacht • Goldrausch (2004) • Pilzsaison (2003) **GARDEIN, UWE**: Die Stunde des Königs (2009) • Die letzte Hexe – Maria Anna Schwegelin (2008) **GARDENER, EVA B.**: Lebenshunger (2005) **GIBERT, MATTHIAS P.**: Zirkusluft (2009) • Kammerflimmern (2008) • Nervenflattern (2007) **GRAF, EDI**: Leopardenjagd (2008) • Elefantengold (2006) • Löwenriss • Nashornfieber (2005) **GUDE, CHRISTIAN**: Binärcode (2008) • Mosquito (2007) **HAENNI, STEFAN**: Narrentod (2009) **HAUG, GUNTER**: Gössenjagd (2004) • Hüttenzauber (2003) • Tauberschwarz (2002) • Höllenfahrt (2001) • Sturmwarnung (2000) • Riffhaie (1999) • Tiefenrausch (1998) **HEIM, UTA-MARIA**: Wespennest (2009) • Das Rattenprinzip (2008) • Totschweigen (2007) • Dreckskind (2006) **HUNOLD-REIME, SIGRID**: Frühstückspension (2008) **IMBSWEILER, MARCUS**: Schlussakt (2008) • Bergfriedhof (2007) **KARNANI, FRITJOF**: Notlandung (2008) • Turnaround (2007) • Takeover (2006) **KEISER, GABRIELE**: Gartenschläfer (2008) • Apollofalter (2006) **KEISER, GABRIELE / POLIFKA, WOLFGANG**: Puppenjäger (2006) **KLAUSNER, UWE**: Walhalla-Code (2009) • Die Kiliansverschwörung (2008) •

Alle Gmeiner-Autoren und ihre Krimis auf einen Blick

Die Pforten der Hölle (2007) **KLEWE, SABINE**: Blutsonne (2008) • Wintermärchen (2007) • Kinderspiel (2005) • Schattenriss (2004) **KLÖSEL, MATTHIAS**: Tourneekoller (2008) **KLUGMANN, NORBERT**: Die Nacht des Narren (2008) • Die Tochter des Salzhändlers (2007) • Kabinettstück (2006) • Schlüsselgewalt (2004) • Rebenblut (2003) **KOHL, ERWIN**: Willenlos (2008) • Flatline (2007) • Grabtanz • Zugzwang (2006) **KÖHLER, MANFRED**: Tiefpunkt • Schreckensgletscher (2007) **KOPPITZ, RAINER C.**: Machtrausch (2005) **KRAMER, VERONIKA**: Todesgeheimnis (2006) • Rachesommer (2005) **KRONENBERG, SUSANNE**: Rheingrund (2009) • Weinrache (2007) • Kultopfer (2006) • Flammenpferd (2005) **KURELLA, FRANK**: Der Kodex des Bösen (2009) • Das Pergament des Todes (2007) **LASCAUX, PAUL**: Wursthimmel • Salztränen (2008) **LEBEK, HANS**: Karteileichen (2006) • Todesschläger (2005) **LEMKUHL, KURT**: Raffgier (2008) **LEIX, BERND**: Waldstadt (2007) • Hackschnitzel (2006) • Zuckerblut • Bucheckern (2005) **MADER, RAIMUND A.**: Glasberg (2008) **MAINKA, MARTINA**: Satanszeichen (2005) **MISKO, MONA**: Winzertochter • Kindsblut (2005) **MOTHWURF, ONO**: Taubendreck (2009) **OTT, PAUL**: Bodensee-Blues (2007) **PUHLFÜRST, CLAUDIA**: Rachegöttin (2007) • Dunkelhaft (2006) • Eiseskälte • Leichenstarre (2005) **PUNDT, HARDY**: Deichbruch (2008) **PUSCHMANN, DOROTHEA**: Zwickmühle (2009) **SCHAEWEN, OLIVER VON**: Schillerhöhe (2009) **SCHMITZ, INGRID**: Mordsdeal (2007) • Sündenfälle (2006) **SCHMÖE, FRIEDERIKE**: Schweigfeinstill (2009) • Spinnefeind • Pfeilgift (2008) • Januskopf • Schockstarre (2007) • Käfersterben • Fratzenmond (2006) • Kirchweihmord • Maskenspiel (2005) **SCHNEIDER, HARALD**: Schwarzkittel (2009) • Ernteopfer (2008) **SCHRÖDER, ANGELIKA**: Mordsgier (2006) • Mordswut (2005) • Mordsliebe (2004) **SCHUKER, KLAUS**: Brudernacht (2007) • Wasserpilz (2006) **SCHULZE, GINA**: Sintflut (2007) **SCHWAB, ELKE**: Angstfalle (2006) • Großeinsatz (2005) **SCHWARZ, MAREN**: Zwiespalt (2007) • Maienfrost • Dämonenspiel (2005) • Grabeskälte (2004) **SENF, JOCHEN**: Knochenspiel (2008) • Nichtwisser (2007) **SEYERLE, GUIDO**: Schweinekrieg (2007) **STEINHAUER, FRANZISKA**: Menschenfänger (2008) • Narrenspiel (2007) • Seelenqual • Racheakt (2006) **SZRAMA, BETTINA**: Die Giftmischerin (2009) **THÖMMES, GÜNTHER**: Das Erbe des Bierzauberers (2009) • Der Bierzauberer (2008) **THADEWALDT, ASTRID / BAUER, CARSTEN**: Blutblume (2007) • Kreuzkönig (2006) **VALDORF, LEO**: Großstadtsumpf (2006) **VERTACNIK, HANS-PETER**: Ultimo (2008) • Abfangjäger (2007) **WARK, PETER**: Epizentrum (2006) • Ballonglühen (2003) • Albtraum (2001) **WILKENLOH, WIMMER**: Poppenspäl (2009) • Feuermal (2006) • Hätschelkind (2005) **WYSS, VERENA**: Todesformel (2008) **ZANDER, WOLFGANG**: Hundeleben (2008)